NIN

Overmacht

Uit het Italiaans vertaald door Pieter van der Drift

UITGEVERIJ DE GEUS

Deze vertaling is mede mogelijk gemaakt dankzij een bijdrage
van het Italiaanse ministerie van Cultuur in samenwerking met
het Italiaans Cultureel Instituut te Amsterdam

Oorspronkelijke titel *Forza maggiore*, verschenen bij Mondadori, Milaan
Oorspronkelijke tekst © Nino Filastò, 2000
Nederlandse vertaling © Pieter van der Drift en
Uitgeverij De Geus bv, Breda 2003
De Dante-citaten op p. 15 en 305 zijn gekozen uit
De goddelijke komedie, vertaald door Ike Cialona en
Peter Verstegen (Polak & Van Gennep, 2001);
voor de vertaling van de fragmenten op p. 138 en 195 is
gebruikgemaakt van *De goddelijke komedie*, vertaald door
J.K. Rensburg (C.L. van Langenhuysen, 1906)
Omslagontwerp Ron van Roon
Omslagillustratie © Simon Marsden/The Marsden Archive
Drukkerij Haasbeek bv, Alphen a/d Rijn

ISBN 90 445 0130 5
NUR 331, 305

Verspreiding in België via Libridis nv, Industriepark-Noord 5a,
9100 Sint-Niklaas

DEEL I

I

Nieuwjaarsdag 1971

Giuseppe Malsito zat achter het stuur van zijn auto. Hij meende een hond te ontwaren die de straat wilde oversteken en haalde zijn voet even van het gaspedaal. De Porsche ronkte en schoot vervolgens weer naar voren. Het was een donkere nacht, het enige licht kwam van de lantaarnpalen, die door de straffe wind heen en weer zwaaiden. Het was 1 januari 1971, vier uur 's nachts en het zag ernaar uit dat het een stormachtige dag zou worden. De weg langs de zee lag er verlaten bij. Geen sterveling die acht sloeg op de slaperige jongeman in zijn glimmende Porsche, met zijn smoking en het open geknoopte vlinderdasje, de sigaret tussen linker wijs- en middelvinger, de hand nonchalant op het stuur, zijn slapende vrouw naast hem in haar bontjas.

De avond zat er bijna op. Het was een dooie boel geweest op het oudejaarsbal in nachtclub La Bussola aan het Lido di Camaiore. Weinig mensen, matige optredens. Nini Rosso, de trompettist, was even goed als anders maar had de gala-avond niet kunnen redden in zijn eentje. De beroemde zangeres Caterina Caselli, beter bekend als Goudlokje, had afgezegd. Als je vijftigduizend lire per persoon voor de entree moest betalen, exclusief drankjes en hapjes, mocht je toch verwachten dat je op tijd op de hoogte werd gebracht als er wijzigingen in het programma waren. Caterina's plaats was ingenomen door een jonge Fransman wiens naam Giuseppe allang weer vergeten was. Een van de wat rustigere nummers was hem wel bijgebleven, het heette 'Après l'amour' en ging over het zalige moment wanneer je een sigaretje opsteekt na het vrijen.

Toen het rockbandje op de bühne was verschenen, bestaand uit een aantal gastjes gekleed in spijkerbroek, waren Giuseppe en zijn vrouw al naar Il Bussolotto gevlucht, een verdieping hoger. Daar was de jazzmuziek van Romano Mussolini te beluisteren, de zoon van. En profil leek hij zo enorm op zijn vader in diens jonge jaren dat je bijna in een geestverschijning zou gaan geloven. Giuseppe had een pesthekel aan rockmuziek, maar ook jazz was niet echt aan hem besteed, dat was voer voor intellectuelen. Maar in de wat intiemere zaal van Il Bussolotto hadden je oren het tenminste minder zwaar te verduren. Je kon er gewoon wat drinken en kletsen zonder gestoord te worden door naar zweet stinkende jongelui die op de beat van de drums vulgaire bewegingen maakten. Het was de laatste tijd erg in om je wild te gedragen. Malsito had daar al een voorproefje van gehad, toen een opgewonden menigte hem en de andere vuile kapitalisten twee jaar eerder tijdens de oudejaarsnacht van '68-'69 stond op te wachten bij de uitgang van La Bussola om hen met rot fruit te bekogelen en uit te schelden.

Toen hij zo uit verveling naar het Romeinse profiel van de jazzmusicus stond te staren, had hij bijna op een herhaling van de gebeurtenissen van toen gehoopt. Het geschreeuw, de ritmische scheldkanonnades, het getrommel op de vuilnisbakken, de tomaten en de rotte eieren, de charges van de politie, het traangas, de sirenes van de politiebusjes, de Porsche die zich vervaarlijk een weg door de menigte baande. Hij had de verveling van deze oudejaarsavond graag verdreven met een nieuw relletje à la 'Bussola '68', zoals de kranten het voorval destijds hadden gedoopt. Een van de herrieschoppers was met een gebroken wervelkolom op het asfalt blijven liggen, getroffen door een traangasgranaat. Eigen schuld, had Giuseppe gedacht, als hij die avond net als alle andere jongens was uitgegaan om te dansen, gefrituurde paling te eten, staand een wippie te maken in een van de vele kleedhokjes op het strand, had hij ook geen dwarslaesie gekregen. Hoe dan ook, de oudejaarsavond was dit jaar zo vreselijk saai verlopen dat Malsito die armoedzaaiers en hun meiden met open armen had ontvangen. Tijdens de winter viel er werkelijk niks te beleven in de nachtclubs van de Versilia, maar het spektakel van '68-'69 deed even denken aan Amerikaanse toestanden. Op de campussen van Amerikaanse universiteiten was de opstand uitgebroken en van daaruit was de sfeer overgewaaid naar Parijs. Ook in de lichtstad hetzelfde beeld: hordes slecht geklede jongens en meisjes behangen met glazen kettingen hadden straten en pleinen bezet en op de boulevards barricades opgericht door auto's in de fik te steken, ruiten werden ingeslagen, winkels vernield. Die ene nacht aan het begin van het jaar 1969 was de Versilia voor één keer wereldnieuws geweest. Bij het verlaten van La Bussola had Giuseppe inderdaad even het idee gekregen dat hij in Parijs of New York woonde. Hij sloeg een arm om zijn vrouw en probeerde met zijn andere hand de projectielen af te weren, terwijl ze door het kordon liepen dat door de agenten was geformeerd, die ongeveer even oud waren als de demonstranten, maar er onder hun helm ouder uitzagen.

De droge klap mondde uit in een wild geknetter. De bliksemschicht ontlaadde zijn energie, de blauwachtige elektrische slang schoot naar beneden en liet een lichtkring op het netvlies achter als bij een lasvlam. Het leek wel of achter de toppen van de Apuaanse Alpen, die zich hoog tegen de hemel aftekenden, een hele batterij kanonnen stond opgesteld. Het donderde nog steeds toen de koplampen de oude lindebomen verlichtten die langs de afrit naar Viareggio stonden. De storm barstte in al zijn hevigheid los. De boomtakken zwaaiden heen en weer, samen met de eerste druppeltjes regen vlogen er twijgjes tegen de vooruit die tussen de ruitenwissers kwamen te zitten. De bliksemflitsen verlichtten de hoge golven met hun schuimende koppen, die vervaarlijk de riviermonding op kwamen. De vissersbarakken aan weerszijden van de oever dreigden elk moment te worden meegesleurd. Giuseppe zette het raampje van zijn portier open, de linkerkant van zijn gezicht ving een flinke plens ijskoud regenwater op. Terwijl hij het raam weer sloot, snoof hij de geur van de harslucht en het modderige water op. Hij hield van dit weer, het vale licht dat langzaam tevoorschijn kwam achter de besneeuwde toppen van de Apuaanse Alpen. Ze waren nu vlak bij het zomerhuis waar hij en Giovanna de laatste dagen van de kerstvakantie zouden doorbrengen. Daar, in het naaldbos rondom het huis, konden ze zich even van de buitenwereld afschermen. De telefoon ging van de haak. Het huis lag ver genoeg van de stad om even niet aan de drie winkels te denken; maar als ze zich verveelden waren ze binnen een halfuurtje weer present. Malsito genoot al van het idee dat hij straks een hete douche kon nemen, nadat hij de whiskysmaak uit zijn mond had gespoeld; hij rekende erop dat hij de frisse geur van de linnen lakens kon opsnuiven in de slaapkamer met het uitzicht op zee. Hij vond het een heerlijk vooruitzicht om buiten de storm te horen razen en zich in slaap te laten wiegen door het geruis van de branding op het zand. Het nieuwe jaar maakte zich direct kenbaar met deze flinke zuidwesterstorm. Het regende niet meer, donkere wolken dreven over zee landinwaarts.

Zijn vrouw sliep naast hem in de auto. Alleen Giovanna kreeg het voor elkaar om bij zo'n schitterende lucht in slaap te vallen. Een heel knappe vrouw, Giovanna, maar als ze sliep, was ze iets minder charmant. Dan keek ze net alsof ze werd gestoord door een hinderlijk geluid of een vies luchtje.

Giuseppe bedacht zich. Het was misschien toch niet zo'n slim idee om met dit weer de kustweg helemaal af te rijden. Hij was bijna bij het stuk aangekomen waar de zee de kust binnendrong, zich terugtrok, om vervolgens weer stukken van de kust weg te slaan, heen en weer, al eeuwenlang. Waar ooit, aan het begin van de twintigste eeuw, Jugendstilachtige huizen aan de horizon waren verrezen, moest nu een lange rij kunstmatige rotsen van staalbeton, lelijke, grijze blokken, de kustweg tegen de golven beschermen. De verwaarloosde voortuintjes, met hun door het brakke water vergeelde tamarisken, hadden geen schijn van kans. De verweerde villa's werden steeds meer door het zeewater bedreigd. In de winter lagen ze er verlaten bij, in de zomer werden ze betrokken door toeristen.

De straffe zuidwestenwind, de *libeccio*, geselde de zee. Enorme golven sloegen over de betonblokken en braken tegen de muurtjes aan de rand van de weg. Het water spoelde al over het asfalt in de richting van de tuinhekjes. De golven lieten grote plassen achter waarin het licht van de lantaarnpalen weerspiegelde.

Giuseppe remde. Als hij doorreed, liepen ze het risico door het zeewater te moeten waden. Hij sloeg een weg in die naar het centrum van het stadje leidde om het huis vanaf de andere kant te bereiken. Hij was nog maar net afgeslagen of zijn aandacht werd getrokken door een rookpluim die door het ijzeren rolluik van een winkel kwam. 'Het lijkt wel of er iets in de fik staat', zei hij.

Giovanna werd wakker en keek hem aan. 'Waarom ben je gestopt?'

'Er komt rook uit die winkel.'

'Kom, laten we naar huis gaan. Hoe laat is het?'

'Bijna vijf uur. Die winkel staat in brand.'

Giuseppe pakte zijn kameelharen winterjas van de achterbank, gooide hem over zijn schouders en opende het portier. De wind blies Giovanna's haren in de war.

'Blijf toch hier,' zei Giovanna iets minder slaperig, 'ik wil naar huis.'

Maar Giuseppe liep al naar de overkant van de weg. In het zwakke licht van de straatlantaarn hield hij zijn blik strak op het rolluik gericht. Hij duwde met zijn hand tegen het ijzeren rooster en zag een opgepropte krant van waaruit een dichte vaalgele rookpluim opsteeg. Hij draaide zich om, waarschijnlijk om iets naar Giovanna te gebaren, die hem met een angstig voorgevoel aanstaarde.

Giovanna zag de steekvlam, de kameelharen winterjas die door de lucht vloog alsof hij werd meegevoerd door de wind, het silhouet van haar man die met geweld naar achteren werd geslagen. De droge klap galmde in haar oren na. Ze begroef haar hoofd in haar armen. Een regen van metaaldeeltjes viel op het dak van de Porsche neer. Giovanna bleef een paar tellen met wijd opengesperde ogen in de auto wachten, alvorens uit te stappen. Haar man lag met zijn rug op de stoep en met zijn benen op het asfalt. Zijn hele lichaam trilde. Ze liep een paar stappen op hem af en zag het bloed. Zijn gezicht was er helemaal mee besmeurd, net als zijn stropdas en zijn rechterhand, die verstijfd op zijn borst lag. Ze hoorde hem niet kreunen. Toen ze naast hem knielde, hoorde Giovanna een zacht gerochel, als bij een wastafel waaruit het water wegloopt. Bij twee of drie huizen sprong het licht aan. Er was ook iemand die uit het raam hing.

'Help', schreeuwde Giovanna. 'Bel een ziekenwagen.'

Plots viel de regen weer met bakken uit de hemel. Giuseppe trilde niet meer, de donkere plas onder zijn lichaam werd alsmaar groter. Na meer dan een halfuur arriveerde de ziekenwagen. Giovanna was doorweekt en zat nog steeds naast haar man geknield. Met haar natte bontmantel, die de rode lampen van de ambulance weerspiegelde, leek ze net een reusachtige rioolrat.

2

De vlinderjager

'Ach, hij hoort op de bank te zitten,' zei Terzani, 'wat heb je aan zijn enorme uithoudingsvermogen, als hij met zijn onzekerheid alleen maar paniek zaait in het centrum van de eigen verdediging.'

De discussie was in het barretje begonnen.

In het saaie provinciestadje liepen de cafés om elf uur al leeg, ook de tenten die tot diep in de nacht open bleven. Rond middernacht besloot de eigenaar dat het welletjes was geweest. Tot die tijd had hij gedaan alsof hij de krant aan het lezen was, maar in werkelijkheid had hij meer aandacht voor de twee jongens die aan de bar bier dronken en over voetbal ouwehoerden. Ze hadden het over een zekere Partalino, een naam die de eigenaar niets zei omdat hij niet in voetbal geïnteresseerd was. Hij maakte de rekening op en wees ze de deur.

Terwijl ze door het verlaten centrum slenterden, bleven ze over hetzelfde onderwerp doorzagen. Bij een pleintje aangekomen, gingen ze op de rand van een fontein zitten.

'Je hebt geen verstand van voetbal,' zei Filippeschi, 'Partalino is een onmisbare schakel. Als hij niet speelt wordt de aanval niet gevoed en scoort er niemand. Een speler die als een buffel het hele veld afstruint, is in onze competitie een zeldzaamheid geworden. Het probleem is dat zijn medespelers hem niet kunnen volgen.'

'Omdat ze hem met de scheidsrechter verwarren. Hij rent als een kip zonder kop rond en zet de tegenstander niet genoeg onder druk. Het lijkt wel alsof hij de hele tijd boven op de wedstrijd wil zitten, als een scheidsrechter. En als hij toevallig de bal krijgt, geeft hij hem altijd direct af aan de dichtstbijzijnde speler naast hem, of hij nu gedekt staat of niet. Het spel gaat niet naar voren. Zelfs in het eigen strafschopgebied waagt hij het wel eens om de bal opzij te leggen. Een libero die dergelijke acties maakt in het eigen strafschopgebied is als een…' Terzani zocht naar een rake vergelijking, maar er schoot hem niks te binnen. Hij wiebelde wat met zijn benen en bleef met open mond naar de grond staren.

'Als een wat?' vroeg Filippeschi. Terzani was in gedachten verzonken, afgeleid door de theatrale omgeving van het monumentale plein dat door schijnwerpers werd verlicht.

'Hè?'

'Partalino. Hij speelt als een…?'

'Ach, wat kan mij die Partalino ook schelen? Hij speelt voor Fiorentina en ik ben voor Juventus.'

'Nee, die is fraai. Wie lult me al twee uur de oren van de kop over Partalino? Wees blij dat hij niet voor Juve speelt…'

De grote klok op de toren van het palazzo sloeg één keer. Toen de nagalm was weggeëbd, werd de stilte opgevuld door het geklater van de fontein. Terzani zette zijn bril af, masseerde zijn ogen en keek omhoog naar de klok.

'Dit plein stamt uit de Renaissance. Daarvóór stond hier een grote achterbuurt.'

'Wanneer dan?'

'In de Middeleeuwen stond hier in de schaduw van de grote toren een aaneenschakeling van gore krotten.'

'Welke toren?'

'Voor een gymnasiast weet je verdomd weinig.'

De jongens, die in Marradi waren geboren en getogen, studeerden allebei architectuur en deelden een gemeubileerd appartementje.

'Dante noemde de toren *La Muda*, weet je waarom de toren zo genoemd werd?' Terzani hield van gedichten en ging er prat op dat hij een verre neef van Dino Campana was.

Filippeschi gaf geen antwoord.

'Omdat de lokvogels er kwamen als ze in de rui waren, om te *mudare*, om hun veren te verliezen. La Muda, *in wat na mij de Hongertoren heet*, was de toren waar graaf Ugolino met zijn twee zonen en twee kleinzonen zat opgesloten, zonder dat ze ook maar een graankorrel te eten hadden. *Maar toen verloor de smart het van het vasten*, Ugolino at ze allemaal op, die kinderen en kleinkinderen. Ik meen dat hij met de kleinkinderen begon, ofschoon Dante dacht dat de jonge gevangenen alle vier zonen van de graaf waren.'

Filippeschi sprong vanuit zitstand zo op de stoep. 'Wat een flauwekul, zeg. Dat is de gangbare interpretatie. De juiste is dat Ugolino stierf; de smart deed wat het vasten niet voor elkaar had gekregen: hij ging eraan kapot.'

Terzani liet zich nu ook naar beneden zakken. 'Zo zie je hoe ver het al is gekomen met die kleinburgerlijke preutsheid, die zijn moraal nu ook al aan *De goddelijke komedie* wil opleggen. Dantes gedicht is toevallig een sublieme horrorroman...'

Terzani had een jeugdige kop vol sproeten. Hij droeg een bril met dikke glazen en als zijn gezicht in de hitte van de discussie rood werd, waren zijn waterige ogen net gekookte eieren die in een tomatensaus dreven. 'De grote dichter vertelt wat er vanaf een bepaald moment werkelijk in de toren gebeurt. De arme stakker voedt zich met de doden. Dat is wat Dante ons vertelt. Denk toch eens na, man. Die gruwelijke sfeer van het kannibalisme loopt als een rode draad door de gehele drieëndertigste zang van *De hel*, waarvan de openingszin luidt: *De zondaar staakte zijn barbaarse eten...* Wat doet graaf Ugolino aan het begin van zang drieëndertig? En wat doet hij even later: *Weer is hij op de schedel losgegaan. De ogen weggedraaid, om er zijn tanden, zo sterk als van een hofhond, in te slaan.* Hij is het hoofd van de aartsbisschop aan het verorberen, of niet soms?'

'Ik ga naar bed toe', zei Filippeschi. Hij was deze discussie meer dan beu. Voetbal was tenminste nog een onderwerp dat hem boeide, maar *De goddelijke komedie*... Om één uur 's nachts.

'Naar bed? Ben je wel helemaal lekker? Morgen is het 1 mei, geen colleges dus. Kom, we gaan naar Tamara. *Tamara/ met je zoete mond/ als een lotusbloem...*' hief Terzani aan met pretoogjes achter zijn jampotglazen.

Tamara tippelde bij het centraal station en vroeg niet te veel.

'Al kreeg ik er geld op toe', zei Filippeschi droog.

'Ben je soms bang dat je iets oploopt? Niet nodig, Tamara kun je vertrouwen. Ze werkt heel professioneel.'

'Daar gaat het me helemaal niet om,' viel Filippeschi hem in de rede, 'ik hou er gewoon niet van om naar de hoeren te gaan, oké?'

De dikke jampotglazen maakten de teleurstelling op Terzani's gezicht nog heviger. Hij leed aan slapeloosheid en daarom zette hij vooral 's nachts zo graag een boompje op, een woordenstrijd over alle denkbare onderwerpen: literatuur, voetbal, muziek, vrouwen, films; alleen aan politiek had hij een hekel. Daarom gingen ook steeds meer mensen hem mijden.

Hij keek omhoog. 'Wat een prachtige sterrenhemel. Het weer is perfect. Ik ga de Monte Merlato op om nachtvlinders te vangen. Ga met me mee.'

'Geen haar op mijn hoofd.'

Francesco Terzani verzamelde vlinders in zijn vrije tijd, een passie die hij vol trots met Nabokov deelde. De twee staken de brug over naar hun wijk. De rivier stond laag en verspreidde een bedorven, zure lucht.

'Als je een lamp op een rustende nachtvlinder schijnt, opent hij zijn vleugels in al hun pracht. Je ziet de ogen van een steenuil, de stekels van een plant. Maar de vleugels van de pijlstaartvlinders, familie Sphingidae, ontvouwen een angstaanjagend symbool om zich tegen vogels te beschermen. Pijlstaartvlinders hebben een breed en plomp borststuk waarop de natuur morbide symbolen heeft getekend. De Acherontia Atropos heeft bijvoorbeeld een doodskop. Dat heeft iets mysterieus. Het is logisch dat mensen van zo'n afbeelding schrikken, maar vogels? Hoe is een vogel in godsnaam in staat om dergelijke symbolen – "levensgevaarlijk hoogspanning" of "giftig" – te herkennen? Merkwaardig, toch?' Filippeschi geeuwde luid, zichtbaar verveeld.

'Ben je moe?'

'Ik ga slapen.'

Terzani deed een ultieme poging om zijn vriend over te halen. 'Je wordt straks toch weer wakker van me als ik thuiskom. Dan kun je net zo goed…'

'Nee.'

'De doodshoofdvlinder is tegenwoordig zeer zeldzaam in Europa, vanwege alle onkruidverdelgers. De kans is aanwezig dat ik er vanavond eentje vang…'

'Wat wens je een insectenmaniak toe als hij op jacht gaat? "Ik hoop dat ze bijten"?'

'Ach man, zak toch in de stront.'

'Insgelijks.'

Rond twee uur 's nachts kwam Terzani met zijn Fiat Campagnola bij het eerste dorp op de provinciale weg aan, nadat hij de stad was uit gereden. De oude jeep moest nodig eens worden nagekeken. De knalpijp was kapot, de dieselmotor ronkte door de smalle straten van het slapende dorpje. Hij verliet de provinciale weg en reed een karrenspoor op dat al tijden in onbruik was. Ondanks het frisse nachtbriesje besloegen Terzani's brillenglazen omdat hij als een gek bezig was kuilen, struiken en zwerfkeien, die van de berg af waren gerold, te ontwijken. Hij droeg zijn gebruikelijke outfit: de door de braamstruiken versleten broek van bombazijn, de oude rafelige trui, de sjofele linnen hoed. Naast hem lag zijn jachtuitrusting: het metalen blikje met het doorboorde dekseltje om de prooi adem te laten halen tot het centrale zenuwstelsel met een naald zou worden verlamd, en een blikken val die hij eigenhandig had gemaakt en die met hetzelfde materiaal werd geïsoleerd als waarin eieren vervoerd worden. Het was een ingenieus ontwerp. De kwikdamplamp lokte de insecten naar een soort trechter waar ze nooit meer uit zouden komen. Terzani beschouwde de Monte Merlato zo'n beetje als zijn privé-jachtterrein. Op die berg was geen druppel water te vinden, de karstgrond zoog het regenwater als een spons op. Voor boeren was de grond dus niet interessant, wat betekende dat er in de omgeving ook geen onkruidverdelgers gebruikt werden. In april kwamen de wilde planten in bloei te staan en trokken ze met hun nectarrijke bloemen de insecten aan.

Terzani gooide zijn hoofd naar achteren en droogde zijn voorhoofd af. Hij kwam nu bij de vervallen omheining van de boerderij van 'de Pool'.

De Pool had jaren geleden een steil en moeilijk begaanbaar terrein van zo'n honderd hectare proberen te cultiveren. Hij had zijn geld in Polen verdiend, vandaar zijn bijnaam, zijn echte naam kende niemand meer. Hij had zijn dorpsgenoten het liefst in het gezicht gespuugd, omdat ze zo op hem neerkeken als hij door de straten slofte om zijn citroenen aan de man te brengen. Hij had zelfs een villa laten bouwen op een uitloper van een overhellende rotswand met een weids uitzicht over de vlakte. Maar alle pogingen om de grond vruchtbaar te maken, de vergeefse, geldverslindende zoektochten naar een waterbron, waarvan de aanwezigheid hem door een gehaaide wichelroedeloper was verzekerd, hadden hem geruïneerd. Zodoende had de Pool van de ene op de andere dag alles achter zich gelaten. De villa en de boerderij raakten in verval, het woestijnachtige karstgebied veroverde langzaam alles weer terug, het open veld viel ten prooi aan wilde kruiden, kraaien en adders.

Terzani had een vaste plek voor zijn val onder een braamstruik die door winde werd overwoekerd. Voor de trechter hing hij dan een wit laken op om de straalbreking te versterken. Vervolgens was het een kwestie van geduld. Hij moest de val wel voor het ochtendgloren weghalen anders zouden de kraaien de prooi opeten. De vogels kregen het voor elkaar om hun bek in de trechter te steken en de nachtvlinders er stukje bij beetje uit te peuteren.

Hij kreeg de hoeve in zicht met ertegenover de hooischuur. Op een smal gedeelte van de weg stond in het midden een auto met gedoofde koplampen stil. Omdat hij net de bocht om kwam, zag Terzani de auto te laat en moest hij flink op zijn rem staan. De jeep slipte over de steentjes en kwam dwars op het pad tot stilstand, de motor sloeg af. De vlinderjager begon zijn brillenglazen te poetsen. Dat was op het nippertje, hij stond maar een paar centimeter van de andere auto af. Door het achteruitkijkspiegeltje zag hij dat de achterkant van zijn Fiat bijna tegen de muur van de boerderij stond. Hij kon geen kant meer op.

Terzani startte de motor weer, flitste een paar keer met groot licht en claxonneerde luid met beide handen op de toeter. Het geluid galmde jammerlijk door de nacht. Er fladderde iets wits rakelings langs de muur, het werd direct opgeslokt door het lege gat waar ooit een raam had gezeten. Terzani zat nog steeds als een razende te toeteren. Hij probeerde iets naar achteren te rijden maar de achterbumper stootte direct tegen de muur zonder dat er aan de voorkant enige ruimte was ontstaan om met de auto te kunnen manoeuvreren. Opnieuw werd de stilte doorbroken door een claxonnade. Naast de auto die de weg versperde, een oude Fiat 1100, verscheen plotseling een bleek gezicht. Terzani stak zijn hoofd door het raampje.

'Hier laat je toch geen auto staan?' gilde hij.

De man staarde hem verbaasd aan, het leek wel of hij naar adem stond te happen.

'Hé,' riep Terzani weer, 'ik heb het tegen u, wakker worden. Zet dat wrak eens aan de kant.'

De man verroerde zich niet. Inmiddels had er iemand anders achter het stuur van de auto plaatsgenomen. De man die naast de auto stond zei: 'Wilt u dat groot licht alstublieft uitzetten, ziet u dan niet dat we worden verblind.' Hij articuleerde onduidelijk en had een monotone stem.

Terzani zette het groot licht uit waarop de andere auto richting het erf aan de zijkant reed. De vlinderjager begreep eigenlijk niet goed waarom de Fiat 1100 niet direct op die plek was neergezet. Het leek alsof ze expres de doorgang hadden willen blokkeren. Nu was de weg weer vrij. Toen hij langs de Fiat 1100 stuurde keek Terzani de bestuurder recht aan, het was een kleine, gezette man. Door het lokje op zijn voorhoofd had hij een jeugdig voorkomen, maar hij moest minstens dertig zijn. De andere man was ouder en groter, en had een langgerekt gezicht met kalende inhammen. Hij stapte net in de auto met een hand in zijn zij. Ze zaten flink na te hijgen, het was wel duidelijk dat de mannen gerend hadden.

Toen hij verder de berg op reed, zag Terzani in zijn achteruitkijkspiegeltje dat de Fiat 1100 hem met gedoofde lichten volgde. Hij bereikte de bergpas, waar het karrenspoor veranderde in een steil afdalend weggetje met haarspeldbochten. Hij parkeerde de Campagnola op een plekje aan de rechterkant van de weg waar de andere auto nog makkelijk kon passeren. Maar de 1100 bleef ook stilstaan, nog steeds zonder licht, op een meter of vijftig.

De vlinderjager stapte uit: 'Wat moeten jullie?' schreeuwde hij.

Zo te zien waren de twee druk met elkaar in gesprek, de kleine gebaarde hevig met zijn handen, en ze leken hem niet te horen. In het flauwe schijnsel van zijn parkeerlicht zag Terzani hoe de twee mannen hem verontrust aankeken. Nu schakelde ook hij de koplampen uit. Terwijl hij zijn val pakte, de deuren op slot deed en controleerde of er geen raampjes meer openstonden, bedacht hij dat de twee onbekenden waarschijnlijk met iets bezig waren geweest en dat hij ze gestoord had.

Terzani begon aan de steile klim naar de top van de Monte Merlato, de Kantelenberg, die zo werd genoemd omdat boven op de top een rijtje verweerde rotsen er als kantelen van een kasteel bij lagen. De rotsen werden overwoekerd door braamstruiken. Het pad was begroeid met distels, brem en klimplanten die hem de doorgang belemmerden, lange doornige takken bleven aan zijn enkels plakken. Terzani kende de omgeving goed en wist dat hij nu vlak bij de gevaarlijke 'holen-' of 'feeënkuilen' was aanbeland.

Vanwege de open zwarte gaten op de bergflank werden ze vroeger de 'holenkuilen' genoemd en dacht men onterecht dat ze door everzwijnen of vossen waren gegraven. Maar de plaatselijke jongelui die er voor de lol stenen in gooiden, kwamen met verhalen thuis dat ze de stenen niet op de bodem konden horen ploffen. Speleologen hadden onlangs bevestigd dat het hier zeer diepe spelonken betrof die tot diep in het binnenste van de karstbodem waren doorgedrongen. Nog nooit was er iemand helemaal tot het diepste punt in afgedaald. Vandaar dat de meeste mensen ze de 'feeënkuilen' noemden, alleen de oudjes bleven bij de oude benaming. De openingen verschenen onverwachts aan de oppervlakte, sommige niet groter dan een luchtgat, andere iets breder.

Omdat het een maanloze, donkere nacht was en je zo in een van die gaten zou kunnen vallen, deed de vlinderjager zijn zaklamp aan. Hij stond nu aan de voet van de rotsen. In een donkere hoek, beschut tegen de wind, plaatste hij de val. Ervoor spreidde hij het witte laken uit. Nu kon de kwikdamplamp aan. De bladeren van de winde werden door de weerkaatsing verlicht, waardoor hun structuur prachtig zichtbaar werd. Het was een feestelijk gezicht, net een versierde kerstboom. Terzani liep een paar passen achteruit. Hij voelde zijn hart bonzen en een gelukzalig gevoel overweldigde hem als hij dacht aan de weelderige vlinders die hij zou gaan vangen. Hij stak een sigaret op, nam plaats op een kei en staarde naar de goddelijke sterrenhemel. Op de top van deze berg leken de sterren altijd veel groter en feller. Maar de vlinderjager zat niet op zijn gemak. Zouden die twee idioten nog ergens beneden op de loer liggen? Hij klauterde op de rots en tuurde naar beneden. Hij zag het licht van de koplampen door het struikgewas schijnen, dan een tijdje achter een heuvel verdwijnen, om vervolgens weer op te duiken. De 1100 reed de steile weg naar beneden af. Het koele briesje, waar de dauw al in hing, voerde het geluid van de over zijn toeren draaiende motor, het geschraap van de versnelling die voor elke bocht met geweld werd ingezet, helemaal tot aan hem. De auto van de twee onbekenden dook met een razende vaart in de bochtige afdaling naar beneden.

Die idioten rijden zich nog dood, dacht Terzani.

Het was niet verstandig om boven op de berg te blijven wachten tot de buit binnen was, de vochtige lucht kroop nu al tot in zijn botten, onder de door de motten aangevreten oude trui. Terzani zag drie of vier grote bruine vlinders met hun vleugels tegen de val aan slaan. Hij liep het pad weer af om een dutje te gaan doen in de auto.

Toen de vlinderjager wakker werd, begon de lucht net van kleur te veranderen. Hij had gedroomd over een doodshoofdvlinder die zo groot was als een hond. Het enorme insect was, nadat Terzani het uit de reusachtige val had gehaald, bij hem op de borst gesprongen met de poten om zijn nek. Hij had het dier naar zich toe getrokken en zijn handen in de zachte, zijdeachtige haren van het lijf verborgen. In zijn droom hadden de ingevallen ogen van de doodskop naar hem gelonkt, alsof hij niet de Acherontia Atropos, maar Tamara in zijn armen hield. Terzani voelde een warme kleverige substantie over zijn dij stromen, de omhelzing had hem een natte droom bezorgd.

Hij stapte uit en liep weer naar de top van de Monte Merlato. De droom had hem goede hoop gegeven. Misschien zou hij deze keer werkelijk de doodshoofdvlinder in zijn val aantreffen. Voordat hij de plek bereikte, struikelde hij bijna over een stoel die een paar meter van een van de feeënkuilen op de grond lag.

3

7 mei 1971

Tombino bleef braaf staan en draaide zijn kop richting zijn baasje, Bonturo Buti, die bij een grote kei stond uit te hijgen. Tombino kwispelde even met zijn staart en schoot vervolgens de berg weer op. Op die rustige vroege ochtend van de zevende mei begonnen de rotsen op de top van de Merlato zich licht af te tekenen, de zon zou weldra opkomen.

Bonturo Buti was doodgraver van beroep. Hij ontving een klein salaris van de gemeente om de begraafplaats aan de voet van de Monte Merlato netjes bij te houden, en om de beheerder van het kerkhof bij te staan. Van het salarisje kon hij onmogelijk rondkomen, maar Bonturo deed van alles en nog wat om privé bij te verdienen. De vermogende doden waren voorbehouden aan de begrafenisondernemers uit de stad. Voor degenen die berooid en eenzaam waren gestorven, was er de Pia Assistenza, een soort armenzorg die een dennenhouten kist regelde, met een mooie laklaag in notenkleur. Daarnaast werd voorzien in een houten kruis met de naam van de overledene erop, achter een doorzichtig plastic plaatje. Na de haastige teraardebestelling werd er namens het kerkhof een rouwkrans van metalen bladeren op het graf gelegd. Altijd dezelfde half verroeste krans die een dag later alweer in de opslagplaats van het kerkhof lag.

Ten slotte waren er nog arme doden die niet genoeg geld hadden achtergelaten voor een waardige uitvaart van een van de begrafenisondernemers, maar die nog wel over een paar vrekkige familieleden beschikten. En die kwamen dan bij Bonturo terecht, die voor een rond bedrag alles in orde bracht. Hij schilderde een paar lagen kopalvernis over de door de Pia Assistenza gedoneerde kist, hij maakte eigenhandig een paar rouwkransen van echte bladeren, hij kocht kaarsen en huurde een lijkwagen. Voor degenen die bereid waren wat meer uit te geven, regelde hij een grafsteen, die hij door een oude steenhouwer liet maken, met zelfs een ovalen medaillon erop voor de foto en een bronzen schaaltje waarin de kaarsjes konden drijven.

In het lijkenhuis op de begraafplaats in Asciano lag sinds twee dagen het stoffelijk overschot van een arme oude man te wachten. De begrafenis moest de volgende dag plaatsvinden, de vrekkige familieleden hadden zich rijkelijk laat tot Bonturo gewend. De doodgraver had de kist inmiddels gevernist, maar hij had nog geen kransen. En daarom beklom hij die bewuste dag de Monte Merlato op zoek naar acanthus, met zijn grote stekelige schutbladen die zeer decoratief waren. Bonturo was over de zestig en had niet meer echt de conditie voor een dergelijke lange beklimming over keien. Maar goed, ook de mandfles wijn, de twintig Toscaanse sigaartjes per week en de espresso bij het kaarten 's avonds in de bar van het Casa del Popolo moesten betaald worden. Met het voorschot op de grafsteen en het bedrag dat hij verdiende voor het afleggen van het stoffelijk overschot, de rouwkransen en de kaarsen kon hij een maand vooruit.

Bonturo hervatte sloffend zijn weg naar boven met zijn versleten rubberlaarzen. Hij droeg zijn oude, bruine ribfluwelen jagersjas, die zo verschoten was dat hij bijna groen was geworden. Hij droeg een mandje bij zich voor het geval hij eetbare paddestoelen tegen zou komen, en in zijn jagerstas had hij een opgerold stuk touw zitten waarmee hij de bosjes acanthus kon samenbundelen. Vanaf het kerkhof was hij met zijn Ape-driewieler richting de Merlato gereden. Bij het café van de steengroeve had hij de Ape geparkeerd en ging hij te voet verder. Het karrenspoor was te steil voor de driewieler, het zou de hele motor naar zijn mallemoer helpen.

Even later liep Bonturo al over het smalle stuk tussen de

boerderij en de hooischuur van de Pool. De gebouwen lagen er verlaten bij, net als de villa waarvan je de ramen kon zien. De luiken hingen scheef aan de hengsels. Hij tuurde omhoog naar de bergkam van de Monte Merlato, waar de rotsen keurig in het gelid stonden. De doodgraver was al buiten adem en het steilste stuk moest nog beginnen. De beste acanthus groeide aan de noordoostkant, net voorbij de holenkuilen.

Tombino was nerveus. Hij blafte een keer, stak zijn neus in de lucht en rende naar een struikje. Eigenlijk heette de hond Fido, maar omdat hij zo enorm stonk en omdat zijn vacht steeds meer een modderkleur had aangenomen, werd hij Tombino genoemd, wat zoveel betekende als rioolput.

Bonturo klampte zich vast aan een groot rotsblok en weerstond de verleiding een sigaartje op te steken. Hij floot naar de hond die door de struiken bij de holenkuilen liep rond te snuffelen. Wat zocht hij daar toch? Straks duikelde hij nog in zo'n spelonk. Tombino stond even stil, blafte een keer en verdween achter het gierstgras.

'Tombino, stom stinkbeest! Kom hier!' schreeuwde Bonturo.

Deze keer antwoordde de hond met een wolfachtig gehuil. Twee grote zwarte kraaien vlogen van achter het gras op, en doken vervolgens weer naar beneden.

'Laat die kraaien met rust. Hierrr!'

Bonturo vond het wel vreemd dat Tombino achter de kraaien aan zat, omdat hij het dier had geleerd, met een hoop schoppen, dat het ongeluk bracht om die zwarte vogels te doden. Hij nam één keer diep adem en verliet met de pest in zijn lijf het bergpad. Bij de struiken aangekomen zag hij dat de hond met de haren rechtovereind naar iets zat te staren. Tombino had zijn baasje wel horen aankomen, maar hij bleef strak voor zich uit kijken, alsof hij van gips was. Even hoopte Bonturo dat het om een nest patrijzen zou gaan, maar al snel rook hij die zoetige stank die hij maar al te goed kende. Achter het gierstgras, bij het zwarte gat van een van de holenkuilen, hoorde hij het gezoem van de zwermen vliegen al. Bonturo kwam nog twee passen dichterbij, haalde een zakdoek uit zijn jaszak tevoorschijn en stopte hem onder zijn neus. Hij schoof de roodachtige pluimen van het gierstgras opzij en toen zag hij hem.

De man lag op zijn buik, de armen en benen uit elkaar. Zijn hemd en trui waren tot aan de nek omhooggeschoven, waardoor zijn rug bloot was. Zijn overhemd was lichtblauw, net als de rug overigens. Armen en handen zagen er veel bleker uit, bijna wit. Bonturo bedacht dat de man al minstens een week geleden het aardse tranendal had verlaten. Hij stopte de zakdoek terug in zijn zak en sloeg de revers van zijn jagersjas voor zijn neus, waardoor hij zijn handen vrij had. Hij knielde neer, pakte de schouders vast en draaide het levenloze lichaam om, gebruikmakend van het hellend vlak. Het lijk, dat zo slap als polenta was, maakte een halve draai. De glimmende zwerm blauwe vliegen bleef een paar tellen boven het lijk hangen, en viel vervolgens als kiezelsteentjes weer omlaag. Bonturo zag nog net een grote veldrat van onder het lijk tussen de stenen wegkruipen. De twee kraaien bleven op een metertje of twee afstand op een rots gadeslaan wat er allemaal gebeurde, een van de twee boog zijn kop schuin om zijn snavel schoon te wrijven. Bonturo was het gewend om met dode lichamen te werken, maar toen hij het gezicht van dit lijk zag, kwam de anijssmaak van de sambuca weer naar boven die hij aan het begin van de klim nog even snel naar binnen had gewerkt. De oogbollen leken van glas en puilden er bijna uit. Het gezicht zat vol met blauwe vlekken en leek elk moment te kunnen knappen, als een ballon die te hard was opgeblazen. Het puntje van de tong stak een klein stukje tussen de grote opgezwollen lippen door.

'Krijg nou het heen-en-weer', zei Bonturo. In plaats van netjes een kruisje te slaan begon hij als een idioot te vloeken, van die gedetailleerde verwensingen die biljarters nog wel eens willen uitslaan als ze bijna met hun keu door het laken gaan.

De doodgraver had tijdens zijn werk wel eens mensen opgebaard die een verdrinkingsdood waren gestorven. Maar hoe verdrink je in godsnaam op de Monte Merlato, waar geen druppel water te vinden is en de zee toch zeker een paar kilometer verderop ligt? Dat hield in dat hij verwurgd was, voordat ze hem naar boven hadden gesleept, of ze hadden hem direct op deze plek de keel dichtgeknepen. Een van de twee.

En uitgerekend hij moest tegen een lijk aan lopen, terwijl een andere dode die gewoon van ouderdom was gestorven, op de marmeren tafel van het lijkenhuis op hem lag te wachten. Er kwam zoveel bij kijken: hij moest eerst een telefoon gaan zoeken om de carabinieri in te schakelen, dan moest hij natuurlijk wachten tot ze waren gearriveerd om ze de plek te wijzen, vervolgens mocht hij dan alle vragen beantwoorden... Bonturo wist maar al te goed wat een muggenzifter de plaatselijke hoofdagent soms kon worden. Hij zou hem het hemd van zijn lijf vragen... En daarna kon hij natuurlijk naar de stad om een verklaring af te leggen aan de rechter-commissaris... En wie weet wat hem allemaal nog meer te wachten stond. Hoe dan ook, de klanten konden naar hun rouwkransen fluiten, en hij naar zijn centen...

Hij gaf Tombino, die nog steeds als versteend op de grond zat met zijn snoet tegen de voet van het lijk, een schop tegen zijn poot. Als hij die vervloekte rothond niet had meegenomen, was hij waarschijnlijk gewoon langs die ongelukkige man gelopen. Tombino jankte en deed zijn kop naar beneden om zijn been te likken en niet naar zijn baas te hoeven kijken die hem zo onterecht gestraft had.

Bonturo keek eens om zich heen. Er was niemand. Wat zouden mensen ook boven op die berg moeten om zes uur 's ochtends? Hij zou het liefst doen alsof zijn neus bloedde, maar dat kon hij niet maken. Hij was de doodgraver en werd door de gemeente betaald. Goedbeschouwd was ook hij een ambtenaar met alle daarbij behorende verantwoordelijkheden. Als ze er later achter zouden komen dat hij de dode man wel had gezien maar de autoriteiten niet had ingeschakeld, kon hij zijn baan wel inleveren. Om nog maar te zwijgen over het feit dat hij aangeklaagd kon worden wegens medeplichtigheid.

Toen Bonturo een paar passen naar beneden zette, liep hij tegen iets op. Vloekend boog hij zich voorover om het zwarte metalen frame van een stoel op te pakken dat bespannen was met rood plastic. De poten ontbraken. Bonturo Buti vroeg zich verder niet af hoe een dergelijke stoel zonder poten op de Monte Merlato was beland. Hij had die ellendige ochtend al genoeg voor zijn kiezen gekregen. Woedend slingerde hij de stoel in de struiken.

4

Vrijdagmiddag

Ze konden zo uit een naoorlogse film gestapt zijn en op een bepaalde manier waren ze dat ook. Hij, broodmager, ingevallen wangen, droeg een versleten streepjespak, nogal warm voor de tijd van het jaar, en een wit overhemd met de boord open over de kragen van het jasje gevouwen, het onderscheidingsteken van het Nationaal Verbond der Partizanen in het knoopsgat. Hij moest wel ouder dan vijftig zijn, maar op de een of andere manier had de tijd geen vat op hem gekregen. Zij, mollig, lieve ogen, droeg haar zondagse bloemetjesjurk van zijde met een rok tot op de kuiten, een wit lakleren riempje strak om haar middel, raven-zwart haar met een enkele grijze ertussen in een dikke knot, rode lippenstift op de hartvormige lippen.

De man had zich op 8 september 1943 in de Chiantistreek tussen Florence en Siena bij de partizanen gevoegd. Een pastoor had ervoor gezorgd dat zijn vriend door de milities van de Repubblica Sociale was geliquideerd. In de woelige maanden na de bevrijding, toen afrekeningen nog als een soort morele plicht golden, had hij de fascistische pastoor en spion neerge-schoten. Terwijl de geestelijke op het punt stond om de processie van Goede Vrijdag te leiden, vuurde hij drie kogels af met zijn beretta. De pastoor werd bedolven onder het grote zware kruis dat hij droeg en blies zijn laatste adem uit. Er waren mensen die dat als een symbool van hemelse devotie zagen, anderen be-schouwden het als een straf van God. Een beroemde schrijver had een roman geschreven over deze geschiedenis en het proces dat erop volgde.

Het boek diende op zijn beurt weer als de basis voor het script van een redelijk verdienstelijke film, hoewel de scènes van het jonge stel, dat getrouwd was toen hij nog in de gevangenis zat, wel erg zoetsappig waren. De namen van de twee hoofdrolspelers waren maar een klein beetje veranderd. De partizanenbijnaam die de man werkelijk gebruikte toen hij ondergedoken zat, werd gewoon in de film genoemd en was zelfs in de titel verwerkt. Toen de film uitkwam kreeg het stel telefoontjes van mensen die wilden weten hoe het 'de vuile moordenaar en zijn hoer' verging. De anonieme bellers waren volgens de vrouw niet allemaal oude politieke tegenstanders, ze meende ook enkele stemmen van mensen uit het dorp herkend te hebben, mensen die volgens haar gewoon jaloers waren op de roem en de paar centen die ze aan de productie hadden overgehouden. De twee echtelieden hadden daarop besloten de filmmakers aan te klagen.

Ze waren het zat dat die oude geschiedenis steeds maar weer opgerakeld werd. In 1948, twee jaar na de moord en de begrafenis van de pastoor, was justitie zich met de moord gaan bemoeien met als resultaat dat de man achter de tralies werd gezet. Een overijverige officier van justitie was van oordeel dat de moord niet als een oorlogsdaad gezien kon worden maar als een persoonlijke wraakactie. In eerste aanleg was de man amnestie verleend in het kader van de zogenaamde Togliatti-wet. De officier van justitie was daarop bij het gerechtshof in hoger beroep gegaan. In de tussentijd was het politieke klimaat in het land veranderd. Het feit dat het slachtoffer een katholieke priester was maakte het er voor de dader niet gemakkelijker op. Het gevolg was dat de ex-partizaan veroordeeld werd tot een gevangenisstraf van dertig jaar. De Hoge Raad vernietigde dit vonnis echter op formele gronden en verwees de zaak terug naar het hof. Het hof weigerde vervolgens opnieuw amnestie te verlenen. Al dat juridische getouwtrek was alleen nog maar door ingewijden te volgen, de betrokkenen zagen door de bomen het bos niet meer. In cassatie werd ook het tweede arrest vernietigd. De tweede uitspraak van het hof na verwijzing bekrachtigde het vonnis van de rechtbank: de deuren van de gevangenis gingen weer open. Vervolgens kwam de Hoge Raad weer met een uitspraak… Acht instanties! En ondertussen werd hij van het kastje naar de muur gestuurd, de gevangenis in en er weer uit. Een liefde die zich in smerige bezoekersruimten voltrok; hij aan de ene kant van de grote marmeren tafel, zij aan de andere. Snelle kusjes, zonder gezien te worden door de bewakers van de vroegere vesting in Volterra, of die van de voormalige kloosters in Florence en San Gimignano. In die tijden waren de gevangenissen veel smeriger dan nu. Misschien waren ze toen ook minder kil en onpersoonlijk dan nu, maar wie had er tijd voor het romantische aspect van een gevangenis? Deze gewone mensen niet, ze leden duidelijk onder de opsluiting. Al dat heen en weer gesleep met haar man, de spanning voor en na de zoveelste veroordeling of vrijspraak, de vernedering, het was vooral haar allemaal te veel geworden. Toch kwam ze altijd met een stralende glimlach zijn schone was en warme maaltijden bezorgen, in al die gevangenissen, omdat ze niet wilde dat hij zou merken dat ze op haar tandvlees liep.

Op een dag leek alle ellende achter de rug toen de uiteindelijke uitspraak klonk en hij definitief werd vrijgesproken. Maar het uitkomen van die film bleek absurd genoeg twintig jaar later nog een staartje te hebben.

Dat ze de behoefte hadden om op een of andere manier te reageren (op het moment dat alle wrok leek te zijn vergeven en vergeten, en hun jeugd voorgoed verleden tijd was, en plotseling de krantenartikelen, de kwade gezichten en, het ergst van alles, de vijandelijke telefoontjes van stijfkoppige dorpsgenoten, toch weer opdoken) begreep Scalzi maar al te goed. Dat ze daarvoor een advocaat wilden inschakelen om deze keer vrijwillig de strijd met justitie aan te gaan vond Scalzi eerder dom dan moedig.

De vrouw leek van de twee nog het meest vastberaden. Misschien was het een bepaald nostalgisch verlangen, bedacht Scalzi, naar de donkere gangen en de lange, steile trappen van het gerechtsgebouw, een hunkering naar die zeldzame momenten waarop rechters en officieren van justitie enige coulance betoonden, terwijl ze gewoonlijk zo star reageerden en zich achter gecompliceerde en onbegrijpelijke regels schuilhielden. Een soort Stockholmsyndroom, veronderstelde Scalzi.

Natuurlijk kon Scalzi een poging wagen de film uit de roulatie te laten nemen, maar hij voelde zich al op voorhand machteloos. Hij had zo'n voorgevoel dat ook dit, net als de vorige keer, dankzij het trage Italiaanse justitiële apparaat, weer een slepende zaak zou worden. Scalzi probeerde de twee ervan te overtuigen dat het slimmer was om de zaak te schikken en een brief aan de producent van de film te schrijven met het verzoek om een schadeloosstelling.

In gedachten verzonken staarde hij naar de vliegen die rond de lamp vlogen en het begin van de zomer aankondigden. Het was voor hem een raadsel waarom deze vliegjes juist daar onophoudelijk cirkeltjes bleven draaien. Op het messing en het geslepen glas van de lamp was niks eetbaars te vinden, en omdat het licht uit was konden ze zich er ook niet aan warmen. Scalzi stelde zich voor dat het een rituele dans betrof. Wat je ook probeerde, je kwam niet van ze af. Als je al het licht in de kamer uitdeed of de lucht met insecticiden vervuilde, verdwenen ze even voor een uurtje, om vervolgens vrolijk weer naar dezelfde lamp terug te keren.

Zijn voorstel om tot een geldelijke schikking te komen viel niet goed bij zijn nieuwe cliënten, die de zaak ondanks hun voorgeschiedenis coûte que coûte voor de rechter wilden laten komen.

Het was een typische vrijdagmiddag, met koppige vliegen en koppige cliënten, en met een poging om de twee nachtvlinders, die op het punt stonden om hun verschroeide vleugels opnieuw aan de gloeiende lichtbron te branden, tot rede te brengen. Op dergelijke momenten tikten de seconden onverdraaglijk langzaam weg en had hij het gevoel dat hij in een hok zat opgesloten.

Scalzi keek op zijn horloge, het was bijna drie uur, zijn secretaresse was nog niet terug van haar middagpauze. De telefoon ging.

De stem van advocaat Barbarini, schor van de sigaren, klonk aarzelend: 'Heb je het de komende dagen druk?'

'Niet bepaald.'

'Heb je zin om morgen langs te komen? Ik wilde je uitnodigen voor een uitgebreide lunch.'

Scalzi moest even nadenken. Tachtig kilometer was op zich wel te doen, maar het kon overdag al aardig warm worden. Hij had voor zaterdag nog niks in zijn agenda staan, geen gevangenisbezoekjes, geen rechtszaken. Hij had zich eigenlijk verheugd op een heerlijk vrij weekend: laat opstaan en na de lunch een filmpje pikken. Olimpia wilde absoluut naar *American Graffiti* van George Lucas. Ze had gelezen dat de film over de studentenopstanden in Amerika ging die de wereld voorgoed op zijn kop hadden gezet. Scalzi was niet echt overtuigd, hij ging eigenlijk liever nog een keer naar *The Thing from Another World*. In een bioscoop in een buitenwijk vond er een festival plaats gewijd aan sciencefictionfilms uit de jaren vijftig. Daar was hij maar niet over begonnen, anders had hij meteen de gebruikelijke preek over zijn puberale filmsmaak over zich heen gekregen. Misschien was ze nog wel kwaad op hem geworden ook, net als vorige week toen hij het lef had gehad om te zeggen dat hij bijna in slaap was gevallen tijdens *Alice in den Städten* van Wim Wenders.

De stilte die volgde werd door Barbarini aangegrepen om te zeggen dat Bice had beloofd iets speciaals te koken. Beatrice, de vrouw van Barbarini, was een geweldige kok die altijd iets origineels bedacht. 'Een Toscaanse lunch,' drong Barbarini aan, 'Bice heeft een nieuw kookboek en experimenteert momenteel met de Florentijnse renaissancekeuken.'

'Het punt is dat...'

'Natuurlijk is Olimpia ook van harte welkom. Maar het zou wel fijn zijn als je… Tja…' Barbarini leek schroomvallig naar de juiste woorden te zoeken. 'Zou je haar willen vragen of ze… Je weet wel… Bice is de jongste niet meer en ze heeft nu eenmaal wat ouderwetse ideeën.'

'Of ze zich een beetje wil gedragen…'

'Juist, de laatste keer heeft Olimpia haar voor een achterdochtige oude zenuwpees uitgemaakt.'

'Ik meen dat ze het iets anders formuleerde.'

'Het was in ieder geval iets van die strekking. Ik weet het ook niet, ze liggen elkaar niet zo goed. Misschien vanwege het leeftijdsverschil.'

'Het is wel iedere keer jouw vrouw die in de aanval gaat. Ik wil Olimpia niet verdedigen, maar ik word zelf ook een beetje moe van haar tirades over de jeugd van tegenwoordig.'

'Ik zal Bice vragen of ze alleen over haar recepten wil uitweiden, oké? Wat denk je ervan, kom je? Ik heb een netelige zaak met je te bespreken.'

'Kun je nu niet gewoon zeggen wat er is?'

'Nee, niet over de telefoon', zei Barbarini nors.

'Goed dan,' besloot Scalzi, 'dan zien we elkaar morgen. Bedank Bice alvast voor het koken, maar vertel haar wel dat ze zich niet moet uitsloven. Ik let een beetje op mijn gewicht en Olimpia eet bijna alleen maar salades.'

5

Als in geval van…

Het was de eerste zaterdag van juli, en de zon broeide om elf uur 's ochtends al flink boven Florence. Ze reden de stad uit in de Citroën 2CV van Olimpia, die zelf achter het stuur zat. Olimpia droeg een okerkleurige Indiase jurk van dun katoen, die bij gewoon licht bijna ascetisch leek, als een monnikspij, maar dan wel versierd met pailletten rond de hals, de mouwen, en langs de zoom van de rok die tot aan haar voeten kwam. Maar in het tegenlicht waren de contouren van haar gebruinde lijf door het witte gewaad duidelijk te volgen. Om haar voorhoofd had ze een band gebonden, waarop versieringen waren aangebracht die bij elke hoofdbeweging zachtjes tinkelden. Ze leek wel twintig jaar jonger dan Scalzi. Die laatste had een hekel aan van die afgunstige obers die de bestelling opnamen alsof ze zijn dochter was. Olimpia, die in werkelijkheid tien jaar jonger was, vond dat wel geinig en om hem te pesten probeerde ze haar wat hese stem zo jong mogelijk te laten klinken. Ze speelde haar rol van verwend kind met verve, bij elk gerecht dat de ober opnoemde trok ze een vies gezicht. In een restaurant in Livorno had een ober een keer tegen haar gezegd: 'Voor jou neem ik wel een KitKat mee, oké?'

Ze gingen van de autobaan af en vervolgden hun reis over de provinciale weg.

'Als in geval van…'

Scalzi kon in het voorbijgaan maar net de eerste drie woorden van het verkeersbord lezen, witte letters op een blauwe achtergrond. Toen ze de tunnel in reden, leek het wel alsof ze in een donkere mijnschacht terecht waren gekomen. Het duurde een hele tijd voordat zijn ogen, die op de felle zon waren ingesteld, aan de plotselinge duisternis van de totaal onverlichte tunnel gewend waren. Het leek wel of ze midden in de ruimte zweefden, Scalzi voelde geen beweging meer en werd bijna duizelig. Hij keek naar Olimpia, ze zat helemaal voorovergebogen met haar neus bijna tegen het raam. Hij hoorde haar mopperen: 'Ik hoop dat er geen bocht in zit.'

'Stop dan toch,' zei Scalzi, 'je ziet geen hand voor ogen.'

Plotseling verscheen er licht aan het einde van de tunnel, een halvemaan. Toen pas zagen ze dat de auto al gedeeltelijk op de linkerhelft van de weg reed. Gelukkig waren ze geen tegenliggers tegengekomen.

Vanwege de felle zon moest Scalzi zijn ogen dichtknijpen om over de landerijen heen te kunnen turen. In tegengestelde richting sleepte zich een vrachtwagencombinatie de berg op, de Citroën reed nog steeds op de linkerbaan. Olimpia zat naar haar voeten te kijken.

'Hé,' schreeuwde Scalzi, 'pas op.'

Olimpia keek op en gooide het stuur naar rechts. De vrachtwagen miste hen op een haar, de bulderende claxon klonk nog lang na. Het zweet stond Scalzi in de handen. Olimpia trapte wat met haar rechterbeen op en neer. Scalzi voelde iets op zijn knieën terechtkomen. Pas toen zette Olimpia de auto aan de kant.

'Dat is goed afgelopen', zei ze, terwijl ze het lichte voorwerp van Scalzi's schoot pakte. 'Die verdomde sandalen ook. Het bandje bleef achter het gaspedaal haken, daarom kon ik niet remmen.'

'Stap uit,' zei Scalzi, 'ik rij verder.'

Olimpia deed het flinterdunne sandaaltje weer aan, haar voet steunend op haar knie. Ze keek hem aan, de kleine verzilverde versieringen tinkelden. 'Nee, ik ken jouw rijkunsten.'

Ze reed weer verder. 'Wat zou er hebben gestaan?' vroeg Olimpia.

'Waar?'

'Op dat verkeersbord aan het begin van de tunnel: Als in geval van…'

Scalzi pakte een zakdoek om zijn handen af te drogen.

'Wat zit je te zweten?'

'Vind je het gek, je loopt erbij als een oosterse buikdanseres.'

'Het heeft niks met mijn kleding te maken. Het is gewoon angstzweet, of het ligt aan je cholesterol. Probeer je straks een beetje in te houden, je bent weer aangekomen.'

In de schaduw van de eeuwenoude platanen boog Scalzi zich voorover om even in het spiegeltje te kijken. Zijn eenenveertig jaren waren hem goed aan te zien. Zijn wangen hingen er slap bij en onder zijn ogen begonnen zich de eerste wallen van de drank te vormen. Zij, die nooit een druppel aanraakte, was het bloemenkind in eigen persoon, geen grammetje vet te veel, vrolijk als een musje met haar tinkelende metalen bloemenkrans.

'Vanwege een bloemenkrans die ik zag, zal elke bloem me doen zuchten', citeerde Scalzi Dante uit zijn hoofd. Olimpia had minstens vijf kransen, als je die op haar voorhoofd, de mouwen en de zoom van haar rok meetelde. En hij? Als hij een van Dantes volgelingen was geweest, wat had hem dan doen zuchten van nostalgie? Die muntjes van vijftig lire?

IN GEVAL VAN… De cryptische tekst op het verkeersbord bleef door zijn hoofd malen als zo'n stom deuntje waar je niet meer van afkomt.

6

Beatrices kookkunsten

Barbarini en zijn vrouw woonden in een chique wijk met rechte straten en aardige huisjes. Een aarden wal, een flinke groenstrook en een enorme muur, waar bordjes hingen met de waarschuwing MILITAIR TERREIN VERBODEN VOOR ONBEVOEGDEN en waarachter zich een kazerne bevond, vormden de scheiding met de provinciale weg. De straten waren naar oorlogshelden vernoemd. Elk huis had zijn tuin rondom het huis en in elke tuin bevonden zich minstens twee honden, soms drie. De straten, huizen en tuinen leken allemaal op elkaar, allemaal laagbouw.

Na tevergeefs een paar keer door de straat te hebben gereden, stapten Scalzi en Olimpia uit om verder te voet het huis van Barbarini te zoeken. Ze waren het huisnummer vergeten en dachten het huis wel te kunnen herkennen aan het groene, houten tuinhek. Nu bleek dat heel veel van die huizen een groen houten hek hadden en dat de straat ook tamelijk lang was. Door het geblaf van de honden die zich voortdurend op de hekken stortten als zij voorbijkwamen, hing er een bepaalde spanning in de lucht, het leek wel alsof ze vijandig gebied waren binnengedrongen.

Scalzi herkende het huis ten slotte aan de potten met azalea's die aan de muur hingen. Hij belde aan, waarna de terrasdeuren opengingen en het omvangrijke postuur van Beatrice Barbarini tevoorschijn kwam. De vrouw des huizes was met de jaren behoorlijk zwaarlijvig geworden, maar met haar intelligente en zelfverzekerde uitstraling dwong ze nog altijd respect af.

'We waren al bijna begonnen.'

'Hopelijk krijgen we geen stokslagen', mompelde Olimpia.

Signora Barbarini had voordat ze met pensioen ging Grieks en Latijn gegeven op een gymnasium, en hoewel Olimpia allang geen hekel meer aan school had, koesterde ze nog altijd een irrationele afkeer jegens onderwijspersoneel. De eerste keer dat ze professoressa Barbarini had ontmoet, had ze al meteen heel kattig tegen haar gedaan.

'Alsjeblieft Olimpia, begin nou niet weer meteen', fluisterde Scalzi.

'Wat is er?' vroeg Beatrice toen de twee langs haar brede heupen het huis in liepen.

'Niks', zei Scalzi kortaf.

Advocaat Barbarini stond hen in de donkere gang op te wachten. Uit de keuken kwamen plotseling twee hondjes aangerend, een beige met een pootje in het verband en een zwarte. Ze kwispelden en jankten dat het een lieve lust was, en besnuffelden Scalzi's broekspijpen en de versiersels aan de zoom van Olimpia's rok.

'Hoe gaat het, ouwe sigarenroker?' vroeg Olimpia en ze gaf hem een dikke kus op zijn wang. Toen Olimpia vier jaar eerder door de oproerpolitie was opgepakt, tijdens een wat uit de hand gelopen demonstratie tegen de Vietnamoorlog, had Barbarini haar verdediging op zich genomen. Olimpia werd door het Openbaar Ministerie als een van de aanstichters beschouwd. Uit de gegevens van het bevolkingsregister bleek dat ze al wat ouder was en dat haar optreden niet meer als studentikoos kon worden afgedaan. Dat ze speciaal uit een andere stad was gekomen om de plaatselijke oproerkraaiers bij te staan maakte haar helemaal tot een van de hoofdverdachten. Naast deelneming aan deze rellen werd haar ook de organisatie ervan ten laste gelegd. Tijdens de zitting had ze heel gewiekst de rol van Roodkapje gespeeld die zomaar ineens in de bek van de wolf was beland toen ze koekjes naar haar oma wilde brengen. Een van de politiemannen zwoer echter dat haar handen naar benzine hadden geroken en dat ze net voor haar arrestatie een handtas in de rivier had geslingerd 'met naar alle waarschijnlijkheid minstens twee molotovcocktails'. Barbarini wist de agent zo aan te pakken dat hij zichzelf begon tegen te spreken. Olimpia speelde netjes tot het einde toe de onschuld zelve, met haar mantelpakje, halfhoge hakken, witte kousen, nette uitspraak en verwonderde gezicht. Uiteindelijk was ze, hoe kon het ook anders, vrijgesproken. Advocaat en cliënt waren met elkaar bevriend geraakt. Olimpia noemde hem altijd ouwe sigarenroker, Barbarini beweerde dat je met alle Toscaanse sigaartjes die hij in zijn leven had gerookt, een lijn van zijn stad naar de volgende zou kunnen leggen. Hij scheen dat exact te hebben uitgerekend. Het kon goed waar zijn, want hij had altijd een sigaar in zijn mond. Als hij de Toscano doormidden had gesneden, stak hij de ene helft op en de andere helft werd grijpklaar in het uitgelubberde zakje van zijn jasje gestopt.

'Wat is er met dit hondje gebeurd?' vroeg Olimpia terwijl ze de beige hond met de verbonden poot liefkozend over haar snoet aaide.

'Ik ben bang dat hij onder een auto is gekomen', antwoordde Barbarini. 'Hij heeft totaal geen oriëntatiegevoel. Als puppy is hij veelvuldig gepest door rotjongens. Hij weet dat hij de tuin niet uit mag lopen, maar af en toe loopt hij gewoon zijn neus achterna en raakt hij verdwaald. Ik heb hem bij de rivier teruggevonden met een gebroken pootje.'

Het beige hondje genoot zichtbaar van Olimpia's aandacht. Van onder een fauteuil schoot plotseling een konijn weg, het dier liep een beetje scheef. Alle dieren die in het huis van de familie Barbarini belandden, waren op de een of andere manier getraumatiseerd. Zo was het konijn op miraculeuze wijze ontsnapt aan een lading hagel. De haan leek het beter te maken, je kon zien dat hij zich thuis voelde. Hij was op de keukentafel neergestreken, met zijn brede borst vooruit, en de ernstige blik van een roofvogel. Zachtjes kakelend volgde hij zijn baasjes en de gasten die zijn territorium doorkruisten en richting de eetkamer liepen.

De zon, die gedeeltelijk werd afgeschermd door de pergola, scheen door het openstaande raam naar binnen. De tafel glinsterde van de kristallen glazen en het zilverwerk. Beatrice had zich weer eens uitgesloofd: midden op een geborduurd tafelkleed stond een bos anemonen in alle kleuren. Toen Olimpia plaatsnam, stootte ze per ongeluk een glas om. Gelukkig was het niet kapot. Beatrice keek haar vernietigend aan.

'Wist je dat groothertog Cosimo, zoon van Giovanni dalle Bande Nere, de beste meesterglasblazers uit Murano haalde en de kristalindustrie in deze stad tot grote bloei heeft gebracht?'

Ze liet het glas tinkelen door er met haar wijsvinger tegenaan te slaan. 'Deze glazen kelken stammen uit die tijd en zijn dus al een aantal eeuwen oud.'

'Neemt u me niet kwalijk, als u wilt ga ik voor straf in de hoek staan', zei Olimpia zogenaamd vol berouw.

'Van mij mag je', Beatrice deed alsof ze een grapje maakte, maar in werkelijkheid had ze Olimpia dolgraag met ezelsoren op in de hoek zien staan. 'Je moet weten dat groothertog Cosimo ondanks zijn grote bestuurlijke talenten niet erg geliefd was onder de bevolking. De Florentijnen hadden het niet zo op de Lanzi, de ingehuurde Duitse lijfwachten van Cosimo: "Lanze zuip maar, zuip maar Lanze, dat is een goede usance". Zo ging het rijmpje. Blijkbaar was de ingehuurde legerschaar van de groothertog nogal eens dronken. Goed, ik hoop dat jullie deze lichtzoete witte wijn naar waarde weten te schatten.'

Beatrice liet een hoge, smalle fles rondgaan. 'Een Picolit uit Friuli. Het is nog een hele kunst om eraan te komen, wijngaarden met de Picolit-druif zijn vrij zeldzaam. De afdronk is buitengewoon fluwelig en doet niet onder voor een Château d'Yquem.'

'Nee, bedankt.' Olimpia duwde de fles opzij die Barbarini boven haar glas hield. 'Ik drink geen alcohol.'

'Wantrouw eenieder die een goede wijn niet weet te waarderen', sprak Beatrice afkeurend.

'Dat klopt, ik ben ook geen braaf meisje', beaamde Olimpia.

'Brave meisjes gaan naar het paradijs en de slechte komen overal.'

Beatrice kwam uit de keuken met een soepterrine. 'Weten jullie wie het recept van de panzanella heeft bedacht? Dat was natuurlijk Bronzino, de schilder. Hij was zeer goed bevriend met Pontormo, voor wie goed eten een obsessie was geworden. Pontormo ging regelmatig tussen de middag bij Bronzino eten, een voortreffelijke kok. In de keuken ligt het raffinement vaak in de eenvoud. Panzanella lijkt een eenvoudig recept, toch is er maar weinig voor nodig om de harmonie te verpesten: als je het brood te kort of te lang laat weken in het water, als je te veel basilicum gebruikt of de postelein bent vergeten. Eventueel kun je nog tomaten aan het recept van Bronzino toevoegen. De schilder kon dat niet omdat er nog geen tomaten uit Amerika waren overgekomen. Het geheim zit hem in de olijfolie die koud geperst moet zijn in een stenen pers. Roer de olijfolie, wat zout, peper en een paar theelepels azijn goed door elkaar in een kopje.'

De panzanella werd met smaak genuttigd. Voordat Beatrice weer terug naar de keuken keerde, waarschuwde ze haar disgenoten. 'We gaan niet over werk praten, afgesproken?'

Toen zijn vrouw de kamer uit was, zuchtte advocaat Barbarini een keer diep en stak een sigaartje op. Hij leek in gedachten verzonken. Beatrice kwam vrijwel meteen terug met een stomende aardewerken pot en een fles rode wijn. Ze keek haar man woedend aan. 'Je bent inderdaad een ouwe sigarenroker. Je weet dat ik er een hekel aan heb als je aan tafel rookt. De rook verpest je gehemelte, je tong, je smaakpapillen, en alles wat fatsoenlijke mensen aanwenden om eten te proeven.'

Beatrice plaatste de pot op de bijpassende zilveren onderzetter. 'Ook deze schotel stamt uit de Florentijnse Renaissance.' Ze verdeelde de grijzige substantie over de borden. 'Het waren de

Florentijnen die de ingewanden van de kip in de keuken introduceerden: levertjes, de zogenaamde fagiuoli, ofwel de niertjes, en zelfs de kammen werden gegeten. Het gerecht heet cibreo. Aan het begin van de eeuw schijnt een slecht gemaakte cibreo nog tot een moord te hebben geleid. Een man zou zijn vrouw hebben omgebracht omdat ze hem een cibreo had voorgezet die iets te zuur was. Dat verhaal illustreert wel welke waarde de Florentijnen aan hun gerechten hechtten. Hoe smaakt deze cibreo?'

'Voortreffelijk', zei Scalzi.

Beatrice verdween weer in de keuken en kwam terug met het hoofdgerecht. Ze ontkurkte een nieuwe fles rode wijn. Barbarini bleef maar zwijgzaam voor zich uit kijken, afstandelijk, er zat hem duidelijk iets dwars. Hoewel Beatrice haar best deed het banket wat op te vrolijken – door het slechte humeur van haar man was de sfeer danig ingezakt – bereikte ze met haar belerende toon het tegenovergestelde.

'Ik heb een Sassicaia uit 1965, een bijzonder goed jaar. Je moet op zijn minst een slokje nemen om het gehemelte in de juiste stemming te brengen voor dit *zalig en koninklijk gerecht, waarvan je het water tijdens het carnaval in de mond zal lopen/ en je je vingers tijdens het vasten nog lang zult aflikken.* Zo drukt de zestiende-eeuwse humanist en Florentijn Remigio de' Nannini het tenminste uit in het hoofdstuk gewijd aan het everzwijn. Je moet het dier minstens drie dagen in de witte wijn en de kruiden laten marineren. Ik waarschuw jullie, het is nogal machtig.'

'Nou, zeg dat wel!' liet Olimpia zich ontglippen.

Beatrice fronste haar wenkbrauwen.

'Het ziet er heerlijk uit, maar na de cipreo…'

'Cibreo, schatje.'

'Cibreo, sorry. Ik ben niet zo thuis in die geraffineerde keuken.'

'Precies, de jongelui van tegenwoordig weten de goede keuken totaal niet meer te waarderen. Jullie eten zonder erbij na te denken. Het is een hellend vlak, en niet alleen wat eten betreft. Ik vrees dat jullie nog veel schade zullen aanrichten.'

Olimpia liet haar vork in het gerecht vallen. 'Wat voor schade, signora?'

'Ik weet het niet', Beatrice vouwde haar handen ineen. 'Jullie zijn heel anders dan de jongens en meisjes uit mijn jeugd en dat verontrust me. Ik geloof dat jullie vreselijke dingen teweeg zullen brengen.'

'Erger dan twee wereldoorlogen, signora?'

'Nou, eh…' Signora Barbarini's gezicht betrok. 'Ik wil ook niet beweren dat jullie de vorige generaties niets mogen verwijten. Maar zie je, aan het begin van het fascisme, toen jij nog niet eens geboren was, en wees daar maar blij om, was er een grote groep ontevreden jonge mensen die me doet denken aan deze generatie. Ze wilden overal met de botte bijl op inhakken en wezen de ideeën van hun vorige generatie af. Het kwam gewoon niet in hen op dat de wereld misschien helemaal niet door die jongelui veranderd wilde worden.'

'Ik geloof niet dat de fascisten de wereld wilden veranderen,' zei Olimpia pissig, 'ze wilden juist dat alles bij het oude bleef.'

'Er waren ook een heleboel jongelui van goede wil bij, misschien wel meer dan je denkt. Jullie hebben zo'n slogan die doet denken aan de spreuken van de futuristen. Hoe gaat hij ook alweer? "We moeten de huidige staat van zaken veranderen" of zoiets dergelijks. Zoiets. Alsof dat zomaar gaat…'

'Niemand heeft beweerd dat het eenvoudig is, maar je kunt een poging wagen.'

'De taal die jouw leeftijdsgenoten uitslaan is niet eenduidig, en vaak onbegrijpelijk. Dat is nogal tegenstrijdig, vind je niet?'

'Op wat voor manier?'

'Behoort politiek taalgebruik niet juist kristalhelder te zijn?'

'Dat lijkt me niet,' wierp Olimpia tegen, 'politieke taal is complex en impliciet dubbelzinnig.'

'Meen je dat? Ik vind dat de politiek ten dienste moet staan van de burgers, het zijn de romantici die het onbelangrijk vinden of ze wel of niet begrepen worden. Die vrienden van je willen zich tot de massa richten, maar hoe denken ze die op de barricade te krijgen? Ze praten nog dromeriger dan de ergste romantici. Cryptischer dan de hermetische dichters.'

'Luister, Bice,' kwam Barbarini tussenbeide omdat hij vreesde dat de discussie in een ruzie zou ontaarden, 'breng ons alsjeblieft het dessert, dan kunnen Corrado en ik ons daarna even terugtrekken om wat zaken te bespreken.'

Beatrice ging de keuken in en kwam weer terug met een aantal zilveren schaaltjes met trillende pudding. 'Alstublieft,' zei ze, terwijl ze de schaaltjes uitdeelde, 'eenvoudige mokkabavarois.'

'Zalig', zei Olimpia na haar eerste lepeltje.

'Aha, dus je bent dol op bavarois? Melk, eieren, mokka, een heel klein beetje gelatine, chocoladearoma uit Turijn. Ook heerlijk met een scheutje Malvasia. Ach nee, je drinkt geen alcohol. Wat vervelend voor je. Wij zenuwpezen drinken daarentegen graag een goed glas wijn. Over oude zenuwpezen gesproken…'

'Ik heb een advocaat nodig', zei Barbarini. 'Deze keer heb ik er zelf eentje nodig.'

Zijn werkvertrek deed denken aan de muffe kamer van een pastoor. Scalzi begreep goed dat de oude man hier vaak zat om zijn praatzieke vrouw te ontvluchten. Om er te komen moest je vanuit de eetkamer een trapje naar beneden. Er was slechts één raam, dat uitkeek op de tuin met zijn wingerdbladeren. De muren stonden tot aan het plafond vol met boeken, waartussen zich opvallend genoeg geen juridische werken bevonden. Vroege uitgaven van Leopardi, de werken van de negentiende- en twintigste-eeuwse romanschrijvers. De schrijvers die het café Le Giubbe Rosse in Florence frequenteerden, hadden een ereplaats: Landolfi, Soffici, Palazzeschi, Papini, Cicognani, Gadda. Barbarini had ze allemaal gekend. De literatuur was zijn roeping geweest. In de jaren net voor de Eerste Wereldoorlog, toen hij een jaar of achttien was, verkeerde hij al in de kringen van de *Vociani* die het literaire tijdschrift *La Voce* hadden opgericht. Maar Barbarini ontdekte al snel dat hij een te prozaïsch karakter had en dat hij de lyrische bezieling van zijn tijdgenoten miste. Het was dan ook een vrije en weloverwogen keuze geweest om de literatuur in te wisselen voor het ruwe verisme van de strafprocessen.

De boeken, netjes op een rijtje in de boekenkast, stamden dus nog uit zijn jonge jaren. Net als het donkere schilderij met zijn uitgesproken lijnen, een sobere Ottone Rosai. Lijnen die al enigszins deden denken aan de latere periode van landelijke werken, landschappen van de post-Macchiaioli-stroming, met rode karren en witte koeien, pijnbomen en een straffe westenwind, hooibergen.

Het enige wat aan zijn werk als advocaat deed denken was een ingelijste handgeschreven brief, met grote krulletters, waarin de nabestaanden van achttien mijnwerkers die bij een gasontploffing in Ribolla waren omgekomen advocaat Giovanni Barbarini bedankten voor de kennis en inzet waarmee hij de weeskinderen en de weduwen had vertegenwoordigd in het proces tegen de almachtige eigenaren van de dodenmijn.

Achter een bureau stond een grote houten leunstoel. Barbarini ging erin zitten, strekte zijn benen en stak een sigaar op. Hij nam een trekje en sloot zijn ogen. Hij schoof een dossier vol met krantenknipsels naar Scalzi. 'Werp er maar alvast een blik op, dan praten we zo wel verder. Ik moet even het eten laten zakken.'

Hij legde zijn hoofd naar achteren. Het sigaartje hing losjes tussen zijn lippen. De asbak lag vol met sigarenpeuken. In de gesloten, slecht geventileerde kamer vermengde de sigarenlucht zich met de geur van het stoffige papier. Het was een mooie zomermiddag, de bladeren voor het raam hingen stil. Vanuit de aangrenzende kamer drongen de stemmen van de twee vrouwen het werkvertrek binnen. Ze hoorden Beatrice zachtjes praten, terwijl Olimpia af en toe een vraag stelde. Het leek wel of ze niet meer zo zaten te kibbelen.

Scalzi legde het dossier op zijn knieën, hij voelde zijn oogleden zwaarder worden. De sigaar van Barbarini was inmiddels gedoofd maar hing nog steeds aan zijn onderlip, zijn mond half-open. De oude Barbarini was ingedommeld en snurkte zachtjes. Hij zag er zo nog een stuk ouder uit omdat zijn kwieke blauwe ogen verborgen lagen achter een netwerk van rimpels. Zeventig jaar was ook veel te oud voor zo'n, volgens de krantenkoppen, complexe zaak. Scalzi wist wel iets van de twee moorden, hoewel de nationale pers de berichtgeving vrijwel direct aan de lokale pers had overgelaten. Na nog wat koppen te hebben doorgenomen, liet ook Scalzi zich in zijn stoel wegzakken om een dutje te doen. Hij proefde de Sassicaia nog op zijn gehemelte. De tijd stond even stil.

7

Bedrog

'Slaap je, Corrado?'

'Nee hoor,' loog Scalzi, 'ik had heel even mijn ogen dicht.'

'Schaam je niet,' de gele vlam van de aansteker verlichtte Barbarini's gezicht, 'Bice is in staat om een heel bataljon te vloeren.' Hij wees naar de krantenartikelen die over de vloer verspreid lagen. 'Heb je ze bekeken?'

Scalzi boog zich voorover om het dossier op te pakken dat op de grond was gevallen. Terwijl hij de artikelen weer een beetje ordende, nam hij snel de koppen nog een keer door, die opvallend vaak met een vraagteken eindigden.

ONDERZOEK NAAR EXTREMISTEN. EIGENAAR 'DE VLIE-GEN' VERMOORD OMDAT HIJ VAN TNT WIST?; AANHOUDING NA BOMAANSLAG IN MARINA; WEDUWE BALUARDI WIL VOOR RECHTBANK GETUIGEN; HANGEN DE TWEE ZAKEN MET EL-KAAR SAMEN? DE RECHTER TWIJFELT; ADVOCAAT LEIDER VAN BENDE? WIE IS DE GEHEIME PLEITBEZORGER?; 100 KG TNT AANGETROFFEN IN BERGEN VAN EXTREMIST SEMINARA?

'Ik ken de zaak alleen in grote lijnen,' zei Scalzi, 'wie vertegenwoordig je?'

'Niemand. Niet meer, tenminste. Er is een onderzoek naar me ingesteld, ik ben zelf in staat van beschuldiging gesteld.'

'Dat meen je niet.'

'Als het initiatief van een van die bureaucratische officieren van justitie was gekomen waarmee ik al heel mijn leven in de clinch lig, had ik er niet zo zwaar aan getrokken. Het onderzoek wordt echter geleid door Canfailla, een oud-leerling van Bice die bij ons over de vloer kwam. Ik zal niet zeggen dat we bevriend waren (over het algemeen probeer ik niet al te dik te worden met rechters-commissarissen), maar hij kent me goed en weet uit welk hout ik gesneden ben. En uitgerekend hij begint een straf-vervolging tegen mij. Ik moet er wel bij zeggen dat hij niet de snuggerste is. Het schijnt Bice heel wat zweet en tranen te hebben gekost om hem de consecutio temporum aan het verstand te brengen.'

'Wat wordt je ten laste gelegd?'

'Ik zou leidinggeven aan een criminele organisatie.'

'Dat moet een grap zijn.'

'Nee.'

Barbarini wees naar de kop van het krantenartikel waarin werd verondersteld dat de criminele bende door een advocaat werd geleid.

'Ik ben die advocaat.'

Met de vaart van een doorgewinterde advocaat somde Barbarini de gebeurtenissen van de laatste twee jaar op. Op 1 januari 1971 ontplofte er een bom bij een slager in Marina. Een toevallige voorbijganger kwam daarbij om het leven. De politie startte een onderzoek en kwam onder andere terecht bij een trattoria in de Via della Madonnina, in het centrum van de stad, een broeinest van subversieve elementen. Een eenvoudige tent, in de volks-mond 'De Vliegen' genoemd, die vooral bezocht werd door studenten en arbeiders met revolutionair anarchistische ideeën. De meesten niet meer zo jong, maar wel stuk voor stuk stevige drinkers. De eigenaar van het trattoria, Giuliano Baluardi, een verstokte alcoholist met een levercirrose, voorzag de andere revolutionairen in hun drank- en eetbehoeften. Hij kon met explosieven overweg omdat hij in een marmergroeve in de Apuaanse Alpen had gewerkt. Vijf maanden later, op 7 mei van hetzelfde jaar, trof ene Bonturo Buti boven op de Monte Merlato het lijk van Giuliano Baluardi aan. Het bleef onduidelijk hoe hij vermoord was. Toen ze hem aantroffen was hij al een week dood, het onderzoek van de lijkschouwer leidde tot niets omdat het lichaam al in vergevorderde staat van ontbinding was, mede dankzij de ratten, insecten en kraaien. In het kader van het andere onderzoek, dat van de bomaanslag, trof de politie intussen bij een huiszoeking een stuk TNT aan, verborgen in een ordner in het kantoor van een vaste klant van De Vliegen, een gemeenteambtenaar die voor intellectueel moest doorgaan en een beetje de ideoloog van de plaatselijke extremistische scene was. Het stuk explosief was van hetzelfde type als bij de aanslag in Marina was gebruikt. Massimo Seminara, de ambtenaar, werd gearresteerd, en Barbarini nam zijn verdediging op zich.

'Op dat moment', zuchtte de oude man, 'verscheen Pasqualino Lipari ten tonele.'

'Die naam komt me bekend voor.'

'Dat verbaast me niks. Welke Toscaanse advocaat kent hem niet? Lipari is een ongeëvenaarde meesteroplichter. Ik vertel iets over zijn allerlaatste klus, omdat het met de zaak te maken heeft. Een juwelenroof. Waarde: honderd miljoen lire. Lipari gaat naar een juwelier die erom bekendstaat dat hij gestolen juwelen aanneemt. Hij laat een krantenartikel aan de heler zien, waarin een diefstal wordt beschreven en hij vertrouwt de man toe dat hij, Lipari, de gestolen waar in zijn bezit heeft en bereid is om die, handje contantje, voor de helft van de prijs te verkopen. Eerlijk oversteken, in de ene hand het geld en in de andere de juwelen. Omdat het zo'n riskante onderneming is stelt Lipari voor de uitwisseling te laten plaatsvinden op de plek waar de juwelen verborgen liggen. Hij vertrouwt de juwelier natuurlijk voor geen cent en hij weet ook donders goed dat de juwelier hem niet vertrouwt. Daarom reizen ze samen naar Elba. De juwelier heeft opdracht gekregen voor een duikersuitrusting te zorgen en het geld in een waterdichte tas te vervoeren. Ze rijden in de auto van de juwelier en nemen de veerboot naar Portoferraio. Uiteindelijk komen ze bij een door rotsen ingesloten, afgelegen baai aan. Hij vertelt dat de juwelen veilig in een onderzeese grot liggen verborgen. Pasqualino Lipari trekt het duikerspak aan en springt in zee... Met de waterdichte tas. De juwelier wacht tot hij weer opduikt. De grot bestaat inderdaad, maar wat de arme man echter niet weet is dat hij door de rotsen verder loopt en onder water uitkomt in de aangrenzende baai die je vanuit zijn positie niet kunt zien. Pasqualino zwemt onder water door de grot en duikt vervolgens in de andere baai weer boven, waar hij een dag eerder een auto heeft achtergelaten. De juwelier wacht een paar uur, ongemakkelijk zittend op de rotsige kust, voordat hij naar het kantoor van de havenmeester rijdt om de vermoedelijke verdrinkingsdood van de duiker te melden. Die heeft het vasteland dan inmiddels allang bereikt met de vijftig miljoen lire in contanten. Maar daarmee is de kous nog niet af. Een paar maanden later doet de politie huiszoeking bij een andere beruchte heler thuis, ze treffen de gestolen juwelen aan en de heler wordt gearresteerd. De in beslag genomen juwelen komen in de kluis van de expert te liggen die door de rechtbank is aangesteld om de waarde vast te stellen, voordat ze aan de rechtmatige eigenaar worden teruggegeven. Pasqualino weet van geen ophouden, dat is een van zijn sterke punten. Hij meldt zich bij de expert, zich uitgevend voor een medewerker van de afdeling corpus delicti van de rechtbank. Hij laat een perfect vervalst document zien, ondertekend door de rechter-commissaris die met de zaak belast is en waarin de expert wordt opgedragen de gestolen waar aan de toonder van het document te overhandigen. Zo lukt het hem daadwerkelijk de juwelen in handen te krijgen. Maar dan wordt Pasqualino overmoedig en maakt hij de fout de eerste heler op te bellen die hij op Elba had opgelicht. Hij stelt de man opnieuw voor de juwelen te kopen, deze keer echt, en voor slechts een kwart van de waarde, vijfentwintig miljoen lire. Zo kan de heler zijn verlies van de vorige keer enigszins compenseren. Eigenlijk was Pasqualino van plan om hem nog een keer te belazeren. We zullen nooit weten welke list hij deze keer had verzonnen, omdat Pasqualino de wraakgevoelens van de heler verkeerd had ingeschat, die best bereid was nog wat geld te verliezen om hem in de bak te krijgen. Dus als de schurk zich weer met dezelfde waterdichte tas bij de juwelier meldt, als een ware kunstenaar met oog voor detail, wordt hij meteen door een paar agenten in de handboeien geslagen. De juwelen zijn natuurlijk elders en niemand weet waar. Dit hele verhaal speelt ongeveer een jaar geleden. In de gevangenis ontwikkelt Pasqualino Lipari zich tot een informant van de binnenlandse veiligheidsdienst. Hij verhuist van de ene naar de andere gevangenis om met politieke gevangenen aan te pappen. En zo is hij van beroep veranderd, nu is hij dus agent-provocateur en spion. In die hoedanigheid belandt hij ook in de gevangenis waar Seminara zat.'

Barbarini onderbrak zijn verhaal even om zijn sigaar weer aan te steken die door al het gepraat was uitgegaan.

'Ik begrijp nog steeds niet wat jij met de hele zaak te maken hebt,' zei Scalzi, 'ben je soms Lipari's advocaat?'

'Nee, ik was Seminara's advocaat, de gemeenteambtenaar die van de aanslag op de slagerij wordt verdacht en al een paar maanden vastzat toen Pasqualino in dezelfde gevangenis belandde.

Ik zal je vertellen hoe de zaken er momenteel voor staan. Het onderzoek naar aanleiding van de bomaanslag in Marina, geleid door Canfailla, liep uiteindelijk vast na enkele tientallen huiszoekingen. Op de TNT na, die in een ordner van Seminara werd aangetroffen, zijn er verder geen directe bewijzen boven water gekomen die zijn betrokkenheid aantonen.

Het onderzoek met betrekking tot de moord op de eigenaar van het trattoria staat geheel los van het andere onderzoek en wordt geleid door rechter-commissaris Morgiacchi. De verdenkingen concentreren zich op de twee obers die in het trattoria werkten, op de vrouw en de dochter van de eigenaar, Giuliano Baluardi. Kwade tongen beweren van alles, in de Via della

Madonnina gonst het van de geruchten. De vader zou ziekelijk bezitterig ten opzichte van zijn dochter zijn geweest en zou des duivels geweest zijn toen hij erachter kwam dat zijn vrouw hun dochter aan een van de obers wilde koppelen. De twee vrouwen zouden doodsbenauwd zijn geweest dat de man, verdoofd door de alcohol, iets vreselijks zou aanrichten. Iemand had de eigenaar horen schreeuwen dat hij het hele huis zou opblazen, en Baluardi kon met explosieven overweg. Ziedaar het motief van de twee vrouwen. Gedreven door hun angst zouden vrouw en dochter opdracht tot de moord hebben gegeven, die uiteindelijk zou zijn uitgevoerd door de twee obers. Zo luidt tenminste de hypothese van het OM. De twee vrouwen, die overigens nog steeds op vrije voeten staan, hebben zich ook tot mij gewend. Zodoende ben ik in beide processen actief. Ik vertegenwoordig Seminara, de gemeenteambtenaar bij wie de TNT is aangetroffen, die bij hoog en laag beweert niks van de springstof af te weten en vermoedt dat iemand het daar in zijn ordner heeft gestopt om hem erin te luizen. Daarnaast sta ik de vrouw en de dochter van de trattoriahouder bij, tegen wie formeel nog geen onderzoek is ingesteld, maar die de ontsmettingslucht van de gevangenis al bijna ruiken. Ik krijg dus een aardig beeld van beide zaken en langzaam raak ik ervan overtuigd dat ze niet los van elkaar staan, dat de eigenaar is vermoord omdat hij wist wie er achter de aanslag op de slagerij zat.

Daarom heb ik de rechtbank verzocht de twee zaken gevoegd te behandelen. Ik heb een memorie geschreven waarin ik de stelling staande hou dat Seminara onschuldig is. Toegegeven, hij is een idealist met kromme ideeën, maar waarom zou hij in godsnaam een slagerij opblazen? Wat voor een politiek gewin kan hij daaruit halen?

Wat de verdediging van de twee vrouwen betreft concentreer ik me op het motief. Ik vind de hypothese van de officier van justitie niet overtuigend. Ik vraag me af of Baluardi werkelijk een bloedbad zou aanrichten alleen omdat zijn dochter met iemand naar bed was geweest. Zeventien jaar is wat aan de jonge kant, maar de jeugd van tegenwoordig is er nu eenmaal sneller bij. Baluardi was overigens helemaal geen strenge vader. En Gerbina, zijn vrouw, heeft een sterk karakter, ze is de motor van het gezin. Kortom een vrouw die er in goede en in slechte tijden voor zou vechten om haar gezin bijeen te houden. Ze houdt van haar man, die gekke Giuliano, ze leven tenslotte al dertig jaar samen. Natuurlijk is het niet altijd koek en ei. Het grootste twistpunt was Baluardi's drankmisbruik. Gerbina wilde graag dat hij ermee stopte, omdat hij langzaam zijn eigen graf aan het graven was, ze wilde hem gewoon niet verliezen. En deze vrouw zou die twee slome duikelaars opdracht hebben gegeven hem te vermoorden? Dan had ze beter een jaartje, hooguit twee, kunnen wachten, totdat de levercirrose zijn werk zou hebben verricht. Ik vraag me af of angst een drijfveer kan zijn geweest. Angst waarvoor? Baluardi is nooit gewelddadig tegen zijn vrouw en dochter geweest.

Ik ben met de twee rechters-commissarissen gaan praten. Van degene die zich met de moord op Baluardi bezighoudt, wordt ik niks wijzer. Morgiacchi is zo'n jonge kerel die denkt dat hij een geniaal rechercheur is. Met Canfailla kan ik beter overweg, hij heeft toegezegd dat Seminara's voorarrest zal worden opgeheven. Seminara heeft beloofd me te zullen helpen met de zaak van de moord op Baluardi, als hij straks op vrije voeten komt. Het is een uitgekookte jongen en hij kent het milieu als geen ander. Hij heeft me stukje bij beetje al wat informatie toegespeeld tijdens onze gesprekken in de Don Bosco-gevangenis.'

'Ik zie niet goed in wat die beruchte Lipari hiermee te maken heeft, die ben je onderweg ergens verloren', zei Scalzi.

'Even geduld nog, die komt zo in het verhaal terug. Waar was ik gebleven? O ja, de Don Bosco-gevangenis. Ik bezocht Seminara om hem het verheugende bericht van zijn naderende vrijlating mee te delen. Het viel me op dat hij er onverzorgd en bleekjes bij liep, zijn pyjama was vies en verkreukeld. Ik ging ervan uit dat hij een gat in de lucht zou springen, maar hij bleef stoïcijns voor zich uit kijken. Hij wist het al, ene Pasqualino Lipari had namelijk aangekondigd dat hij binnenkort vrij zou komen. De twee delen een cel en hebben vriendschap gesloten. Op een gegeven moment stopte Seminara zijn hand in de zak van zijn pyjamajasje om een briefje tevoorschijn te halen. Hij probeerde het stiekem aan me te overhandigen. Ik zag dat er op het briefje een rijtje cijfers stond. Lipari had hem het briefje gegeven toen deze hoorde dat Seminara en ik een afspraak hadden. De cijfers zouden betrekking hebben op het karaat van de gestolen juwelen, waarmee Pasqualino al twee keer iemand had opgelicht. Het was de bedoeling dat Seminara het briefje aan een handlanger buiten de gevangenis liet zien, die de juwelen in zijn bezit had. Het briefje gold als legitimatiebewijs. De handlanger zou zo'n tien miljoen lire overhandigen, waarvan de ene helft naar de oplichter in de gevangenis gestuurd moest worden en de andere helft voor hem was. Seminara vroeg me of ik het briefje zolang bij me wilde houden, omdat hij ervan uitging dat hij gefouilleerd zou worden. Als hij dan op vrije voeten was, zou hij het briefje meteen bij me komen ophalen. Ik keek hem aan en vroeg of hij wel goed snik was. Ik maakte hem duidelijk dat hij het briefje zo snel mogelijk moest verbranden, en dat hij voor zoiets bij mij aan het verkeerde adres was. Hij stopte het briefje weer terug in zijn zak. Heel toevallig werden we direct na ons gesprek op het matje van de directeur geroepen. In zijn kantoor stonden een paar agenten klaar met een machtiging, ondertekend door rechter-commissaris Canfailla, om ons te mogen fouilleren. Ze begonnen me inderdaad te fouilleren en al mijn papieren werden bestudeerd, zelfs mijn aantekeningen, zonder dat ze zich om mijn beroepsgeheim bekommerden. Toen het briefje van Pasqualino Lipari in het jasje van Seminara werd aangetroffen, kreeg ik even de indruk dat de politiecommandant licht teleurgesteld was, alsof hij het liever bij mij had gevonden.

Drie dagen later ontving ik een gerechtelijk schrijven. Ik werd ervan verdacht aan het hoofd van een criminele organisatie te staan die in Toscane actief is, ik moest een advocaat zoeken... Volg je me nog?'

'Min of meer. Hoewel het allemaal wel heel ongeloofwaardig klinkt.'

'En toch gebeurt het allemaal', zei Barbarini. 'We varen op zee en voelen dat de storm nadert, maar door de wind boven de hoge golven vervaagt alles in de verte.'

Barbarini zag dat Scalzi zijn lach maar net kon inhouden. 'Wij strafpleiters van de oude stempel houden van metaforen. Je moet toegeven dat het een zootje aan het worden is, toch? Goed, ik besluit om de rechter-commissaris op te gaan zoeken in zijn kantoor.'

'Canfailla? Die nog les van Beatrice heeft gehad?'

'Precies. Dat snotjong doet heel hooghartig. Na een hoop gedoe – speciaal omdat ik het ben, om me een gunst te verlenen, want eigenlijk is het tegen de regels, en brengt hij zijn carrière in gevaar... – wil hij me wel vertellen dat het briefje een gecodeerde boodschap bevat.'

'Gecodeerd?'

'Het stelt niks voor, kinderspel: de 1 correspondeert met de Z, de 2 met de Y, de 3 met de X enzovoorts, tot aan de A die met het getal 26 correspondeert. Begrijp je hoe de code van deze gevaarlijke subversieve groepering werkt? Toen ze de boodschap ontcijferde stond er het volgende: Neem geen beslissingen alvorens advocaat Barbarini te hebben geraadpleegd. Geef aan hem de coördinaten door.'

'Welke coördinaten?'

'Het mooiste komt nog. Het briefje bevat ook een routebeschrijving naar een boerderijtje op de Monte Pania in de Apuaanse Alpen. Dat heb ik later uit de kranten vernomen, maar tegenover mij zweeg de rechter-commissaris daarover. Een speciale politie-eenheid doorzoekt het boerderijtje en wat treffen ze daar aan? Heb je het niet gelezen?'

Barbarini wees een krantenartikel aan.

'Nee.'

'Zie je wel dat je lag te slapen. Goed, ze vinden honderd kilo TNT, duizend meter langzaam brandend lont, een vijftigtal ontstekingsmechanismen, petards en een betonschaar. En ze vinden een complete eerstehulpuitrusting waarmee zelfs eenvoudige operaties mogelijk zijn, gedetailleerde kaarten van de streek, gestolen identiteitsbewijzen, maar ook valse reisdocumenten. Moet je horen, in de hooischuur staat een sportvliegtuigje, een *piper* volgens de krant, die haar informatie direct van het hoofdbureau krijgt. Het vliegtuigje is gedemonteerd, maar is binnen een redelijke tijd vliegklaar te maken. Er worden geen politieke manifesten, verklaringen en dergelijke aangetroffen, dat niet. Maar het briefje met de absurde code zou naar een wijdvertakte, subversieve groepering van linkse signatuur verwijzen, waarin naast mij, ik sta blijkbaar aan het hoofd van deze stadsguerrilla, ook een andere advocaat uit Genua verwikkeld zou zijn, en zelfs een exponent uit de communistische partij, ik weet verder geen namen, maar het schijnt om een hoge functionaris te gaan.

Seminara kan door dat briefje zijn vrijlating wel vergeten, en wordt met een hele nieuwe waslijst aan beschuldigingen geconfronteerd. Als hij veroordeeld wordt, krijgt hij minstens tien jaar. Daarop besloot ik nogmaals naar Canfailla te gaan in de hoop hem tot rede te brengen. Luidde de tenlastelegging soms dat ik het briefje aan Seminara had doorgegeven? Maar met welk doel dan? Om hem over zaken te informeren die hij, als lid van de organisatie, allang wist? Om anderen te informeren? Wie in godsnaam? Waarom zou ik Seminara trouwens een briefje overhandigen in een zwaarbewaakte ruimte van een gevangenis, als ik hem een paar dagen later oog in oog, in alle rust in mijn kantoor, kon vertellen wat ik wilde? En waarom werden we direct na ons onderhoud gefouilleerd? Uit welke hoek kwam die tip? En hoe zat het met die gecodeerde boodschap? Ik vroeg hem wat voor code dat was, die door elk kind te ontcijferen is?

Het was een deerniswekkende vertoning. Ik deed mijn uiterste best om hem ervan te overtuigen dat het hele gedoe in scène was gezet door onze intrigant Lipari, oplichter van beroep, in opdracht van God mag weten wie; en dat ze van tevoren waren ingelicht om mij als advocaat in beide zaken uit te schakelen met als doel iets veel groters te verdoezelen. Dat het om iets groots gaat, blijkt wel uit al die spullen die ze op de Monte Pania hebben aangetroffen: honderd kilo TNT en dat vliegtuig! Daar had Canfailla zich beter op kunnen concentreren. Dan was hij er vanzelf achter gekomen wie mij probeert te belazeren. Het gaat in ieder geval om personen die veel middelen tot hun beschikking hebben en lastige mensen zonder scrupules uit de weg ruimen. Als hij dat spoor wat meer had uitgediept, was hij waarschijnlijk ook meer over de moord op Baluardi te weten gekomen.

Ik geef toe dat ik naïef ben geweest. Voor mijn gevoel zat ik met de oud-leerling van Bice te praten, terwijl die jongen intussen wel rechter-commissaris is geworden. Hij wachtte rustig af tot ik uitgeraasd was, om me vervolgens koeltjes mee te delen dat hij bereid was om proces-verbaal op te maken, als ik in het bijzijn van mijn advocaat een verklaring wenste af te leggen. Dat hij me vanwege belangenverstrengeling niet langer als de advocaat van Seminara kon beschouwen. Dat ik er goed aan deed op mijn woorden te letten omdat er tussen hem en mij geen informeel overleg mocht plaatsvinden. Dat alles wat ik zei tegen me gebruikt kon worden. Zo'n laatste zin zou toch zo uit een Amerikaanse film kunnen komen, niet? Goed, Bice had hem met recht een vier voor Latijn gegeven. Dat is het hele verhaal. Punt is dat ik in deze komedie onmogelijk twee rollen tegelijk kan spelen, die van verdachte en advocaat, wat dat betreft moet ik dottor Canfailla gelijk geven. Het komt er wel op neer dat er nu vier mensen zonder advocaat zitten: de twee vrouwen, Seminara en ik.'

Scalzi probeerde de rook met zijn hand weg te wuiven. 'Waarom?'

'Waarom wat?'

'Waarom ik?'

'Je wilt weten waarom ik je vraag dit hete hangijzer aan te pakken.'

'Zeg maar gerust gloeiende lava.'

'Misschien ook wel. Ik zou er alle begrip voor hebben als je weigerde. Maar ik ken je. We hebben vroeger samengewerkt, en niet zonder succes. Ik weet dat je je niet tevredenstelt met de voorgekookte troep die we van het OM en de politie op ons bord krijgen. Ik weet dat je, net als ik, die zogenaamde mysteries niet kunt uitstaan, de grote jongens die oplichters inhuren om de echte misdaden te verhullen. Geef eerlijk toe dat ze je het bloed onder je nagels vandaan halen.'

Scalzi wilde even snel een blik werpen op de plek waar Baluardi was gevonden, en was daarna van plan weer naar Florence terug te gaan. Maar Barbarini kwam met het idee de volgende dag samen naar het trattoria De Vliegen te gaan om de twee vrouwen, als ze dat wilden, aan hun nieuwe advocaat voor te stellen. 'Je kunt ze beter daar ontmoeten dan in je kantoor. Het is belangrijk dat je een goed beeld van deze mensen krijgt en dat je de sfeer van het trattoria een beetje opsnuift. Daar zullen ze zich veel beter op hun gemak voelen.'

'Waarom heet het trattoria eigenlijk zo?' vroeg Scalzi. 'Het klinkt niet echt appetijtelijk.'

'Dat stinkende hol inspireerde Renato Fucini tot een sonnet. In de negentiende eeuw was het al even sjofel. Het sonnet eindigt zo: "…*Mag ik de rekening/ drie vliegen, twee haren/ nog afgezien van die ik heb doorgeslikt…/ Kom, kom, niet zo muggenziften!/ je hebt twee borden stoofvlees gegeten?/ als je de vliegen niet wilt betalen, betaal die dan ten minste.*" Of er ook nu nog vliegen in de soep zitten, weet ik niet, maar ik waarschuw je dat er sindsdien weinig veranderd is. De echte naam van het trattoria is overigens Il Portichetto.'

8

Speurwerk

'Wil je echt dat ik helemaal naar boven rij?'

'Waarom niet?' vroeg Scalzi.

'Omdat het mijn auto is. Moet je kijken wat een stenen en gaten. De hele onderkant gaat eraan.' Olimpia zette de motor af en opende het portier. 'Kom, stap uit.'

'Maar het is nog minstens drie kilometer naar boven.'

'Het is mooi weer en we zijn jong. Het is goed voor je buikje, zo verbrand je tenminste wat van dat vreetfestijn van die juffrouw Latijn.'

Olimpia gaf een tikje op de vooruitstekende buik van Scalzi. 'Als de watermeloen rijp is, hangt de stengel er uitgedroogd bij.'

De zon stond nog altijd hoog. Scalzi sjokte achter Olimpia aan die haar rok optilde. Op het slingerende pad werd ze steeds weer anders door het felle zonlicht beschenen, de ene keer leek het alsof ze naakt was, dan weer was ze een rode vuurbal. Olimpia stopte hier en daar om wat op te rapen, ze liet niet merken dat ze in werkelijkheid even inhield om op hem te wachten. Scalzi liep hijgend de berg op, zijn hoofd vol overpeinzingen. Barbarini had gelijk: het was niet zozeer de vriendschap die hen verenigde, maar de gezamenlijke afkeer van bepaalde zaken. Over een paar jaar zou ook hij een chagrijnige oude man zijn, kapotgemaakt door een beroep waarin ergernissen zich alleen maar opstapelden. Aan het einde van het gesprek had Barbarini verteld dat er naast zijn kantoor, onder de galerij tegenover de Ponte di Mezzo, een kiosk staat. Al sinds jaar en dag nam de oude advocaat, als zijn werk het hem toeliet en het weer niet al te slecht was, plaats op een stoel naast de kiosk die daar door de krantenverkoper speciaal voor hem was neergezet. Hij bleef dan lekker een half-uurtje zitten om in alle rust de krant te lezen en van zijn sigaartje te genieten. De dag nadat het bericht over de advocaat die aan het hoofd van een criminele bende zou staan in de plaatselijke krant was verschenen, een paar maanden geleden, was de stoel plotseling verdwenen. De krantenverkoper had hem wegge-haald, en dan te bedenken dat ze elkaar al van jongs af aan kenden. Met vochtige ogen had hij er nog aan toegevoegd dat, na alles wat er gebeurd was, die verdwenen stoel en de ontwijkende blik van de krantenverkoper nog het moeilijkst te verkroppen waren geweest.

Scalzi ging even op een steen zitten om uit te rusten, en keek sombertjes voor zich uit. Olimpia nam naast hem plaats en glimlachte een beetje schuldbewust, vanwege dat flauwe grapje daarnet. Ze had een bosje van een bepaald kruid geplukt en rook eraan.

'Weet je wat dit is?'

'Nee.'

'Pimpernel. In de Middeleeuwen werd het vooral gebruikt vanwege de bloedstelpende werking, toen ze op deze heuvels tussen Pisa en Lucca elkaar met knotsen de schedels insloegen. Dat weet ik van Gertrud.'

Gertrud, Olimpia's Duitse vriendin, had een winkeltje waar ze geneeskrachtige planten verkocht.

'Ruik eens hoe lekker.'

Scalzi was echter helemaal op de zweetdruppeltjes tussen haar borsten gespitst. Olimpia, die het warm had gekregen van al dat klimmen, had de bovenste knoopjes van haar oosterse jurk losgeknoopt. Scalzi keek eens om zich heen, er was in de verste verte niemand te bekennen. Hij sloeg een arm om haar heen en probeerde haar rok omhoog te schuiven. Olimpia sprong op, liep een paar passen naar boven en zei spottend: 'Advocaatje, we zijn hier om te werken.'

63

'Ik wilde alleen maar even bewijzen dat de stengel nog niet uitgedroogd is.' Scalzi hijgde nog steeds van de inspanning en de opwinding.

'Daar heb je vanavond alle tijd voor. Trouwens, we zijn hier niet alleen. Hoor je dat getjilp? Ik durf te wedden dat er een roodborstje naar ons zit te gluren.'

Door het zware ademen hoorde Scalzi zijn oren suizen.

'Kom hier eens kijken,' riep Olimpia, 'dit moeten welhaast de feeënkuilen zijn.'

Ze wees naar de gaten die te zien waren tussen de struiken en de geërodeerde rotsblokken. Toen Scalzi de plek eindelijk bereikte, zat Olimpia al gehurkt naast de grootste opening. Vlakbij waren nog veel meer kleinere openingen te zien.

De Monte Merlato is een kale berg, er groeit werkelijk geen boom. De enige begroeiing op de kurkdroge grond zijn braamstruiken en wat brem.

De zon stak, Scalzi voelde zich duizelig worden. 'Wat doen we hier in godsnaam?'

Vanuit het binnenste van de spelonk klonk een licht geruis. 'Het klinkt net als wanneer je een schelp tegen je oor houdt', zei Olimpia. 'Het was jouw idee om hier op onderzoek uit te gaan.' Ze pakte een steen en gooide hem in het gat. 'Wat is dat enorm diep, ik heb hem niet eens horen vallen.'

'Er valt weinig te speuren op deze verlaten berg.'

'Dat zou ik niet zeggen', zei Olimpia. 'De grootste opening heeft bijvoorbeeld een diameter van zestig centimeter. Breed genoeg voor iemand van normaal postuur. Barbarini heeft gelijk. Hier had de eigenaar van het trattoria begraven moeten worden. Wat was zijn naam ook alweer?'

'Baluardi... Wat weet jij van die moordzaak?'

'Praktisch alles. Beatrice heeft me bijgepraat: de vermoorde eigenaar, moeder en dochter verdacht, Barbarini in het beklaagdenbankje en nog veel meer... Iemand heeft het lichaam hier naar boven gebracht met de bedoeling het in zo'n spelonk te gooien en om een of andere reden is dat niet gelukt.'

Olimpia ging languit op de grond liggen en stak haar hoofd tot aan haar schouders in het gat.

'Voorzichtig, hè,' zei Scalzi, 'de bodem is poreus en kan elk moment verzakken.'

'Vreemd', zei Olimpia met haar hoofd nog steeds in het gat, waardoor haar stem nagalmde.

'Wat?'

'Kom zelf maar kijken.'

Scalzi ging ook op zijn buik liggen en stak zijn hoofd door de opening. Hij zag geen steek, behalve dan dat de schacht direct na de smalle opening wat breder werd. Verder tuurde hij in een diep zwart gat.

'Nou, ik zie niks.'

'Wacht even tot je ogen aan de duisternis zijn gewend,' zei Olimpia, 'en kijk naar die steen daar.'

Op een naar voren springende platte steen zat een witte vlek.

'Wat is dat?' Olimpia strekte haar hand uit en schraapte met haar nagels over de witte materie heen.

'Pas op dat je niet valt', zei Scalzi, terwijl hij voor de zekerheid een arm om haar benen sloeg.

'Kaarsvet', zei Olimpia. 'Door de wind is de fakkel snel opgebrand. Zie je al die spetters op de wand?' Olimpia stond op.

'Merkwaardig, hier heeft nog een fakkel gebrand. Zie je de vlek op die steen?'

Ze liep nog wat verder naar beneden. 'Hé, hier ligt ook kaarsvet... En hier nog wat, kijk! En daar... De fakkels vormden een rij, die exact naar de opening van het gat leidde.'

Scalzi keek naar Olimpia, die haar hand tegen de zon voor haar ogen hield. De zon stond laag, de pailletten op de zoom van haar rok schitterden.

Olimpia gooide nog een steen in het gat. 'Om de koude rillingen van te krijgen, deze plek.' Ze liep een paar passen en bleef bij een braamstruik stilstaan. 'Wat is dit?'

Scalzi liep naar haar toe. 'Wat heb je nu gevonden?'

'Volgens mij ligt er iets tussen die braamstruiken.'

'De hele omgeving is door de politie uitgekamd. Ga er maar van uit dat ze alles wat eventueel interessant kan zijn, hebben meegenomen.'

'Waarom zijn we deze berg dan op geklommen? Jij beweert toch altijd dat de politie in de meeste gevallen iets over het hoofd ziet. We hebben bijvoorbeeld ook het kaarsvet gevonden. Al die fakkels duiden op een vorm van hekserij.'

'Baluardi is echt niet door heksen vermoord.'

Olimpia boog voorzichtig een doornige tak naar achteren. 'Het lijkt wel een stoel. Ik hou de takken wel weg, dan kun je hem pakken.'

Scalzi stak zijn arm door de struiken en haalde een stoel tevoorschijn die je vroeger veel op terrasjes zag: een zwart metalen frame bespannen met rood plastic draad.

'De poten ontbreken', zei Olimpia.

Scalzi bekeek het zitvlak van de stoel.

'We moeten weten waar het lijk precies is aangetroffen.'

'Heeft die ouwe je dat niet verteld dan?'

'Hij zei dat het lichaam op een paar meter van een van de feeënkuilen lag, maar ik zou graag de exacte plek weten.'

Scalzi liep aandachtig een rondje over het terrein. 'Misschien vinden we nog iets. In het boek *Hsi Yuan Lu*, het oudste bekende geschrift over forensische geneeskunde...'

'Ga je nu de Latijnse leraar uithangen net als Beatrice?'

'Op zijn hoogst een leraar Mandarijn. Het boek *Hsi Yuan Lu* is in 1248 in China verschenen en beveelt aan de plek van het misdrijf met de grootste nauwkeurigheid op eventuele sporen te onderzoeken.'

'En daarnet vroeg je je nog af wat we hier in godsnaam deden.'

'Dat was voordat je het kaarsvet en de stoel had gevonden.'

'Hier ligt een filter van een sigaret', Olimpia boog zich voorover om hem op te pakken. 'Hij ligt hier al een tijdje, de regen heeft de rest van de peuk al weggespoeld.'

Scalzi knielde naast haar neer. 'En hier is er nog een, en daar nog een. Wat kunnen we daaruit afleiden?'

'Lijken roken niet, agenten wel.'

'En niet alleen agenten... Dit is ook heel interessant', Scalzi trok een verkreukeld stukje papier uit de aarde en rook eraan. 'Je ruikt de formaline nog. Een zakdoekje gedrenkt in formaline. Waarschijnlijk van de patholoog-anatoom, om tegen de stank te kunnen.'

Scalzi pakte een met modder aangekoekt draderig iets van de grond op. Hij liet het weer vallen en veegde zijn handen schoon aan zijn zakdoek.

'Gadver', zei Olimpia.

'Het oude Chinese boek stelt dat een goede analyse van de haren van doorslaggevend belang kan zijn. Het is niet zeker dat het de haren van het slachtoffer zijn, maar als je alles bij elkaar optelt (de sigarettenpeuken, het zakdoekje, de haren), kun je met grote waarschijnlijkheid aannemen dat het lijk hier heeft gelegen. Vanhier naar de grootste opening is het nog maar tien meter. De stoel zonder poten lag daar onder die struiken op een meter of vier, vijf.'

Scalzi draaide de stoel om en bekeek hem nauwkeurig. Het was een ouderwets model, bij de armleuningen vertakten de metalen buizen zich zodat een breder oppervlak ontstond, bij de rugleuning was het plastic draad op zo'n manier gevlochten dat een bloemmotief ontstond. Op het punt waar zitvlak en poten oorspronkelijk aan elkaar gelast waren, zaten nu korte scherpe kartels, alsof de twee delen met geweld uit elkaar waren gerukt. Met een zakmesje schraapte Scalzi een uitgedroogde, zwarte substantie van het zitvlak.

'Het zou bloed kunnen zijn, hoewel Barbarini me vertelde dat Baluardi's lichaam geen uiterlijke verwondingen vertoonde. Heb je een zakje of iets dergelijks?'

Olimpia haalde haar lippenstift uit haar tasje, draaide de dop eraf en gaf het aan Scalzi samen met een dot watten. 'Heb je hier iets aan?'

Scalzi schoof de substantie in de dop van de lippenstift, sloot die af met de watjes en gaf hem terug aan Olimpia, die alles weer in haar tas stopte.

'Het is ook mogelijk dat de stoel hier later door iemand is achtergelaten. Het is nu twee jaar geleden dat het lichaam werd aangetroffen. Trouwens, hij kan er ook al veel langer liggen, het is een oud model uit de jaren vijftig. Je komt ze tegenwoordig bijna niet meer tegen.'

'Laten we het aan de doodgraver vragen', stelde Olimpia voor.

'Dus die ken je ook al.'

De zon stond op het punt om onder te gaan, de blauwe lucht werd al wat fletser door de eerste nevel. Op de terugweg kwamen ze langs het verlaten huis van de Pool, dat op een honderd meter hoge bergrug lag. Een gedeelte van de zuilengalerij was ingestort. Aan beide zijden van de ingang stond een in doodsstrijd verkerende palmboom, geel als stro, hoewel op de linker een groene pluim standhield.

9

De doodgraver

De begraafplaats lag een halve kilometer buiten het dorp, aan de weg richting de stad. Slanke toppen van cipressen en daken van rouwkapellen staken boven de omheining uit. Het huisje van de doodgraver bevond zich direct achter het hek.

Scalzi gaf een harde ruk aan de metalen ring. De bel klonk gedempt, pas nadat hij er een paar keer aan had getrokken kwam er iemand.

'Het kerkhof is gesloten.' De man maakte geen aanstalten naar de poort te lopen en keek richting de akkers, over de hoofden van Scalzi en Olimpia heen.

'Bent u Bonturo Buti?' vroeg Scalzi.

'Wat moet u van hem?'

'We willen hem alleen wat vragen.'

De man was druk in de weer met een tang, een stuk ijzerdraad en een bosje groene bladeren. 'Ik ben Buti. Maar het kerkhof is gesloten. De bezoekuren zijn 's ochtends van tien tot twaalf uur.'

'We komen ergens anders voor. We willen alleen wat inlichtingen inwinnen', zei Scalzi.

De man liep nu wel richting de poort, zonder de indruk te wekken dat hij het slot zou gaan openmaken.

'Waar gaat het over?'

Scalzi zocht enigszins in verlegenheid gebracht naar woorden. 'Het euh… Het gaat om een stoffelijk overschot…'

'Bent u familie van de overledene?'

Scalzi stond op het punt dat te ontkennen, toen Olimpia zijn arm vastgreep. 'Wilt u de poort alstublieft even openmaken?' Olimpia rammelde zachtjes aan het hek. 'Het duurt maar één minuutje.'

De man kneep het ijzerdraad door met zijn tang – krak –, rolde de twee uiteinden op, stopte ze in zijn zak, klemde de twijgjes onder zijn arm en stopte de tang ook terug in zijn zak. Hij toverde een sleutel tevoorschijn en stopte hem in het sleutelgat. Voordat hij de sleutel omdraaide, richtte hij zich tot Olimpia. 'Wat is de naam van de overledene?'

'Giuliano Baluardi', zei Olimpia.

'Wie?'

'De eigenaar van het trattoria', verduidelijkte Scalzi. 'U bent toch degene die zijn lichaam heeft gevonden op de Monte Merlato, twee jaar geleden?'

Met een ruk trok de man de sleutel uit het slot en zette een stap achteruit. Hij keek de twee vreemdelingen met een wantrouwende blik aan. 'Het heeft geen zin, ik heb jullie al verteld dat ik niets weet. Hoe vaak moet ik dat nog herhalen? Jullie hebben me alles al gevraagd.'

'Wij zijn niet van de politie, hoor.'

'Ik heb het druk, wegwezen jullie.' Buti draaide zich om. 'Tombino, rotjoekel, kom hier!'

De hond had zijn kop door de tralies van het hek gestoken, met zijn oren in de nek en zijn staart tussen de benen. Hij gromde zachtjes en liet zijn tanden zien.

'Ik ben advocaat en deze dame is mijn secretaresse.'

'Laten we gaan,' zei Olimpia, 'de carabinieri pakken hem wel aan.'

'Dat hebben ze al gedaan, ze deden verdomme net alsof ik die stakker vermoord had.' Buti liep weer naar het hek toe. 'Wat ik daar op die berg uitvoerde? Of ik de eigenaar persoonlijk kende? Of ik zijn vrouw kende? Of ik toevallig ook die knappe dochter van hem kende? Maar ik weet er echt niks van, geloof me! Ik heb hem gevonden en daarmee basta. Ik weet alleen dat hij al een tijdje dood was.'

'Ik wil alleen maar weten of u een stoel in de buurt van het lichaam hebt gezien, verder niks', zei Scalzi.

'Een stoel?'

'Zo'n stoel die je vroeger veel op terrasjes zag, maar dan zonder poten.'

Buti wreef over zijn kin. 'Toen ik terug wilde lopen, ben ik inderdaad bijna over een stoel zonder poten gestruikeld.'

'Dicht bij het lijk?'

'Een paar meter verder.'

'Wij hebben de stoel in een braamstruik gevonden.'

'Dat kan kloppen. Ik was bijna op mijn bek gegaan en heb die stoel toen in de struiken geflikkerd.'

'Hebt u dat ook aan de politie verteld?' vroeg Scalzi.

'Wat?'

'Dat van die stoel.'

'Nee. Daar hebben ze niet naar gevraagd. Ze hebben me het hemd van het lijf gevraagd, maar niemand heeft het over die stoel gehad. Luister, ik heb er zelf ook geen moment meer aan gedacht, ik had natuurlijk net dat gezicht gezien…'

'Welk gezicht?'

'Dat van die dooie natuurlijk! Het slachtoffer… Signorina, haal die hond maar niet aan, hij is vals.'

Olimpia trok net op tijd haar hand terug die ze door de tralies van het hek had gestoken om de hond te aaien. Tombino's kaken sloegen tevergeefs met een klap op elkaar.

'Ziet u wel,' zei Bonturo, 'mensen die hij niet kent, bijt hij.'

'Wat was er met dat gezicht?' Olimpia veegde een druppel kwijl van haar hand.

'Wat ermee was? Het was afschuwelijk, eerlijk. En ik heb heel wat mensen gezien die door verdrinking om het leven zijn gekomen, maar dit…'

'Verdrinking?'

Bonturo rechtte zijn rug. 'Hij was duidelijk gestikt. Ze hebben zijn keel dichtgeknepen. Zijn tong hing naar buiten en zijn neus stond scheef. Wilt u nog meer details?'

10

Betty

Ze strekte haar arm om het alarm van de wekker uit te zetten. In de pikdonkere kamer, met de luiken voor het raam, zocht ze op de tast naar de knop van de cassetterecorder op het nachtkastje en zette hem aan. Elke ochtend weer gaf Caterina Caselli haar de kracht om op te staan. Caterina had de plek van Mina veroverd. Niet dat er in haar hart geen plek meer voor Mina was, maar sinds een tijdje had La Caselli gewoon de voorkeur. Waarschijnlijk omdat ze het meest op haar leek sinds ze zich een geblondeerd pagekopje had laten aanmeten.

Elisabetta wilde dat iedereen haar Betty noemde. Alleen haar moeder bleef haar koppig Betta noemen. Ze vond die y op het eind meer iets voor verwende dametjes. Haar dochter moest vooral niet te veel kapsones krijgen en zich neerleggen bij haar lot: serveren en borden wassen in het trattoria aan de Via della Madonnina. Maar Betty (die toen nog geen idee had welk droef lot haar te wachten stond) wilde beroemd worden met die naam. Gewoon Betty. Dus simpelweg Betty en verder niks. Niet als die zanger Bobby Solo, de Italiaanse Elvis Presley, die tijdens de opnamen van zijn eerste elpee zijn manager belde voor wat goede raad omtrent zijn artiestennaam. De manager had gezegd: 'Bobby.' 'Bobby hoe?' had de zanger gevraagd. Zijn manager had daarop weer geantwoord 'Bobby solo', om aan te geven dat Bobby alleen voldoende was. Maar de zanger had de raad verkeerd begrepen en zodoende was hij aan die wat treurige achternaam gekomen.

Stivi, die eigenlijk Steve Mitchell heette, vond Betty Ballard wel een mooie artiestennaam. Maar hij had haar niet weten te overtuigen. Een Italiaanse zangeres mocht best wat met haar naam spelen om het een klein beetje Engels te laten klinken, maar het moest tegelijkertijd vertrouwd Italiaans klinken. Als ze echt een achternaam moest nemen, en daar was ze allesbehalve van overtuigd, zou ze haar eigen achternaam het liefst wat afkorten. Betty Bai bijvoorbeeld, dat klonk niet eens zo gek. Als de naam maar niet herinnerde aan die fatale gebeurtenis. Als iedereen haar meteen als de dochter van de vermoorde eigenaar van het trattoria zou herkennen kon ze haar dromen wel vergeten.

Ze had al drie jaar verkering met Steve Mitchell, de zoon van een Amerikaanse onderofficier die op Camp Derby was gestationeerd, en kende hem dus al voor de grote ramp. Ook hij zag er goed uit: hij was lang (veel langer dan zij), blond, Amerikaans. En ook hij werd door pech achtervolgd, hoewel iets minder erg dan Betty. Stivi sprak nooit over zijn moeder. Hij zweeg haar dood, omdat zij haar gezin in de steek had gelaten en naar het zonnige Florida was vertrokken. Heel af en toe schreef ze een brief. Zijn vader moest hem noodgedwongen meenemen naar het buitenland en Steve was daar in eerste instantie niet echt happy mee: een andere taal en cultuur, een strengere school. Stivi ging al een tijdje niet meer naar school, net als Betty.

'Haal me uit dit gat', had Betty tegen Stivi gezegd. 'Neem me met je mee naar Amerika.' Maar toen kwam dat rampjaar en was haar wereld ingestort, ze was nog maar net zeventien. Nu was ze inmiddels twintig. En dan waren er nog wel mensen die durfden beweren dat zeventien geen ongeluk brengt. Ze was jarig in januari, een Steenbok net als Stivi. Het jaar was fabuleus begonnen met een optreden tijdens 'het gala van de nieuwe stemmen' in de Piper in Viareggio, met niemand minder dan Mike Buongiorno als presentator. Mike had haar met haar echte naam aan het publiek voorgesteld: 'Hier is ze dan, Elisabetta Baluardi!' Ze had 'Nessuno mi può giudicare' van Caselli gezongen.

Iedereen vond dat ze het magistraal had gebracht, ook die twee, drie jaloerse vriendinnen die ze had meegenomen om enthousiast voor haar te klappen.

'Ze is gewééééldig, onze Elisabettaaa…' had Mike aan het einde van haar optreden gezegd, 'maar wel eerst je school afmaken, hè?'

Een maand later was ze voortdurend misselijk en wilde ze alleen nog maar dood. Haar moeder had een adresje van een vriendin gekregen en Elisabetta meegenomen naar een vrouw aan de overkant van de rivier. Het was vreselijk pijnlijk geweest, ze had zeven dagen lang in bed gelegen. 'Een griepje', had haar moeder gezegd. Maar het was papa wel opgevallen dat ze voortdurend bloed verloor, ondanks het feit dat hij de hele dag stomdronken was. Hij was heus niet op zijn achterhoofd gevallen en draalde rond het ziekbed, moed verzamelend om haar op haar gedrag aan te spreken.

En toen kwam mei. Haar vader werd boven op de flanken van die berg aangetroffen, dood. Sindsdien raakte ze meteen van streek als ze over de stad uitkeek en die kale berg zag, die in de zomer zo geel was en in de winter zo bruin.

Amerika kon ze nu wel op haar buik schrijven. Ze had alles met Stivi tot in de details gepland. Ook financieel: Stivi zou voor tweeduizend dollar zorgen door bepaalde goederen die hij uit een magazijn van Camp Derby had meegenomen (dat deden ze allemaal, dus mocht hij het ook) op de Amerikaanse markt in Livorno te verkopen, en zij zou de broche met de ingelegde smaragden verpanden, die ze voor haar zestiende verjaardag van haar vader had gekregen. Met minstens drie miljoen lire op zak wilden ze dan in Livorno aan boord van een vrachtschip stappen met bestemming Zuid-Amerika. In Rio de Janeiro zou ze met haar stem en haar uitstraling zonder problemen een baan hebben gevonden. Stivi zou haar manager worden.

Maar nu konden ze die reis wel vergeten. Ze werden in de gaten gehouden (sinds een tijdje zag ze steeds dezelfde smeriskoppen in het trattoria), en ze kon haar moeder onmogelijk in de steek laten. Daarnaast zou het als een vlucht worden uitgelegd en zouden de verdenkingen jegens haar alleen maar sterker worden. Maar zodra de rust was teruggekeerd, zou ze zich uit die beklemmende wurggreep bevrijden! Weg van die vieze baklucht, die zelfs in bed nog aan je bleef kleven. Je kreeg de stank niet uit je haren of kleren, hoe vaak je ook douchte en hoeveel parfum je ook gebruikte.

Vol zelfmedelijden bleef Betty nog even in bed liggen. Ze was nog zo jong en zo mooi, zoveel dromen en zoveel pech. Toen ze opstond was het inmiddels kwart voor elf. Ze trok haar babydoll van zuivere zijde uit en stond naakt in haar kamer, de luiken hielden het rumoer van de straat nog even op afstand. De roddelaars van de Via della Madonnina waren waarschijnlijk alweer flink aan het kleppen, er deden heel wat verhalen over haar en haar moeder de ronde. Dat ze het aanlegden met de obers (de moeder ook, de arme vrouw!) en dat de jongste van de twee, Eraldo, haar zwanger had gemaakt en dat ze daarom een abortus had laten plegen. Ze wilde die viswijven niet meer zien, maar het was onvermijdelijk dat ze er een tegen het lijf zou lopen als ze het stukje van haar huis naar het trattoria liep.

Alleen zij wist wie haar zwanger had gemaakt, en dat geheim zou ze in haar graf meenemen. Niemand mocht het weten. Niemand. Ze had het zelfs haar moeder niet verteld toen die haar naar die illegale kwakzalver had gebracht. Niemand mocht weten wie het was geweest. Ze mochten denken wat ze wilden, het was haar geheim en dat zou het voor altijd blijven.

Elisabetta waste zich, kamde zorgvuldig haar klassieke pagekopje, modelleerde het met hairspray, bracht wat roze make-up aan, paarse mascara en een zwart lijntje om de ogen, en werkte met een donkerbruin potlood haar wenkbrauwen bij. Ze trok een strakke broek aan en een bijpassende grijze bolero die bijna tot aan de navel was uitgesneden. In het trattoria zou haar moeder haar gebruikelijke commentaar geven, en dan moest ze natuurlijk weer een schort voordoen. Maar dat kleine stukje op straat zou ze iedereen de ogen uitsteken. Sexy en agressief, lekker shockeren. Al die kwebbelaars konden van haar de pot op, Betty zouden ze nooit klein krijgen.

II

Gerbina

Gewoontegetrouw stond Gerbina ook op zondag al om zes uur op. Eigenlijk was het niet nodig, omdat er op zondag geen markt was. Maar er was altijd genoeg te doen, ze runde de hele tent praktisch in haar eentje. Als eerste moest de gedroogde stokvis in de week worden gezet. De specialiteit van het huis, en tevens het gerecht dat ze het liefste maakte: stokvis met aardappeltjes en olijven. In goede tijden kwamen de mensen van heinde en verre om haar stokvis te eten, nu was ze al blij als ze vijf of zes klanten had, het minimum om quitte te spelen.

Om het lokaal een beetje te laten doortochten, opende ze zowel de voordeur als de achterdeur die naar de binnenplaats leidde. Ze pakte dweil en luiwagen en begon de vloer te schrobben. Daarna was de keuken aan de beurt, en moesten ook alle pannen nog worden afgewassen. Eigenlijk was dat de taak van Eraldo of Betty. Die laatste liet zich doordeweeks al nooit voor halftwaalf in het trattoria zien, laat staan op zondag. En wat Eraldo betrof, die gooide er sinds de fatale dag helemaal met de pet naar. Aan het einde van de avond liet hij de afwas gewoon in de gootsteen staan, en de volgende dag mocht Gerbina van geluk spreken als hij op tijd was om de eerste gasten te bedienen. Om over Teclo nog maar te zwijgen, die ellendeling bleef soms hele dagen weg. En eigenlijk was dat maar goed ook, dan liep hij alleen maar minder in de weg.

Na het poetsen maakte Gerbina de tomatensaus, sneed de groenten voor de soep, en kookte de bonen. Het stoofvlees zou ze pas op het allerlaatst op het vuur zetten, als haar hart haar ingaf dat er iemand zou komen die wat meer geld wilde uitgeven, vlees was tenslotte duur. Ze schakelde de neonverlichting aan: IL PORTICHETTO, TRADITIONELE KEUKEN. De zon scheen niet vandaag, anders was het zonde van de stroom geweest.

Sinds die fatale dag ging het met de zaak bergafwaarts. De vaste klanten waren plots verdwenen: de professor, signorina Flavia... Wat een stoot! Als zij aan het tafeltje vlak bij de voordeur zat, was er altijd wel iemand die naar binnen kwam alleen om bij haar in de buurt te kunnen zitten. Maar nu liet ze haar gezicht niet meer zien, evenmin als Marbelli, de horloge-maker. En Seminara, die voor de gemeente werkte, hadden ze zelfs achter de tralies gezet. Alleen Cozzi, een gepensioneerde oude man die eens in de maand zijn rekening betaalde, bleef hardnekkig komen. Zowel voor de middag- als de avondmaal-tijd nam hij droge rijst, 's middags met een lapje rundvlees en een salade. Nee, van Cozzi werd je niet rijk.

Gerbina en Giuliano hadden de zaak vijftien jaar eerder overgenomen van de vorige eigenaar. Hij had er een eettent voor armlastige studenten van gemaakt die echt uitgehongerd moesten zijn geweest dat ze op zijn ranzige restjes afkwamen. Maar met zijn tweeën waren ze erin geslaagd een net restaurantje op poten te zetten, wat weer tot heel wat scheve ogen in de Via della Madonnina had geleid. De klant kreeg zonder al te veel omhaal en tegen betaalbare prijzen waar hij recht op had: hygiëne, een beleefde bediening en een authentieke keuken. Traditionele gerechten zoals seppie in inzimino, inktvis ge-smoord in een saus van spinazie en tomaten, zoals je hem zelfs in de Antico Moro in Livorno niet voorgeschoteld kreeg; de beroemde stokvis; spaghetti en tagliatelle al ragù, met een ge-haktsaus die de hele nacht had opgestaan; ribollita, een stevige Toscaanse bonensoep; voor de liefhebbers spaghetti allo scoglio, met diverse zeevruchten en een mixed grill. Ze hadden al hun spaarcentjes in de zaak gestopt alsmede het geld dat Giuliano van de marmergroeve op de Monte Pania had ontvangen bij de beëindiging van zijn dienstverband. Ze waren heel jong getrouwd, toen Giuliano nog in de groeve werkte. Meteen na hun huwelijk waren ze in een klein huisje getrokken in de bergen bij Stazzema. Ze kon haar geluk niet op toen ze dat bergachtige gebied weer inruilden voor de stad, waar ze tenslotte allebei vandaan kwamen.

Ze hadden elkaar bij het dansen leren kennen, tijdens de Amerikaanse bezetting. Op haar nachtkastje stond nog altijd een ingelijste foto van het verloofde stel, staand op het gras van het Piazza dei Miracoli, een arm om haar schouder en de andere in de lucht waardoor het leek alsof hij een reus was die de scheve toren tegenhield; op de achtergrond reed een jeep van de Military Police. De anarchistische idealen van Giuliano (vervloekt is de politiek en hij die hem in huis haalt) waren pas later in de marmergroeve van Stazzema tot ontwikkeling gekomen. Giuliano's beste vriend was met zijn gezicht in een modderpoel van marmergruis gestorven nadat een mijn te vroeg ontploft was. Gerbina zag de anarchistische begrafenisstoet zo weer aan zich voorbijgaan, de dorpskapel die 'Addio Lugano bella' speelde, de trommels die de dodenmars sloegen, de rood-zwarte vlaggen, de gebalde vuisten van de kameraden die de kist droegen. Vanwege de dood van zijn vriend, en de stoflongen die zijn gezondheid hadden aangetast, had hij besloten de stofwolken en de gevaren voorgoed vaarwel te zeggen. Het was eigenlijk al te laat, omdat de longen te zeer waren beschadigd, en hij zijn drankgebruik al niet meer in de hand had. Hij was altijd in de kroeg te vinden. Wat moest hij anders na acht uur stof happen?

Toen Giuliano eigenaar van Il Portichetto werd, hoefde hij zijn wijn niet meer af te rekenen en dat beviel hem nog het beste aan zijn nieuwe baan. Aan de andere kant voelde hij zich wel schuldig over het feit dat hij nu zelf een baas was geworden. Sommige mensen zitten zo nu eenmaal in elkaar: als het goed gaat begint het geweten te knagen. Giuliano was pas content als zijn hele zaak vol zat met arme sloebers, waarvan maar de vraag was of ze ooit hun rekening zouden betalen. Mensen die over revolutie spraken en de wereld op zijn kop wilden zetten, dronken onruststokers. Zo rond twaalven hield Gerbina het meestal voor gezien en ging ze naar bed, de 'kameraden' sloten daarop de luiken en ouwehoerden tot in de late uurtjes door, waarbij de wijn rijkelijk vloeide. Er klonk veel stoere taal en het was best link omdat je nooit wist wie er allemaal meeluisterde. En Amerika, en Vietnam, en de imperialistische moordenaars, de kapitalisten, de uitbuiting van het proletariaat, en de revolutie... Revolutie: daar hadden ze allemaal de mond vol van. Gerbina voorvoelde dat het op de een of andere manier een keer fout zou gaan. Het begon allemaal met de demonstratie in 1969, waarbij het er nog redelijk rustig aan toe ging. Hoewel, er waren natuurlijk wel arrestaties, en een van de arrestanten was de jonge anarchist die in een cel aan zijn verwondingen overleed. Niemand had gezien dat de politie hem hard op zijn hoofd had geslagen. Drie dagen lang lag hij op een stretcher in zijn cel, waarna hij overleed. Toen bekend werd dat hij was gestorven, gingen ze allemaal de straat op. En waar trokken de manifestanten zich terug als de ME haar charges uitvoerde? Ze gingen de rivier over naar de Via della Madonnina, waar inmiddels de hel was losgebroken. De politie moest met de staart tussen de benen wegvluchten, zoveel voorwerpen werden er vanuit de ramen naar hun hoofd geslingerd, zelfs kokendhete olie, zoals tijdens een middeleeuwse belegering. Het middelpunt van deze opstand was natuurlijk Il Portichetto, beter bekend als trattoria De Vliegen. Aan het hoofd van de verzetsbeweging, zoals die door de kameraden werd genoemd, stond Giuliano Baluardi, die voor de gelegenheid tot 'de Kolonel' was uitgeroepen. Een bijnaam die nog lang aan hem was blijven plakken. Vanaf die glorieuze dag, die door de kameraden was uitgeroepen tot een overwinning voor het proletariaat, ging het mis. Er doken plotseling nieuwe gezichten op in Il Portichetto, mensen die anders waren. Giuliano trok altijd een ernstig gezicht als hij met een van de mannen sprak en hun punch alla Livornese aanbood.

In diezelfde periode diende ook Teclo zich plotseling als tweede ober aan. Eigenlijk was een tweede hulp niet nodig in een trattoria met niet meer dan twintig stoelen, zeker niet als Eraldo er wat minder de kantjes van afliep. Maar Teclo had een baan nodig, Teclo had stijl, Teclo zou de ambiance wat opkrikken, Teclo was een kameraad. Met Teclo waren ook de geheimzinnige reisjes begonnen. Giuliano en zijn nieuwe ober namen de auto en bleven soms dagenlang weg. Als hij dan terugkeerde, barstte hij van de poen. Hij nam ook altijd een cadeau voor Betty mee, kostbare voorwerpen: een cassetterecorder, een kasjmieren truitje, sieraden.

Giuliano verafgoodde zijn dochter. Dat was al zo toen ze nog klein was, maar nu de ontluikende knop een mooie meid aan het worden was, had hij echt alleen nog maar oog voor haar. Al die grillen had ze van hem. Hij was degene geweest die haar had ingeprent dat ze een prachtige stem had. Hij had een gitaar voor haar gekocht, hij had de muzieklessen betaald, hij liet haar tot laat in de avond in het trattoria zingen, waardoor ze de volgende dag niet uit haar bed kon komen om naar school te gaan. De liedjes van het San Remo-festival, die van Mina… En het hele repertoire aan anarchistische liederen dat steevast eindigde met het beroemde dodenlied: 'Als een pastoor overlijdt/ zingen ze het miserere, maar het zal mij niks deren/ dat hij het loodje heeft gelegd./ Als ik overlijd/ hoef ik geen boetpsalm en smart/ maar vlaggen/ rood en zwart'. En wie had haar wijsgemaakt dat ze als twee druppels op La Caselli leek? 'Maar jij zingt nog beter en beheerster,' zei hij tegen haar, 'je stem is een stuk zuiverder.' En wie had haar verteld dat school pure tijdverspilling was en dat haar toekomst in de muziek lag?

Totdat… Ach, je weet hoe dat gaat met jongelui, die zijn op een gegeven moment niet meer te houden. Nou en of ze aan zijn Betty hadden gezeten! En ze hadden bovendien een aandenken achtergelaten. Het arme kind was naar haar moeder gegaan, want als er problemen zijn rennen ze altijd naar mama toe. En juist op het moment dat alles zich ten goede leek te keren, dankzij de hulp van haar moeder, stortte haar wereld in door een reeks van afschuwelijke gebeurtenissen: de moord op Giuliano, de verdachtmakingen, de verhoren... Het leek wel een nachtmerrie.

Maar goed, wie had het meisje in eerste instantie in de problemen gebracht? Betty wilde het niet zeggen en Gerbina hoefde het eigenlijk ook niet te weten, hoewel ze die huichelaar van een Eraldo verdacht, omdat ze die twee een keer in de keuken betrapt had, toen ze elkaar kusjes zaten te geven.

Drie maanden later kwam die fatale dag. Gerbina wilde er liever niet meer aan denken. Ze was zo vaak verhoord geweest: Wist ze echt niet wie de dader kon zijn? Verdacht ze werkelijk niemand? En het motief? Had ze enig idee waarom Giuliano was vermoord?

Wat wist zij nou helemaal? Zij, die zich altijd in de keuken stond af te sloven. 's Avonds als de koppen bij elkaar werden gestoken en er zogenaamd gevaarlijke plannen werden gesmeed, viel zij letterlijk om van de slaap, hangend op een tafeltje, totdat Betty haar wakker schudde en haar naar huis stuurde. De rest ging tot in de late uurtjes door, het kind, de liefhebbende vader en de andere dronkelappen.

De rechter-commissaris leek maar niet te begrijpen dat ze ook nog andere dingen aan haar hoofd had, zoals een dochter wier leven in elkaar was gestort en een trattoria dat moest worden gerund. Hoe vaak had hij haar nu al verhoord? Drie, vier keer. En waarvoor? Aan Gerbina had hij niet veel, ze keek apathisch voor zich uit, mompelde af en toe ja of nee en zat voortdurend aan haar medaillon met de foto van Giuliano te friemelen. Ze droeg het om haar hals als een teken van rouw, want geld om zich een zwarte jurk te laten aanmeten had ze niet.

Tijdens het laatste verhoor had de rechter-commissaris tegen haar gezegd: 'Signora, ik heb het medaillon met de foto van uw overleden man goed kunnen zien, maakt u zich geen zorgen. Het is dus niet meer nodig het zo pontificaal voor mijn neus te houden.'

12

De Vliegen

Er stond een magere man met een langwerpig gezicht tegen de deurpost geleund, hij speelde wat met een tandenstoker. Een langharige hond, grijs en zwart, lag dwars over de drempel; het was een soort griffon maar dan met de trieste ogen van een cockerspaniël. De man ging aan de kant en gaf de hond een por. 'Aan de kant, Dyck. Wilt u iets eten', vroeg hij. Toen pas herkende hij Barbarini. 'Ah, avvocato, neemt u plaats.' Hij draaide zich om en riep: 'Avvocato Barbarini is er.'

De hond liep langzaam naar binnen en ging onder een tafel liggen. Voordat hij zijn grote behaarde kop op zijn poten legde, zuchtte hij een keer diep.

Het trattoria bestond uit een lange, smalle en donkere ruimte die uitkwam op een binnenplaats waar de witte was hing te drogen; de binnenplaats werd omsloten door de muren van goedkope huurwoningen. Als je het trattoria aan de voorkant binnen-kwam, vanaf de Via della Madonnina, werd de weg naar het voorste zaaltje je bijna versperd door de met witte tegeltjes beklede tapkast. Het tweede zaaltje was veel kleiner. In het midden van de ruimte bevond zich een stenen boog waartegen een spaanplaten scheidingswand was bevestigd omdat de keuken erachter zat. De grote keien van de oude boog, waarachter vroeger de provisiekamer lag, vormden een geheel met het koepelgewelf dat tot aan het grote raam aan de achterkant van huis reikte. Alleen de grote lamp in het midden was aan. De vijf tafeltjes in de eerste zaal waren gedekt, in het tweede zaaltje stonden de stoelen nog schuin tegen het tafelblad aan. Voor het doorgeefluik naar de keuken stond een enorme gedecoreerde dressoirkast. De reliëfversiering die enkele jachtscènes uitbeeldde, leek wel met een bijl in het hout te zijn geslagen: de fazant op het opzetstuk zou net zo goed een Chinese draak kunnen zijn, de vlucht lijsters op de beide deurtjes enorme bossen uien. Op het dressoir stonden een servies met kleurige aardewerken borden, broodmandjes, de cassettes met het tafelgarnituur en een rij glazen. Op de rekken aan de wand lagen stoffige flessen wijn met vergeelde etiketten, mandflessen, en er stond een geplastificeerde foto van een meisje met een gitaar in haar hand.

Aan het enige tafeltje dat bezet was, zat een schilder in zijn hemd. Zijn haren zaten onder de witte verf, waardoor hij net een grijze oude man leek. Terwijl hij met een homp brood zijn diepe bord schoonveegde, keek hij de drie binnenkomers die aan hem voorbijtrokken een voor een na, tot zijn oog ten slotte op Olimpia's billen viel.

Het rode, glanzende gezicht van Gerbina verscheen door de spitsboog van het doorgeefluik, met haar wat boerse blik staarde ze Barbarini aan. Zo was ze net die tegenspeler van Pulcinella uit de Commedia dell'arte.

'Avvocato, wat brengt u hier!'

'Ciao,' antwoordde Barbarini, 'we wilden eigenlijk een hapje eten. Is dat mogelijk?'

'Natuurlijk, maar… U hier, en op zondag nog wel. Is er iets ergs?'

'Nee hoor, maakt u zich geen zorgen. Misschien dat we straks nog even kunnen praten met Elisabetta erbij. Dit zijn advocaat Scalzi en zijn secretaresse. Ik wilde ze aan u voorstellen.'

'Natuurlijk. Kom Betta, aan het werk.'

Het gezicht verdween weer. Een steekvlam bij het fornuis verlichtte de keuken. Het gele bloemetjesgordijn dat voor de opening van het tussenschot hing, werd opzijgeschoven. Er kwam een meisje met kortgeknipte, felgeel geverfde haren hun kant op gelopen. Onderweg trok ze een grijs schort uit en gooide het op een stoel. De grijze, laag uitgesneden bolero toonde een groot deel van haar parmantige borsten.

'Zo veel advocaten hebben er nog nooit bij elkaar in De Vliegen gezeten,' zei Betty, 'maar vandaag zijn er geen vliegen hoor, die serveren we alleen in magere tijden.'

'Ciao Betty', glimlachte Barbarini.

'Wat voor wijn wilt u drinken? Wit of rood?'

'Hoe is de rode huiswijn?' vroeg Scalzi.

Betty schudde haar hoofd heen en weer: 'Och…'

'Doe maar een fles rode Chianti, de beste die je kunt vinden', besloot Barbarini.

'Voor mij graag wat mineraalwater.'

Betty dreunde het menu op. Ze bestelden penne strascicate in een rode gehaktsaus en stokvis met aardappeltjes en olijven.

De man met zijn langwerpige gezicht die eerder bij de voordeur had gestaan, was verdwenen. De schilder had een sportkrant uitgevouwen, hij zat met toegeknepen ogen te lezen en leek op het punt te staan in te dutten.

Tijdens het eten heerste er een ongemakkelijke stilte. Met wat meer klanten en het bijbehorende geroezemoes zou het trattoria vast niet zo'n naargeestige indruk hebben gemaakt. Het goedkope gele papieren tafelkleed, de foto van Betty met die schreeuwerige kleuren voor Scalzi's neus, de groene papieren servetten en de geur van oud vet die vanuit de keuken door de kamer dreef, maakten het er niet beter op. Toch was het eten beter dan Scalzi had verwacht, met de stokvis was helemaal niks mis.

Terwijl Elisabetta een schaal met doffe, rode, en zo te zien zure pruimen op tafel zette, kwam Gerbina bij hen aan tafel zitten. De pruimen bleven onaangeroerd op tafel staan. Betty bleef wat rond het tafeltje drentelen, zonder aanstalten te maken af te ruimen. De schilder had zijn rekening betaald en was vertrokken, waardoor het gezelschap alleen was.

Barbarini liet de twee vrouwen de machtiging van Scalzi ondertekenen. In het document werd verder niet naar lopende processen verwezen, de nieuwe advocaat kreeg gewoon opdracht om zich met de zaak bezig te houden, en zou zo nodig later assisteren bij de civiele zaak tegen degene die voor de moord verantwoordelijk was.

'Eet u hier 's avonds na sluitingstijd altijd samen met de obers?' vroeg Scalzi.

'Toen Giuliano nog leefde wel', antwoordde Gerbina. 'Maar sinds hij er niet meer is, sluiten we de rolluiken zodra de laatste klant vertrokken is en gaan we allemaal onze eigen weg. Betta en ik eten meestal thuis wat restjes op. Waar de obers gaan eten interesseert me niet, na een bepaald uur wil ik iedereen de deur uit hebben. Met de dood van mijn man behoren gelukkig ook de vreselijke braspartijen tot de verleden tijd.'

'Gerbina,' zei Barbarini, 'wil je nog eens herhalen wat je aan de rechter-commissaris hebt verteld over de laatste avond die je met Giuliano hier, en later thuis, hebt doorgebracht?'

'Ik maakte altijd zijn hapje klaar, zoals gebruikelijk at hij weinig. Hij had het aan zijn lever, en was vel over been. De rechter-commissaris heeft me wel honderd keer gevraagd wat hij die avond precies gegeten heeft, maar dat kan ik me niet meer herinneren. Ik meen dat Teclo hem na het eten nog wel een injectie gegeven heeft. Teclo is verpleger geweest dus dat soort dingen kon je hem wel toevertrouwen. Giuliano leed aan slapeloosheid, en om niet de hele nacht rusteloos wakker te liggen riep hij soms de hulp van Teclo in. Daarna zijn we gegaan.'

'Allemaal?' vroeg Scalzi.

'Ja. Giuliano, Betta, ik en de obers zijn tegelijkertijd vertrokken. Er was ook nog een klant bij, dat herinner ik me nog goed omdat hij me geholpen heeft het rolluik op slot te doen. Ene Manfredi, hij werkt bij Saint-Gobain, een vriend van Giuliano.'

'Zijn jullie direct naar huis gegaan?'

'Ja, waar anders heen?'

'Vertel maar wat er thuis is gebeurd.'

Gerbina slaakte een diepe zucht. 'We zijn naar bed gegaan, oké? Wij in onze kamer en Betta in de hare. Giuliano begon mot te maken. Ik meen over Betta, maar als hij had gedronken had hij geen excuus nodig om te schreeuwen en te tieren. En ook die avond was het weer zo ver, al moet ik er eerlijk bij zeggen dat hij niet eens zoveel had gedronken. Maar hij was inmiddels al zo ver heen dat ook bij één glas wijn de stoppen door het minste of geringste doorsloegen. Goed, u weet hoe dat gaat. We kregen ruzie, hij ging uit bed, trok zijn kleren aan, pakte het geld uit de la van het nachtkastje en vertrok.'

'Wat voor geld was dat?'

'De omzet van de laatste twee, drie avonden: ongeveer driehonderdduizend lire die bestemd waren voor de wekelijkse inkopen de volgende dag. Ik weet niet waarom hij het geld meenam en wat hij van plan was.'

'Vertel de zaken gewoon zoals ze zijn', onderbrak Betty haar moeder.

'Jij bent straks aan de beurt, oké? Hij nam het geld mee omdat hij naar iemand toe ging die hem een sieraad wilde verkopen, niet helemaal zuivere koffie, maar…'

'Hoezo, geen zuivere koffie?'

Gerbina kneep haar vingers fijn, keek een keer in het rond en antwoordde toen op gedempte toon: 'Sinds de komst van die Teclo had Giuliano regelmatig contact met verkeerde mensen. Zo weet ik dat hij gestolen spullen kocht en verkocht. Wat hij verder allemaal uitspookte vertelde hij niet, omdat hij wist dat ik zijn gedrag zou afkeuren. Het was voor een goed doel, zei hij, omdat hij Betta en mij niet met lege handen wilde achterlaten. Hij wist dat hij nog maar kort te leven had. Zo, nu heb ik echt alles verteld.'

'Vertel ook van de klok', drong Betty weer aan.

'Welke klok?'

'De klok van Marbelli.'

'Dat is toch niet belangrijk.'

'Mooi wel. Als het niet belangrijk was, waarom hamert de rechter-commissaris er dan zo op?'

'Vertel jij het dan maar', snauwde Gerbina.

'Ik was inmiddels ook mijn bed uit gestapt, nadat ze me hadden wakker gemaakt met hun geschreeuw. Ik ging naar hun kamer. Papa had de deur net achter zich dichtgegooid en mama stond voor het raam door de gordijnen naar beneden te turen. Ik ben naast haar gaan staan.'

'Ik stond op het moment te wachten dat Giuliano naar buiten zou komen', zei Gerbina. 'Omdat hij zo wankel op zijn benen stond, was ik bang dat hij van de trap zou vallen. Dat was namelijk al een keer gebeurd. Na een tijdje heb ik met mijn eigen ogen gezien hoe hij naar zijn auto liep. Dat heeft Betta ook gezien, hè?'

'Ik heb hem ook naar zijn auto zien lopen', bevestigde Betty. 'Dat deed hij wel vaker als hij niet kon slapen. Dan ging hij in de auto langs de rivier zitten en probeerde dan weg te dommelen totdat het licht werd. Mama en ik hebben allebei op de klok van Marbelli gekeken om te zien hoe laat het was. Het was iets over tweeën, dat weet ik nog precies.'

'Waar hangt die klok ergens?' vroeg Scalzi.

'Precies tegenover ons huis, aan de overkant van de straat. Marbelli is horlogemaker, boven zijn uithangbord hangt een grote klok aan de gevel. We hebben allebei gezien dat het iets na tweeën was, hè Betta? De rechter-commissaris kon het maar niet geloven, ik begrijp ook niet goed waarom. Hij heeft al ik weet niet hoe vaak gevraagd of we het wel zeker wisten. Het leek mij eigenlijk ook wel een beetje aan de late kant, maar ik kan toch moeilijk tegen die rechter-commissaris gaan liegen? Op de klok van Marbelli was het iets over tweeën, ik kan er niks anders van maken.'

Het was Scalzi al opgevallen dat er in het trattoria houten

rotanstoelen stonden, hij had nergens een metalen barstoel gezien. Hij vroeg of het trattoria alleen uit de twee kamers bestond, wat Gerbina bevestigde.

'Hebt u misschien ook van die metalen barstoelen met plastic draad, van die stoelen die ze bij cafés wel eens buitenzetten? Misschien thuis of ergens anders?' vroeg Scalzi.

'Zo'n terrasstoel?'

'Naar wat voor stoel is de advocaat op zoek?' De ober met zijn langgerekte gezicht was onopgemerkt binnengekomen en samen met een dikke vrouw met grijze haren aan een tafeltje in een donkere hoek gaan zitten. Het was Scalzi pas opgevallen dat de twee daar zaten, toen de man zich plotseling in het gesprek mengde. Hij sprak de lettergrepen lijzig uit, alsof hij doodmoe was. Maar Scalzi dacht een bepaalde onrust bij hem te bespeuren.

'Is jou soms iets gevraagd?' zei Gerbina kortaf.

'Dat is Teclo Scarselli,' fluisterde Barbarini, 'een van de twee obers.'

'Het gaat mij toch ook aan, nietwaar?' Deze keer was er geen twijfel over mogelijk: achter zijn façade van onverschilligheid zag je duidelijk dat hij gespannen was. 'De moord op Giuliano gaat ons allemaal aan.'

'Zorg dan maar dat je een eigen advocaat vindt', zei Gerbina vinnig.

Teclo liep naar hun tafeltje toe. Hij begon wat af te ruimen om zijn aanwezigheid te rechtvaardigen. 'Ik schijn hier ook te werken, hoor.'

'Alleen als het hem uitkomt, werkt hij hier,' snauwde Gerbina, 'ik zou het makkelijk zonder zijn hulp redden in een plek waar je amper vijf borden hoeft te dekken. Over welk werk heeft hij het eigenlijk?'

'In dat geval,' zei Teclo, terwijl hij de borden en glazen van tafel pakte, 'als u me officieel mijn ontslag aanzegt en voor de vergoedingen en alles zorgt, ben ik per direct vertrokken. Maar zolang de afrekening waar ik recht op heb bij de beëindiging van mijn dienstverband niet geregeld is, blijf ik hier.' Hij draaide zijn gezicht richting Scalzi en glimlachte zijn lange, gele tanden bloot.

De dikke vrouw met haar grijze haren die nog steeds aan het tafeltje in de donkere hoek zat, kneep haar ogen dicht, legde haar handen op haar weelderige boezem en zuchtte diep: 'Gerbina, wat schiet je nou op met die toon? Jullie zitten allemaal in hetzelfde schuitje. Als jullie elkaar niet steunen zijn jullie uiteindelijk allemaal de pineut.'

'Wie is dat?' vroeg Scalzi zachtjes aan Barbarini.

'Dat vertel ik straks wel', antwoordde Barbarini.

Teclo slipte achter het gordijn weg de keuken in.

'Misschien heb je wel gelijk, Emanuela,' zei Gerbina berouwvol, 'maar hij werkt me op mijn zenuwen. Ik kan er niks aan doen, mijn handen beginnen te jeuken als ik hem alleen al zie.'

'Ik heb nog een laatste vraag', zei Scalzi. 'Bent u na het noodlottige voorval ooit op de plek geweest waar uw man is aangetroffen op de Monte Merlato?'

'Of ik op de Monte Merlato ben geweest...'

'Wat heeft die arme vrouw in godsnaam op die berg te zoeken?' kwam de vrouw met de grijze haren tussenbeide.

'Neemt u me niet kwalijk,' zei Scalzi nors, 'ik stelde de vraag aan signora Baluardi. Ik ken u niet eens.'

'Emanuela Torrini,' glimlachte de vrouw, 'ik ben een vriendin van de familie.'

'Heel goed, u bent een vriendin. Maar ik ben advocaat en we bespreken hier heel delicate zaken.'

'U hebt gelijk,' zei de vrouw, die direct aanstalten maakte om te vertrekken, 'ik zal maar eens opstappen.'

Gerbina liep naar haar tafeltje en pakte haar hand vast. 'Nee, ik wil niet dat je gaat. Avvocato, Emanuela is de enige vriendin die ik nog heb. Alle anderen hebben ons de rug toegekeerd en behandelen mij en Betta alsof we melaats zijn. Emanuela is onze steun en toeverlaat.'

13

...overmacht...

Het begon al te schemeren. Na een korte tussenstop bij Barbarini reden ze over de provinciale weg terug naar huis.

'Het minst overtuigend', zei Scalzi, 'vond ik die vrouw die bij die ober aan tafel zat, haar naam is me alweer ontschoten.'

'Emanuela Torrini', antwoordde Olimpia. 'Van Teclo kreeg ik anders ook geen hoogte.'

'De stoel zonder poten is in ieder geval niet uit Il Portichetto afkomstig', zei Scalzi.

'Daar zou ik niet zo zeker van zijn', zei Olimpia. 'Ik kreeg de indruk dat Gerbina niet helemaal de waarheid sprak toen ze beweerde dat ze zo'n stoel nog nooit had gezien.'

'Dat heeft ze helemaal niet beweerd. Ze kreeg de kans niet om antwoord op mijn vraag te geven, omdat Teclo er ineens tussen kwam.'

'Klopt, en toen je aan Gerbina vroeg of ze wel eens op de Monte Merlato was geweest, begon die heks zich ermee te bemoeien.'

Barbarini had hun later uitgelegd dat de dikke vrouw, Emanuela Torrini, een medium van enige faam was, die tarotkaarten las en met de doden kon praten. Na de moord op Giuliano was ze steeds vaker in het trattoria te vinden. Barbarini had gezegd dat typen als Emanuela Torrini er altijd als de kippen bij zijn als er iets geheimzinnigs aan de hand is. Soms laten ze hun hoofd al zien voordat er iets gebeurd is, waardoor je je af gaat vragen of ze een voorspellende gave hebben of dat ze er zelf achter zitten. Net als van die schrijvers waarvan niet duidelijk is of ze een profetische blik hebben of dat ze gewoon zelf helpen de werkelijkheid te creëren. Barbarini beschouwde de literatuur als een bron van de werkelijkheid, in de zin dat ze meer een aanzetter was dan een profeet. En die Emanuela Torrini, het was niet de eerste keer dat ze bij een moordzaak betrokken was. Een andere keer had ze de moord op een steenrijke man 'voorspeld', ze had gevoeld dat de minnaar van zijn vrouw een huurmoordenaar in de arm had genomen. Nadat het delict daadwerkelijk had plaatsgevonden, volgde de politie de aanwijzingen van het medium en was de moord snel opgelost. Aan die zaak had Torrini haar bekendheid te danken. Barbarini verdacht haar er echter van een gewone politie-informant te zijn. Het was volgens de doorgewinterde advocaat niet ongebruikelijk dat de politie mensen inzette die zich met magie, helderziendheid of geestenbezweringen bezighielden. In een andere zaak, waarbij Barbarini zelf betrokken was, had de rechter-commissaris proces-verbaal opgemaakt van een spirituele sessie met een medium en dat in de rechtszaak gebruikt. En ook de grondlegger van de positieve richting binnen de criminologie, psycholoog Cesare Lombroso, was de laatste jaren van zijn leven alleen maar bezig met mediums, tafeltjes die vanzelf gingen kloppen, ectoplasma, en letters die vanzelf verschenen.

'Een medium… Ik had het kunnen weten. Ik heb het je toch gezegd toen we dat kaarsvet vonden. Wat ga je eigenlijk met dat spul doen, dat je van die stoel hebt afgeschraapt?'

'Ik wil het door Sara laten analyseren. Zij kent vast wel een analist daar in het laboratorium van het Specola-museum die het voor me wil onderzoeken.'

'Die ex van je? Ga je haar opzoeken?' vroeg Olimpia licht teleurgesteld.

'Lijkt me wel,' antwoordde Scalzi, 'heb je daar iets op tegen?'

'Ik? Welnee. Daar zijn we weer in het pikdonker!'

De auto reed de tunnel in en opnieuw had Scalzi het gevoel dat hij in een donkere mijnschacht terecht was gekomen. Olimpia remde en reed stapvoets verder. Toen ze aan de andere kant de tunnel uit reden, haalde ze opgelucht adem.

'Het heeft iets met overmacht te maken', zei Olimpia.

'Waar heb je het over?'

'Dat verkeersbord aan het begin van de tunnel. Er stond: Als in geval van overmacht...'

'Wat willen ze daarmee zeggen?'

'Weet ik veel? Ik had geen tijd om de rest te lezen.'

14

Lieve Eraldo

De hond lag onder de tafel. Hij strekte zijn poten uit en jankte zachtjes in zijn slaap.

'Wat heeft die hond toch?' vroeg Emanuela. 'Ik word er gewoon naar van.'

'Hij droomt over Giuliano,' antwoordde Gerbina, 'hij mist zijn baasje. Sinds zijn dood doet hij niks anders dan slapen en jammeren.'

'Als we het nog willen doen, moet het nu meteen,' zei Emanuela, 'straks moet je weer naar de keuken voor het avondeten.'

Het zweet stond op Gerbina's voorhoofd. Ze droogde het met haar schort af. Hoewel de voordeur wagenwijd openstond, hing er een broeierige lucht in het donkere trattoria. Je kon de stank van de nabijgelegen rivier, die zeer laag stond, ruiken. Af en toe reed er een auto vlak langs de voordeur, de smalle straat leidde de uitlaatgassen zo naar binnen.

'Oef,' steunde Gerbina, 'het is hier om te stikken.'

'Goed, laten we dan maar beginnen,' Emanuela schoof het espressokopje en de brandyfles opzij, 'ik voel dat er vandaag iets bijzonders gaat gebeuren.'

'Gaan jullie weer met dat klotespel aan de gang?' klaagde Betta, die aan een ander tafeltje in een tijdschrift aan het bladeren was.

'Had je maar een paar kloten', Teclo's monotone stem klonk vanuit de keuken, waar hij met de afwas bezig was. 'Dat zou heel wat gedoe schelen.'

'Hou je kop', snauwde Betty hem toe. 'Als die stomme bordenwasser me niet met rust laat, bega ik nog een keer een ongeluk.'

'Laat haar maar,' zei Emanuela, 'als Betta niet mee wil doen, valt Teclo gewoon wel voor haar in, hè Teclo.'

Teclo's langgerekte gezicht verscheen van achter het gele bloemetjesgordijn. 'Als de koffie klaar is.'

'Ik ga ervandoor', zei Betty terwijl ze opstond.

'Waar ga je naartoe', vroeg Gerbina.

'Weet ik nog niet.'

'Zo hoor je niet tegen je moeder te praten,' Emanuela schudde haar hoofd, 'een meisje van jouw leeftijd… Je moeder heeft het recht om te weten waar je uithangt.'

'Ze mag van mij ook doen wat ze wil. Het is zondag, ik ga naar de bios, oké?'

'Naar de bioscoop?' zei Gerbina, 'en als Stivi komt?'

'Als die zeurpiet komt, zeg dan maar dat hij op me moet wachten en als hij daar geen zin in heeft moet hij maar opdonderen.'

De lade van de kassa schoof luid rinkelend open.

'Hé, rustig aan', vermaande Gerbina.

'Ik moet de bios toch betalen, of niet soms?' Betta stak een bankbiljet in haar broekzak en liep weg. 'Ik pak heus niet meer dan nodig is, wees maar niet bang.'

Op de drempel hield ze even in om zich te laten bewonderen: de neus in de lucht, de handen in haar zakken waardoor de ronding van haar billen geaccentueerd werd. Toen sloeg ze de hoek om richting de rivier.

'Mijn god, wat moet er van dat kind worden?' zuchtte Gerbina.

'Het is je eigen schuld,' zei Emanuela, 'af en toe een draai om de oren kan geen kwaad.'

'Het is de schuld van haar vader, toen hij nog leefde', wierp Gerbina tegen.

'Jullie hebben het allebei niet goed aangepakt', besloot Emanuela. 'Je hebt het vooral aan Betta te danken dat je je in deze ellendige situatie bevindt.' Ze haalde een bord tevoorschijn en legde het op tafel. Er stond een kring van letters en cijfers op en 'ja' en 'nee'.

Teclo kwam ook aan tafel zitten, hij nipte aan zijn koffie. Emanuela schonk wat brandy in haar kopje en dronk het in één teug leeg. Met een servetje poetste ze de bodem schoon. Om de slechte geesten weg te jagen blies ze er nog eens in. Ze legde het kopje omgekeerd in het midden van de kring, plaatste haar wijsvinger erbovenop en knikte met haar hoofd om aan te geven dat de anderen haar voorbeeld konden volgen. Zo bleven ze zitten, alle drie met de vinger op de achterkant van het kopje.

'Hou je vinger heel losjes, doe alsof het kopje een tere bloem is', zei Emanuela met halfgesloten ogen. 'Ik roep nu de geest op die ons zal leiden.'

Het kopje begon zich heel langzaam te bewegen over de kaart die was ingesmeerd met een laagje was.

'Ben jij het, oom Gilberto?' vroeg Emanuela.

Het kopje schoof naar links en rechts, steeds sneller. Er klonk een zacht gekras, als een verre klaagzang. Uiteindelijk bewoog het kopje zich duidelijk naar 'ja'.

'Hoe gaat het met je?' vroeg Emanuela.

'Het kopje golfde besluiteloos van links naar rechts.'

'Zo, zo', verklaarde Emanuela. 'Oom, is Giuliano daar bij jou?'

Opnieuw werd ter bevestiging 'ja' aangewezen.

'Vraag eens aan hem of Giuliano met ons kan komen praten', zei Gerbina.

Deze keer schoof het kopje naar 'nee'.

'Oom Gilberto zegt dat hij niet wil komen', zei Emanuela. 'Waarom niet?'

Het kopje ging plotseling koortsachtig over het bord en leek

98

warempel uit eigen wil te bewegen. De drie consultanten konden maar net hun vinger op het kopje houden.

'Wat heeft hij gezegd?' vroeg Gerbina ongerust.

'Hij zegt dat Giuliano kwaad is', fluisterde Emanuela, 'omdat hij de weg niet gevonden heeft.'

'Hoezo niet? Ik heb precies gedaan wat je gezegd hebt. Ik ben helemaal naar boven geklommen met de fakkels en alles. Het was nog link ook, want ik had wel een agent tegen het lijf kunnen lopen. En wat had ik dan moeten zeggen? Dat ik op weg naar boven was om een dode de weg te wijzen? Ik kwam buiten adem boven, met krassen op mijn benen van de doornstruiken... En die angst, die angst om gezien te worden...'

'Ik had je opdracht gegeven alle obstakels weg te nemen, maar je hebt een stoel laten liggen die de doorgang verspert.'

'Een stoel? Ik heb helemaal geen stoelen gezien.'

'Heb je gehoord wat die advocaat zei? Hoe heet hij ook alweer... O ja, Scalzi.'

Het kopje schoof weer over het bod om andere letters aan te wijzen.

'Oom Gilberto zegt dat Giuliano niet met jou wil praten. Hij zegt dat hij met Eraldo wil praten.'

'Eraldo is er niet,' zei Teclo, 'maar ik wil best wel voor hem inspringen, hoor.'

'Die luie donder,' Gerbina haalde haar vinger van het kopje, 'hij heeft zich al twee dagen niet laten zien. Teclo, jij weet vast wel waar die grote vriend van je uithangt. Waarom komt hij niet gewoon netjes op zijn werk?'

Ook Teclo stak zijn wijsvinger terug. 'Hij is naar Montignoso gegaan, het dorpje waar hij vandaan komt. Hij durfde niet langer hier te blijven.'

'Waarom niet?'

'Moet ik dat werkelijk uitleggen, signora? Omdat hij bang is dat hij de bak in draait, net als wij allemaal.'

'Verbreek het contact niet', zei Emanuela.

'Jij bent misschien bang, maar ik niet!' De stem van Gerbina sloeg over van woede, 'waarom zou ik de bak in draaien? Ik heb toch niks gedaan.'

'Ik wel dan?'

'Jij ging altijd met die arme vent van me op stap, om weet ik veel wat te doen. Hij heeft me nooit iets verteld over die louche zaakjes van jullie.'

'Louche zaakjes, signora? Je hebt wel veel praatjes voor iemand die geen enkele kennis van zaken heeft? Pas een beetje op je woorden, want ik kan ook wel een paar verhalen opdissen over jou en je dochtertje, over hoeveel dat snolletje er in haar jonge leven al heeft gezien, grote en kleintjes, zowel uit binnen- als buitenland, ze schijnt er meer gezien te hebben dan een openbaar toilet.'

Gerbina sprong overeind, haar gezicht rood aangelopen: 'Vuile honden. Gore hufters! Jij en die andere smeerlap. Ik hoop dat jullie de bak in draaien, want daar horen jullie thuis.'

'Hou op', kwam het medium tussenbeide. 'Als jullie het goed aanpakken draait er niemand de bak in. Maar als jullie nu al in je broek schijten van angst, zoals Eraldo, die er met de staart tussen zijn benen vandoor is gegaan, geef ik jullie weinig kans. Je moet als één man achter elkaar gaan staan, begrijp dat nou eens. Hou ermee op je als kalkoenen in een vrachtwagen tot bloedens toe te verwonden. Haal het contact weer aan en sluit de rijen.'

'Teclo en Gerbina plaatsten hun vingers weer op het kopje.'

'Oom Gilberto vraagt aan Giuliano of hij wel met mij wil praten', zei Emanuela.

Het kopje schoof vanzelf naar 'ja'.

'Mooi zo. Ik stel de vragen, en jullie zijn stil, begrepen? Hoe gaat het met u, signor Baluardi?'

Het kopje vloog met een enorme snelheid langs de letters om steeds weer hetzelfde woord te vormen: 'voeten'.

'Hij zegt dat zijn voeten hem pijn doen', fluisterde Emanuela.

'Waarom heeft hij zo'n pijn aan zijn voeten?' vroeg Gerbina met vochtige ogen.

'In het begin hebben die arme stakkers daar allemaal last van', verklaarde Gerbina.

'Vraag hem eens wat er precies gebeurd is. Vraag wie het gedaan heeft', zei Gerbina.

'Dat heb je hem de vorige keer ook al gevraagd,' zei Emanuela, 'je weet dat hij die vraag niet wil beantwoorden.'

'Probeer het nog maar een keer,' drong Gerbina aan, 'wie weet hoe hij vandaag reageert.'

'Signor Baluardi,' vroeg Emanuela weinig enthousiast, 'uw diepbedroefde echtgenote wil graag weten wie het gedaan heeft.' Deze keer schoof het kopje langzaam, haast klagend over het bord. 'Het gebruikelijke antwoord: slecht volk.'

'Tja, zeker geen goed volk. Het zijn oplichters en moordenaars. Dat de Heer ze in het hellevuur laat branden, amen. Maar wie, in vredesnaam, wie?'

Het kopje bleef roerloos in het midden van de kring staan.

'Het heeft geen zin,' zei Emanuela, 'hij wil het niet zeggen… Laten we iets anders vragen: signor Baluardi, uw lieve vrouw wil graag weten wat ze nu moet doen.'

Weer schoof het kopje koortsachtig heen en weer.

'Hij wil per se met Eraldo praten', zei Emanuela.

'Zeg dan tegen hem dat die andere imbeciel er niet is.'

'Signor Baluardi, Eraldo is er niet. Hij is teruggekeerd naar zijn dorp.'

Schokkerig begon het kopje te bewegen zonder bij een bepaalde letter stil te staan, tot het ineens over de rand van het bord vloog.

'Moeder Maria, hebben jullie gezien hoe kwaad hij was? Nog even en hij had het kopje gebroken. Ik heb nog nooit zo'n onrustige geest meegemaakt. Hij maakt zich zorgen. Hij wil dat Eraldo terugkomt.'

'Hoe krijg ik dat voor elkaar? Moet ik hem soms aan zijn

haren hierheen sleuren?' riep Gerbina vertwijfeld.

Het medium plaatste het kopje opnieuw in de kring op het bord. 'We zullen het eens aan hem vragen. Signor Baluardi, wat moet Gerbina doen om Eraldo terug te laten komen?'

Het kopje wees weer een aantal letters aan.

'Giuliano wil dat je een brief aan hem schrijft', verklaarde Emanuela.

Teclo was al opgestapt. Gerbina en Emanuela zaten in het donkere trattoria met zijn tweeën aan tafel. De zon was inmiddels achter de huizen aan de overkant van het smalle straatje verdwenen. Voor Gerbina lag een leeg blaadje.

'Probeer een beetje vriendelijk te beginnen', zei Emanuela.

'Vriendelijk? Tegen die oplichter die mijn eigen dochter misschien zwanger heeft gemaakt?'

'Laat maar,' zei Emanuela, 'als het je niet lukt om iets aardigs te schrijven, dicteer ik de brief wel voor je. Kom op, begin maar met: Lieve Eraldo.'

'Lieve Eraldo? Tegen die vuile stiekemerd met dat lokje dat altijd voor zijn gezicht hangt. Wat heeft Betta ooit in hem gezien? Ik voel m'n maag omdraaien, alleen als ik er al aan denk.'

'Dan zoek het maar uit', Emanuela stond op. 'Maar begrijp wel goed dat je je op deze manier isoleert. Jullie komen alleen te staan tegenover de politie en het OM, jij en dat lichtzinnige dochtertje van je. En ook met haar zul je, net als met Teclo, voortdurend in de clinch liggen. Nu doen jullie ook al niks anders dan bekvechten. Terwijl het nu juist zo belangrijk is om de rijen te sluiten. Jullie moeten de verklaringen op elkaar afstemmen. Eraldo maakt zich alleen maar verdacht door naar Montignoso te vluchten. Hoe zal de rechter-commissaris reageren als hij erachter komt dat Eraldo 'm gesmeerd is?'

'Goed dan,' zei Gerbina, 'zeg maar wat ik moet schrijven?'

'Tjonge jonge, je moet wel een engelengeduld hebben met jou. Goed, schijf maar: Lieve Eraldo… Waarom heb je ons in de steek gelaten? Juist nu Betta en ik het zo moeilijk hebben. Niemand neemt het voor ons op, integendeel, het lijkt wel of iedereen het op ons gemunt heeft... Heb je dat? Goed, dan gaan we verder: vrijdag waren er een paar nieuwe gasten, die hebben toegezegd vaker te zullen komen...'

'Hoe kom je daar nu weer bij?'

'Schrijf nou maar gewoon op. We moeten een beetje op zijn gevoel inwerken, begrijp je. We moeten hem toch hier zien te krijgen, of niet soms? Hup schrijven, ook al is het niet waar: maar vanwege al die roddels ben ik bang dat ze niet meer terug-komen. Ik kan geen droge boterham verdienen, sterker nog, ik schiet er geld bij in. Alles zit ons tegen... Dat kan wel zo, hè? Het is nog de waarheid ook. En verder: je betekent veel voor ons en we missen je. We geven de moed niet op en dat moet jij ook niet doen.'

'Wie betekent veel voor ons?' Gerbina haalde de pen van het papier.

'Eraldo, toch?' zei Emanuela met een gemeen lachje om haar lippen, 'en anders Betta wel, in ieder geval toen hij haar te pakken nam...'

'Begin jij nu ook al zo tegen mij te praten?' protesteerde Gerbina. 'Misschien is het helemaal niet waar. Het is in ieder geval niet zeker. Gisteren zei Betta nog tegen me dat ze zo blij was dat ze die grote kwal niet meer hoefde te zien.'

'Wat wil je dan aan hem schrijven? Dat Betta hem een grote kwal vindt en hem liever kwijt dan rijk is. Denk je dat je hem daarmee hier krijgt? Ga toch weg! Schrijf nou maar gewoon op wat ik je zeg: Lieve Eraldo, bij ons ben je veilig, maak je geen zorgen. Laat je niks op de mouw spelden en zeg geen verkeerde dingen.'

'Wat voor verkeerde dingen?'

'Weet ik veel hoe de politie hem in de val wil laten lopen. Ga verder: Ik schrijf je omdat Betta een hekel aan schrijven heeft, dat weet je. Maar maak je geen zorgen, ze houdt van je en hoopt dat je snel terugkeert. Veel liefs, Gerbina. En weet je wat je er nu nog onder moet zetten, in blokletters, zodat het handschrift niet opvalt? KUSJES, BETTY.'

15

Een korte cruise

De bar van het oude hotel was helemaal ingericht in de sfeer van de jaren dertig. Er werden perfecte cocktails geserveerd, zoals een zalige negroni, door een voorkomende barman. Hij kende zijn klant al een hele tijd en hij had hem getutoyeerd en hem met zijn nieuwe verovering gecomplimenteerd (heel mooi, wat een klasse!) als zijn beroepsethiek hem dat niet had verboden.

Na de cocktails volgde een copieuze maaltijd in restaurant Il Garibaldino in Viareggio. Zalige antipasti van zeevruchten, hoewel ze wat zwaar op de maag lagen, heerlijke zeebaars uit de oven, een voortreffelijke kreeft op zijn Haïtiaans, een sorbet met citroen tussendoor om de eetlust tussen de twee zware gangen weer op te wekken, en een weergaloos dessert.

De avond werd voortgezet in La Capannina in de mondaine badplaats Forte de' Marmi. Zuid-Amerikaanse cha-cha-cha- en mambomuziek gespeeld door een orkestje dat wel wat weg had van mambokoning Perez Prado – ...*mooie señora... we hadden grote dromen... toch durf ik nog geen vaarwel te zeggen* – niet zo sterk als het originele Prado-orkest maar wel heel aangenaam, deze op het verleden teruggrijpende sound. Zeer geschikt voor oudere paartjes die de dansvloer netjes aan de dansers laten met vaste passen, twee aan twee. Want zo hoort dansen te zijn: een uitdaging vol zinspelingen, een hoffelijke voorbode op de intimiteiten later die avond – als God het wil, en de señora natuurlijk... Nog een paar cocktails, misschien wel te veel.

De op leeftijd zijnde dottor Tonietti, die zijn rijkdom had vergaard in de wereld van de herenmode, was recht op zijn doel afgegaan. De manager had zijn kans gegrepen in de kunstgalerie, waar de eigenaar van het aangrenzende Tai-bad, een verdienstelijk naïeve schilder, exposeerde. Adelina was de nog zeer jonge vrouw van een advocaat uit Bologna en ze was alleen op vakantie. Na een paar opmerkingen over de schilderijen ging de dottore al snel op de persoonlijke toer: 'Bent u hier alleen? Ach ja, mannen… Je weet hoe ze zijn. Ze blijven liever in de stad, zogenaamd om te werken… Verveelt u zich niet, zo helemaal alleen?' Het seizoen kwam dat jaar maar langzaam op gang, waarschijnlijk ten gevolge van de crisis. Het was al juli en de kust van de Versilia behoorde nog geheel toe aan gepensioneerden en moeders met bleke kinderen.

Na La Capannina volgde een ritje in de vuurrode Lamborghini met open dak. De wind en de adrenalinekick zorgden ervoor dat het bloed weer een beetje begon te stromen, na al die cocktails. Adelina moest alle zeilen bijzetten om zich te verweren tegen de tentakels van de octopus, waar dottor Tonietti als in een tweederangs horrorfilm soms in veranderde. Bijvoorbeeld als hij zijn Lamborghini bij een van de plekjes onder de pijnbomen, die het maquis tussen Viareggio en Marina di vecchiano onderbraken, probeerde te parkeren, om naar de maan te kijken, terwijl de Nigeriaanse hoertjes met hun strakke korte broekjes en topjes hen grijnzend nakeken. Uiteindelijk, toen het al bijna weer licht was en de situatie op zijn zachtst gezegd lachwekkend begon te worden, gaf ze haar weerstand op.

Wat Tonietti niet doorhad, was dat de eindbestemming van de reis, namelijk zijn jacht dat in de haven van Marina voor anker lag, bij haar de meeste tegenzin opriep. Daarvoor was hij veel te veel met zichzelf bezig. Als ze gewoon in het statige hotel waren gebleven, met zijn palmbomen in grote potten en zijn salonspiegels in de bar, met zijn heerlijke geur van koffie en zeep, waren ze wat haar betreft meteen na de negroni met elkaar in de koffer gedoken. Want eigenlijk viel die Tonietti best wel mee. Goed, hij had een buikje onder zijn afgedragen citroengele

Lacoste-bloes, die een beetje armzalig afstak bij zijn fonkelnieuwe, crèmekleurige Cerruti-pak. Maar onze manager moest eerst zo nodig pronken: met de gepeperde rekeningen in het restaurant en de nachtclub, met zijn Lamborghini en natuurlijk met zijn motorjacht. Adelina geneerde zich om hem te vertellen dat ze een hekel aan boten had en meestal direct zeeziek werd. Ze had inmiddels ook wel een beetje medelijden met de impulsieve maar tegelijk hoffelijke Tonietti gekregen. Aan de ene kant verlegen, met een blik in de ogen van 'niemand-houdt-van-mij', en tegelijkertijd vastberaden om zijn prooi niet meer los te laten. Ten slotte had ze zodoende tegen hem gezegd: 'Goed dan, we gaan naar je motorjacht, maar slechts voor een uurtje, stoute jongen. Trek niet zo'n begrafenisgezicht, daarna breng je me weer naar mijn hotelkamer, oké?'

Aan de monding van de Arno lag een jachthaven, een plastic motorbootje zou ze naar het grote jacht brengen. Adelina sloot haar ogen om de doordringende blik van de dottore te ontwijken, glimmend van trots over zijn overwinning. Tegelijkertijd was duidelijk te zien dat hij zich grote zorgen maakte over hoe hij het ervan af zou brengen op zijn leeftijd en met al die alcohol in zijn lijf? Adelina deed haar oorbellen met de smaragden uit en stopte ze in haar tas. Ze trok haar benen naar zich toe en deed alsof ze wat indommelde. Het zonlicht dat van achter de Apuaanse Alpen opkwam, tekende hypnotiserende cirkels op het water van de rivier, waardoor ze nog werkelijk indutte ook. Toen het bootje bij de branding aankwam, schoot de voorkant licht omhoog. Tonietti gaf een haal aan het hengsel van de buitenboordmotor, precies in de verkeerde richting, waardoor de volgende golf tegen de romp aan sloeg. Daardoor ging het kleine bootje zo heen en weer, dat een derde golf over de rand sloeg. Tonietti stond op en probeerde met het gewicht van zijn lichaam het evenwicht terug te brengen, maar met hem verplaatste zich ook het gewicht van het water dat al op de bodem lag. De badkuip helde daardoor volledig over waardoor Tonietti in het water viel.

Toen Adelina, die in één klap wakker was geschud, Tonietti tevergeefs aan de kant van het bootje zag spartelen, schoot ze in de lach. Maar op het moment dat ze met beide handen de rand van de boot vastgreep en merkte dat haar tasje niet meer op haar schoot lag, was het lachen haar direct vergaan.

'De oorbellen', gilde Adelina terwijl ze opsprong.

'Nee,' schreeuwde Tonietti, die zich net had weten op te trekken en zich alleen nog maar met zijn bovenlijf in de boot bevond, 'ga niet staan, dan kiept hij weer om.'

'Ze hebben tien miljoen lire gekost!' krijste de signora buiten zinnen.

Met een doffe dreun viel ze terug op het zitbankje, toen er weer een golf tegen de romp aan sloeg. De dottore was kletsnat en schaamde zich dood. 'Laten we snel naar mijn jacht gaan,' stelde hij voor, 'daar kan ik met de radio de havenmeester waarschuwen en een duiker laten komen. Het is hier niet zo diep, maak je geen zorgen, je oorbellen vinden we wel terug.'

Onder een brandende zon die het water deed schitteren, volgden Adelina en dottor Tonietti vanuit de stuurhut de verrichtingen van de duiker die voor vijftigduizend lire per uur was ingehuurd. De zon droogde het zoute water op Adelina's zijden jurkje, een modelletje van Valentino. Onherstelbaar geruïneerd omdat het bij het beklimmen van het jacht ook nog eens met olie was besmeurd, dat kreeg je er nooit meer uit.

'Meer naar rechts', Adelina zwaaide druk met haar armen, ondanks haar misselijkheid vanwege de sterke deining, de ogen zowat verblind van het turen naar de plek waar haar schat waarschijnlijk gezonken was.

'Eerder iets meer naar links,' verbeterde Tonietti haar, 'ik heb een paar coördinaten in me opgenomen, het was precies in een lijn met die hoge pijnboom daar.'

'Godver! Donder toch op met je coördinaten', krijste Adelina. Met haar oorbellen was ze ook haar aplomb verloren en kwam haar eenvoudige afkomst bovendrijven. Ze voelde zich vies, doodmoe en opgelaten met een groot schuldgevoel.

Het was haar verdiende loon, ze was gestraft voor de zonde die ze van plan was te plegen. Hoe moest ze aan haar advocaatje uitleggen waar de oorbellen waren gebleven die hij onlangs voor haar had gekocht omdat ze een jaar waren getrouwd? Dat ze ze was verloren? En hoe dan, en waar?

Het motorjacht bleef maar rondjes varen. De duiker schreeuwde steeds maar weer dat ze op afstand moesten blijven vanwege de schroeven. Maar Tonietti bleef gewoon in de buurt varen om steeds weer nieuwe aanwijzingen te geven. Het was al bijna twaalf uur toen de duiker voor de zoveelste keer bovenkwam. Deze keer droeg hij iets met zich mee, zichtbaar vermoeid zwom hij naar de boot. Eenmaal op het achtersteven gooide hij hen met een uitgeput gebaar de kale schedel van een rund voor de voeten, met de twee grote hoorns er nog aan. De penetrante ontbindingslucht deed Adelina's al zwakke maag helemaal omkeren.

'Daar op de bodem ligt een heel kerkhof van dat spul, hoorns en hoeven in overvloed,' kuchte de duiker, 'maar van de oorbellen geen enkel spoor.'

16

Complottheorieën

De lift stopte op de zesde verdieping. Even werd Scalzi door een gevoel van paniek overvallen, omdat de liftdeur uit een grote metalen plaat bestond en nergens beet te pakken was. De deur leidde namelijk direct naar het appartement en was alleen van daaruit open te maken. Terwijl Scalzi, die wat claustrofobisch was, nerveus de alarmknop zocht, ging de deur plotseling open en stond de heer des huizes al voor zijn neus. Ivan was in hemdsmouwen en ontving hem met een licht afwezige, vragende blik. Om zijn benen drentelde een buitenaards monster. Nog nooit had Scalzi zo'n lelijk hondje gezien. Het dier was vaalgeel, had slechts één donker, glanzend oog dat enorm uitpuilde, terwijl de lege oogholte onnatuurlijk hoog in de platte snuit stond en deed denken aan die tekenfilmmuis die altijd de kat achter zich aan heeft zitten. Op de gevlekte vacht zaten veel grote kale plekken, waardoor de roze huid zichtbaar was.

Het appartement van Ivan Del Rio, dat in de directe omgeving van het station Santa Maria Novella lag, bestond in feite uit een grote ruimte die horizontaal door een L-vormige entresol in tweeën was gedeeld. De twee verdiepingen werden door een wenteltrapje met elkaar verbonden. Er hing daar op de zesde etage een droge metaallucht. De ramen keken uit op het verlichte stationsplein en je zag de treinen komen en gaan. De fluitjes van de conducteurs en de aankondigingen die door de luidsprekers schalden kon je horen.

Ze liepen de wenteltrap op, het hondje volgde ze op de voet en schraapte met zijn nagels over de houten treden. Hier bevond zich Ivans archief, het dak was zo laag dat Scalzi zijn hoofd moest buigen.

Ivan was een kleine man, zijn kaalheid werd gecompenseerd door een onverzorgde witte baard. Hij was al een tijdje met pensioen, en om de tijd te verdrijven was hij freelance journalist, eentje die zich het liefst in complottheorieën vastbeet. Hij was een verstrooide man. Zo was het meer dan eens gebeurd dat hij er pas na een hele poos typen achter kwam dat er geen vel in de typemachine zat.

Scalzi was Ivan Del Rio op het spoor gekomen via een artikel in het onafhankelijke weekblad *Abbecedario*, dat een zeer kleine oplage had en op de rand van een faillissement stond. Olimpia had hem op het artikel gewezen. Helemaal in de tijdgeest van eind zestiger jaren, verafschuwde zij de glanzende magazines en het psychologisch gezwam van de damesbladen. Ze las daarentegen bepaalde opiniebladen die wekelijks verschenen, op inferieur papier waren gedrukt en die over het algemeen vrij snel aan hun schuldenlast bezweken.

De strekking van het artikel was op louter vermoedens gebaseerd. Del Rio maakte gebruik van een nogal banale metafoor. Volgens hem zouden in het bestek van een paar maanden het plot, de regisseur en de acteurs van de film veranderen. De productie zou wel in dezelfde handen blijven, maar wie die geheimzinnige producers precies waren, kon hij niet zeggen, het waren dan ook vooralsnog complottheorieën. Volgens het artikel was ook het scenario aan grote wijzigingen onderhevig, de verhaallijnen zouden beter op elkaar worden afgestemd, een bepaalde professor aan de universiteit zou als de nieuwe regisseur worden aangesteld terwijl de meeste acteurs gewoon van straat werden geplukt. De universiteitscampussen stonden centraal bij alle veranderingen met hun enorme potentieel aan woedende studenten. Die woede, die in de jaren zestig vaak werd gekenmerkt door imitatiegedrag, was nu eerder versterkt dan afgezwakt en gericht op dingen die dichter bij de belevingswereld van de studenten lagen dan de oorlog in Vietnam. Vervolgens werd de metafoor verlaten voor twee werkelijke gebeurtenissen. Volgens het artikel was de aanslag in Marina een belangrijk aanknopingspunt om het plot van de nieuwe film te begrijpen. De moord op de eigenaar van Il Portichetto had iets te maken met de aanslag op de slagerij. Hier werd de hypothese van de journalist interessant voor Scalzi. Maar juist op het moment dat de schrijver de generalisaties achter zich liet en met concrete gevallen kwam, verloor het artikel zich in allerlei vage veronderstellingen. De schrijver was echter zo stellig dat hij blijkbaar over nog meer gegevens beschikte. Dat was de reden waarom Scalzi contact met hem had opgenomen.

Ivan Del Rio, die in Florence woonde, hoewel hij eigenlijk uit de Versilia kwam, had een leeftijd bereikt waarop hij met een zekere afstand en zonder verbittering op zijn leven kon terugkijken. Maar hij droeg daarentegen de wrok uit zijn jeugd nog steeds met zich mee. Alle opgekropte haatgevoelens van de generatie intellectuelen die door het fascisme werden vervolgd, had hij nog in zich. Als jongen had hij heel wat fascistische gevangenissen vanbinnen gezien. Die tijd van scherpe contrasten en strikte ordening had een onuitwisbare indruk op hem gemaakt. Voor hem had de uit het verzet ontstane Partito d'Azione, waarvan hij tot de ontbinding lid was geweest, nooit opgehouden te bestaan. Hij werd zo'n typische eenling, met argwaan bekeken door de grote grijze massa van vandaag, voor wie geen heldere kleuren bestonden.

Zijn gelaat was verschrompeld en hij had bijna al zijn haren verloren. Hij had ook niet meer de kracht in zijn benen met demonstraties mee te lopen. Mensen van zijn slag waren gedoemd in de vergetelheid te raken, om te verworden tot een onbeduidend decoratief element, dat alleen op verjaardagen wordt vertoond, dagen waarop zijn aanwezigheid (met zijn vale halsdoekje, zijn knoopsgatinsigne, en het zilveren verzetskruis op de revers) werd getolereerd, maar daar was dan ook alles mee gezegd. Zijn immer verontwaardigde blik schepte altijd een gevoel van onbehagen bij mensen. Ondanks dit alles smeulde er nog altijd een vuur in hem dat ieder moment kon oplaaien. Voor Ivan leefde de heroïek van de frontsoldaat nog altijd voort, en was de oorlog eigenlijk nooit afgesloten. Tenminste, dat was de indruk die Scalzi kreeg bij het lezen van het artikel en enkele eerdere publicaties waarop Olimpia hem geattendeerd had. Hij voelde ook wel enige sympathie voor de man. Maar nu hij die argwanende blik in zijn heldere ogen zag, vreesde Scalzi dat het een moeizaam gesprek zou worden alleen al vanwege het verschil in leeftijd. Scalzi wist dat het gezond verstand vaak ver te zoeken is bij dergelijke paranoïde gevallen en hij betwijfelde dan ook of het onderhoud iets zou opleveren.

Het gesprek liep stroef. Ivan begon al direct te verkondigen dat advocaten hem doorgaans en ook 'uit vooringenomenheid' niet lagen en dat hij een vreselijke hekel aan al dat gemanipuleer in de rechtszaal had. Scalzi probeerde het gesprek van richting te veranderen en dankzij het monsterlijke hondje lukte het hem een neutraal thema aan te snijden. Ivan vertelde dat het diertje als lelijk eendje nog heel wat prijzen bij hondenshows in de wacht had gesleept. Hij had het meer dood dan levend op straat gevonden. Wat dierenliefde betreft had Ivan wel iets weg van zijn oude vriend Barbarini, wat hem er direct weer iets sympathieker op maakte. Heel moeizaam begon het gesprek zich in goede banen te bewegen.

'Aan middelen ontbreekt het die lui niet,' zei Ivan Del Rio, 'ze zijn niet afhankelijk van donaties van politieke sympathisanten. Ze weten zich grotendeels zelf te bedruipen, net als die naar Zuid-Amerika gevluchte nazi's. Ze onderhouden goede contacten met de internationale maffia en opereren niet alleen in de drugshandel. Het zijn mensen met een neus voor louche zaakjes.

Van een heel ander kaliber dan hun directe opponenten, die bestaan uit een grote groep naïeve jongelui.'

Sterker nog, de freelance journalist was ervan overtuigd dat voor enkelen van hen de politiek slechts een dekmantel vormde voor hun misdadige praktijken. Het doel dat de middelen heiligt, maar in werkelijkheid was het middel het doel op zich.

'Waar heb ik die aantekeningen over die illegale slachterijen toch liggen, verdomme.' Ivan rommelde wat in een doos, haalde er een stapel papieren uit en nam ze snel door. Het bleken niet de papieren te zijn die hij zocht. De hond stond naast hem en volgde de bewegingen van zijn baasje met het ene betraande oog. De rug van het beestje was zo plat als een dienblad, afwezig legde Ivan het verkeerde stapeltje erop. De hond verroerde geen spier.

Eindelijk vond Ivan wat hij zocht. 'Weet u hoeveel slagers er in Marina zijn?'

Scalzi had natuurlijk geen idee, net zomin als Olimpia. Ze waren niet erg thuis in de vleesverwerkende industrie.

'Vijf', zei Del Rio. 'Zijn dat er niet wat veel voor een dorp dat in de winter half leegstaat? En trouwens, sinds de zee grote stukken strand heeft afgeknabbeld, is het in de zomer ook niet wat het geweest is.'

De journalist vertelde vervolgens het verhaal van een vrouw die op het punt stond haar man te bedriegen; van een bootje dat over de monding van de Arno voer op weg naar een groot jacht; van een tasje met dure oorbellen erin dat in het water was gevallen; van de vruchteloze pogingen van een duiker die was ingehuurd om de schat van de signora op te vissen tussen de modderige bodem van het estuarium; van de duiker die uiteindelijk met de schedel van een rund was komen aanzetten.

'Volgens de duiker, ik heb persoonlijk met hem gesproken, is de hele monding van de Arno een groot kerkhof van schedels en hoeven. Wat moeten we daarmee, avvocato?'

'Ik heb geen idee', antwoordde Scalzi.

'Illegaal vee. In strijd met de wet omdat de dieren ziek zijn of het land zijn binnengesmokkeld. Ze worden geslacht door de plaatselijke slagers… Dan gaan we even naar een andere locatie, namelijk Il Portichetto. De opstand van 1969. Kent u de feiten?'

'Ik heb er wel het een en ander over in de kranten gelezen', zei Scalzi.

'Il Portichetto, ook wel De Vliegen genaamd, was het middelpunt van die opstand. Na die episode laat Manetto Azzi zijn gezicht steeds vaker in het trattoria zien. Kent u hem?'

'Nee.'

'U hebt er goed aan gedaan om hier te komen. Als u niet eens weet wie Azzi is, bent u wat deze zaak betreft een halve analfabeet.'

'Ik ken die Azzi wel,' zei Olimpia, 'een fascistisch ideoloog, racist, xenofoob en dichter.'

'Dichter…' mopperde Del Rio, 'hij durft zichzelf "de bard van de Versilia" te noemen, omdat een kleine uitgeverij, geheel op zijn kosten, zijn wagneriaanse gebazel uitgeeft, dat zelfs in de tijd dat het arische ras de wereld wilde veroveren, onverteerbaar moet zijn geweest.'

Ivan bleef de schoenendozen die vol met krantenknipsels lagen, netjes geordend tussen blauw vloeipapier, maar doorzoeken. Toen hij niet kon vinden wat hij zocht, gooide hij de inhoud van een van de dozen op de vloer. Het hondje sprong opzij om deze nieuwe lading te ontwijken.

'Als ik in een ander land had geleefd… In Amerika bijvoorbeeld… Dan was ik nu rijk en beroemd dankzij mijn onderzoek en mijn artikelen. Maar hier kan ik me niet eens een secretaresse veroorloven die mijn documenten netjes opbergt. Ah, gevonden.' Hij pakte een knipsel van de vloer en gaf het aan Scalzi. Die las het en gaf het vervolgens door aan Olimpia.

'En?' vroeg Scalzi.

Het korte artikel berichtte over een curieus voorval. In het Valtellinadal bij Bormio, niet ver van de Zwitserse grens, was een vrachtwagen met een tiental stuks vee van de weg geraakt omdat een van de runderen in een vlaag van razernij de andere lotge-noten op de hoorns had genomen, waardoor de lading was gaan schuiven. Volgens het uitklaringsbiljet was het vee op weg naar een slagerij aan de Tyrrheense kust in Toscane.

'Het is op een aantal punten interessant,' zei Del Rio, 'ten eerste dat de vrachtwagen door het Valtellina reed. Pavolini, een hoge partijfunctionaris binnen Mussolini's partij, wilde in dat dal een laatste fascistisch bolwerk bouwen, een eenvoudig te verdedigen zone in de Alpen waar de Repubblica Sociale zou voortbestaan. De Toscaanse zwarthemden die naar het noorden gevlucht waren, verschansten zich in dit dal. Het waren er een paar duizend, waarvan de meeste uit Florence, Livorno en Pisa kwamen. Na de bevrijding namen veel van deze fanatiekelingen een andere naam aan en bleven in het dal wonen om aan de zuivering te ontkomen. Het is geen toeval dat daar onlangs in die bergen een nieuwe neofascistische beweging is opgekomen, de beruchte MAR, Movimento d'Azione Rivoluzionaria, van Luca Torregalli. Azzi is een van de leiders. Je zou kunnen veronderstellen dat de Toscaanse fascistische traditie van het Groothertog-dom Toscane, zoals Mussolini de Toscaanse cel van de Repubblica Sociale Italiana noemde, in de Versilia voortleeft... Maar laten we nu terugkeren naar de runderen in de vrachtwagen. Twaalf stuks voor één slager! Dan kun je een aardig voorraadje mee opbouwen. Kijk eens naar de datum van het artikel. December 1970, een jonge rijke man uit Lucca komt een maand later om bij de aanslag in Marina. Wist u dat Giuliano Baluardi in een slachterij heeft gewerkt?'

'Werkte hij niet in een marmergroeve, voordat hij met het trattoria begon?' vroeg Scalzi.

'Dat klopt, maar daarvoor werkte hij als een jonge knecht in een slachterij. Het schijnt dat hij als geen ander *il noccatoio* hanteerde. Weet u wat dat is? Het is het korte gedrongen mes waarmee de dieren de genadestoot krijgen toegediend: een gerichte stoot onder in de nek, precies op de plek, niet groter dan een postzegel, waar de torero zijn degen in de stier moet rijgen. Ik neem aan dat u Hemingway hebt gelezen. Het is niet eenvoudig om een rund op die manier te slachten, je moet er het oog en de koelbloedigheid van de torero voor hebben. De methode is inmiddels achterhaald door de invoering van het schietpistool. Avvocato Scalzi, begint er al iets te dagen?'

'Nee, ik vrees dat ik de draad kwijt ben.'

'Ik weet dat de plaatselijke slagers de bewuste nacht van de aanslag in hun winkels hebben doorgebracht, en dat dat niet de eerste keer was. De eigenaar van de slagerij waar de bom is ontploft, bleef thuis omdat zijn vrouw ziek was. Maar de andere slagers, of in ieder geval drie van hen, bleven in hun winkels met het licht aan. Ze zaten daar van sluitingstijd tot in de vroege ochtend. Een van die slagers heeft me verteld dat hij een auto met gedoofde koplampen langs de winkel zag rijden, bijna stapvoets, alsof hij de zaak aan het inspecteren was. De politie dacht meteen aan een politieke aanslag van een of andere subversieve linkse groepering. In eerste instantie werd een oude militante communist aangehouden, een dissident die zich niet in de gematigde lijn van de partij kon vinden. De radicale oude man zou een heftige discussie hebben gehad met de knecht van de slagerij, die er waarschijnlijk heel andere politieke ideeën op na hield, aangezien hij uit extreem-rechtse hoek kwam. De knecht dan, de eigenaar niet, die beweerde dat hij zich nog nooit met politiek had beziggehouden. Toch heeft het er alle schijn van dat de aanslag tegen de eigenaar gericht was, zijn hele zaak lag tenslotte in puin, en dat het slachtoffer een toevallige voorbijganger was. Het onderzoek naar de communist liep trouwens vast, toen de oude man kon bewijzen dat hij die avond braaf thuis in bed had gelegen. Toen stelselmatig alle leden van de ultralinkse scene een huiszoeking kregen, werd er bij een gemeenteambtenaar de TNT in de ordner gevonden…'

Del Rio graaide weer wat in een van zijn schoenendozen. 'Hoe heette hij ook alweer? Hè, mijn geheugen laat me weer eens in de steek.'

'Seminara', zei Scalzi.

'Juist ja, Seminara, heel goed. Dus u weet er toch wel iets van. Die Seminara werd in de gevangenis gezet en daar zit hij nog steeds, momenteel zelfs zonder advocaat. Dat heeft hij weer te danken aan Pasquale Lipari, oplichter van beroep, die opeens ten tonele is verschenen. Bij een huiszoeking in een boerderij in de Apuaanse Alpen deed de politie vervolgens een grote vondst...'

'Daar weet ik alles van', zei Scalzi.

'Dan gaat er toch wel een lampje branden, of niet soms? Wat ze daar voor een wapenarsenaal hebben aangetroffen, zelfs een vliegtuig. Mijn artikel is voor die vondst geschreven. Het is wel een bevestiging van mijn verhaal, lijkt u niet?'

'Een bevestiging waarvan?'

'Van het feit dat er achter deze twee voorvallen, de aanslag op de slagerij en de moord op Baluardi, een geoliede organisatie actief is, die over voldoende middelen en contacten beschikt.'

'Wat voor contacten?'

'Belangrijke contacten, mensen met macht. Dat is me vrij snel duidelijk geworden. Eigenlijk meteen na dat ene artikel, waarin ik een criminele bende aan de kaak stel, met de basis in Valtellina, maar actief in Toscane, die tonnen geld verdient met het transport en de verwerking van illegaal vee. Ik heb duidelijk gemaakt dat de aanslag op de slagerij in Marina niet meer was dan een ordinaire waarschuwing, in pure maffiastijl, aan het adres van eenieder die uit de pas dreigt te gaan lopen. Eerlijk gezegd had ik verwacht dat de politie me direct zou komen opzoeken om mijn bronnen na te trekken of verdere inlichtingen te bemachtigen. En wat denk je? Niks, helemaal niks. Geen haan die ernaar kraaide. Ik geef toe dat mijn krantje een kleine oplage heeft. Maar ik weet ook dat er politieafdelingen zijn waarin geen enkele regel van een krant wordt gemist als er een artikel over een voor hen interessant onderwerp in staat. De enige die me heeft opgezocht, en dat na twee jaar, bent u, advocaat. Degenen die zich met het onderzoek bezighouden, denken zeker dat ik maar wat uit mijn nek klets. Feit is dat er twee moorden zijn gepleegd en dat er een grote vondst op de Monte Pania is gedaan. Dan zou je toch op zijn minst mogen verwachten dat ze daarmee aan het werk gaan, vindt u niet?'

'Ik vind uw reconstructie van de bomaanslag in Marina heel interessant. Maar wat heeft die zaak met de moord op Baluardi te maken?'

'Dat er een verband tussen de twee zaken is, daar is geen twijfel over mogelijk. Wist u dat Azzi op een bepaald moment een vaste klant van Il Portichetto werd. Dat is nogal opmerkelijk, gezien de anarchistische ambiance van het trattoria. Dat Baluardi slachter is geweest, is ook al zo'n toeval, vindt u niet?'

'Allemaal speculaties', wierp Scalzi tegen. 'U baseert uw hypothese waarmee u het verband tussen de twee misdrijven wil aantonen weer op andere veronderstellingen. Uw argumenten kan ik in een rechtszaak helemaal niet gebruiken, het is geen serieuze bewijsvoering: fascisten in het Valtellina, contacten met de Toscanen, illegale veetransporten… Waar zijn de bewijzen? Moeten we daarvoor dertig jaar terug? Kom nou toch, de bezoekers van Il Portichetto hadden totaal andere politieke opvattingen dan Manetto Azzi.'

'Niet zo snel. Er is nog iets voor de aanslag gebeurd wat ik niet verteld heb en wat volgens mij veel kan verklaren. In het artikel schrijf ik er niet over, omdat ik een vriend wilde beschermen. U moet me wel geheimhouding beloven.'

'Als het om feiten gaat die belangrijk zijn voor de mensen die ik verdedig, kan ik u niets beloven', zei Scalzi.

'Ik geloof niet dat dat het geval is. Het gaat meer om iets wat op de achtergrond heeft plaatsgevonden, maar een goed beeld van de atmosfeer geeft. De geheimhouding betreft overigens slechts mijn bron, de gebeurtenis op zich mag gerust openbaar worden gemaakt.'

'In dat geval beloof ik u de bron geheim te houden', zei Scalzi.

'Ik ben bevriend met een van de leiders van de studentenbeweging, die uit de extreem-linkse hoek, natuurlijk... Ik beschouw hem bijna als mijn broer, ondanks het grote verschil in leeftijd. Ik noem zijn naam niet, maar u kunt uit mijn verhaal wel afleiden over wie ik het heb. Ik wil er ook nog wel aan toevoegen dat het om de absolute leider gaat, zij het dat de jongeren dergelijke hiërarchieën niet accepteren. Goed, ik zal het verhaal van mijn vriend vertellen. Tijdens de eerste maanden van 1970 – een jaar na de rel bij La Bussola, en een paar maanden nadat studenten en arbeiders van de Via della Madonnina en de oproerpolitie met elkaar slaags raakten – krijgt de gehele ultra-linkse intelligentsia in de streek bezoek van twee mannen. Het gaat om twee totaal verschillende mensen, het zijn elkaars tegen-polen wat hun vriendenkring betreft, hun doen en laten, hun ideeën, kortom alles. Die twee reizen dus stad en land af, waarbij ze eensgezind dezelfde boodschap verkondigen. Ze zijn bij alle subversieve bijeenkomsten te vinden. Een van de twee is Azzi, voor wie veel deuren opengaan, vanwege zijn onterecht verworven faam als dichter. Om het kort te maken. Op een avond staan de twee ook bij mijn vriend geheimzinnig voor de deur. Manetto Azzi is het meest aan het woord. Hij meent dat extreem-rechts en extreem-links voor een ware revolutie de handen ineen moeten slaan. Alhoewel beide groeperingen een totaal andere ideologische achtergrond hebben, zouden ze worden verenigd door dezelfde bezieling. Volgens mijn vriend maken figuren als Azzi te pas en te onpas gebruik van woorden als "bezieling". Hoe dan ook, de revolutie is alleen mogelijk als ze zouden samenwerken. Als de twee stromingen verdeeld blijven, waren ze beide gedoemd onder te gaan aan hun gezamenlijke tegenstander: de zogenaamde democratische bourgeoisie. Om enige hoop op succes te hebben moesten ze de krachten dus bundelen, bla, bla, bla... Mijn vriend hoort het een tijdje aan. Hij kent de geschiedenis en heeft een scherpe geest. De keuzen die hij maakt zijn gebaseerd op een aantal fundamentele principes. Volgens hem is er ondanks al het intellectuele gelul en alle complexe structuren maar één scheidslijn: óf je staat aan de zijde van degenen die uitgebuit worden, óf je wordt zelf een uitbuiter. Een tussenweg is er volgens hem niet. Daarom begreep hij ook direct dat Azzi een wolf in schaapskleren is. Hij heeft het al zo vaak meegemaakt. Mijn vriend probeert zich niet in de discussie te mengen en verklaart eenvoudigweg dat hij met fascisten niks te maken wil hebben, en dat hij zich niet nog een keer zo netjes zal gedragen als ze het nog eens wagen met dergelijke onzin bij hem aan de deur te verschijnen. Hij gooit ze vervolgens de deur uit, zonder geweld te gebruiken. Goed, die breedsprakige rechtse theoreticus was dus Azzi, de flutdichter, maar wie was die ander?'

'Zeg het maar,' drong Scalzi aan, 'ik ben wel nieuwsgierig geworden.'

'De andere was Seminara, de gemeenteambtenaar met de TNT in zijn ordner.'

Toen Scalzi en Olimpia het appartement van Ivan Del Rio verlieten was het al diep in de nacht. Eenmaal in bed kon Scalzi de slaap niet vatten.

'Ik weet waarmee je in je maag zit', zei Olimpia.

'Hmm…'

'Je weet dat je Seminara niet kunt vertegenwoordigen.'

'Misschien is het wel waar wat ze zeggen over twee mensen die lang samenwonen, dat ze elkaars gedachten kunnen lezen.'

'Wonen wij samen dan?'

'We slapen toch regelmatig samen. Morgen ga ik naar de gevangenis om Seminara op te zoeken en hem mee te delen dat ik hem niet meer vertegenwoordig. Maar eerst zal ik hem nog over een paar zaken uithoren.'

'Goed zo,' stemde Olimpia toe, 'de twee vrouwen hebben iemand nodig die zich voor de volle honderd procent kan inzetten. Ik krijg de indruk dat ze worden beetgenomen. Het is een afleidingsmanoeuvre, daar zijn ze geknipt voor: niemand die hen van bovenaf helpt, ze hebben geen rooie cent, het meisje is een lichtzinnig kreng dat alleen maar van haar zangcarrière droomt en de moeder is alleen maar met haar dagelijkse strijd om het voortbestaan bezig.'

'Het ziet er niet zo best uit voor ze.'

'Ze hebben een goede advocaat', zei Olimpia om hem moed in te spreken.

'Ach, advocaten,' verzuchtte Scalzi, 'die hebben soms maar weinig in te brengen...'

17

...de tunnel niet verlicht is...

Olimpia zat achter het stuur. Deze keer slaagde Scalzi er in een nieuw stuk van het verkeersbord te lezen dat bij het in gaan van de tunnel was geplaatst: '...de tunnel niet verlicht is... Ik word stapelgek van dat bord.'

De auto dook de duisternis weer in. Olimpia remde af, en reed weer verder met haar neus tegen de voorruit.

'Als in geval van overmacht de tunnel niet verlicht is... En verder? Wat moet je dan doen? Een schietgebedje? Omkeren? De auto laten staan en verder te voet gaan? Nog afgezien van het feit dat die verdomde rottunnel nooit verlicht is?'

Olimpia parkeerde de Citroën 2CV langs de stoeprand van het parkje tegenover de gevangenis. De tuin lag er verlaten bij, de bomen waren kaal. Olimpia wees naar het café aan de overkant van de straat.

'Ik wacht daar wel op je', zei ze. 'Dan kan ik meteen een broodje eten.'

Scalzi keek naar de twee groenblauwe plastic stoelen die naast het enige tafeltje op het terras stonden, het groen gestreepte zonnescherm was te kort om wat schaduw op het terras te werpen, vanbinnen zag het café er sjofel en triest uit, misschien om het bezoek van de bajesklanten af te schrikken. Ook het formica van de bar en de verpakte flessen mineraalwater hadden een vies groen kleurtje.

Op de autobaan van Florence richting zee hadden ze heel wat auto's ingehaald die waren volgeladen met strandspullen. Het was de eerste zondag van augustus, tijd voor de laatste en tevens grootste zomeruittocht. In de stad was het rustig op straat. Scalzi en Olimpia hadden al maanden geen gewone uitstapjes meer gemaakt, zonder een nuttig bezoekje aan een of andere gevangenis te brengen. In Florence was het zo warm dat het oude centrum met zijn drommen toeristen in gekleurde hemdjes en zijn pizzalucht aan de levendige drukte in een Arabische soek deed denken. Scalzi was er weer niet in geslaagd op tijd een vakantie in te plannen. En om nu op goed geluk nog iets te ondernemen, nu de zomer al zo gevorderd was, dat zag hij niet zitten.

'Je kunt gerust een ommetje maken,' zei Scalzi, 'je hebt meer dan een uur de tijd.'

'Het is veel te warm om de toerist uit te hangen', zei Olimpia terwijl ze al naar het café liep.

Scalzi zag hoe ze aan het tafeltje ging zitten, de stoel naar achteren schoof om in ieder geval met haar hoofd in de schaduw te zitten en de krant opensloeg. Hij dacht even aan de van het vet druipende broodjes, vol mayonaise, die ze daar serveerden.

'Ik zal het kort houden', schreeuwde hij niet erg overtuigend.

Ze lachte hem weifelend toe.

Binnen in de gevangenis moest hij een paar minuten op de gang wachten voordat de ruimte die voor rechter-commissaris en advocaten gereserveerd was vrijkwam. Hij voelde dat hij door iemand bekeken werd. Achter het hek dat de normale gedetineerden scheidde van degenen die in het penitentiaire hospitaal verbleven, stond een man die Scalzi's bewegingen op de voet volgde. Hij droeg een voor zijn postuur veel te kleine streepjespyjama, in de donkere gang staken zijn scheenbenen wit onder de omslag van de broek uit. Onder zijn pikzwarte baard zat een grauw gezicht verborgen, zijn ogen waren ingevallen. Het gezicht kwam Scalzi ergens bekend voor. Met een meelijwekkende uitdrukking op zijn gezicht liep de man naar het hek en pakte een van de spijlen beet. 'Herken je me niet, Scalzi? Je kent me toch wel…'

'Ik had al zo'n gevoel, maar…'

'Ik ben Beringhieri', zei de man zachtjes, alsof hij zich schaamde.

Dan hebben ze hem uiteindelijk toch achter de tralies gekregen, dacht Scalzi voldaan in een opwelling. Hij bekeek het gehavende gezicht, de deemoedige, bijna smekende ogen, zijn hangende schouders. Er hing een doordringende muffe lucht van vieze lakens, ontlasting en geneesmiddelen om deze spookachtige verschijning. Van de strijdlustige Beringhieri was niks meer over. De ooit zo grote, onoverwinnelijke advocaat stond nu zielig voor hem in een kleine streepjespyjama uit het penitentiaire hospitaal. Niet dat Scalzi er rouwig om was geweest als hij had vernomen dat Beringhieri dood was. Ze waren ooit bijna in de rechtszaal met elkaar op de vuist gegaan. Het scheelde geen haar, een collega had ze uit elkaar moeten houden. Tijdens een proces voor de rechtbank waar een groep neofascisten terechtstond (Scalzi verwoordde de tenlastelegging en Beringhieri nam de verdediging op zich) werd Scalzi voor aasgier uitgemaakt door een van de verdachten die een vraag niet kon waarderen. Beringhieri had de belediging herhaald en er zelfs nog een schepje bovenop gedaan. In het bajesjargon is een aasgier iemand die deel uitmaakt van het gevangenissysteem, die leeft van de lijken die er rondlopen, de gedetineerden die meerdere malen levenslang hebben gekregen en dergelijke hopeloze gevallen. Ze zijn van het laagste soort omdat ze hun macht misbruiken. Scalzi had zijn toga uitgetrokken en aanstalten gemaakt om Beringhieri aan te vallen, hoewel hij stiekem hoopte dat iemand hem zou tegenhouden omdat zijn rivaal veel groter was en handen als kolenschoppen had. Gelukkig was zijn collega Astici tussenbeide gekomen, een uitstekend advocaat die sportief gezien in topvorm verkeerde. Astici had Scalzi's arm gegrepen en achter zijn rug gedraaid, terwijl hij tegelijkertijd met zijn andere hand de rivaal op een afstandje hield. Zo had hij Scalzi een hoop narigheid bespaard, waaronder een reprimande van het tuchtcollege. De rechters hadden de zaal verlaten vanwege deze schandelijke vertoning, de dames en heren van de jury waren geschokt. Tumult in de kooi van de verdachten.

En daar stond hij voor hem, met een smekende blik, diezelfde Beringhieri die destijds door zijn oudere collega's ook wel Woeste Saladin werd genoemd, omdat hij met zijn zwarte sikje en gemene blik wel wat weg had van het beroemdste figuurtje dat je kon sparen bij de chocolade van Perugina.

Beringhieri was geen zachtzinnig type, zo ging het verhaal dat hij het huis van de minnaar van zijn vrouw in de fik had gestoken.

'Ik word beschuldigd van medeplichtigheid aan een ontvoering,' jammerde hij, 'dat is toch te gek voor woorden.'

Volgens een zekere officier van justitie had hij nauwe banden met l'Anonima Sarda (de specialist op het terrein van ontvoeringen), die allang niet meer in het kader van zijn werkzaamheden te plaatsen waren.

'Weet je hoelang ze me hier al vasthouden?'

'Nee.'

'Al meer dan een jaar. Ik voel me slecht. Ik was al niet helemaal honderd procent voordat ik werd gearresteerd. Te hoge bloeddruk, hartproblemen, een maagzweer...'

'Wat naar voor je', loog Scalzi, die zich moest inspannen om ernstig te kijken. Hij voelde nog steeds een vorm van leedvermaak, hoewel zijn geweten daar langzaam tegen in opstand kwam. Het ging tenslotte wel om een collega, en voor hetzelfde geld was hem iets dergelijks overkomen. Het waren donkere tijden.

Aan het einde van de gang zag hij Seminara komen aanlopen, begeleid door een cipier. Scalzi knikte naar Beringhieri ten teken van afscheid. Toen ze de kamer betraden, zag hij dat Beringhieri en Seminara even kort een blik van verstandhouding uitwisselden.

De cipier bleef achter de deur staan, maar hield de twee wel in de gaten door het ruitje in de deur. Scalzi legde zijn aktetas op tafel en ging zitten, Seminara nam tegenover hem plaats.

Scalzi wees naar de gang. 'Kent u elkaar?'

'Over wie hebt u het?'

'Over advocaat Beringhieri, de man met wie ik zojuist stond te praten.'

'Ik? Nee…' Scalzi zag dat zijn hoofd licht rood kleurde.

Seminara's baard was netjes geknipt en volgde strak de lijnen van zijn hoekige gezicht. Scalzi had zich een heel ander persoon voorgesteld, eerder een verslonsd figuur dat de hele dag als een zombie op zijn gevangenisbed lag. Maar Seminara zag er verzorgd uit: een schoon overhemd, een vouw in zijn broek, een licht gebruinde huid van het ongezonde stadszonnetje tijdens het luchten. De jonge man pakte zijn hand beet en kneep zijn ogen dicht, ondanks de luiken die de felle zon op het plein afschermden. Scalzi voelde dat hij werd bekeken.

'Volgens mij lopen er hier geen advocaten rond,' benadrukte Seminara nog eens, 'ik ken er in ieder geval geen. Daar moet ik eerlijkheidshalve wel aan toevoegen dat ik over het algemeen ander gezelschap verkies.'

Het was Scalzi opgevallen dat hij de laatste tijd steeds vaker op aanmatigende toon werd aangesproken. Er waren steeds meer jongeren die het idee hadden dat ze waren uitverkoren om de wereld te veranderen, die in een soort roes verkeerden waarin ze meenden alles te doorgronden. De meesten kwamen op Scalzi over als een stelletje infantiele, ziekelijke, dogmatische egoïsten, ondanks de zware kost van Marx. Ze hadden het voortdurend over 'de klassenstrijd', over 'de huidige toestand' die veranderd moest worden, over 'de revolutie' die naar de overwinning zou leiden, en ze dachten onterecht op het toppunt van hun populariteit te zijn. Het was het oude liedje, op tv en in de kranten.

Steeds weer die opgeblazen toon: de een met zijn ironie, de ander met zijn overdreven serieuze stem, weer een ander met een aristocratische r... Onsterfelijk, onvergankelijk. Hij begreep die ongeduldige jongelui wel. Ze kregen die kapsones met de paplepel ingegoten, en nu dachten ze dat het hun beurt was. Het liefst zouden ze een paar fasen overslaan, terwijl hun in feite maar één ding stond te wachten: het lage laadruim op een stuurloos schip in een grote storm. Aan zogenaamde aspirant-stuurmannen overigens geen gebrek, die waren er meer dan genoeg.

Hoewel Seminara niet meer zo heel jong was, leek ook hij deel uit te maken van het legertje ambitieuze matrozen. Scalzi's theorie werd gestaafd door de manier waarop zijn nieuwe cliënt hem met een hooghartige, cynische blik aankeek, zijn neus in de lucht, zijn schouders iets naar voren gebogen.

Scalzi was geïrriteerd en besloot de jongen duidelijk te maken dat hij niet zo'n lullig advocaatje was dat slaafs met alle winden meewaaide. Hij zou de vragen die hij had direct stellen, zonder langer om de hete brei heen te draaien.

'Legt u me allereerst eens uit, signor Seminara, wat iemand met uw opvattingen met zo'n eersteklas oplichter moet?'

'Oplichter? Over wie hebt u het?'

'Over Pasqualino Lipari. Ik heb begrepen dat u bevriend met elkaar was.'

'Bevriend? Zo zou ik het niet omschrijven. We hebben een cel gedeeld.'

'Toch hebt u hem een gunst verleend. U probeerde voor hem een briefje aan advocaat Barbarini te overhandigen. Dat werd even later bij u gevonden. Gelukkig maar, anders had mijn collega nu ook vastgezeten. Wist u dat Barbarini's naam op het briefje stond?'

'Avvocato, de toon van dit gesprek staat me eerlijk gezegd niet zo aan. Hoe had ik dat nu moeten weten? Er stonden alleen maar getallen op die volgens Pasqualino aangaven hoeveel karaat de juwelen waren.'

'Maar u zult de getallen op het briefje toch wel aandachtig bekeken hebben, voordat u probeerde Barbarini ermee op te zadelen? Is u dan niet opgevallen dat het een heel eenvoudig te ontcijferen code was? Dat moet u toch geweten hebben...'

'Is dat een beschuldiging? Bent u speciaal hierheen gekomen om beschuldigingen aan mijn adres te uiten?'

'Wat voor beschuldigingen verwacht u dan van mij?'

Seminara staarde hem een poosje aan, voordat hij antwoordde. 'U denkt dat het mijn schuld is dat er nu een zaak tegen uw collega loopt. Maar ik heb er niks mee te maken. Dat briefje heeft voor mij nog veel nadeligere consequenties gehad; ik zit nog steeds vast.'

'Goed, ik wel best geloven dat u door Pasqualino Lipari bent belazerd. Vertelt u me eens wat meer over Manetto Azzi.'

'Over wie?'

'Ook met Azzi bent u bevriend geweest. En vrijwillig, ik bedoel u zag elkaar regelmatig en niet omdat u gedwongen een cel met hem deelde. Vertelt u eens wat meer over uw ervaringen met de bard van de Versilia.'

Seminara kwam overeind met een gezicht dat op onweer stond. De metalen stoelpoten krasten over de vloer. Hij maakte een gebaar naar de cipier die nog steeds achter het ruitje stond.

'Bewaker!'

'Wat gaat u doen?' vroeg Scalzi.

'Ik ga terug naar mijn cel. Ons gesprek is bij deze beëindigd. Het was me een waar genoegen u ontmoet te hebben, hoor je dan netjes te zeggen... Ze hadden me hier al gewaarschuwd dat u mensen op de zenuwen werkt.'

'Wie heeft dat gezegd? Beringhieri?'

'Ik ken geen Beringhieri. Bewaker!'

De cipier liep de kamer binnen.

'Ik wil graag naar mijn cel terug', zei Seminara.

'Even wachten nog', Scalzi verhief zijn stem.

'Nou, wat willen jullie nu?' zei de bewaker.

'We blijven nog even hier,' zei Scalzi, 'we zijn nog niet klaar.'

'Mooi wel.' Seminara maakte aanstalten om de deur uit te lopen.

'Gaat u alstublieft nog even zitten', zei Scalzi.

Seminara stak een sigaret op en inhaleerde diep. Met een grote grijns op zijn gezicht nam hij weer plaats, deze keer schoof hij zijn stoel niet naar de tafel toe. 'Goed dan. Gaat u maar, bewaker. Als ik mijn sigaretje op heb, roep ik u weer. Vertelt u eens, beste advocaat, wat hebt u me nog meer te vertellen?'

De bewaker zuchtte een keer en nam zijn plaats achter de deur weer in. Scalzi besefte dat hij een inschattingsfout had gemaakt. Hij had zijn opponent onderschat. Seminara was toch nog een stuk ouder dan hij in eerste instantie had aangenomen, waarschijnlijk al flink over de dertig. Hij had weer eens impulsief al zijn schepen achter zich verbrand. Op een iets aardigere toon probeerde hij te redden wat er te redden viel. 'Begrijp me goed, voordat ik uw verdediging van advocaat Barbarini overneem, moet u me over een paar zaken duidelijkheid verschaffen. Ik vermoed dat er een verband is tussen de bomaanslag in Marina en de moord op Baluardi. Ik houd me ook met die andere zaak bezig. En aangezien ik als raadsman van de twee vrouwen optreed, wil ik straks niet voor verrassingen komen te staan.'

'Wat voor verrassingen?'

'Wegens een eventuele belangenverstrengeling. De band tussen advocaat en cliënt is gebaseerd op wederzijds vertrouwen. Het belangrijkste is dat ik u kan vertrouwen. Ik moet honderd procent kunnen uitsluiten dat u niets met die andere zaak te maken heeft.'

'Met welke zaak?'

'U kwam regelmatig in Il Portichetto en was bevriend met Baluardi. U moet me alles vertellen wat u over de moord weet. Of misschien verdenkt u iemand?'

'Wat moet ik u in godsnaam vertellen?'

'Alles wat u weet, of in ieder geval alles wat u denkt.'

'Nou, dan zijn we snel klaar. Ik weet er niks van, ik heb werkelijk geen idee. Ik heb niks met de moord op de eigenaar te maken, punt uit. Ik dacht dat u hier was gekomen om over de verdachtmaking aan mijn adres te praten, over de bomaanslag in Marina en de explosieven die ze in mijn kantoor hebben gevonden. Daarvoor zit ik tenslotte vast. Wat interesseert mij de moord op Baluardi nou?'

'Ik denk dat er een verband tussen de twee zaken bestaat.'

'Dan weet u meer dan het OM en de politie.'

'Dat zou kunnen.'

'Hoe het ook zij, van de moord op Baluardi weet ik niets.'

'Vertelt u me dan op zijn minst of de eigenaar van Il Portichetto Manetto Azzi kende? Kan het zijn dat u ze aan elkaar hebt voorgesteld?'

Seminara's valse grijns werd breder. Hij gooide de peuk bij de andere peuken, die als vliegen in het water dreven in een opengesneden plastic fles. Hij stond op. Weer krasten de stoelpoten over de vloer.

'Cipier! Breng me terug naar mijn cel.'

'Vergeet u niet mijn machtiging om als u advocaat op te treden in te trekken', zei Scalzi.

De bewaker hield de deur open. Seminara, die al bijna op de drempel stond, draaide zich om en liep weer terug naar de tafel. Hij boog zijn tengere lijf naar voren en fluisterde: 'Reken maar, dat is het eerste wat ik zal doen. Ik hoef geen politieman als advocaat. Waarom wilt u zo nodig de waarheid achterhalen? Laat het toch rusten. Vindt u het nog niet genoeg, wat er met Barbarini is gebeurd? Hou er rekening mee dat het met u nog slechter kan aflopen. Omdat ik het sneu vind dat u hier helemaal voor niks bent gekomen, zal ik u één ding verklappen: de twee vrouwen maken geen schijn van kans, vooral omdat ze de pech hebben dat hun advocaat een naïeve man is. Als het straks zover is, het zal niet lang meer duren, daar ben ik van overtuigd, en als de storm losbarst, worden dromers als u het eerste weggevaagd.'

'Als wat straks zover is? Waar hebt u het toch over?'

Seminara boog nog verder over de tafel, zodat de gezichten elkaar bijna raakten. Zijn adem stonk naar goedkope wijn, de gebruikelijke bocht die clandestien in de gevangenis werd verhandeld.

'De wegen die naar de revolutie leiden', fluisterde hij, 'zijn geplaveid met obstakels en met bloed doordrenkt.'

Scalzi trok zijn gezicht naar achteren om aan de zure lucht te ontsnappen. 'Wie is hier nu de dromer, Seminara?'

'Dat heb ik hem ook al verteld,' zei Olimpia, 'hij had hem niet meteen het mes op de keel moeten zetten. Dat soort figuren vereist een diplomatieke aanpak.'

Barbarini knikte glimlachend. Ondanks de open ramen was het drukkend heet in het kleine werkvertrek. Buiten lag het rode licht van de zonsondergang als een dikke laag stof op de wijnbladeren waardoor het net kopergravures leken.

'Jij had hem natuurlijk veel beter aangepakt,' bromde Scalzi, 'tenslotte ging jij tot voor kort nog met figuren als Seminara de straat op.'

'Toch heeft Olimpia gelijk. Als je wat kalmer aan had gedaan,' zei Barbarini van achter zijn sigarenrook, 'dan hadden we nu misschien wat informatie uit de eerste hand gehad.'

18

Sphingidae

Filippeschi liep over de gang langs Terzani's kamer. Hij zag door de open deur hoe zijn vriend aan zijn tafeltje zat, met zijn neus in een studieboek gedoken.

'Terzani!' gilde Filippeschi met afschuw vervuld, 'dat kan toch niet!'

Terzani, die zijn ogen maar met moeite van het boek kon afhouden, keek hem afwezig aan. De kamer zag grijs van de rook.

'Ciao.'

'Ciao? En dan ook nog het raam dicht.' Filippeschi zette het raam wijd open. 'Het lijkt verdomme wel een gaskamer.'

'Nee,' zei Terzani met een schorre stem, 'doe alsjeblieft weer dicht. Ik heb last van het verkeer.'

'Ben je soms gek geworden? Vanochtend zat je in precies dezelfde houding als nu. Hoor je wat ik zeg? Het is nu negen uur. Dat is twaalf uur. Wil je soms iets oplopen?'

'Over drie dagen heb ik mijn tentamen bouwkunde', verzuchtte Terzani somber.

'Dat is toch niet te geloven. Hij heeft een tentamen. Je bent waarschijnlijk de enige in Italië die zich nog uit de naad werkt voor een tentamen. En dan nog wel bouwkunde.'

Terzani zette zijn bril met de jampotglazen op zijn voorhoofd en begon in zijn ogen te wrijven. 'Bouwkunde is een vak dat me interesseert, er zijn zoveel materialen. Weet je bijvoorbeeld wat dit is?' Hij tilde een grijze plaat omhoog die zijn boek openhield.

'Je gaat toch niet weer beginnen, hè?' brulde Filippeschi, 'kom achter dat bureau vandaan.'

'Eternit,' Terzani maakte geen aanstalten om op te staan, 'direct na de Tweede Wereldoorlog werd het beschouwd als het bouwmateriaal van de toekomst. Helaas bestaat het uit cement met asbestvezels.'

'Asbestvezels. Nou, en wat dan nog?'

'Asbest is kankerverwekkend. Zou jij als architect een huis met een dak van Eternit ontwerpen?'

'Heb je geen honger? Het is al negen uur. Over een halfuurtje gaat de mensa dicht.'

'Nu je het zegt, een beetje trek heb ik wel,' Terzani rekte zich uit, 'geef me tien minuten en ik ga met je mee.'

'Nee. Nu meteen.'

'Even mijn bladzijde aflezen.'

'Maar dan is de poort straks dicht.'

'Dan gaan we gewoon uit eten, ik betaal. Het is vrijdag. Laatst had iemand het over een goedkoop tentje, Il Portichetto, waar je een uitstekende baccalà alla Livornese schijnt te kunnen eten.'

'Weet je hoe dat trattoria ook wel wordt genoemd? De Vliegen. Het is er nogal sjofel en ze zijn trouwens dicht.'

'Op vrijdag?'

'Nee, voor altijd. De deur is op slot, de luiken zijn dicht. Afgelopen met de bakalau Livornesau en die heerlijke tieten van Betty...'

'Wie is Betty?'

'De dochter van de eigenaar. In feite de enige werkelijke delicatesse die Il Portichetto te bieden had. Heel mooie tieten.'

Even verscheen er een fonkeling in Terzani's ogen, maar zijn stem klonk nog steeds vermoeid. 'Jammer. Waarom hebben ze de tent eigenlijk gesloten?'

'Na die toestand kwam er bijna niemand meer.'

'Welke toestand?'

Filippeschi keek zijn vriend verbouwereerd aan. 'Weet je dat echt niet of hou je me voor de gek? Met jou kun je alles verwachten.'

'Ik weet echt niet waar je het over hebt', herhaalde Terzani.

'Ik heb het over de moord op de eigenaar van het trattoria.'

'Is de eigenaar van Il Portichetto vermoord?' eindelijk klonk er enige verwondering door in Terzani's verstrooide toon.

'Nee, ze hebben soldaat Turiddu vermoord, nou goed? In wat voor wereld leef jij? Er wordt al twee jaar nergens anders over gepraat. Verdomme... En nu zijn we ook nog eens te laat voor de mensa.'

Later die avond zaten ze aan de keukentafel, waar ze een gebraden kippetje verorberden dat Terzani in de *rosticceria* beneden in de straat was gaan halen. Filippeschi, die blij was dat zijn vriend eens een keer iets niet wist, vertelde dat de moord op de eigenaar in raadselen was gehuld en dat de politie in het duister tastte. 'Ze weten niet eens of ze het lijk naar boven hebben gesleurd, of dat ze hem later pas hebben vermoord.'

'Waar naar boven?' vroeg Terzani.

'Op de Monte Merlato. Daar is het lijk aangetroffen.'

'Op de Merlato? Waar precies?'

'Op een paar meter van de feeënkuilen. De politie vermoedt dat de dader het lichaam in een van de spelonken had willen verbergen, maar dat hij door iemand gestoord is.'

Terzani nam een hap, maar toen hij de kip doorslikte schoot het eten in zijn verkeerde keelgat. Hij hoestte een paar keer, maar bleef zonder lucht zitten. Filippeschi stond op, ging achter zijn vriend staan en gaf hem een harde klap tussen zijn schouderbladen. Terzani spuugde het stukje vlees dat hem dwarszat uit.

'Gaat het?' Filippeschi hamerde nog steeds op Terzani's rug.

'Wanneer?' kuchte Terzani.

'Wanneer wat?'

'Wanneer hebben ze het lijk gevonden?'

'Weet ik veel, ik meen ergens in 1971.'

'Ik moet exact weten wanneer,' schreeuwde Terzani, die inmiddels was opgestaan en zijn vriend met een verwilderde blik in zijn ogen aankeek, 'nu meteen, begrijp je?'

Hoewel zijn vriend wel vaker vreemde kuren vertoonde, was Filippeschi toch wel onder de indruk van dat geschreeuw. 'Gisteren heb ik nog een artikel gelezen, waarin de hele zaak wordt samengevat. Ik moet het ergens in mijn kamer hebben liggen.'

'Ga snel halen!'

'Eerst even die vette hap opeten.'

'Nee, nu meteen,' gilde Terzani hysterisch, 'alsjeblieft, ik moet het weten.'

Aarzelend stond Filippeschi op om de krant te zoeken. Terwijl hij daarmee bezig was, begon hem langzaam iets te dagen. Hij wist dat Terzani de Monte Merlato beklom om vlinders te vangen. Zijn vriend had hem een paar keer uitgenodigd om mee te gaan, maar daar was hij nooit op ingegaan.

Terzani keerde terug met de krant in zijn hand. Hij bladerde er wat doorheen tot hij het bewuste artikel vond. 'Dit is het. Hier staat dat het lichaam op 7 mei 1971 gevonden is... De patholoog-anatoom meent dat Baluardi een week daarvoor vermoord moet zijn. Het lijk was in vergevorderde staat van ontbinding.'

Terzani griste de krant uit zijn handen en liep ermee naar zijn kamer.

Als je Terzani's kamer binnenkwam werd je direct aangestaard door de ogen van een danseres in een oosters kostuum. Een onheilspellende blik, hoewel de ogen half achter de opgemaakte oogleden verborgen waren. De enorme poster nam een groot deel van de wand in beslag. De vrouw op de poster was aan de mollige kant en niet groot, een schoonheidsideaal uit de jaren twintig. Ze leunde op een tafel met een Perzisch kleed, en etaleerde royaal haar borsten en benen in een wulpse pose. In de kamer bevonden zich nog veel meer afbeeldingen van dezelfde vrouw, zoals ansichtkaarten en ingelijste foto's. Een van de foto's lag op het bureau, half verborgen onder de boeken en papieren met aantekeningen erop. De vlinderjager had het instinct van een ekster. Het bed dreef als een reddingssloep te midden van de overblijfselen van een scheepsramp. Behalve vlinders met tekeningen van doodskoppen en andere monsters, verzamelde Terzani nog andere rariteiten der natuur. Er stonden schoenendozen vol agaten met vogelogen, wortels die op reptielen leken, grote keien met een ijzerhoudende concretie die landschappen tekende, grote schelpen in alle vormen... De vitrinekasten aan de muren leken elk moment weg te kunnen vliegen met de tientallen vlindervleugels. Een kast was een stuk groter en daarin bevonden zich de nachtvlinders. Onder elk exemplaar bevond zich een kaartje met de wetenschappelijke naam, vindplaats en datum.

Terzani moest zijn bril dicht op het kaartje houden om de tekst te kunnen lezen: SPHINGIDAE ACHERONTIA ATROPOS. Het leek wel of de oogholten in de schedel hem verwijtend aanstaarden. Hij deinsde achteruit en liep weer naar de deur, waar hij tegen Filippeschi aan liep. 'Wat is er? Je trekt helemaal bleek weg.'

'Het was de nacht van de eerste mei in 1971... Kun je je nog herinneren dat je niet met me wilde meegaan? Ik heb de moordenaars gezien', zei Terzani.

Om vier uur 's nachts besloot het hoofd van de recherche, dottor Amilcare Camilleri, die betweterige mafkees op vrije voeten te stellen. Hij had het in eerste instantie voor onmogelijk gehouden dat er iemand in Pisa en omgeving bestond die al die jaren niks over de moord op de eigenaar van Il Portichetto had vernomen. Toch was hij er langzaam van overtuigd geraakt dat er wel eens zo iemand kon bestaan, namelijk Francesco Terzani, een wereldvreemd figuur die nooit kranten las, omdat hij daar zijn neus voor ophaalde, die nooit in cafés kwam omdat hij het veel te druk had met studeren, vlinders vangen en gedichten lezen, en televisiekijken verafschuwde! Het leek er werkelijk op dat Terzani pas enkele uren van de moord op de hoogte was.

Toch bestond er nog enige twijfel of Terzani de zaak niet bedonderde. Camilleri vond het bijvoorbeeld merkwaardig dat hij als student nog nooit een voet in Il Portichetto had gezet, maar hij had te weinig bewijsmateriaal om hem in voorlopige hechtenis te nemen. Dottor Camilleri had hem tijdens de zes lange uren die het verhoor had geduurd willen afmatten, in de hoop dat hij zou doorslaan. Tevergeefs, hoe verder de nacht vorderde hoe levendiger Terzani begon te kletsen. Camilleri had heel wat moeten doorstaan: canti van Dante Alighieri over *de Pisanen die daar door een berg 't oog niet tot Lucca konden keren* en graaf Ugolino Della Gherardesca, de moderne gedichten van een zekere Dino Campana, blijkbaar een familielid van de ondervraagde die in een gesticht dicht bij Florence was overleden, – waanzin is overerfbaar, zoveel is duidelijk! – hele lezingen over de nachtvlinders in het algemeen en de doodshoofdvlinder in het bijzonder, over bouwkunde en het feit dat Partalino van Fiorentina een middelmatige middenvelder was, en over nog veel meer zaken die onmogelijk allemaal in het proces-verbaal konden worden opgenomen. Daar kwam nog bij dat Camilleri agent Checcacci een paar keer tot kalmte had moeten manen. Checcacci was een paar keer de kamer in gelopen, en om duidelijk te maken dat hij het graag even over zou nemen, liet hij zijn vingers knakken. Meer dan een kwartiertje zou hij niet nodig hebben gehad om die wijsneus alles te laten opbiechten.

Terzani moest nog een keer terugkomen om de foto's van de twee obers van Il Portichetto te bekijken. Blijkbaar had nog niemand eraan gedacht om achter die foto's aan te gaan. Wat een efficiëntie! Eigenlijk was het een overbodige procedure, aangezien Terzani's omschrijving van de twee figuren die hij de bewuste nacht op de Monte Merlato was tegengekomen zo accuraat was dat er geen twijfel over kon bestaan. Toen Terzani het ellenlange proces-verbaal al had getekend en eindelijk op de drempel stond, en het ernaar uitzag dat Camilleri van zijn lastpost verlost zou worden, draaide hij zich plotseling om en sloeg zich op zijn voorhoofd. 'Ik ben nog iets vergeten,' had hij gezegd, 'de stoel zonder poten.'

'Wat voor stoel?' had het hoofd van de recherche gevraagd.

'Ik struikelde zowat over een stoel zonder poten, niet ver van de plek waar ik de kwikdamplamp had neergezet. Weet u hoe zo'n val werkt?'

Nee, dottor Camilleri wist niet hoe zoiets werkte en het kon hem eerlijk gezegd ook geen ene reet interesseren. 'Vertelt u verder over de stoel. Nu heb ik er verdomme genoeg van.'

'Er lag een terrasstoel zonder poten. Een vreemde plek om zoiets aan te treffen vindt u niet?'

Het was inderdaad wel vreemd. En zodoende moest dottor Camilleri Francesco Terzani opnieuw plaats laten nemen en het proces-verbaal heropenen om ook de kapotte stoel erin op te nemen.

19

Spirituele sessie

In het huis aan de Via della Madonnina waren de luiken voor het raam hermetisch afgesloten om elk streepje zonlicht buiten te houden. De twee vrouwen hielden elkaars hand boven de tafel vast. Er was een zwarte zakdoek over de lamp boven de tafel gehangen, waardoor het aardig donker was in de keuken.

Emanuela verbrak de ketting, plaatste haar handen op de tafel, en legde haar hoofd op haar handen te rusten. Ze ademde een keer diep in. 'Ik kan hem niet horen,' zei ze, 'het heeft geen zin.'

'Laten we het met het kopje proberen', stelde Gerbina voor.

'Het heeft geen zin, het lukt me niet om hem op te roepen. Ik moet eerst contact met hem maken, maar daarvoor heb ik een voorwerp van hem nodig.'

'Wat voor voorwerp?'

'Iets wat hij altijd bij zich droeg.'

'Zal ik een overhemd of een trui gaan halen?'

'Nee, kledingstukken worden gewassen, daar heb je niks aan.'

'En zijn sleutels dan?'

'Dat zou prima werken, maar dan moet het wel een sleutelbos zijn die alleen hij bij zich had.'

'Dan moet je de sleutels van het magazijn nemen. Die had hij altijd bij zich, buiten hem mocht niemand het magazijn van Il Portichetto betreden. Wie weet wat hij daar allemaal had opgeslagen.'

'Die sleutels heeft hij natuurlijk in zijn zak gehad en liggen nu bij de politie.'

'Nee,' zei Gerbina, 'voordat hij de bewuste nacht het huis verliet, had hij zijn horloge en al zijn sleutels in de la van zijn nachtkastje laten liggen. Ik weet eigenlijk ook niet goed waarom.'

'Het is en blijft maar een raar verhaal,' mopperde Emanuela, 'ga die sleutels eens voor me halen.'

Gerbina liep naar de slaapkamer, Emanuela kon horen dat ze een laatje openschoof. Terug in de keuken overhandigde Gerbina twee grote sleutels aan het medium die door een ring bijeen werden gehouden.

'Het is best gek eigenlijk, nu ik erover nadenk,' zei Gerbina, 'ik was er zo aan gewend dat ik het magazijn niet in mocht dat ik er nog steeds niet ben gaan kijken.'

Emanuela stopte de sleutels in haar jaszak. Gerbina plaatste haar handen weer in de hare. 'Zullen we het nog een keer proberen?'

'Nee, nu niet. Morgen of overmorgen misschien. Ik heb gewoon even de tijd nodig om aan het contact te wennen.'

20

Après l'amour

Betty maakte het bovenstukje van haar bikini weer vast en trok het nog natte broekje, dat helemaal om een been gedraaid zat, weer aan. Ze ordende haar vlasachtige haar met haar handen. Ze keek naar Steve die achter het stuur was gaan zitten en een sigaret rookte.

Ze waren wezen zwemmen en hadden op een overvol strand tussen de mensen in de zon gelegen. Daarna waren ze met de auto naar hun geheime plekje gereden, tussen de velden met de lavendelstruiken, bij het beekje. En daar hadden ze gevreeën.

Steve maakte een beetje een afwezige, vervelede indruk. Ook hij moest gemerkt hebben dat de vonken er niet van afvlogen, dat het vooral een verplicht nummertje was geweest.

'Ik weet het al', zei Betty.

'Wat weet je al?' vroeg Steve na een stilte van minstens een minuut.

'Ik weet dat je niet meer van me houdt.'

'Dat is niet waar.'

'Toch wel,' zei Betty, 'ik weet heus wel wat er nu door je hoofd gaat.'

'Vertel eens op dan.' Steves stem leek van ver te komen en zijn Amerikaanse accent versterkte dat effect.

'Je denkt: Wat moet ik met dat vervelende wicht en al haar problemen en alle praatjes die de ronde doen…'

'Wat voor praatjes?'

'Dat weet je donders goed.'

'Ik luister niet naar die onzin.'

'Weet je het echt niet?'

'Nee.'

'Ik geloof er niks van.'

'Dan geloof je het maar niet.'

'Ze zeggen dat ik… dat ik het met iedereen doe. En dat ik het ook met die schoft heb gedaan.'

'Welke schoft?'

'Hallo, zijn we wakker…' schreeuwde Betty. 'Als je je van den domme wilt houden, kan ik beter ophouden.'

'Als ik wat wil?'

'Je houdt je van den domme. Dat betekent dat je net doet alsof je niks weet.'

Steve gooide zijn peuk uit het raampje en keek zwijgend toe hoe de blauwe lavendelbloesem boog onder de sirocco.

'Het moet blijkbaar zo zijn, ik…' De woorden stokten Betty in de keel.

'Wat moet zo zijn?'

'Het leven kent zijn hoogte- en dieptepunten. Net als in een film. Weet je nog die avond tijdens het gala van de nieuwe stemmen.' Ze begon te zingen: *Nessuno mi può giudicare, nemmeno tu…* 'maar ze kreeg direct een brok in haar keel. Toen liep alles op rolletjes, het was te mooi om waar te zijn. Het moest een keer fout gaan. 'Weet je nog dat je even met Mike Buongiorno hebt gepraat, na de voorstelling? Je zei iets in het Engels tegen hem, weet je nog? Wat heb je toen eigenlijk gezegd?'

'Weet ik veel. Dat je mijn vriendinnetje was.'

'En wat zei hij toen?'

'Wat Mike toen zei? Wil je weten wat Mike toen zei?'

'Ja, dat wil ik graag weten.'

'Hij zei dat je beter je school kon afmaken, dat is wat Mike tegen me zei.'

'Dat is niet waar. Dat zeg je alleen maar nu om me te pesten.'

'Toch is het waar. Hij zei letterlijk: "Oké boy, zeg maar tegen je meisje dat ze haar school afmaakt en haar best doet op vakken

als wiskunde en zo. Dat zingen kan wel wachten." Dat is wat
Mike tegen me gezegd heeft.'

'Niet waar, je liegt.'

'Zoals je wilt... Oké, het is niet waar.'

'Toen hield je nog van me', jammerde Betty.

'Je gaat toch niet huilen, hè?' vroeg Steve.

Maar Betty huilde al en probeerde tevergeefs tussen alle kleren
op de achterbank een zakdoek te vinden. Uiteindelijk pakte ze
Steves T-shirt om schokschouderend haar gezicht in te verbergen.

'Alsjeblieft,' zei Steve, 'wat heb je nu ineens?'

Betty kwam weer overeind en keek haar vriend door haar
tranen aan. 'Weet je dat ik een abortus...'

'Dat weet ik, ja,' zei Steve beschroomd, 'dat heb je me toch
verteld...'

'Wist je ook dat het arme kindje van jou was?'

'Dat zei je, ja.'

'Weet je wat kwade tongen op de Via della Madonnina
beweren? Dat ik zwanger was van die lul van een ober, die
Eraldo, dat zeggen ze. Stel je eens voor, ik met Eraldo? Die
donkere tronie, met zijn misselijke glimlach, dat lokje op zijn
voorhoofd, mijn maag draait al om bij het idee alleen.'

'Denk er maar niet aan dan.'

'Dat is lekker gemakkelijk: denk er maar niet aan. Maar
intussen hebben ze het ook tegen die rechter-commissaris verteld, van de abortus en Eraldo, en dat hij de vader van het kind
zou zijn, en dat mijn vader daar achter was gekomen en op wraak
uit was, en dat we pap daarom samen met de obers hebben
vermoord. Ze zeggen dat Teclo ook in het complot zat, omdat
hij iets met mama zou hebben gehad. Kun je het je voorstellen?
Ze zeggen...'

Weer kreeg Betty een brok in haar keel en begon ze te huilen.
Steve zuchtte en startte de auto die van zijn vader was. Een zwarte
Buick met verchroomde bumpers uit de jaren vijftig, die zo lang

was dat het wel een begrafeniswagen leek.

'Luister, Betty, zal ik je maar naar huis brengen?'

'Ze beschuldigen ons, mama en mij, snap je? Ze zeggen dat wij hem hebben vermoord', snikte Betty.

'Ik breng je naar huis, hè?' zei Steve.

'Geloof je het?'

'Wat?'

'Dat wat ik je net verteld heb over Eraldo en alles…'

'Nee hoor… Ik breng je naar huis, goed?'

'Wacht,' zei Betty, 'Dyck loopt nog buiten rond. Waar zit ie nou weer?'

Steve kon de aanwezigheid van de hond in de auto niet verdragen, al lag hij nog zo rustig te slapen. Daarom had hij het dier meteen bij aankomst bij zijn halsband gegrepen en uit de auto gesmeten.

'Waarom heb je hem eigenlijk meegenomen? Daar is hij, achter die boom', zei Steve. 'Natuurlijk ligt hij weer te pitten.'

'Dyck', riep Betty.

'Hij blijft stilliggen, hij lijkt wel dood.'

'Hij is ziek,' zei Betty, 'en hij is bedroefd. Zo is hij sinds de dood van mijn vader.'

De hond stond op, verdween in de lavendelstruiken, kwam weer tevoorschijn met de staart tussen zijn benen en sprong door het achterportier dat Steve openhield naar binnen. Hij draaide wat op de achterbank om een plekje te vinden en weer in slaap te dommelen. Betty stak een hand uit en trok een doorn uit zijn snoet. 'Arme Dyck, jij bent ook al zo'n pechvogel…'

Betty snoot haar neus in Steves T-shirt. 'We zouden toch naar de bioscoop gaan?'

'Dat doen we wel een ander keertje. Ik kan je nu beter naar huis brengen.'

'Ik geloof er niks van dat Mike tegen jou heeft gezegd dat ik beter naar school kon gaan. Zeg eens eerlijk.'

'Oké, het is niet waar.'

'En wat heeft hij dan gezegd?'

'Hij zei dat je zou uitgroeien tot een groot zangeres, dat heeft hij gezegd. Ben je nu tevreden?'

21

Vergif

Professor Lanfranchi waste zijn handen boven de met groene schimmel bedekte wasbak. 'Ik heb begrepen dat de twee vrouwen nu worden vertegenwoordigd door een advocaat uit Florence, een zekere Scalzi.'

De sectiezaal van het Gerechtelijk Geneeskundig Laboratorium was leeg en donker, de plafonnière was uit. De wind die via het openstaande raam binnenkwam, blies het laken omhoog dat een langwerpige gestalte op de operatietafel bedekte. Het leek wel of de dode een zucht van verlichting slaakte.

'Ik ben persoonlijk bij deze zaak betrokken', zei Barbarini.

'Vanwege dat bespottelijke gerechtelijk vooronderzoek dat tegen je is ingesteld? Is dat waar je op doelt?'

'Precies.'

De professor droogde zijn handen af aan een handdoek die aan de muur hing. Hij gooide zijn enorme achterwerk naar achteren, pakte een paar met watjes gesloten reageerbuisjes van een karretje en stopte ze in de zak van zijn laboratoriumjas. Hij schoof zijn bril tot over zijn wenkbrauwen. Zijn voorhoofd was zo breed dat de uiteinden van zijn montuur als vraagtekens op zijn slapen hingen. 'Bespottelijk.'

'Het kan wel bespottelijk zijn, maar ik ben er wel mooi klaar mee', bromde Barbarini.

Advocaat Barbarini zat er duidelijk mee in zijn maag dat hij een vriendschap moest aanwenden om achter bepaalde feiten te komen. En een echte vriend was Lanfranchi niet eens. Ze waren in hetzelfde dorp groot geworden. Barbarini en Lanfranchi kenden elkaar al sinds de twintig jaren van het fascisme. Ze waren beiden antifascist, hadden destijds dezelfde risico's genomen, maar waren nooit vrienden geworden, op een of andere manier zat dat er gewoon niet in. In de ogen van de advocaat had de patholoog-anatoom zich van die tijd vervreemd, en was hij zo voorzichtig geworden dat het bijna eng werd, altijd bereid de wetenschap voor het karretje van zijn baas, het Openbaar Ministerie, te spannen.

Lanfranchi had twee jaar eerder van de rechter-commissaris opdracht gekregen autopsie op het lichaam van Baluardi te verrichten. Maar Barbarini had vernomen dat de rechter-commissaris tot exhumatie had bevolen, en dat de professor een aanvullend onderzoek op het stoffelijk overschot had uitgevoerd. En daarom was Barbarini naar Lanfranchi gegaan, in een poging wat gegevens los te peuteren. 'Wat denk je in godsnaam te kunnen uitvoeren op een lichaam dat al twee jaar onder de zoden ligt? Daar kan wel van alles op gegroeid zijn.'

'Als je niks van thanatologie af weet, kun je maar beter je mond houden', zei Lanfranchi bits. 'Hoe dan ook, nieuwe dingen heb ik niet aangetroffen, hoogstens een bevestiging van het beeld dat ik al had. Het was ook niet mijn idee om het lichaam op te graven, zoiets word je bevolen. Trouwens, Baluardi ligt nog niet zo lang onder de zoden, hij heeft eerst nog een jaar in een van onze koelcellen gelegen. Ik zou de nieuwe raadsman overigens aanraden een forensisch adviseur in de arm te nemen. En wel zo snel mogelijk, er is niet veel tijd meer.'

'Dat gaat niet', wierp Barbarini tegen. 'De twee vrouwen worden nog niet officieel strafrechtelijk vervolgd. Daar komt bij dat ze geen rooie cent hebben. Waar moeten ze zo'n adviseur van betalen?'

'Ik geloof niet dat ik uit de school klap als ik u vertel dat het niet lang meer zal duren voordat een dagvaarding wordt uitgebracht. Het is een kwestie van een paar dagen, misschien een paar uur...'

'Ik kan me niet voorstellen op wat voor gronden dat dan moet gebeuren.' Barbarini stak een sigaar op om zijn zenuwen wat in bedwang te houden. 'Zover ik weet bestonden er helemaal geen serieuze aanwijzingen tegen die twee vrouwen. Die geruchten van de Via della Madonnina kun je moeilijk serieus nemen.'

Lanfranchi probeerde de rook weg te wuiven. 'Roken is hier verboden. U probeert me uit de tent te lokken, hè?'

'Kom nou, we zijn hier helemaal alleen en die arme dooie heeft geen last van de rook', zei Barbarini. 'Het rapport dat je maakt wordt uiteindelijk toch openbaar.'

'Ik zal het rapport te zijner tijd deponeren, tot dat moment is het voor mij strafbaar om uitspraken te doen. Dit is zeer ontvlambaar materiaal.'

Lanfranchi schudde zijn hoofd, ging voor Barbarini staan en keek hem begripvol aan. Hij nam de sigaar uit zijn mond en gooide hem weg. Toen pakte hij hem bij zijn arm en trok hem nog dichter naar zich toe, alsof iemand hen in de lege zaal stond af te luisteren. 'Ten eerste was er dat artisjokblad, weet je nog?' zei hij fluisterend.

'Wat voor artisjok?'

'Je wordt oud, jongen. Je hebt het autopsierapport gelezen. Ik heb het gedeponeerd toen jij de twee dames nog vertegenwoordigde. Zeg tegen Scalzi dat hij het rapport aandachtig moet lezen. Dan zal hij zien dat ik in de maag van het stoffelijk overschot een onverteerd stuk artisjok heb aangetroffen. Dat wil zeggen dat de goede man kort voor zijn dood nog iets had gegeten. Dat gegeven is in tegenspraak met de verklaring die de twee vrouwen hebben afgegeven, dat hij na twee uur 's nachts nog in leven was. Dat is bewijs, of niet soms? Daarnaast heb ik bij de overledene sporen van een injectie in zijn arm aangetroffen. Die heb ik na de exhumatie kunnen verifiëren. Recentelijk zijn er nog andere zaken naar boven gekomen waar ik niet verder op in kan gaan. Maar het gaat om relevante feiten. Ik wil verder alleen nog zeggen dat het OM over een zeer belangrijk bewijsstuk beschikt.'

'En wat mag dat wel zijn?'

'Vooruit, ik zal het vertellen. Over een tijdje staat het toch in alle kranten. Het gaat om het lege flacon van een geneesmiddel dat in het magazijn van Il Portichetto is aangetroffen. Dat gegeven klopt met het gaatje van de injectienaald dat ik heb gevonden.'

'Het prikje van een naald in een lijk dat al in vergevorderde staat van ontbinding is…'

'Het was ook niet zo eenvoudig te vinden, ik had het geluk dat de elleboog er enigszins beschermd bij had gelegen en de huid op die plek redelijk goed geconserveerd was. Het gaatje was er en is er nog steeds, onmiskenbaar. Ik zal je nog een hint geven en dan is het uit met de pret: vergif is vrouwenwerk.'

'Wat heeft Lanfranchi gezegd?' vroeg Scalzi door de telefoon.

'Eerst heeft hij het over die artisjok gehad…'

'Artisjok?'

'Lees het autopsieverslag maar eens goed door. In de maag zou een onverteerd stukje artisjok zijn aangetroffen. Tussen Baluardi's avondeten en zijn dood kan daardoor hoogstens een uur zitten. Dat zou betekenen dat Gerbina en Betty niet de waarheid vertellen, maar daar waren wij ook al achter. Lanfranchi zegt dat hij bij de autopsie destijds sporen van een injectienaald heeft aangetroffen in de arm van het slachtoffer. De exhumatie heeft verder niks opgeleverd, ik weet dat hij het weefsel chemisch heeft laten onderzoeken, zonder resultaat. Er zou zich onlangs een getuige bij de politie hebben gemeld die iets belangrijks heeft gezien, en de politie zou een of ander geneesmiddel in het magazijn van Il Portichetto hebben aangetroffen. "Vergif is vrouwenwerk", zei hij. Begrijp je waar ze heen willen?'

Op het kantoor in de Borgo Santa Croce hing een geur van rook en goedkope parfum. Zijn laatste cliënte was net vertrokken, een nogal opzichtig geklede vrouw. Ze kwam bij Scalzi klagen omdat hij er niet in was geslaagd haar pooier voorlopig op vrije voeten te stellen. Het was trouwens mede haar schuld dat hij vastzat wegens het aanzetten tot prostitutie.

Olimpia gooide het raam open. 'Vergif?' zei Olimpia, 'geloven ze het zelf? Weet je nog wat Bonturo Buti ons verteld heeft?'

'Daar hebben we niks aan', bromde Scalzi.

Scalzi wist dat de verklaringen van Bonturo Buti door andere feiten op de achtergrond zou worden gedrukt, hoewel ze objectief gezien niet meer bewijskracht hadden. Scalzi voorzag dat het stukje artisjok en het gaatje van de injectienaald tijdens het proces van doorslaggevend belang zouden worden, omdat deze gegevens beter in de eerste hypothese pasten. De advocaat kon bij hoog en bij laag beweren dat die omstandigheden op honderd andere manieren te interpreteren waren, er zou niet naar hem worden geluisterd. Scalzi voelde zich bij voorbaat machteloos. Het proces was zich al richting de gulden middenweg aan het bewegen, onverbiddelijk op weg naar haar doel. De eerste tekenen daarvan vond je al terug in de geruchten op de Via della Madonnina. Elk nieuw aspect dat de aanvankelijke verdenkingen weersprak, zou direct terzijde worden geschoven.

'Hoezo niet?' protesteerde Olimpia, 'Bonturo heeft Baluardi's gezicht van dichtbij kunnen zien en concludeerde dat hij een verdrinkingsdood was gestorven. Hij is doodgraver en werkt al dertig jaar met lijken. Baluardi is verwurgd…'

'Zie je het al voor je, hoe die zwarte lijkenpikker voor de jury het standpunt van professor Ugoccione Lanfranchi gaat weerleggen.'

'Dus in gedachten zie je die twee vrouwen al voor de rechter staan?' zei Olimpia.

'Reken daar maar op. Ze zullen die twee vrouwen in de handboeien voorgeleiden. De woorden van onze patholoog-anatoom waren wat dat betreft niet mis te verstaan: vergif is vrouwenwerk.'

Toen Scalzi de volgende ochtend zijn kantoor binnenstapte, was de telefoon al aan het rinkelen. Het was Suor Maria Celeste, de moeder-overste van de zusters Gardianen van de Santa Verdiana. Het bleek dat moeder en dochter Baluardi zich al een paar dagen in deze vrouwengevangenis te Florence bevonden en dat ze met hun advocaat wilden spreken.

22

Santa Verdiana

De moeder-overste was geruisloos de kamer binnengeslopen waar de advocaat het register aan het tekenen was. Ondanks het feit dat ze officieel niet mocht zeggen wat ze ervan vond, het was voor al het bewakingspersoneel tegen de voorschriften om zich in gerechtelijke kwesties te mengen, liet Suor Maria Celeste doorschemeren dat ze de zaak van de twee vrouwen had omhelsd.

In het tl-licht van de hal was het net alsof er een aureool om het wasbleke gelaat van Suor Maria Celeste straalde. Ze had nog maar weinig over 'die twee arme schepsels' verteld, maar Scalzi begreep dat ze moeder en dochter nu al in haar hart had gesloten. Ze zei dat Gerbina en Betty eraan kwamen, dat ze zich alleen nog even moesten fatsoeneren. Het was op zich al heel bijzonder dat de moeder-overste twee nieuwe gedetineerden bij hun voornaam noemde.

'U komt ze natuurlijk regelmatig opzoeken, hè avvocato? Die arme schepsels' (het viel Scalzi op dat het al de tweede keer was dat ze het over 'die arme schepsels' had) 'voelen zich hier als een vis op het droge, zo ver van huis. In de penitentiaire inrichting van hun stad konden ze niet terecht omdat daar al twee andere verdachten worden vastgehouden die bij dezelfde zaak betrokken zijn.'

Scalzi bedankte er over het algemeen voor cliënten onder zijn hoede te nemen, een advocaat was tenslotte geen sociaal werker en hij deed ook niet aan liefdadigheid. Het was dan ook geen toeval dat de moeder-overste plotseling als een huilende Madonna voor hem was opgedoken, ze wilde op die manier duidelijk maken dat het hier een bijzonder geval betrof en probeerde op zijn gevoel in te werken. Scalzi slikte het botte 'als het werkelijk nodig is' in, waarmee hij in een ander geval had volstaan om elke vorm van inmenging terstond van de hand te wijzen. Tegen zijn gewoonte in beloofde hij de dames regelmatig op te zullen zoeken.

'Ik hoop dat ze troost bij u zullen vinden,' fluisterde de zuster, 'God lone het u!'

Hoewel het niet tot haar taken behoorde, vergezelde de moeder-overste Scalzi naar de bezoekersruimte. Toen ze daar waren aanbeland, bleef ze achter de tafel staan, zonder aanstalten te maken weg te gaan. Ze staarde Scalzi indringend met haar grote blauwe ogen aan. Het leek wel alsof ze zich afvroeg of de advocaat wel tegen zo'n zwaar proces opgewassen was.

De op leeftijd zijnde overste van Santa Verdiana had de intuïtie en de ervaring van een doorgewinterde strafpleiter. Ze leefde al meer dan twintig jaar in de gevangenis om de gevangenen uit naastenliefde bij te staan. Ze was niet op de hoogte van de verschillende doctrines die de staat hypocriet aanwendde om afgedwaalde mensen met lijfstraffen weer op het rechte pad te kunnen krijgen. Alsof het werkelijk zin had om mensen tussen vier muren op te sluiten. De gevangenis had een mat patina op de weinige blote huid geprint (het gezicht tussen sluier en kinband en de handen en de polsen die uit de mouwen staken), de neerslag van het eindeloze niks doen en verloren verlangens. Haar soutane rook naar de verdorven gevangenislucht. Volgens de moeder-overste versterkte de gevangenis de onderwerping van de vrouw. De zuster had hem zonder het expliciet uit te spreken te verstaan gegeven dat de grote meerderheid van de gevangenen moest boeten voor het feit dat ze zich te duidelijk en buitensporig hadden verzet tegen de vrouwelijke ondergeschiktheid. Als een vorm van stil protest verzette ook de moeder-overste zich in dit tot gevangenis omgebouwde klooster tegen de mannelijke gestrengheid. De sporen daarvan waren overal terug te vinden: de geraniums op de vensterbanken, de potten met vetplanten of azalea's die het niet goed deden vanwege het gebrek aan licht, de heiligenafbeeldingen aan de muren. Er hing geen enkele man tussen: santa Rita, santa Margherita d'Alessandria, santa Caterina, santa Teresa... In de ruimte die voor de rechter-commissaris en advocaten was gereserveerd, hing aan de muur tegenover het raam een groot olieverfschilderij van santa Maria Maddalena de' Pazzi, van wie de moeder-overste een fervent volgelinge was. De grote tafel stamde uit de zeventiende eeuw, de overste had hem weten te redden uit een grote opslagplaats. Scalzi voelde zich in deze kloosterlijke sferen niet helemaal op zijn gemak, waarvan de vrouwelijkheid nog werd versterkt door het feit dat het bewakingspersoneel uit louter nonnen bestond. Alleen de carabiniere in zijn vale uniform vertegenwoordigde de bruutheid van de staat, wanneer hij de handen van de nieuwe gedetineerden vastpakte om de vingerafdrukken af te nemen. De oude man zat bijna altijd achter zijn bureau, stil en afwezig.

Toen de vrouwen binnenkwamen was de moeder-overste nog steeds in de kamer en ze leek geen aanstalten te maken weg te gaan. Gerbina, die vooropliep, zat nerveus aan haar haren te plukken die in een knotje waren gebonden, en liep de knoopsgaten van haar schort na. Ze wilde er zeker van zijn dat haar haar goed zat en dat er geen knoopsgat was overgeslagen, om te laten zien dat ze niet onder het hele gedoe te lijden had, tenminste niet van de buitenkant. Op het schort dat was versleten van het vele wassen, hing het gouden medaillon met de zwartwitfoto van haar man zaliger. De rouwmedaillon hing inderdaad nogal opzichtig tussen de borsten.

Betty nam niet net als haar moeder tegenover de advocaat plaats, maar liep rechtstreeks naar het raam om een glimp van de Via dell'Agnolo op te vangen. De tralies en het fijnmazige metalen netwerk achter de smerige ramen belemmerden het zicht op de voorbijrazende auto's. Bewegende schaduwen die het daglicht onderbraken.

'Het is hier een zootje,' klaagde Betty, 'het lijkt wel een gekkenhuis.' Ze vertelde met overslaande stem dat zij en haar moeder een cel met een gestoorde oude vrouw deelden die de hele dag door aan het knopen was. In alles wat maar een beetje op een draad leek, werd een knoop gezet. Het oudje zou haar man hebben vermoord.

'Ze zet ook knopen in de spaghetti op haar bord, kunt u zich dat voorstellen? Ze verscheurt zelfs kleren om aan draden te komen. Van mij heeft ze ook al een truitje kapotgemaakt. Waarom zit ik hier verdomme tussen al die gekken?'

Bij het uitspreken van die laatste zin keek Betty de moederoverste aan. Scalzi begreep daaruit dat ze naast het oude knopendametje ook op haar doelde.

Suor Maria Celeste keek haar streng aan. Ze haalde uit een onzichtbare zak van onder haar habijt een krantenartikel tevoorschijn. Ze vouwde het uit en legde het voor Scalzi's neus op tafel neer. Het was een artikel van een week oud over de arrestatie van de moeder en haar dochter. Naast het verhaal was een enorme foto van Betty geplaatst met de tong uit haar mond en schele ogen. 'Wilt u haar alstublieft uitleggen, avvocato, dat het voor een meisje dat ervan verdacht wordt haar vader te hebben vermoord niet slim is zich zo te gedragen. Ze vindt zichzelf misschien heel stoer, maar dit komt niet goed over.'

'Luister eens,' viel Betty haar in de rede, 'ze zaten me om zes uur 's ochtends al op de huid met dat geflits. Een van die gasten kwam zo dichtbij dat ik mijn tong uitstak, omdat hij me op de zenuwen werkte. Wat is daar nou zo erg aan?'

'Ze wil maar niet begrijpen, avvocato,' drong de zachte stem van Suor Maria Celeste aan, 'dat de mensen door deze foto een verkeerd beeld van haar krijgen. En deze krant wordt door de juryleden gelezen. En zo wil die domme gans voor de rechtbank verschijnen, onbeschoft en arrogant.'

'De moeder-overste heeft gelijk', zei Scalzi terwijl hij het krantenartikel weer opvouwde en over de tafel terugschoof. 'En nu zou ik graag het aanhoudingsbevel willen bekijken.'

Scalzi sprak op een haastige toon om de zuster duidelijk te maken dat het tijd was om de kamer te verlaten, zodat hij in alle discretie met zijn cliënten kon spreken. Maar Suor Maria Celeste nam daarentegen gewoon plaats naast Gerbina. Van onder haar gewaad toverde ze het aanhoudingsbevel tevoorschijn. Ze hield de advocaat aandachtig in de gaten terwijl hij de papieren doornam.

Volgens het bevel was de moord met voorbedachten rade gepleegd, gebruikmakend van vergif. Gerbina en Betty hadden de moord beraamd. Teclo Scarselli was de feitelijke dader. Hij zou de eigenaar hebben vermoord door een injectie myotenlis, moeder en dochter waren daarbij aanwezig. Eraldo Tofanotti was zijn handlanger. Alle vier de verdachten werd het verbergen van een lijk ten laste gelegd.

Scalzi bestudeerde de verdenkingen waarop de rechter-commissaris tot aanhouding was overgegaan. Het waren er een heel stel. Allereerst had een zekere Francesco Terzani de twee obers geïdentificeerd als de twee mannen die zich in de nacht waarop Baluardi, volgens de patholoog-anatoom, was vermoord, verdacht hadden opgehouden vlak bij de plek waar het lijk uiteindelijk was aangetroffen. Dat Eraldo een hechte band met de dochter en de vrouw van de eigenaar had, werd aangetoond door een brief van Gerbina aan Eraldo. Een brief waaruit, volgens het bevel, overduidelijk bleek dat de ober en de dochter van de eigenaar een verhouding hadden. Moeder en dochter zouden bang zijn geweest voor de reactie van Baluardi, die zijn dochter op een ziekelijke manier beschermde. Een duidelijk motief. Ten slotte was in het magazijn van Il Portichetto, verborgen in een spleet in de muur, het corpus delicti gevonden, namelijk een leeg flesje myotenlis, een zwaar giftig medicijn.

'Wat vindt u ervan, avvocato?' informeerde de moeder-overste bezorgd. Scalzi gaf geen antwoord. Hij richtte zijn blik op het ingevallen gezicht van Gerbina, alsof hij de vraag aan haar wilde doorspelen.

Gerbina trok een grimas. 'Wij snappen er niks van. Er staat dat het vergif in het magazijn is gevonden… Een flesje van dat… Hoe heet dat spul ook alweer?'

'Myotenlis', las Scalzi voor. 'Ik weet niet wat voor spul het is, ik ken het niet.'

'Dat weet ik wel,' zei Suor Maria, 'in mijn jonge jaren ben ik operatieassistente geweest. Het is zeg maar een synthetische curare, suxamethoniumchloride. Het middel wordt toegepast bij operaties om de spieren te verlammen. Zover ik weet ga je niet dood van een overdosis myotenlis, de werking is veel lichter dan de natuurlijke curare, die de indianen gebruiken om hun pijlpunten mee in te smeren. Wat ik me echter afvraag is hoe het lege flacon in het magazijn van Il Portichetto terecht is gekomen?'

'Ik zou het niet weten', zei Scalzi. Hij keek naar Betty, die nog steeds bij het raam naar buiten stond te turen. 'Wil jij er alsjeblieft even bij komen zitten? Ik wil jou ook een paar vragen stellen… Zuster, niet om onbeleefd te zijn, maar…'

'Ja, ja, ik heb het begrepen, ik ben al weg!' Op de drempel draaide Suor Maria Celeste zich om. 'Wilt u een kopje koffie, avvocato?'

Scalzi zat niet echt op een kopje koffie van de Santa Verdianagevangenis te wachten. Hij had zo'n donkerbruin vermoeden dat alles daarbinnen hetzelfde rook als de moeder-overste, een weeïge geur van zeep, jodium en verstopte plees. Hij begreep ook dat de moeder-overste alleen maar zo beleefd was omdat ze dan een excuus had om de kamer weer in te komen, in de hoop nog wat van het gesprek op te vangen. Het was wel duidelijk dat Gerbina en Betty naast een seculiere strafpleiter ook over een kerkelijke advocaat konden beschikken, een extra beschermheilige. Het leek hem niet verstandig dit keer zijn instinct te volgen en het aanbod knorrig te weigeren. Suor Maria Celeste maakte in wezen deel uit van het vijandelijke kamp en misschien kon ze nog als een vijfde colonne fungeren. Het zou dom zijn om een dergelijke strohalm, hoe klein hij ook was, niet met beide handen aan te nemen.

'Lekker, dank u wel', zei Scalzi. De toon waarop hij het zei en zijn glimlach bezegelden de alliantie.

DEEL 2

23

Een zachte dood

Twee dagen voor de eerste zitting hadden ze om halfnegen 's ochtends op het plein voor het gerechtsgebouw een afspraak met Barbarini.

Olimpia kreeg het om een of andere reden altijd op haar heupen van stations en treinen. Ze begon te rennen naar het perron op het station Santa Maria Novella vanwaar de regionale trein zou vertrekken. Vanaf het opstapje maande ze Scalzi op te schieten. Ze keek hem spottend aan toen hij zijn best deed zijn stramme gewrichten in beweging te krijgen.

De met graffiti volgekliederde stokoude wagons waren zo goed als leeg. Dat had een aanwijzing moeten zijn. De trein vertrok wel een uur eerder dan de sneltrein, hij kwam ook drie kwartier later aan, bleek achteraf.

De langzame trein stopte bij elk klein stationnetje. Vanuit de buitenwijken in de stad en vanuit de dorpen langs de Arno stapten scholieren met tassen vol boeken in. De kinderen liepen door de gangen zonder zich erom te bekommeren dat ze steeds met hun rugzakken tegen de zittende passagiers sloegen. In deze trein, die als een verlengstuk van het klaslokaal fungeerde, voelden ze zich thuis. Ze waren druk en hard met elkaar aan het praten en gebruikten een jargon dat vooral in discotheken zeer populair was. Af en toe kon je er eentje tussen de velden zien liggen, ze hadden vreemde sciencefictionachtige namen als ALPHA CENTAURI en EXPLORER... Het was donderdag en je kon merken dat de zaterdagavond naderde. Jongens en meisjes maakten afspraakjes, en de namen van rockbandjes en zangers werden gescandeerd. Ze roken naar zweet en naar school. Hun stemmen galmden door de treinwagon, een voorproefje van de herrie straks in de pauzes en tijdens het begin van de lessen, daar kon je donder op zeggen. Met al dat kabaal was het bijna onmogelijk helder na te denken. De trage stoptrein werkte op de zenuwen, en bij elk nieuw station stapte er weer een nieuwe lading schreeuwende scholieren met rugzakjes en plateauzolen in. Ze riepen natuurlijk ook wel enige jaloezie op, zo jong en vrolijk als ze daar stonden, de mazzelaars. Er zaten een paar rijpere meisjes tussen, zeldzaam als viooltjes in het bos, die zich in strakke spijkerbroeken hadden gehesen, met spitse borstjes onder luchtige truitjes. Ze droegen opzichtig gekleurde sjaaltjes om hun hals en hielden voortdurend in de gaten of hun make-up nog goed zat. Ze keken hooghartig om zich heen als schoonheidskoninginnen die de weinige beschikbare ruimte moesten delen met een stelletje slecht geklede snotneuzen. De wat pafferige boerentrienen met hun wangen vol pukkels en ingezakte billen papten wel met de jongens aan.

Daartussen zat een tiental volwassen mannen, arbeiders van een fabriek, die een voor een nors naar buiten zaten te staren. Scalzi, die zijn tas op zijn knieën hield om zich tegen de aanvaringen van de scholieren te beschermen, voelde zich ook een pendelaar met een zware werkdag in het vooruitzicht. Olimpia observeerde de jongelui en genoot ervan. In alle rust, want ze had ook wel in de gaten dat Scalzi een pesthumeur had.

In Empoli stapten de allerjongsten uit. Na Empoli stapten vooral wat oudere jongens en meiden in de trein, niet in groepjes maar op zichzelf, studenten. Er kwam een stel naast Scalzi en Olimpia zitten. Ze wisselden begeerlijke blikken uit alsof ze op weg waren naar een hotelkamer in plaats van naar de universiteit. Het meisje gooide haar rechtersandaal uit en liet haar voet op een dij van de jongen rusten. Af en toe wreef ze zonder blikken of blozen over zijn kruis.

'Ze hebben hem een zachte dood willen geven…'

Toen de meeste scholieren waren uitgestapt, dook deze zin weer uit zijn diepste gedachten op waarmee de rechter-commissaris het onderhoud had besloten. Het vervelende refrein van een liedje begeleid door de dwarsliggers die als trommels dienstdeden. De rechter-commissaris en Scalzi hadden het verzoek om een deskundigenonderzoek besproken. Als de tenlastelegging uitging van een injectie met myotenlis, was het volgens de advocaat absoluut noodzakelijk om een technisch expert in te schakelen. Hij vroeg zich af of het überhaupt wel mogelijk was om iemand met een extreem hoge dosis van dat synthetische spul te vermoorden? Bestonden er precedenten in de medische literatuur? Maar de rechter-commissaris had hautain geglimlacht. De advocaat had *de kern van de zaak* niet goed begrepen. Scalzi zag een subtiel aspect over het hoofd. Er was geen enkele noodzaak om vast te stellen dat het middel was toegebracht. Gezien de vergevorderde staat van ontbinding waarin het lichaam zich bevond, was dat ook een onmogelijke taak. Ook na exhumatie waren er geen sporen van de synthetische curare aangetroffen. Waar het OM wel over beschikte waren de injectie in de arm, en het lege flacon myotenlis dat in het magazijn van Il Portichetto was aangetroffen, en ten slotte was er het motief. Dat alles volstond om tot een veroordeling te komen. In een vlaag van arrogantie was die ene zin hem ontsnapt: 'Ze hebben hem een zachte dood willen geven…' had hij met een grote grijns op zijn smoel gezegd.

Je hebt van die rechters-commissarissen, en dottor Morgiacchi is er daar een van, die Maigret proberen te imiteren. Simenons personage is bepaald geen genie als het op inductieve en deductieve gevolgtrekkingen aankomt. Hij houdt zich vooral bezig met abductie (in het Grieks *apagoghé*), een niet strikt logische redeneerwijze, die minder bewijsvoerende kracht heeft dan inductie en deductie. Het is niet echt een betrouwbare methode, maar hij is wel een stuk menselijker. En onze rechter-commissaris dacht de abductie van Maigret toe te passen. Misschien was hij er zich niet eens zo van bewust hoezeer dit literaire personage, die hij wellicht van de televisie kent, hem had beïnvloed. Het was in ieder geval overduidelijk dat hij alle aspecten van de pearciaanse kennistheorie aan zijn laars lapte. Magistraten zoals hij zijn te zeer met zichzelf ingenomen en hebben last van voortijdige intellectuele ejaculaties, bedacht Scalzi. Ze verlangen naar zekerheid en hebben een hekel aan twijfels; die lastpakken moeten zo snel mogelijk worden uitgeroeid. Onzekerheid is een lijdensweg, en daarom gedragen ze zich ook zo als verwende kinderen die geen pijn kunnen verdragen. Het is een koud kunstje om dergelijke typen van de wijs te brengen. Ze zijn een eenvoudige prooi voor de eerste de beste charlatan die het spel met de drie kaarten beheerst. Als hij maar over voldoende autoriteit beschikt om de onwetende naar zijn tafeltje te lokken, waar de drie kaarten voortdurend over elkaar heen schuiven. 'Harten aas wint, wie vertelt me waar de harten aas ligt?' Aan het begin van het spelletje zal de oplichter zijn polsbewegingen zodanig vertragen dat de onnozele hals de indruk krijgt dat hij kan zien waar de kaart verdwijnt. Na de eerste treffer zal de sufferd echter alleen nog maar verliezen tot hij helemaal is uitgekleed.

De rechter-commissaris had gezegd dat het flacon met de myotenlis, de getuigenverklaring van Terzani en alle andere dingen niet zozeer als bewijsstukken moesten worden beschouwd, maar eerder als een bevestiging. Nadenkend over de injectienaald en het vergif dat was gebruikt voor de moord was de geniale rechter-commissaris direct al tot de enige juiste slotsom gekomen: 'Ze hebben hem een zachte dood willen geven.' De kring was rond, en nog sneller dan hij zich had kunnen wensen. De liefde en het misdrijf. De liefhebbende echtgenote en de moord op haar man. Dat ze van hem hield bleek wel uit de trip die ze helemaal naar Montenero had ondernomen, de laatste kilometers met blote voeten, om een offer te brengen en de

Madonna te smeken ervoor te zorgen dat haar Giuliano zou ophouden met drinken. Wat dat betreft was de ovalen rouwmedaillon die Gerbina voortdurend op haar borst droeg totaal overbodig en bijna meelijwekkend. De advocaat hoefde zich volgens de officier van justitie niet meer zo uit te sloven, want hij had namelijk ook in die richting een onderzoek laten instellen. De wet schreef hem namelijk voor na te gaan of er ontlastend bewijsmateriaal voor handen lag. De tocht naar Montenero kon door een groot aantal getuigen bevestigd worden, dat lag voor de hand. Maar door de genegenheid die zij voor haar man koesterde in de bewijsvoering mee te nemen, werd die eerder sterker dan zwakker. Hij had met zijn twee premissen een krom syllogisme in elkaar gedraaid. Major: de echtgenote en haar dochter hebben Giuliano Baluardi vermoord. Minor: de echtgenote en haar dochter houden van Giuliano Baluardi. Conclusie: het moordwapen bestond uit een zacht, verdovend, pijnloos middel, je zou het gerust liefdevol kunnen noemen...

De rechter-commissaris hield zich verder niet bezig met vragen als hoe de lege flacon in de spleet van een muur in het magazijn gevonden was, en waarom het er na zoveel jaren nog steeds lag (de moordenaar had tenslotte alle tijd gehad om het flesje te laten verdwijnen). Wellicht had de voorzienigheid een rol gespeeld. Als vroom man kon hij een goddelijke interventie niet uitsluiten. Feit was dat de flacon gevonden was. Of wilde de advocaat dat ook al in twijfel trekken?

Scalzi had nog heel wat bezwaren in te brengen, en niet alleen tegen de eigenaardige vondst van het flacon, maar die wilde hij nog even bewaren voor de behandeling ter terechtzitting.

Wat nou liefde? De rechter-commissaris mocht dan God aan zijn hand hebben, hij was duidelijk slecht geïnformeerd. Scalzi niet daarentegen, die was naar het kantoor van een collega in Modena afgereisd om het dossier van een beroemd proces in te zien. Een arts werd er destijds van beschuldigd zijn vrouw te hebben vermoord door haar een overdosis curare toe te dienen.

Echte curare weltverstaan, niet de synthetische. Myotenlis is imitatie-curare en heeft wel ongeveer dezelfde uitwerking, maar niet exact. In de literatuur werd geen enkel geval beschreven waarbij iemand was overleden aan een excessieve dosis myotenlis. Suor Maria Celeste had gelijk gehad. Scalzi had het ook nog eens bij een bevriende chirurg nagevraagd. 'Voorzover ik weet is er nog nooit iemand aan dat spul doodgegaan', had zijn vriend gezegd.

Maar wat veel belangrijker is, al zouden we aannemen dat de uitwerking hetzelfde is, een injectie met curare heeft een vreselijke dood tot gevolg. Dit krachtige verdovingsmiddel werkt namelijk op de ademhalingsspieren en blokkeert de impulsoverdracht van de zenuw op de spier. Het is bekend wat iemand voelt na een injectie met curare, omdat een arts zich jaren geleden met het spul had laten inspuiten. Dat was in een tijd waarin men zich nog op ogen, neus en handen moest verlaten omdat er simpelweg nog geen instrumenten bestonden die zo effectief als het menselijk lichaam waren. Aan zijn uitgebreide verslag over de symptomen te zien, beschikte hij op tijd over een voldoende hoeveelheid tegengif.

Curare heeft een euforiserende werking op het centrale zenuwstelsel. Het werkt bewustzijnsverruimend en leidt tot een scherpere geest. Maar tegelijkertijd merk je dat je langzaam de controle over je spieren verliest, ze worden levenloos, onderworpen aan de zwaartekracht. Zelfs de spieren die we 's nachts tijdens het slapen gebruiken, en waarvan we overdag niet eens beseffen dat we ze gebruiken, functioneren niet meer. Door het curare realiseer je je ineens dat ze bestaan en dat je niet zonder ze kunt. Allereerst scheiden de spieren in de oogleden ermee uit. De zwaartekracht werkt in op de huidplooien. Dus het doek der duisternis valt en het heeft geen enkele zin je ertegen te verzetten. Vervolgens verlies je de controle over de ledematen, eerst de vingers en de tenen, daarna is de sluitspier aan de beurt. De verlammende werking kruipt langzaam omhoog naar de spieren van het middenrif en de borstkas. Overleven is inmiddels een kwestie van wilskracht geworden. Je leeft nog omdat je dat graag wilt, leven en ademen zijn één. Als het curare eenmaal dat punt heeft bereikt, krijg je het gevoel dat je in een kooi zit opgesloten. Het is alsof alle onzichtbare draden die het verstand met de afzonderlijke delen van de marionet verbinden, een voor een met een schaar worden doorgeknipt. Het verstand blijft in alle eenzaamheid achter en probeert vertwijfeld de controle terug te krijgen. Het is het lichaam zelf dat zich van de wereld afsluit door te stoppen met ademen. Je voelt de dood langzaam als een alcoholroes binnendringen. Het lichaam is geen instrument meer, maar een omhulsel dat langzaam tot kristal verhardt, een proces waarbij je onverbiddelijk tot nul wordt gereduceerd. Alsof je door jezelf buitenspel wordt gezet, gestuurd door een kwaadaardige macht waartegen je niet bent opgewassen. Schreeuwen is onmogelijk, en je blijft rustig kijken, vredig bijna, een masker van was, want ook de gelaatsspieren zijn verlamd. Er is geen communicatie met de buitenwereld meer mogelijk, door de verstarring kun je op geen enkele manier om hulp schreeuwen. Je verstand beseft inmiddels exact wat er gebeurt en probeert in opstand te komen, alles wordt uit de kast gehaald om de ademhaling weer op gang te brengen. Een neutrale waarnemer zou noteren dat de dood snel intreedt, maar voor het slachtoffer lijkt het eindeloos lang te duren. De moedige arts sprak na zijn experiment van een oneindig lange periode. Wat nou liefde? Als we aannemen dat myotenlis dezelfde uitwerking heeft als curare, is het een weerzinwekkende dood, de gruwelijkste dood die je je kunt voorstellen, je reinste marteling.

De rechter-commissaris was niet onder de indruk. De twee vrouwen waren schuldig. Dat was het uitgangspunt, niet het eindresultaat! En aangezien de echtgenote van haar man hield, zou je verwachten dat ze een zachte dood voor hem bedenkt. En wat voor effect heeft curare? Het ontspant, nietwaar? Je gaat dood terwijl je hele lichaam zich ontspant, alsof je heerlijk in slaap wordt gesust.

Zover was de rechter-commissaris tenminste met zijn abductie gekomen, die geniale Maigret. Hij moest zich schamen. Hij had zich toch op zijn minst goed kunnen laten informeren. Het syllogisme van Morgiacchi, liefhebbende echtgenote – echtgenote is dader – zachte dood, klopte gewoon niet. Wie zoiets durfde beweren was incompetent. Het enige probleem was wellicht dat de meerderheid van de juryleden dat ook was. Scalzi zag ze in zijn gedachte al voor zich staan en voelde de rancune al opkomen: zoals gewoonlijk allemaal nieuwe gezichten, meestal uit het onderwijs, in die broeikas waar mensen nog een blind autoriteitsgeloof hebben: *ipse dixit*, de rechter-commissaris heeft gesproken, als een soort rector of onderwijsinspecteur. De boodschap luidde als volgt: dood door curare is gelijk aan een zachte dood. En wie anders dan de echtgenote die diep vanbinnen nog van het slachtoffer hield, was geïnteresseerd in een zachte dood? Wat wilde die zeurpiet van een advocaat toch? Het autoriteitsprincipe en het sentimentalisme naar het voorbeeld van Edmondo De Amicis zouden een krachtig verbond vormen. En dan was de cirkel rond. Om de juryleden van de rechtbank te overtuigen had je niks meer nodig dan die ene stroperige, gluiperige, tegen de borst stuitende zin: 'Ze hebben hem een zachte dood willen geven.'

De officier van justitie zal zich de wet laten voorschrijven door de onderzoeksrechter. Na een mooi opgebouwde climax zal hij hoofdschuddend die ontroerende zin er uitflappen, terwijl hij met een weemoedige blik de ogen van de juryleden zal proberen te zoeken. Vooral de vrouwelijke juryleden zullen vertederd zijn, omdat die zin geen moederhart onberoerd laat. Wat had Gerbina per slot van rekening anders moeten doen? Ze probeerde haar dochter te beschermen tegen een agressieve alcoholist. (De kans is aanwezig dat die dronkelap zich ook aan andere vergrijpen te buiten ging, maar daarvoor bestonden vooralsnog geen bewijzen.) En toen was ze helaas te ver gegaan, deze moeder en echtgenote, maar wel met compassie. Toch zal hij ondanks de talrijke verzwarende omstandigheden niet levenslang eisen, de hypocriet, maar hij zal strafvermindering vragen, anticiperend op de gevoelens van medelijden bij de jury. Het is een slogan die zeer tot de verbeelding van de juryleden zal spreken. Dat soort mensen laat zich altijd graag ontroeren. Streng maar rechtvaardig: wedden dat ze hem zonder problemen zullen volgen in zijn strafvermindering. Dat is het briljante aan zijn pleidooi. De juryleden krijgen de kans om te laten zien hoe grootmoedig ze zijn en die kans laten ze niet schieten. De verdachten hebben respectievelijk hun echtgenoot en vader vermoord, maar ze hebben dat wel als echtgenote en dochter gedaan, zonder hem pijn te willen doen. Ze hebben hem aan het handje naar de oever van de Acheron gebracht.

Scalzi bedacht dat het weinig nut zou hebben om de gruwelijke werking van curare uiteen te zetten. Want wat wisten dat huisvrouwtje Gerbina en haar naïeve dochter daar nu helemaal vanaf? Wat telt zijn de subjectieve opvattingen, oftewel wat de man op de straat over de werking van verdovingsmiddelen weet. Het is in zo'n geval zinloos om de wetenschap erbij te halen. Dat soort mensen heeft een hekel aan de wetenschap, en dat geldt helemaal voor docenten, die gewoonlijk de meerderheid van de jury vormen. De wetenschap doet hen denken aan school, en dus aan werk, terwijl ze in de rechtszaal net een beetje het idee hadden dat ze op vakantie waren...

Scalzi was lekker weggedommeld op het trage ritme van het stoptreintje. Olimpia schudde zachtjes aan zijn knie. 'Ben je aan het dromen? Je tandenknarst, het lijkt wel of je geen adem krijgt.'

'Nee, nee ik was aan het nadenken over de jury die waarschijnlijk wel zal vallen voor het pleidooi van dottor Morgiacchi: moord en liefde. Heb je wel eens een groepje juryleden cappuccino zien drinken in de bar van het gerechtsgebouw? Ze gedragen zich net als die scholieren van daarnet.'

Wat de zittende magistratuur betrof, maakte Scalzi zich ook al geen illusies. De verhalen van Barbarini hadden hem wat dat betreft niet gerustgesteld: 'De president, Dicagiuro, is een oude man, die net voor zijn pensioen zit. Dit is zijn laatste belangrijke proces. Hij is star en koppig als een Sardijnse herder. Als hij eenmaal iets in zijn hoofd heeft, moet je van goeden huize komen om hem op andere gedachten te brengen.'

'Vreemde naam', had Scalzi gezegd.

'Het is niet zijn echte naam. Het is zijn bijnaam, daar zit nog een heel verhaal aan vast, maar dat vertel ik je wel een andere keer. Een van de andere rechters van de kamer, die uiteindelijk het vonnis zal schrijven, is het beste jongetje van de klas. Een studiepik die hier op de universiteit heeft gezeten, een echte streber, die als geen ander een scherpzinnig betoog kan houden.'

Ze kwamen te laat aan. Barbarini was al in het gerechtsgebouw in een complexe zaak verwikkeld, waarmee hij het nog de hele dag druk zou hebben. Ze liepen direct door naar Hotel Galileo om daar in te checken.

24

Eerste zittingsdag

Het was de eerste zittingsdag van de rechtszaak die door de kranten werd betiteld als 'Het Vliegenproces'. Het parkeerplaatsje voor het gerechtsgebouw, gereserveerd voor politie, rechters en werknemers, was geheel verstopt door manoeuvrerende auto's die probeerden iemand af te zetten.

Hotel Galileo bevond zich recht tegenover de hoofdingang van het gerechtsgebouw, dat door smalle straatjes omringd werd. Als het verkeer even stil was, konden ze vanuit hun kamer, die uitkeek op het plein, de telefoons in de kantoorruimten horen rinkelen. Er stond een kleine menigte voor de ingang te wachten die bij de zittingen aanwezig wilde zijn. Scalzi en Olimpia trokken hun kleren aan om vervolgens de bladzijden van het dossier, die verspreid over de kleine tafel, het bed en de grond lagen, netjes in de aktetas op te bergen (Scalzi had 's nachts nog even alle stukken doorgenomen). Door het halfopen raam hoorden ze het geroezemoes van de mensen en het kabaal van de auto's.

Scalzi was onrustig. De kakofonie van de straat was de opmaat tot een grote rechtszaak, die werd gevolgd door een grote groep mensen die alleen maar uit waren op sensatie. De plaatselijke kranten zouden vanzelfsprekend hun best doen de zaak tot enorme proporties op te blazen.

Voor Olimpia was het de eerste keer dat ze bij een behandeling ter terechtzitting assisteerde. Ze wilde er bij de eerste zittingsdag bij zijn, aangezien de zaak met die twee vrouwen haar had aangegrepen. Ze had Betty en Gerbina in het jaar dat tussen de arrestatie en het begin van de zitting zat, een keer mogen ontmoeten. Namelijk in de hal direct achter de hoofdingang van de Santa Verdiana-gevangenis, voor het kapelletje. Suor Maria Celeste had aan deze ontmoeting haar goedkeuring verleend. Vriendelijke begroetingen over en weer, warme dankwoorden van de gedetineerden voor de getoonde interesse, terwijl Scalzi ongeduldig op de twee vrouwen stond te wachten en de oude carabiniere met zijn sleutels begon te rinkelen, om aan te geven dat hij deze overschrijding van de regels, ondanks de steun van de moeder-overste, ten zeerste afkeurde.

Op deze ochtend in juni keek Olimpia vol verbazing toe hoe Scalzi zijn paperassen oppakte en door elkaar in de tas stopte (en zij dus weer aan de slag kon), hoe hij druk naar een bepaald wetboek op zoek was, en hoe hij alles kwijtraakte, zijn horloge, zijn toga, die later onder een deken bleek te liggen. Terwijl Scalzi druk bezig was om zijn stropdas te stroppen heerste er een gespannen stilte in de kamer, die ze niet durfde onderbreken. Het was dan ook voor de eerste keer dat ze haar partner zo opgewonden meemaakte. Na snel even een kopje espresso naar binnen te hebben geslagen in de bar van het hotel, liepen ze naar buiten het plein op: Scalzi twee zware aktetassen, en Olimpia eentje, vol met oud papier, zoals zij de dossiers noemde.

Toen ze de zaal van het gerechtsgebouw betraden, zat de halve boog al vol met journalisten. Ook aan de wat verder van de rechters gelegen tafeltjes was geen plek meer vrij. Olimpia overhandigde de tas aan Scalzi en zei dat ze naar de publieke tribune zou gaan. Scalzi had liever dat ze naast hem aan de tafel van de verdediging kwam zitten. Ook in de ruimte die voor het publiek was gereserveerd bleven de mensen binnenstromen terwijl alle stoelen al bezet waren.

'En wat moet ik dan zeggen als iemand me vraagt wie ik ben en wat ik aan jouw tafel doe?'

'Dan zeg je dat je mijn secretaresse bent.'

'Wat niet zo is', antwoordde Olimpia.

Het was inderdaad niet waar. Olimpia was wel bedrijfssecretaresse bij de transformatorenfabriek FATES, wat stond voor Fabbrica Trasformatori Elettrici di Scandicci. De onafhankelijkheid en het feit dat ze onder de CAO van de metaalarbeiders viel, bevielen haar prima. Daarom werkte ze af en toe na werktijd voor Scalzi. Voor de zitting had ze een dag onbetaald verlof aangevraagd. Het was Scalzi een raadsel waarom ze haar kostbare vrije tijd eraan verspilde. Zijn mannelijke ijdelheid hoopte dat ze het deed om wat meer bij hem te zijn, maar hij vermoedde dat het meer met Olimpia's voorliefde voor misdrijven en juridisch gekonkel te maken had. Misschien was dat wel de belangrijkste reden om een gedeelte van haar leven met een strafpleiter te delen, en soms ook haar bed.

De twee obers werden naar de plaats van de verdachten geëscorteerd. Plotseling was het doodstil in de overvolle zaal, iedereen keek vol spanning toe hoe de carabiniere de handboeien afdeed, de rinkelende ketting oprolde en onder het bankje legde. Tijdens deze handeling zwaaide Teclo Scarselli met zijn nog geboeide hand naar iemand in het publiek. Scalzi herkende hem meteen aan zijn langgerekte gezicht. Aandachtig bekeek hij de andere ober van Il Portichetto, Eraldo Tofanotti, die hij voor de eerste keer zag. Hij had een grote lok voor zijn voorhoofd hangen. Scalzi moest meteen aan een huurmoordenaar uit de boeken van Manzoni denken, maar deed direct zijn best deze, voor een advocaat van de oude stempel niet eens zo vreemde associatie snel weer uit zijn hoofd te verbannen.

Kort daarna kwamen Gerbina en Betty de zaal binnenlopen. Zonder handboeien, vrouwen hebben dat privilege. Ze namen plaats op dezelfde bank waar de twee obers zaten; toch bleef er nog een flinke ruimte tussen de medeverdachten in. Gerbina en Betty zaten het dichtst bij de tafel van de verdediging, het leek wel of er een muur tussen hen en de twee obers in stond. Gerbina had rode wangen en keek schuchter naar beneden, met haar rechterhand hield ze haar rouwmedaillon vast. Waarschijnlijk had ze niet op zo'n menigte gerekend. Betty keek zuchtend en steunend omhoog. Toen de fotografen zich voor de beklaagdenbank verdrongen om hun foto's te knippen was Scalzi even bang dat ze haar tong weer zou uitsteken. Dat deed ze gelukkig niet, maar ze keek wel of het haar allemaal volledig koud liet. De twee vrouwen zagen er allebei verzorgd uit. Betty was zelfs sober gekleed: een lichtgrijs kostuum met de rok tot over de knieën, witte kousen. Het was wel duidelijk dat Suor Maria Celeste daar de hand in had gehad.

De klok luidde om de binnenkomst van de rechtbank aan te kondigen. Scalzi zocht met zijn blik naar Olimpia en vond haar uiteindelijk helemaal links achterin, leunend tegen de balustrade.

Er probeerden nog steeds mensen naar binnen te komen. Met al dat gehijg in haar nek, besloot Olimpia toch maar iets verder naar achteren te gaan. Ze kwam met de rug tegen de zijwand van de zaal te staan en moest op de tenen gaan staan om de rechters nog te kunnen zien. Ze voelde zich niet op haar gemak in die drukkende, naar zweet ruikende ruimte, terwijl er buiten een mooi junizonnetje straalde.

Dottor Corbato, de officier van justitie, die net als de rechters een verhoogde stoel had, stond op en begon direct aan zijn betoog. Hij accentueerde zijn melodieuze Napolitaanse accent, het leek soms wel of hij aan het zingen was. Olimpia had er moeite mee om de man te volgen. Ze vroeg zich af of dit de manier van spreken was in rechtszalen en waarom de beste man zo lang aan het woord was? Van wat zij ervan had begrepen lag de zaak heel eenvoudig. De officier van justitie had de rechtbank verzocht om de opname van een gesprek tussen Gerbina en een andere persoon als bewijsstuk bij de stukken te voegen, waarbij de naam van die andere persoon zorgvuldig werd vermeden. Tijdens het opgenomen gesprek zou de verdachte een paar uitlatingen hebben gedaan, waaruit klip en klaar zou blijken dat ze schuldig was. Maar het cassettebandje was pas kortgeleden bij het OM beland. En omdat de rechter-commissaris niemand toestemming had gegeven om Gerbina Baluardi af te luisteren, ging de officier van justitie ervan uit dat de verdediging protest aan zou tekenen, vanwege het tardief overleggen van het bandje en omdat de rechten van de verdachten met voeten waren getreden. Het OM redeneerde echter dat het overtuigende bewijs nu voorhanden was en dat het een aanfluiting zou zijn het op louter formele gronden niet toe te laten. De waarheidsvinding moest prevaleren opdat het recht zou zegevieren.

Na deze laatste woorden begon bij Olimpia de verveling toe te slaan. De officier van justitie had zo'n schelle stem dat de boxen soms piepten. Ze luisterde niet meer goed en de woorden duizelden in haar hoofd, wat een hypnotische werking op haar had, ze voelde haar oogleden zwaar worden.

Toen was het Scalzi's beurt. Nadat ze hem een tijdje had horen praten met zijn Toscaanse accent, zonk Olimpia de moed in de schoenen. Ze kreeg bijna medelijden met hem. De advocaat was duidelijk overdonderd door dit laatste initiatief van het OM. Hij uitte het vermoeden dat de politie de zaak had bedrogen en dat het bewijsmateriaal niet op legale wijze was verkregen. Scalzi wond zich enorm op en klonk oprecht verontwaardigd. Maar Olimpia merkte dat hij eigenlijk al berustte in een eerste nederlaag. Ze zag hem en profil, half verborgen achter de mensen die over het hekje hingen. De versleten toga met zijn gerafelde kwastjes (die van de officier van justitie was daarentegen gloednieuw), schoof over zijn rug omhoog als hij met zijn armen zwaaide. Hij gesticuleerde te veel, dat had een pathetische uitwerking. Bijna zonder dat ze er erg in had schoof Olimpia langs de muur steeds verder naar achteren. Op een gegeven moment zag ze alleen nog maar mensen voor zich staan. Voordat ze zich omdraaide wist ze al dat ze de zaal door de uitnodigende open deur aan het einde van de gang zou verlaten. Het waren nog maar een paar passen.

Olimpia liep de trap af, de rust op het plein voor het gerechtsgebouw was inmiddels weergekeerd. Ze voelde zich schuldig omdat ze de zaal verlaten had, terwijl Scalzi zijn best deed een sluwe aanval te pareren. Maar nog nooit had ze zich zo ongemakkelijk gevoeld, ze moest gewoon weg daar. In de tijd dat zij zelf in het beklaagdenbankje zat, met Barbarini als haar advocaat, had ze zich af en toe nog best vermaakt. De opgewonden stemming onder de groep jonge verdachten, de herinnering aan de politiecharge op het plein, het feit opnieuw oog in oog met dezelfde agenten te staan die haar hadden gearresteerd en vijandelijke blikken met hen uit te wisselen, en dat ze als een net burgertrutje was verkleed; dat alles had haar op een of andere manier een goed gevoel gegeven. De rechtszaak vormde een mooi sluitstuk van een geslaagde actie. Ze wist overigens dat ze weinig risico liep, in het ergste geval kreeg ze een voorwaardelijke straf opgelegd.

De manier waarop de twee obers moesten ondergaan hoe hun handboeien werden afgedaan, had ze als zeer onprettig ervaren. De carabinieri stonden daar te klungelen met een sleutel in het oude, roestige slot, terwijl de knarsende ketting verstrikt was geraakt. De hele bevrijdingsoperatie had ondraaglijk lang geduurd en al die tijd hoorde je alleen het geluid van metaal op metaal.

Even later: de neergeslagen ogen van Gerbina, het kostschooljurkje van Betty, het flitslicht van de fotografen. Olimpia voelde met de twee vrouwen mee, ze zag dat ze zich schaamden en bang waren.

'Moet je eens zien hoe die sloerie zich aanstelt', had ze iemand vanaf de publieke tribune horen zeggen. Een andere vrouwenstem had gezegd: 'Ze lijkt de onschuld zelve wel, de lellebel. Kijk toch eens hoe ze uit de hoogte doet...'

Toen Scalzi aan het woord was, had ze de vijandigheid aan den lijve ondervonden. Een vijandigheid van volkse typen: grimmige mannen met hemden en korte broeken, oude vrouwen waarvan sommige met de duster en sloffen nog aan. Waarschijnlijk vooral bewoners van de Via della Madonnina.

Toen ze beneden aan de trap stond, slaakte ze een zucht van verlichting. Ze liep het straatje naar de rivier in. Achter een van de enorme deuren onder de galerij bevond zich het kantoor van Barbarini.

De ouwe sigarenroker lachte naar haar van achter zijn tafel, die vol lag met stapels papier. 'O, ben jij het. Je zou toch naar de zitting gaan?'

'Te veel mensen,' zei Olimpia, 'te benauwd, te veel geklets.'

'Uit welke richting waait de wind?'

'Er hangt geen frisse wind, letterlijk en figuurlijk. De officier van justitie kwam met een cassettebandje op de proppen waarop een gesprek tussen Gerbina en nog iemand te horen zou zijn.'

'Heeft Scalzi de rechtszaak verzocht de aanslag in Marina erbij te halen en de twee zaken gevoegd te behandelen?' vroeg Barbarini.

'Nee, tenminste niet toen ik er nog was. Ik denk dat hij dat pas doet nadat de rechtbank zich over het verzoek van de officier van justitie heeft uitgesproken. Ik ben eerder weggegaan omdat ik het gewoon niet uithield in die verstikkende sfeer.'

'Als de twee zaken niet gevoegd worden behandeld, heeft hij een probleem. Hij had dat verzoek meteen bij de opening van de zitting moeten indienen.'

'Daar kreeg hij de kans niet voor. De rechters waren nog niet gaan zitten of de officier van justitie was over dat cassettebandje begonnen. Daar had Corrado totaal niet op gerekend.'

'Dottor Corbato is zeer gevat,' Barbarini legde zijn sigaar op de rand van de asbak, 'hij voert vaak sterke debatten. Daar krijgt

Scalzi nog een zware kluif aan. Ik zou hem graag bijstaan, maar dat is in mijn huidige positie niet erg geloofwaardig.'

'Ik kon gewoon niet meer...' zei Olimpia schuldbewust, 'niet dat ik hem ergens mee had kunnen helpen.'

'Ik begrijp het wel,' glimlachte Barbarini vriendelijk, 'voor leken zijn het vaak vreselijke zaken...'

'Maar die mensen waren zo gemeen. Op de publieke tribune, bedoel ik. Ze waren allemaal tegen Gerbina en Betty. Waarom eigenlijk? Het zijn allemaal arme mensen, net als de twee vrouwen. Waarom tonen ze geen greintje respect? Als het aan hen lag, waren ze nu al veroordeeld.'

'Zo gaat het al vanaf het begin', beaamde Barbarini. 'Toen ze thuis werden gearresteerd en in een politieauto werden meegevoerd, stond er een menigte op de Via della Madonnina te applaudisseren. Voor een gedeelte hebben de kranten daar schuld aan omdat ze de sfeer enorm opkloppen. Maar het grootste probleem is dat de mensen tegenwoordig een snel en eenvoudig antwoord willen. Ze hebben geen geduld meer voor ingewikkelde verklaringen, politieke machinaties, of duistere praktijken. Maar als er seks in het spel is ontsnapt er echter niks aan hun aandacht. Het vrolijke, vrijmoedige meisje, de ziekelijke jaloezie van haar vader, de meegaande moeder... Seks is over het algemeen nog een taboe. Zo'n ernstige aangelegenheid als een rechtszaak is een prima excuus om er openlijk over te praten en te fantaseren, om vrijuit te kunnen roddelen over intriges en overspel. Dan volgt de moord, het bloed, als een goddelijke straf voor de zonden.'

'Niemand heeft de moed om het toe te geven, ook de rechters niet... Maar wat denk je dat de meeste mensen als het ware motief voor de moord beschouwen?'

'De angst voor de reactie van Baluardi op de affaire van zijn dochter. Dat is de stelling van het OM.'

'Dat is de officiële lezing. Maar waarom draaide Baluardi zo door dat hij kennelijk in staat was zijn huis op te blazen?'

'Goede vraag.'

'Waarom was Baluardi zo ziekelijk jaloers? Wat impliceert de officier van justitie daarmee? Het is opmerkelijk dat hij de term "ziekelijk" in de tenlastelegging gebruikt. Want waaruit bestaat dat ziekelijke dan? Waarom was de eigenaar van het trattoria in staat een bloedbad aan te richten, als hij erachter was gekomen dat iemand zijn dochter zwanger had gemaakt? Ik begrijp die toespeling van het OM wel. De dreigementen van Baluardi, de terreur, maar ook de angst van de twee vrouwen die ertoe leidde dat ze uit noodweer, maar ook uit rancune en vergelding, de twee obers de opdracht gaven hun echtgenoot en vader te vermoorden, zijn allemaal te herleiden tot vermoedens die betrekking hebben op incest. Niemand heeft het er expliciet over, maar ze denken het allemaal: De zware alcoholist misbruikte zijn dochter.'

'Daar geloof ik niks van,' riep Olimpia verontwaardigd, 'bewijs dat maar eens?'

'Dat is onmogelijk. Niemand die daar zijn vingers aan wil branden. Dat maakt het ook zo vreselijk moeilijk voor Scalzi. Hij kan er niet eens over praten, omdat hij dan degene is die het punt als eerste naar voren brengt. Als hij het toch zou doen, om het feit vervolgens te kunnen ontkennen, zal hij zowel van de politie als de rechters te horen krijgen dat een dergelijke verdenking geheel niet binnen het plaatje van de bewijsvoering valt. En ondertussen is hij degene die het vermoeden heeft geopperd. En de meeste mensen, waaronder ook de meeste juryleden, gaan er toch van uit dat de verdachten al hun geheimen aan de advocaat hebben toevertrouwd. Het beeld van een advocaat is vaak dat van een soort biechtvader. Zodoende bereikt hij alleen maar het tegenovergestelde.'

'Mijn god,' zuchtte Olimpia, 'wat een ingewikkelde toestand.'

'Hoe vaak heb ik me niet proberen voor te stellen,' zei Barbarini terwijl hij verstrooid naar het plafond keek, 'in al die jaren dat ik dit lastige beroep uitoefen, wat er tussen rechters en juryleden in het geheim besproken wordt als ze zich in de raadkamer hebben teruggetrokken om het vonnis te bepalen? Als ze de deur eenmaal achter zich hebben dichtgetrokken, en de juryleden hun jasjes en de beroepsrechters hun toga hebben uitgedaan, de koffie is besteld, en iemand een sigaretje heeft opgestoken, en iedereen nog even moet bijkomen van alle verhalen die ze hebben aangehoord... ben ik ervan overtuigd dat ze zich proberen te ontspannen, en wat losser worden. Ze hebben urenlang moeten luisteren, zonder een stem in het geheel te hebben, op de president van de rechtbank na dan. En ik vermoed dat op dat moment revanchegevoelens komen bovendrijven: nu is het aan ons. En als het eenmaal zover is, is de bewijsvoering ineens van minder groot belang dan je zou denken. Onze wet schrijft trouwens voor dat ze uit vrije overtuiging moeten oordelen. Wat wil dat "vrije" zeggen? Ik vrees dat er iets religieus achter zit. Begrijp je wat ik bedoel?'

Olimpia schudde haar hoofd, hoewel ze wel een vaag idee had.

'Ik geef het niet graag toe, na twee eeuwen zogenaamde seculiere cultuur, maar toch ben ik ervan overtuigd dat de mensen daar, achter die gesloten deuren, een voor een wachten op een goddelijke ingeving. Sommige zaken doorstaan de tijd. Om maar een voorbeeld te noemen: volgens Beatrice is ongedesemd brood rechtstreeks terug te voeren tot de nieuwe steentijd. De rechtspraak is eeuwenlang door de kerk gedomineerd geweest en werd al die tijd beheerst door de notie dat de rechter de absolute waarheid diende te achterhalen. Maar hoe? Hoe is het mogelijk de absolute waarheid te achterhalen van feiten die tot het verleden behoren? Om door de nevel van het verleden te kijken heb je haast een goddelijke blik nodig. Die goddelijke ingeving is dus belangrijk. Daar wachten de juryleden op, ze hopen door het licht te worden overweldigd. Ik stel me zo voor dat iemand na die eerste rustperiode over zaken begint te praten die niet duidelijk naar voren zijn gekomen. De onderwerpen die niet expliciet werden uitgesproken. Dat is het moment waarop het onuitgesprokene, de zaken die niet onder woorden te brengen zijn, aan bod komen. En reken maar dat er daarbinnen wel over die zaken wordt gepraat, die volgens de bewijsvoering niet bestonden. Dan komen de verdenkingen, de bedekte toespelingen en de geniale intuïties bovendrijven. In de raadskamer zal de niet uitgesproken incestueuze relatie als een molensteen om de nek van Gerbina en Betty gaan hangen. En de advocaat is op dat moment niet aanwezig om protest aan te tekenen. Die kans is verkeken. Het is wachten op de verlichting van de juryleden, die vervolgens uit vrije overtuiging, zoals de wet het voorschrijft, tot een vonnis komen.'

'Mamma mia,' zuchtte Olimpia, 'werkt dat echt zo?'

Olimpia en Barbarini stonden op het punt om het kantoor te verlaten, toen de telefoon ging. Het bleek Scalzi te zijn. 'Ik had al zo'n vermoeden dat Olimpia bij jou was', zei hij.

Ze hadden afgesproken in een restaurant.

'De zitting is verdaagd tot morgen.' Scalzi zag er afgemat uit. 'Ze hebben nog niks besloten. Morgenochtend zal ik direct bij opening van de zitting vragen de twee zaken gevoegd te behandelen. Morgen worden alle preliminaire vragen afgehandeld.'

'Sorry dat ik ben weggegaan', zei Olimpia. 'Het heeft overigens wel een interessant gesprek opgeleverd. Barbarini heeft een soort lezing over juryleden en rechters gehouden. Ik wist niet dat jullie het zo zwaar hadden.'

'Ach, een lezing. Meer een paar mijlpalen in de geschiedenis van het recht', verduidelijkte Barbarini.

'Juist ja, zeker over de absolute waarheid en de goddelijke ingeving van de juryleden', Scalzi gaf zijn oudere collega een vette knipoog. 'Dat is zijn stokpaardje.'

'Ik begrijp nu tenminste waarom ik het daar niet uithield', zei

Olimpia. 'Er hing daar zo'n verstikkende lucht omdat ze een brandstapel voor heksen aan het opbouwen waren. Als ik goed naar de ouwe sigarenroker geluisterd heb, zijn ze in die zaal terug in de tijd gegaan.'

'Ik begrijp dat gevoel wel,' zei Scalzi een beetje korzelig, 'de sprong in de tijd veroorzaakt die duizeligheid. Daar raak je aan gewend.'

25

Lya De Putti

Om zeven uur 's avonds de volgende dag zat Scalzi stilletjes in een donker hoekje van de verlaten hotelbar voor zich uit te kijken. Het was vrijdag en de advocaat was van plan het weekend in het hotel tegenover het gerechtshof door te brengen, in afwachting van de zitting die maandag voortgezet zou worden. Olimpia had het wel gezien en wilde liever terug naar Florence. Ze was boven haar koffer aan het inpakken. Scalzi probeerde zich wat te ontspannen na een zware dag. Hij had er eigenlijk spijt van dat hij zo dicht bij het gerechtsgebouw een geheime ontmoeting had geregeld. Hij hoopte dat er iets tussen zou komen, dat zijn afspraakje niet zou komen opdagen. Hij wilde het liefst alleen zijn en al die vervelende gedachten aan het proces uit zijn hoofd bannen.

De zitting was begonnen met het voorlezen van de beslissing van de rechtbank betreffende de preliminaire vragen. Het verzoek van de officier van justitie om het cassettebandje als bewijsstuk in de stukken op te nemen werd ingewilligd onder de voorwaarde dat de persoon die voor de opname verantwoordelijk was een getuigenverklaring zou tekenen. Scalzi's aanvraag om de twee zaken gevoegd te behandelen was daarentegen afgewezen.

Vanaf dat moment was de zitting in een stroomversnelling terechtgekomen. Nadat de twee obers hadden geweigerd om een verklaring af te leggen, mocht Gerbina in de stoel tegenover de rechtbankpresident plaatsnemen. De eigenares van Il Portichetto had een brok in de keel en kon geen woord uitbrengen. De president had haar aangespoord zich te vermannen, aangezien ze nu de kans kreeg haar verhaal te vertellen ten overstaan van een onpartijdige jury, die geheel onbevooroordeeld naar haar zou luisteren. Het had een tijdje geduurd, voor Scalzi leek het wel een eeuwigheid, maar toen ze eenmaal op gang kwam, stortte ze haar hart uit, struikelend over de woorden. Ze vertelde nogal warrig over haar pelgrimage naar het bedevaartsoord Montenero en dat ze de laatste vijf kilometer op blote voeten had afgelegd om de Madonna te smeken haar man van de drank af te krijgen. 'Ik hield van hem, van mijn Giuliano', had ze gezegd terwijl ze de inmiddels beroemde rouwmedaillon in haar hand hield, wat tot nogal wat kabaal op de publieke tribune leidde. De president bleef er erg laconiek onder en deed niet echt zijn best de spottende reacties en het tumult in te dammen.

'Moet je haar horen, de bedriegster', riep een vrouwenstem. En weer een ander: 'En daarom heb je zeker vergif gebruikt…'

De gemene opmerkingen van de mensen die zij heel goed kende (ze herkende heel wat gezichten van de Via della Madonnina tussen het publiek) lieten Gerbina niet onberoerd. Ze zat stilletjes op haar stoel te huilen. Vanaf dat moment antwoordde ze alleen nog maar met ja en nee, alle adviezen van Scalzi ten spijt. Toen de officier van justitie vroeg of ze het tijdstip wilde bevestigen waarop ze haar man de deur uit had zien lopen, in het vooronderzoek stond tien over twee 's nachts vermeld, barstte ze nog heviger in tranen uit. Haar gezicht vertrok, de korte norse antwoorden klonken bijna arrogant: de klassieke reactie van een dader die zich betrapt voelt.

Betty had de situatie er vervolgens niet beter op gemaakt. Scalzi wist van de gesprekken in de gevangenis hoe impulsief en kwaad het meisje kon reageren. Hij had haar aangeraden, of eigenlijk opgelegd, gebruik te maken van haar recht geen verklaring af te leggen. Nog afgezien van het feit dat haar gedrag alleen maar antipathie bij de juryleden zou oproepen, viel te verwachten dat de officier van justitie anders uitgebreid op de illegale abortus in zou gaan, terwijl haar dat niet ten laste gelegd was. Betty zou dan verplicht zijn om antwoord op deze vragen te geven. Dat betekende dat ze het risico liep opnieuw in staat van beschuldiging te worden gesteld. Dus haar recht om niet te antwoorden was niet alleen door de wet vastgelegd, het was ook vanuit een moreel oogpunt te rechtvaardigen. Het was van groot belang dat ze zeer bondig en vooral beheerst antwoord zou geven. Betty moest ook zelf haar vrees voor een nieuwe tenlastelegging uitspreken, het was tenslotte haar recht om te horen welke bewijslast er tegen haar op dit punt was opgebouwd, om zich te kunnen verweren. Tijdens de moeilijke gesprekken in de gevangenis had Scalzi geprobeerd haar dat aan het verstand te brengen. Hij had er zelfs een Latijnse spreuk gebruikt, om de ernst van de zaak te onderstrepen. Wie weet wat hem ertoe had gedreven om dat kortzichtige zangeresje de betekenis van *nemo tenetur se detegere* uit te leggen: niemand is verplicht mee te werken aan zijn eigen beschuldiging. Aangezien Betty nogal allergisch voor juridische grondbeginselen was, hadden ze de verklaring maar woord voor woord doorgenomen. Dat was nog een hele opgave, omdat het meisje weigerde alles als een papegaai vanbuiten te leren, net als op school waar ze van de nonnen lange kerstgedichten uit haar hoofd moest leren. Van zijn kant had het Scalzi nog heel wat moeite gekost om de terminologie om te zetten naar gewone spreektaal, het moest natuurlijk niet opvallen dat haar advocaat alles had ingefluisterd.

Betty liep met een rood hoofd van woede naar de stoel tegenover de president. Er was een golf van verontwaardiging door haar heen gegaan om hetgeen haar moeder zojuist was overkomen. Toen de president haar verzocht plaats te nemen, rukte ze zich woedend los van de carabiniere die haar aan haar elleboog vasthield en zei: 'Blijf met je poten van me af, jij.'

De president vroeg of ze van zins was om op de vragen te antwoorden. 'Nee,' had ze geroepen, 'ik laat me niet door dat zootje luizenkoppen de les lezen', waarbij ze naar de publieke tribune wees. Het publiek reageerde met weer een hoop kabaal. Toen was Betty gaan schreeuwen: 'Vlooienkoppen, armoedzaaiers, vuile honden.' De chaos was compleet. De president gelastte de carabinieri haar uit de zaal te verwijderen. Trappelend en gillend werd ze opgetild en naar een cel gebracht waar ze ten slotte in zwijm viel. De president had de zitting kort geschorst.

Bij de voortzetting had Scalzi protest aangetekend tegen het onbeschaafde optreden van het publiek en stelde voor om de zitting verder achter gesloten deuren te houden. Voor de middagpauze werd de beschikking voorgelezen waarin het 'ongemotiveerde' verzoek van de advocaat werd afgewezen.

Na de pauze werd de eerste getuige van het OM opgeroepen. Francesco Terzani liet er geen twijfel over bestaan dat hij in de rechtspraak met een hoofdletter r geloofde, in de plechtigheid van de plek en het moment. Hij had zich netjes gekleed, het leek wel of hij een examen had: colbert en stropdas, gestreken overhemd, zijn schoenen gepoetst. Hij had meteen Betty's ogen opgezocht. Betty had zijn blik beantwoord met een vragende uitdrukking op haar gezicht, alsof ze wilde zeggen: 'Wat moet die nou weer van mij?' Aan de manier waarop hij zijn benen over elkaar sloeg en rustig achteroverleunde, maakte hij duidelijk dat ze voorlopig nog niet van hem af waren. Het verzoek om het bondig te houden, lapte hij direct aan zijn laars door uitgebreid uit te weiden over de dag waarop het allemaal begonnen was. Alsof het iemand iets kon interesseren dat hij die dag met zijn vriend over voetbal had geruzied, dat de nacht van de eerste mei een mooie rustige nacht was, ideaal om vlinders te vangen, hoe steil het karrenspoor was om de top van de Monte Merlato te bereiken en hoe krachtig de motor van zijn oude Fiat terreinwagen was...

De officier van justitie voelde zich genoodzaakt in te grijpen: 'Wilt u dat gedeelte alstublieft achterwege laten en ter zake komen?'

'Ik denk dat het de leden van de jury wel degelijk interesseert waarom ik me op dat nachtelijke uur op die door God verlaten plek ophield. Ik zou niet graag willen dat de indruk ontstaat dat ik daar een afspraakje had...' De officier van justitie had al snel door dat alle inspanningen hem in te tomen een averechts effect hadden en liet hem zijn gang maar gaan.

Uiteindelijk was Terzani bij het mysterieuze obstakel aanbeland, de oude Fiat 1100. Hij beschreef levendig hoe twee personen buiten adem waren komen aanrennen. Wat die twee daar precies aan het uitspoken waren, daar had Terzani natuurlijk ook zo zijn ideeën over. Volgens de getuige had hij de twee mannen gestoord terwijl ze met iets bezig waren wat het daglicht niet kon verdragen. Waarom hadden ze hem anders een heel stuk met gedoofde koplampen achtervolgd? En waarom waren ze plotseling als gekken dat gevaarlijke weggetje afgedaald, toen ze merkten dat hij op weg was naar de feeënkuil? Om uit te leggen waarom de student zo zeker wist dat het de nacht van de eerste mei was, moest hij wel nog even uitweiden over de Acherontia Atropos, over hoe zeldzaam het dier was geworden ten gevolge van de onkruidverdelgers, en over zijn geheimzinnige en afschrikwekkende uiterlijk. Deze keer was het de president die het spreekwoordelijke geduld van een Sardijnse herder verloor en hem tot de orde had geroepen. Terzani vertelde dat het label met de vangstdatum, dat hij meteen had opgezocht, er geen twijfel over liet bestaan. Nee, hij had verder geen lijken gezien, het was een donkere, maanloze nacht en het licht van de zaklamp was zwak. Hem was echter iets anders opgevallen, dat wel eens interessant kon zijn...

Voordat hij daarover verder kon uitweiden, had de officier van justitie hem gevraagd of hij de twee mannen die hij die nacht op de berg had gezien, later had herkend. Terzani had met ja geantwoord, hij had op het politiebureau een hele map foto's doorgenomen en ze er meteen tussenuit gehaald. De technische recherche had, naast de foto's van de twee obers, een aantal foto's van mannen bijgevoegd die op een of andere manier op de twee verdachten leken. Het was immers verplicht een line-up te verzorgen, ook al was dit slechts een fotografische.

Op dat moment volgde de eerste interventie van de advocaat van Eraldo Tofanotti. De nog jonge toegevoegd verdediger Roberto Carpati had gevraagd wanneer deze identificatie had plaatsgevonden en hij wilde tevens weten waarom de getuige er zo lang mee had gewacht met zijn verhaal van die noodlottige nacht naar buiten te komen. Daardoor was Terzani gedwongen alles wat hij aan dottor Camilleri had verteld, nog eens te herhalen: dat hij zo intensief met zijn studie bezig was, dat hij bijna geen kranten en weekbladen las, dat hij een afkeer van televisie had.

Carpati stelde dat het onmogelijk was gezichten goed te herkennen die je twee jaar eerder vluchtig in het donker had gezien. De getuige antwoordde daarop vastberaden dat hij ze helemaal niet vluchtig had gezien. Tijdens het manoeuvreren met zijn auto, toen hij bijna vast was komen te zitten, had hij het groot licht aangedaan. Hij kon zich nog goed herinneren hoe de wat oudere, grotere van de twee gebaarde dat hij het licht uit moest doen. Daar kwam bij dat hij nooit een gezicht vergat. Ook vandaag had hij ze weer direct herkend. 'Kijk, daar zitten ze op het bankje', had hij gezegd, terwijl hij ze met een vinger aanwees.

Op dat moment had de advocaat van Eraldo Tofanotti hevig geprotesteerd tegen die grove schending van het recht. Volgens hem was de verrichte identificatie op die manier niks waard en moest hij uit het proces-verbaal worden geschrapt. Een line-up was pas rechtsgeldig in de aanwezigheid van minimaal vier andere personen, en mocht alleen worden uitgevoerd nadat de getuige de uiterlijke kenmerken van de te identificeren mannen had beschreven. Daarop ontstond er een korte woordenwisseling tussen de officier van justitie en de advocaat. Scalzi had in een paar woorden zijn steun aan het opgeworpen protest van zijn collega betuigd. Niet zozeer uit overtuiging, gezien de geldende jurisprudentie, maar meer uit collegialiteit.

De andere wat oudere toegevoegd advocaat die aangewezen was om Teclo Scarselli te verdedigen, zei geen woord. Hij leek afwezig, hoewel hij wel keek alsof hij de anderen wilde doen geloven dat hij nog een troef achter de hand had. De rechtbank had zich in de raadskamer teruggetrokken om de kwestie te bespreken en een besluit te nemen. Toen ze na twee uur uit het heilige der heiligen kwamen en bleek dat de exceptie was afgewezen, begreep iedereen dat ze expres zo lang hun tijd hadden genomen na de vermoeiende zitting eerder die dag. Omdat het al laat was had de president niet lang daarna met strenge stem aan Terzani duidelijk gemaakt (die er nog steeds op stond dat hij de tijd zou krijgen om te vertellen wat voor interessants hij op Monte Merlato had gezien) dat de zitting was verdaagd naar de volgende ochtend en dat hij als getuige was ontslagen. De breedsprakige pietlut hoefde niet meer terug te keren. Goddank, leek de president te denken.

Rond zes uur had Scalzi de gerechtszaal verlaten. Hij liep op de binnenplaats, in de schaduw van de zuilengalerij, toen Francesco Terzani, half verborgen achter een van de bananenboompjes, hem had geroepen. 'U bent de advocaat van Gerbina en Betty, nietwaar?' had de student op een samenzweerderige toon gesproken, terwijl hij om zich heen keek of niemand hen kon zien. 'Kan ik u op een rustige plek spreken?'

En zo was het gekomen dat Scalzi een afspraak had gemaakt in de bar van het hotel waar hij verbleef.

De bar lag er donker bij, de ober was afwezig, er zat verder niemand aan een van de tafeltjes. Het zwakke licht van de melkglaslampen achter de bar werd door de dikke brillenglazen weerspiegeld. De student leek wel een spion uit het Oostblok. 'Vanochtend zat ik buiten de zaal op mijn verhoor te wachten,' zei Terzani, 'de deur naar de gerechtszaal stond op een kier, waardoor ik alles heb gezien en gehoord. Ik had nooit gedacht dat het er zo aan toe kon gaan in een rechtbank. Mamma mia, wat een zootje.'

'Hoezo?'

'Het kabaal, het gescheld van de mensen. Die arme Betty kon er gewoon niet meer tegen en schoot uit haar slof... Dat zal haar vast geen goed doen.'

'Nee.'

'Met dat soort gedrag jaag je de juryleden tegen je in het harnas. Volgens mij staat voor de jury, net als voor het publiek, allang vast wie het gedaan heeft. Ik geloof niet dat ze nog twijfelen, en als ze dat al zouden doen... Neem nou dat gedoe met Betty vandaag die uit de zaal wordt verwijderd. Dat bevestigt het vooroordeel alleen maar.' Hij vroeg of Scalzi dat stuk van Manzoni kende uit de *Storia della colonna infame*, het vervolg op *i promessi sposi*, over de vooringenomenheid van rechters.

Scalzi wist al dat hij met zo'n typische maniak te maken had die zich door zo'n rechtszaak liet meeslepen alsof het een voetbalwedstrijd was, en rechters en advocaten met zijn standpunten en goede raad ging lastigvallen. Maar deze moest zo nodig ook nog eens met zijn eruditie pronken.

'Veel te katholiek, hij houdt te zeer vast aan het bestaande systeem', ging Terzani gewoon verder. 'Uiteindelijk komt hij in dat boek ook niet tot een duidelijke veroordeling van marteling. Manzoni betreurt alleen dat het in dat concrete geval werd toegepast, hoewel in zijn tijd heel andere regels golden. Vindt u dat ook niet een beetje kortzichtig?'

'Dat zou ik niet willen zeggen,' probeerde Scalzi het kort te houden, 'het is het standpunt van de historicus.'

'Manzoni is geen historicus, maar een dichter en een katholieke moralist.'

'Luister,' zei Scalzi, 'ik heb nog niet gegeten en ik wil vanavond vroeg naar bed. Het is een zware zitting geweest. Ik kan me niet voorstellen dat u me hebt opgezocht om over de verspreiders van de pest in de zeventiende eeuw te discussiëren.'

'U hebt gelijk,' zei Terzani licht teleurgesteld, 'ik wilde u iets anders vragen. En wel dit: Waarom denkt u dat ze me niet hebben laten uitpraten?'

'Niet laten uitpraten? U hebt meer dan drie uur in de getuigenbank gezeten en bent vrijwel als enige voortdurend aan het woord geweest.'

'Maar daarvoor hadden ze me toch laten komen, niet? Om te vertellen wat ik had gezien. Juist details zijn belangrijk. Waar heb ik dat laatst ook alweer gelezen... Misschien was het van Arthur Conan Doyle...'

Deze keer zuchtte Scalzi extra diep.

'Ja, nu weet ik het zeker,' ging Terzani onverdroten door, 'het was inderdaad Sherlock Holmes. Vaak wordt de puzzel pas opgelost door op zoek te gaan naar het stukje dat los van het gehele plaatje lijkt te staan, iets wat op het eerste gezicht totaal onlogisch lijkt. En juist daar ligt de sleutel, in die toevallige moeilijk te verklaren bijkomstigheid. Omdat mensen nogal traag van begrip zijn, en dat geldt ook voor rechters-commissarissen, zien ze die ontbrekende schakel liever over het hoofd en proberen ze de puzzel kost wat kost in elkaar te krijgen. Bij ons thuis noemen we dat vals spelen, bij u niet?'

'Ach', zei Scalzi duidelijk vermoeid, ook al moest hij toegeven dat de jongen, op zijn geheel eigen wijze, wel een bepaalde intelligente kijk op de zaken had. 'Maar kom nou alsjeblieft eens ter zake, ik wil weer verder.'

'En dat is exact wat er vandaag gebeurd is: ze hebben het zo gespeeld dat er een puzzelstukje buiten het gehele plaatje viel. En waarom, vraag ik me dan af? Wat denkt u ervan?'

'Ik weet niet waarover u het hebt.'

'Goed, weet u nog dat ik de kwikdamplamp op een goede plek had neergezet.'

'Ik kan me zelfs nog herinneren hoe het ding werkt, u hebt het allemaal haarfijn uitgelegd tijdens de zitting...'

'Mooi zo. Het leek me beter weer naar beneden te gaan en niet bij de val te wachten omdat het daarboven vochtig koud was. Om spontaan reuma van te krijgen. Ik ben naar de auto teruggekeerd en in slaap gevallen.'

'Ook dat kan ik me nog goed herinneren', verzuchtte Scalzi.

'Ik heb zeker een paar uur geslapen en toen ben ik het bergpad weer op geklommen om de val met de vlinders op te halen. Het was nog pikdonker. Op mijn weg naar boven struikelde ik bijna over een oude stoel zonder poten. En daar mocht ik blijkbaar niks over zeggen, terwijl het een belangrijk detail is.'

'Een barstoel? Bedoelt u zo'n oude barstoel, met rood plastic draad om een zwarte buisconstructie?'

'Wist u ervan? En waarom hebt u me er dan helemaal geen vragen over gesteld?'

'Ik wist niet dat u hem ook had gezien.'

'En wanneer hebt u die stoel dan gezien?' vroeg Terzani teleurgesteld, omdat hij Scalzi niet had weten te verrassen.

'Dat is een heel verhaal.'

Terzani keek Scalzi argwanend aan. 'Het leek wel of de poten er met geweld van af waren getrapt. Dat is volgens mij de ontbrekende schakel: de stoelpoten. Toen ik erover wilde vertellen, heeft het om me onderbroken. Daarna hebben jullie de hele tijd over die identificatie gedebatteerd. Moest dat nou zo lang duren? Het is toch duidelijk dat het die twee obers uit Il Portichetto zijn. Ik heb ze die avond met mijn eigen ogen gezien. Ik vergis me niet. De rechtbank trok zich terug om over de kwestie te beraden en dat was het dan, de groeten thuis. Zo hebben ze de stoel zonder poten in het vergeethoekje gemanoeuvreerd.'

'Waarom is die stoel volgens u de ontbrekende schakel?'

'Ik heb er heel lang over nagedacht', zei Terzani zelfgenoegzaam. 'Pas nadat ik van de moord had vernomen, natuurlijk. Daarvoor heb ik eerlijk gezegd geen seconde bij al die dingen stilgestaan: de Fiat 1100 die de weg versperde, die twee mannen… Wie denkt er dan meteen aan zoiets? Het was natuurlijk wel vreemd zo'n nachtelijke ontmoeting daarboven op die kale berg. Maar als je niet van de moord wist… Het lijkt misschien wat raar dat ik er niks van gehoord had, ook al woon ik hier in de stad. Het heeft twee jaar geduurd. Maar dat is toch zeker geen misdrijf, of wel soms? De advocaat die een van de twee obers vertegenwoordigt vroeg zich stomverbaasd af hoe het mogelijk was dat ik er niks van wist, en waarom ik na al die tijd ineens naar de politie was gegaan. Maar de hersenen zijn geen bodemloos vat! Ik heb toevallig andere interesses dan het bijhouden van de plaatselijke misdaadverslaggeving. Je moet keuzen maken in het leven, om je gedachten te kunnen ordenen. *Want wie gedachten hoopen op gedachten, die zullen verder van het doel steeds raken, want d'eene ontneemt de andere dan zijn krachten*', citeerde hij Dante.

'Maar later, toen ik eenmaal had vernomen wat er gebeurd was, ben ik diep in mijn geheugen gaan graven en heb ik alle artikelen die over de zaak waren verschenen gelezen. Ik ben ook naar de plek teruggekeerd, deze keer met een goede zaklamp en een stuk touw. Ik heb me een stukje in de spelonk met de grootste opening laten zakken, niet ver vanwaar het lichaam gevonden was. En toen wist ik het ineens. Toen wist ik waarvoor de stoel zonder poten had moeten dienen.'

'Nou?'

'De ingang van de spelonk is in het begin vrij smal en de rand is gevaarlijk scherp door uitstekende stenen. Maar na een paar meter wordt het gat veel breder. Het is net een grote omgekeerde trechter. Na zo'n tien meter rest er slechts een enorme afgrond, misschien wel een paar honderd meter diep, wie zal het zeggen. Dus als je een lichaam voorgoed wil laten verdwijnen, moet je er op een of andere manier voor zorgen dat het lichaam voorbij die flessenhals komt. En daar zit hem nou het probleem. Het risico bestaat namelijk dat je ergens vast komt te zitten. Iets wat zeker zou gebeuren als je het lijk er zo in zou gooien. Begrijpt u nu waarom de stoel zo'n handig hulpmiddel is? Het levenloze lichaam bind je in zittende positie vast aan de stoel. Hangend aan een touw laat je het geheel als een slinger de afgrond in zakken. Zo kun je de uitstekende scherpe punten ontwijken tot het brede gedeelte bereikt is. Dan laat je het hele zootje vallen en klaar is Kees: dag lichaam, dag stoeltje. Elk spoor van de moord is uitgewist. Wilt u weten waarom de poten waren verwijderd? Het is eenvoudig: de poten zouden alleen achter de punten blijven haken.

Het zal duidelijk zijn dat de actie van de twee obers niet volgens plan is verlopen, en dat heeft niet alleen met mij te maken. Nu wilt u zeker wel meer horen, hè?'

'Gaat u verder.'

Terzani's waterige ogen straalden iets van voldoening uit. 'Volgens mij hadden die twee al problemen voordat ik arriveerde. Het was gewoon een hopeloze operatie.'

'Hoezo?'

'Een lijk wordt na een bepaalde tijd onbuigzaam. Als lijkstijfheid eenmaal intreedt is het onmogelijk een lichaam nog in zittende positie te krijgen. Een ijzeren stang verbuigen is eenvoudiger. Dat heb ik ergens in een handboek over de forensische geneeskunde gelezen. Ze hadden natuurlijk kunnen proberen het lijk dat zo stijf was als een plank, direct aan het touw de diepte in te manoeuvreren. Maar achter deze ingewikkelde operatie gaat vast het geweldige brein schuil van een van de twee obers, of misschien van een derde die ze onder de duim houdt. In het plan stond dat de stoel gebruikt moest worden en dus zou hij gebruikt worden ook! Ik vermoed dat degene die de moord beraamd heeft, vanaf het begin exact die stoel voor ogen heeft gehad. Als ik me probeer voor te stellen hoe die twee obers in de weer zijn geweest om het lichaam in een zittende positie te krijgen, krijg ik spontaan lachstuipen. Baluardi's begrafenis moet met een hoop gevloek gepaard zijn gegaan. En ik ondertussen maar claxonneren en met het groot licht seinen... Op een gegeven moment hebben ze hem maar op de grond geflikkerd en zijn ze naar hun auto gerend. Als het inderdaad gegaan is zoals ik denk, en die kans is groot, zijn er nog een aantal belangrijke conclusies te trekken. Wilt u ze horen of gaat u liever dineren?'

'Ik heb mijn plannen veranderd en ga niet meer uit eten,' zei Scalzi met een schuldig geweten, 'ik moet vanavond zelfs terug naar Florence. Maar gaat u verder.'

'Eerste conclusie. Als lijkstijfheid inderdaad was ingetreden, betekent dat dat Baluardi al minstens drie uur dood was. Ook dat heb ik uit hetzelfde handboek. Het was drie uur toen ik daarboven op de berg aankwam. Dus Baluardi is rond de klok van twaalven vermoord. Wat overeenkomt met de bevindingen van de patholoog-anatoom. Dat zou betekenen dat de twee vrouwen gelogen hebben. Ze beweerden tenslotte dat Baluardi na tweeën vertrokken is. Of het moet zijn dat…'

Terzani moest lachen, hij had duidelijk nog een verrassing in petto, en masseerde met een vingertop de kalende inham aan de linkerkant van zijn hoofd. 'Nee, ik vertel het nog maar niet, dat zou voorbarig zijn. Ik moet eerst nog iets belangrijks uitzoeken. U hebt toch niet toevallig de sleutels van Baluardi's woning, hè?'

'De sleutels? De sleutels van zijn woning?' Scalzi voelde brandend maagzuur opkomen. Urenlang, de hele middag en nu weer, had hij de stem van Terzani moeten aanhoren, dat Toscaanse accent zonder Florentijnse aspitatie, maar met sisklanken uit Romagna. En de kans was groot dat hij vanavond in zijn slaap de hele zitting nog eens zou afdraaien, want dat effect hadden dergelijke zware dagen normaal op hem, waarbij de situaties steeds absurder werden, hoe verder de droom vorderde. Die gonzende stem van Terzani, de vermoeidheid en de muffe lucht, die in de bar penetranter was dan waar ook in het gebouw, zorgden ervoor dat zijn hoofd langzaam zwaarder werd van slaperigheid, het leek wel of hij al aan het dromen was. 'Geboren te Marradi' had de griffier gezegd bij het opsommen van Terzani's persoonsgegevens. De vermoeidheid ging met Scalzi's verbeelding aan de haal: hij zag het dorpje waar de student was geboren en getogen voor zich, in mystieke eenzaamheid boven op een berg gelegen, omringd door platanen, boven een weids dal, bewoond door vrouwen met een trieste, holle blik in de ogen.

'Ik zou namelijk graag even een kijkje nemen in het huis op de Via della Madonnina', verklaarde Terzani.

'U zou graag een kijkje nemen in zijn woning? Maakt u soms een grapje? Wat bent u dan van plan?'

'Dat kan ik u niet vertellen... Ik zal het u achteraf vertellen. Als ik me niet vergis, zal ik een opzienbarende ontdekking doen, daar ben ik van overtuigd.'

'Waarom doet u dit eigenlijk? Kijk, uw opmerkingen zijn onovertroffen, hoor, dat moet ik u nageven. Maar de zaak is al ingewikkeld genoeg en eerlijk gezegd kan ik niet veel met uw ideeën. Een gerechtelijk onderzoek is een delicate aangelegenheid en u wilt zich er als een olifant in een porseleinkast doorheen bewegen.'

Scalzi begon een beetje argwanend te worden. Wie was die Terzani eigenlijk, en waarom was hij zo in de moord op Baluardi geïnteresseerd? Voor een getuige in een strafzaak gedroeg deze man zich op zijn zachtst gezegd ongewoon. Normaal gesproken zijn getuigen niet zo happy met de situatie waarin ze zijn beland en willen ze na hun verklaring onder ede het liefst alles zo snel mogelijk weer vergeten, om de draad van hun eigen leven weer op te pakken. Terzani had het onderzoek de goede richting in gestuurd, zonder hem zou de zaak zijn blijven steken in een moeras van kletspraatjes en ongegronde verdachtmakingen. Hij was klaar, hij mocht gaan. Maar Terzani liet blijken dat hij terug die zaal in wilde, niet alleen om te vertellen wat hij nog op zijn hart had, maar eventueel ook om nieuwe onthullingen te doen. Scalzi kon niet uitsluiten dat hij een provocateur was, een intrigant, gestuurd om de advocaat op het verkeerde spoor te zetten of erger nog om hem tot bepaalde illegale handelingen te verleiden.

Om verschillende redenen leende deze zaak zich uitstekend voor oplichting en misleiding. Scalzi besloot hem duidelijk te maken dat hij niet op zijn achterhoofd was gevallen. Om te beginnen moest signor Terzani maar eens een paar eenvoudige vragen beantwoorden, zonder uitweidingen of literaire citaten. Waarom was hij zo in de zaak geïnteresseerd? Wat zat erachter? Had het iets met politiek te maken? Kende hij toevallig de dichter Manetto Azzi?

Terzani sprong op alsof hij door een wesp werd gestoken. Manetto Azzi een dichter? De advocaat maakte zeker een grapje. Toevallig was hij in de bibliotheek een dichtbundeltje van die Azzi tegengekomen (Terzani was tenslotte een poëzieliefhebber), en hij had het zowaar doorgebladerd. Moest dat dichtkunst voorstellen, die patriottistische, retorische rommel vol gemeenplaatsen? Hij had een bloedhekel aan dergelijke prulschrijvers. Er zou een wet moeten komen die het die nepdichters op straffe van de schandpaal verbood pen en papier te gebruiken. Met politiek bemoeide hij zich niet. In deze roerige tijden is iedereen van zijn gelijk overtuigd en denken te veel mensen, en dan vooral de jongeren, dat ze de wereld kunnen redden. Nee, hij hield zich liever met vlinders en echte dichtkunst bezig: zoals de grote Dante natuurlijk en zijn *dolce stil nuovo*, de Occitaanse troubadours, Leopardi en ook Pascoli, de Chinese bloemlezing en de *Cantos* van Ezra Pound. Daarnaast was hij dol op de bioscoop…

Als Scalzi hem niet had onderbroken, was hij waarschijnlijk nog uren door blijven ouwehoeren. Hij legde hem opnieuw dezelfde vraag voor. Hoe kwam het dat een nobele ziel als hij zo door een rechtszaak was gefascineerd?

Terzani leek even in verlegenheid te zijn gebracht. Het was voor de eerste keer dat hij langer dan een minuut zijn mond hield. Deze keer masseerde hij met beide handen de kalende inhammen. Toen zei hij: 'Er ligt een persoonlijke reden aan ten grondslag.'

'Dan vertelt u me die maar eens,' spoorde Scalzi hem aan, 'ik ben benieuwd.'

'Kent u Lya De Putti?'

Die naam kwam Scalzi niet bekend voor.

Terzani was al snel weer in zijn element. Lya was een actrice van Hongaarse komaf, een van de grote diva's van de stomme film uit de jaren twintig. Ze speelde in het neerslachtige Berlijn van na de Eerste Wereldoorlog, dat dankzij het expressionisme een intellectuele opleving meemaakte. Vervolgens emigreerde ze naar Hollywood, waar haar carrière niet echt voorspoedig was verlopen. Ze speelde slechts in drie films. Door de komst van de geluidsfilm werd zij aan de kant geschoven. Niet lang daarna stierf ze, ze stikte in een kippenbotje. Heel haar leven werd overschaduwd door dergelijke sinistere, bizarre voorvallen. Haar echte naam was overigens Amalia en het scheen dat ze, toen ze nog in Europa woonde, haar eigen begrafenis had bijgewoond...

Op het moment dat Scalzi besefte dat het weer een lang verhaal zou worden, kwam Olimpia met haar koffer binnen om afscheid te nemen.

'Wacht even,' zei Scalzi tegen haar, 'ik ga met je mee.'

'Ga je mee naar Florence?' vroeg Olimpia vol verbazing. 'Je had toch gezegd dat je het weekend liever hier bleef?'

'Ik moet nog iets regelen. Ik leg het je straks wel uit.'

Scalzi wendde zich weer tot Terzani. 'Probeer het zo kort mogelijk te houden, als het kan,' zei hij, terwijl hij naar Olimpia's koffer wees, 'we staan op het punt om te vertrekken.'

'U hebt me zelf gevraagd waarom ik zo in deze zaak geïnteresseerd ben.'

'Dat klopt en ik wil het ook graag weten. Maar wel een beetje rap. Wat heeft die vrouw ermee te maken? Hoe heette ze ook alweer... O ja, De Putti.'

'Heb ik iets belangrijks gemist?' vroeg Olimpia. 'Wie is die De Putti?'

'Weet ik veel?' Scalzi haalde zijn schouders op. 'Deze jongeman is een getuige, hij is vandaag de hele dag aan het woord geweest. En nu begint hij ineens over een vrouw te vertellen die in een kippenbotje is gestikt.'

'Echt waar?' vroeg Olimpia met grote ogen, 'dat schijnt vaker voor te komen dan je zou denken.'

'In een restaurant in New York', zei Terzani, die blij was dat hij dankzij Olimpia's tussenkomst zijn verhaal kon afmaken. 'De arme Lya had Hollywood ingeruild voor New York, waar ze de minnares van een puissant rijke man werd, eigenaar van een wolkenkrabber die nog altijd zijn naam draagt... Zijn naam ben ik even kwijt.'

Terzani greep meteen zijn kans om nog even terug te komen op de begrafenis. 'Toen ze nog in Hongarije woonde en haar man erachter kwam dat ze stiekem acteerde, gooide hij haar het huis uit en mocht ze haar dochters niet meer zien. Om haar kinderen te laten geloven dat ze dood was, ensceneerde ze haar eigen begrafenis, met zwarte paarden, een lijkwagen en een met een lijkkleed bedekte kist. De lege kist werd bijgezet in het familiegraf. Het verhaal gaat dat ze haar eigen begrafenis incognito bijwoonde, om haar dochters voor de laatste keer te kunnen zien.'

'Het is toch wat,' zei Olimpia, 'die rotkerels ook! En heeft ze haar dochters later weer teruggezien?'

'Ga jij je er ook nog eens mee bemoeien, zeg,' zei Scalzi zachtjes, 'die De Putti is al in de twintiger jaren overleden...'

'Ze heeft ze nooit meer teruggezien,' antwoordde Terzani, 'de dochters hoorden na de dood van hun vader dat hun moeder nog leefde en dat ze een beroemd actrice was geworden. Maar toen was Lya al naar Amerika geëmigreerd. En in die tijd was de afstand naar Amerika groter dan tegenwoordig...'

'Neem me niet kwalijk dat ik u onderbreek,' zei Scalzi korzelig, 'maar geef nou eens antwoord op mijn vraag?'

Weer viel Terzani even stil.

'Het is interessant,' zei Olimpia, 'laat hem toch vertellen, Corrado.'

'Hij kan de pot op!' zei Scalzi woest, 'jij weet niet hoe hij is.'

'Luister…' Terzani keek Scalzi een beetje beschroomd aan, met zijn door de brillenglazen uitvergrote ogen. 'Is het mogelijk dat een man zich tot een vrouw aangetrokken kan voelen, ook al is ze al meer dan een halve eeuw dood?'

Scalzi stond op. 'Kom Olimpia, we gaan. Ik moet dringend naar Florence.'

'Natuurlijk is dat mogelijk', zei Olimpia glimlachend. 'Wees nou even stil, Corrado. Is het u overkomen?'

'Nou en of. De vrouwen… Weet u, signora…'

'Olimpia.'

'Weet u, signora Olimpia, de vrouwen van tegenwoordig daar heb ik niks mee.' Terzani bekeek Olimpia onderzoekend aan, om zich ervan te overtuigen dat hij niet met een uitzondering te maken had. 'Te mannelijk, ze lijken te veel op mannen. De vrouw van mijn dromen is rond, niet groot, ze mag best klein zijn, heeft dromerige ogen en hartvormige, volle lippen. Haar nagels zijn net als bij een kat ingetrokken. Als de publieke vrouw in "La cocotte", het tragische gedicht van Guido Gozzano. Zo was ook Lya De Putti, van een schoonheid die helaas uit de mode is. Zo stel ik me haar voor. Of voorstellen… De grote Lya De Putti is gewoon mijn droomvrouw. Ik heb maar één film van haar gezien, een heel slechte, donkere kopie… Maar sindsdien verzamel ik alles van haar: foto's, ansichtkaarten, in mijn kamer heb ik een reusachtige poster van haar hangen. Niet zo lang geleden stond ze ineens met een foto in een plaatselijke krant. Een foto waarop ze brutaal haar tong uitsteekt. Vanochtend heb ik haar voor het eerst in levenden lijve gezien: ze is veel jonger, maar ik ben er zeker van dat ze het is. Het is haar reïncarnatie.'

'Wie?' vroeg Scalzi, die een instorting nabij was.

'Snapt u het dan niet? Betty, Betty Baluardi. Het is gewoon Lya De Putti: hetzelfde voorhoofd, dezelfde ogen, hetzelfde mopsneusje... En dat pagekopje uit de jaren twintig! Lya had alleen bruin haar en Betty blond. Begrijpt u het nu? Sinds ik haar foto in de krant zag, kan ik alleen nog maar aan haar denken. Ik wil haar helpen. Ik ben overtuigd van haar onschuld.'

26

...vervolg uw weg dan alstublieft...

Laat op de avond scheurde Scalzi in de Citroën 2cv richting Florence. Olimpia had haar plek achter het stuur met tegenzin aan hem afgestaan. Bij elke inhaalmanoeuvre hield ze haar hart vast. De tunnel was deze keer niet zo link, omdat hij door ver uit elkaar hangende zwakke lampjes verlicht werd.

'...vervolg uw weg dan alstublieft...' bromde Scalzi. 'Ze vragen het tenminste nog netjes.'

'Wat staat er dan?'

'Ik heb het weer niet kunnen lezen, het lijkt verdomme wel een roman.'

'Waarom heb je nu ineens zo'n haast om naar Florence te gaan?' vroeg Olimpia.

'De stoel zonder poten... Hoe kon ik het vergeten?'

Toen ze op de Monte Merlato de stoel hadden gevonden, had Scalzi wat substantie van het zitvlak afgeschraapt. Die substantie had hij aan Sara toevertrouwd. Zij zou hem in het Specola-museum laten onderzoeken. Maar de analist bleek voor zijn werk met een heel team naar Afrika te zijn afgereisd. Toen hij Sara later een keer wilde opzoeken, kreeg hij te horen dat ze ook mee op reis was. En daar was het ergens misgegaan. Niet dat hij er niet meer aan had gedacht, het zat er nog wel ergens in een donker hoekje van zijn hoofd, als een vervelend klusje dat nog moest worden afgehandeld. Het probleem was dat er steeds weer iets belangrijks tussen was gekomen zoals de gevangenis-bezoekjes en het doornemen van de dossiers. Uiteindelijk had hij er helemaal niet meer aan gedacht, aan die vermaledijde stoel, aan Sara, de analist en de substantie.

Het OM leek ook geen enkele aandacht aan de stoel te willen schenken. Terzani had het detail echter wel uitvoerig besproken in zijn getuigenverklaring tegenover dottor Camilleri van de recherche, lang voordat de zitting was begonnen. De politie was daarop naar de plek gegaan en had de stoel zonder poten bij dezelfde struik aangetroffen waar Olimpia en Scalzi hem eerder tijdens hun speurtocht hadden uit getrokken. Tussen de processtukken bevond zich wel een proces-verbaal van de inbeslagname met een beknopte omschrijving van het voorwerp, de vindplaats en de handtekeningen van de dienstdoende agenten. Maar verder was er niks mee gedaan.

Waarom had de officier van justitie Terzani onderbroken toen hij op het punt stond het verhaal van de stoel te vertellen? De student was ervan overtuigd, en Scalzi was het op dat punt met hem eens, dat het OM de stoel uit de jaren vijftig als een storend element in de tenlastelegging beschouwde. Scalzi wist goed hoe zoiets in zijn werk ging: alles wat niet in het plaatje paste, werd uit de tenlastelegging verwijderd.

De advocaat tastte nog in het duister over de reden waarom, maar de analyse van de zwarte substantie zou hem wel eens op een spoor kunnen zetten. De kans was best groot dat de test iets opmerkelijks opleverde, misschien was het bloed. Maar wiens bloed? Uit de lijkschouwing bleek dat Baluardi geen verwondingen had. Scalzi moest zo snel mogelijk achter de resultaten van de analyse zien te komen. Als hij namelijk kon bewijzen dat het bloed betrof, zou dat de hele zaak op zijn kop zetten. Dan kon je concluderen dat er een schermutseling had plaatsgevonden. Baluardi had zich verdedigd en de agressor verwond. De hypothese van het OM, dat Baluardi zich uit vrije wil met het dodelijke gif had laten inspuiten omdat hij dacht dat het zijn medicijn betrof, zou dan door objectieve feiten weerlegd worden.

'Het is een slimme jongen, hoor', zei Olimpia.

'Onuitstaanbaar, maar wel nuttig', bevestigde Scalzi.

'Ik mag hem wel. Waar vind je dat soort typen nog? Stapel op Betty omdat ze hem doet denken aan een diva uit de tijd van de stomme film. Als Betty dat hoorde! Ze zou zich rot lachen. Ik niet daarentegen. Toen ik een jaar of twaalf was, viel ik op het personage uit een roman van Salgari. Echt, zo verliefd ben ik nooit meer op iemand geweest. Ik droomde 's nachts dat ik hem in werkelijkheid ontmoette. Over de kracht van literatuur gesproken!'

27

Een dolle avond

Het was zaterdagmiddag en Scalzi liep gejaagd door de halflege zalen van het Specola-museum aan de Via Romana, nadat hij Sara tevergeefs telefonisch had proberen te bereiken, zonder de opgezette dieren achter de vitrines en de wassen meesterwerken in de anatomische afdeling een blik waardig te keuren. Tot zijn grote verrassing hoorde hij van de secretaresse van het zoölogisch instituut dat Sara al een halfjaar eerder ontslag had genomen.

Wie gewend is aan het trage ritme van de justitiële wereld, krijgt het idee dat de buitenwereld even langzaam meedraait. Maar het normale leven gaat ondertussen gewoon verder: dingen veranderen, mensen maken andere keuzes. Eigenlijk was Scalzi er gewoon van uitgegaan dat ze klaar had gezeten met de resultaten van de analyse in haar hand. En dat terwijl de eerbiedwaardige advocaat zelf was vergeten dat hij haar die opdracht had gegeven.

De secretaresse wist nog te vertellen dat ze met het geld dat vrij was gekomen bij de beëindiging van haar dienstverband, een dierenwinkeltje had gekocht in de Via Guelfa. Het nummer wist ze niet, maar het was de enige dierenwinkel in de straat.

De geluiden van een klein oerwoud waren op de stoep al te horen. In de hoge volière die tot aan het plafond reikte, zat een groot aantal exotische vogels: kolibries en papegaaien. En ze floten en kwetterden allemaal door elkaar heen. In een kooitje dat bij de voordeur hing bootste een Javaanse lijster perfect het geluid van de scooters na. In de etalage was een terrarium te zien. Uit een miniatuurwoestijntje met zand en stenen stak een scheve tak waarop een boa constrictor lag te slapen. De slang leek bijna nep en ongevaarlijk, zo roerloos als hij erbij lag onder een spotje. Achter in de spaarzaam verlichte winkel zat Sara aan een bureau waarop stapels blikken met honden- en kattenvoer stonden. Haar voeten lagen op de tafel waardoor haar lange benen in volle glorie te zien waren. Ze nam een trekje van haar sigaret en van achter haar brilletje keek ze met toegeknepen ogen in het licht van de deuropening. Scalzi was nog niet binnen of Tiburzi, een witte berghond van de Maremmen, dook op van onder de tafel. Deze trouwe viervoeter was altijd aan de zijde van zijn baasje te vinden. Hij liep kwispelend op Scalzi af en aaide met zijn grote zwarte neus tegen zijn knie. De hond had hem direct herkend.

'Hierrr, Tiburzi!'

Sara ging met haar hand door haar lange haren, nam een flinke hijs van haar Camel en zette het brilletje op haar voorhoofd. 'Wie hebben we daar. Scalzi! De secretaresse heeft zeker verteld waar ik zat.' Ze spreidde haar armen uit elkaar. 'Je ziet het, ik blijf bij dieren. Beter dan mensen zeg ik altijd maar. Ze zitten misschien in kooitjes, maar ze leven tenminste.'

Sara tilde haar benen op waardoor haar witte slipje en lange, robuuste dijen even zichtbaar werden onder het dunne zomerjurkje. Er ging een korte schok door zijn lichaam. In het blauwe licht van het aquarium achter haar, leek het wel of ze een zijdezachte slangenhuid had. Ze trapte een krukje zijn richting uit. Sara zag er beter uit dan de laatste keer dat hij haar gezien had, ze keek brutaal, bijna uitdagend uit haar ogen.

Scalzi was het doel van zijn bezoek bijna vergeten. Het probleem was vooral dat ze maar met haar benen bleef wiebelen en dat hij, als ze zich af en toe over de tafel boog om verstrooid iets te verschuiven, bij haar decolleté naar binnen kon kijken en haar kleine meisjesborsten zag die absoluut geen bh nodig hadden. Toen het hem weer te binnen schoot en hij naar de resultaten van het onderzoek vroeg, leek Sara plotseling ontnuchterd. Ook zij was het volkomen vergeten en moest even hard nadenken. Ze had die zwarte substantie aan Guido gegeven. Guidino was de chemisch analist van het laboratorium en hij had beloofd het te zullen analyseren. Nee, hij kon het onmogelijk vergeten zijn. Guido was heel correct, als hij iets beloofde, deed hij het ook. Ze zou hem natuurlijk meteen bellen. Ze bladerde door haar versleten adresboekje, waarvan de velletjes met een elastiekje in het midden werden vastgehouden, en draaide een nummer. Ze bleef lang met de hoorn tegen haar hoofd zitten. Guido was zelden voor twee uur 's nachts thuis. Deze levensgenieter uit een rijke familie struinde het uitgaansleven het liefst tot in de kleine uurtjes af. Sara schudde haar hoofd. Scalzi volgde het schouwspel weer aandachtig: de benen die over elkaar heen schoven toen Sara vooroverboog om de hoorn weer op de haak te leggen, het brilletje dat ze op haar voorhoofd zette, de glimlach.

'Weet je wat, zullen we samen de tijd doden tot ik Guido heb bereikt? Waarom nodig je me niet uit voor een etentje? Wat dacht je van een chic restaurantje in de heuvels waar het wat koeler is?'

Door haar mooie glimlach werd het voor Scalzi welhaast onmogelijk het aanbod te weigeren. Terwijl ze naar de uitgang liepen, voelde Scalzi plotseling rakelings iets langs zijn hoofd fladderen. Een asgrauwe papegaai vloog krijsend tot aan het plafond om zijn volgende duikvlucht in te zetten. Scalzi voelde zijn nagels door zijn haren glijden.

'Loreto, hou op', schreeuwde Sara. 'Hij is een beetje jaloers omdat Tiburzi met ons mee naar het restaurant mag en hij hier moet blijven om op de zaak te letten. En hij is ook jaloers op jou, hè Loreto?'

De volgende dag kondigde de klokkentoren van de Santa Croce met harde slagen aan dat het twaalf uur was. Scalzi lag nog te slapen in zijn soek, zoals Olimpia zijn slaapkamer noemde vanwege de chaos: sigarettenrook, boeken op de grond, paperassen die over de drempel van het aangrenzende kantoor waren geschoven.

'Laat geworden, gisteravond?' klonk ze een beetje zuur. Sterker nog, eigenlijk was ze onder dat zogenaamd begripvolle toontje piswoest.

Scalzi moest zich inspannen om ja te knikken.

'Tja, soms moet je overwerken, hè? Ik heb je gisteren tot twee uur 's nachts proberen te bereiken, er nam niemand op.'

'Wat moest je dan?'

'Ach, niks. Ik wilde gewoon weten hoe het was gegaan. Of je iets interessants had gevonden… Gewoon uit nieuwsgierigheid, omdat ik me bij deze zaak betrokken voel, nou goed? Heb je de resultaten?'

De kamer was nog verduisterd. Scalzi voelde een stekende hoofdpijn opkomen na dat dolle avondje van gisteren. Ook zijn motoriek had hij nog niet helemaal onder controle. Terwijl Scalzi schuifelend en op de tast de badkamerdeur zocht, antwoordde hij ontkennend. Hij had de chemisch analist nog wel aan de lijn gekregen, om drie uur 's nachts, en die had hem beloofd dat hij het resultaat de volgende week zou hebben.

Olimpia hoorde dat Scalzi de douche aanzette en stapte de badkamer in. 'En wat heb je tot drie uur uitgespookt?'

'Wat ik heb uitgespookt. Ik ben uit wezen eten.'

'Alleen?'

'Nee, met Sara.'

Olimpia vond op de tast de hete kraan en draaide die helemaal open.

'Au!' Scalzi sprong onder de douche vandaan, de waterdruppels spatten alle kanten op.

'Je bent met haar naar bed geweest, hè? Geef maar gewoon toe.'

De advocaat probeerde het zo overtuigend mogelijk te ontkennen in de hoop dat hij zichzelf niet zou verraden. Eigenlijk vond hij dat hij zo af en toe wel een beetje extra lol verdiende, als tegenwicht voor al die ontberingen die zijn baan met zich meebracht. Hij had de verleidende Sara nog op zijn netvlies staan, terwijl ze zich dronken, naakt en zonder brilletje heupwiegend op het hoge hemelbed hees. De kamer in middeleeuwse sferen van het hotel in Fiesole was aan de prijzige kant geweest, om nog maar te zwijgen over de rekening van het restaurant.

28

Di Cagiurro

Barbarini had Scalzi het verhaal verteld hoe de president van de rechtbank aan zijn bijnaam was gekomen. Het was begonnen tijdens een rechtszaak die bol stond van de spanning. Er was een moord gepleegd, het gevolg van een vete tussen twee boerenfamilies die naast elkaar woonden. Er moest een hele lijst van getuigen worden afgewerkt en een van de laatste die plaatsnam in de getuigenbank was een eenvoudige landbouwer. De president, die er inmiddels tabak van had, kon het al een tijdje niet meer opbrengen de eedformule luid en duidelijk uit te spreken. Hij brabbelde maar wat, raffelde het snel af om vervolgens hardop te eindigen met de woorden: '*Di-cca-giu-rro*, – zeg, ik zweer het!' Het Sardijnse dialect benadrukte de medeklinkers nog eens extra.

De getuige schudde zijn hoofd: 'Nee edelachtbare, di Buti.'

'Di-ccagiurro!' drong dottor Bachisio Manca aan.

De getuige keek een beetje bedremmeld naar de publieke tribune. 'Nee, niet uit Cagiurro, *di Cagiurro no*, ik kom uit Buti.'

'Di-cca-giu-rro! Di-cca-giu-rro! Di-cca-giu-rro!' zei de president giftig.

Om tijd te winnen begon de getuige zijn neus te snuiten. Hij raapte al zijn moed bijeen en rechtte zijn rug, vastbesloten om de eer van zijn dorp hoog te houden (hij was vast niet op de hoogte van Carducci's versregels: Wat een lelijk oord is Buti: gelegen in een dal/ waar tussen grijze kale rotsen/ de Riomagno buldert/ tot aan het moeras van Bientina). 'Ik zou niet weten waar dat gat ligt waar u het over hebt, maar ik ben geboren en getogen in Buti! Of weet u het soms beter?'

'Di-cca-giu-rro!' herhaalde dottor Manca nog een keer, terwijl hij met zijn vuist tegen zijn voorhoofd sloeg.

'Nee!' zei de boer ziedend, 'ik woon in Buti, ik heb daar een stuk grond. Niks Cagiurro!'

Volgens Barbarini was dat zo nog een tijdje doorgegaan, wat tot een hoop gegniffel in de zaal had geleid. Een van de juryleden moest zo hard lachen dat hij er bijna in bleef. Een carabiniere die er niks van had begrepen, riep de boer tot de orde door hem even stevig bij zijn schouders vast te pakken, waarop de getuige zich beriep op zijn goed recht een geboorteplaats te hebben.

'De man uit Buti had groot gelijk,' sloot Barbarini de anekdote af, 'Cagiurro bleek nergens op de kaart te staan.'

De rechters en de juryleden zagen er uitgerust uit na het weekend, de spanning was van hun gezichten verdwenen. Er heerste tevredenheid over de reeds bereikte resultaten. Het verzoek van de verdediging om de zaken gevoegd te behandelen was verworpen, wat inhield dat ze zich niet met die duistere bomaanslag in Marina hoefden bezig te houden. Daar moesten andere lieden zich te zijner tijd maar over buigen.

Van de vier verdachten die zich tot nu toe vrij rustig hadden gehouden, op het opvliegende meisje na, waren geen verrassingen meer te verwachten. Tijdens zijn verzet tegen Scalzi's verzoek tot voeging had de officier van justitie aangegeven dat het een puur technische aangelegenheid was. De antwoorden moesten voor het grootste deel uit het forensisch onderzoek op het stoffelijk overschot komen. Het was nu gewoon zaak de deskundigen en de getuigen aan te horen en hun woorden in alle rust af te wegen. Hopelijk waren de andere getuigen minder breedsprakig dan die jongeman die de vorige keer de hele dag aan het woord was geweest.

Het gezicht van de rechtbankpresident straalde tevredenheid

uit, hij was net zo'n oud mannetje dat lekker op het dorpsplein in het zonnetje op zijn middagmaal zit te wachten. Dottor Manca leunde op zijn gemak naar achteren en liet zijn hoofd tegen de steun van zijn zetel rusten. Vanwege de hitte had hij zijn bef half losgemaakt. De in verhouding tot de rest van zijn lichaam grote handen, die uit de mouwen van zijn toga staken, lagen op zijn buik te rusten. Ook Vrouwe Justitia, die precies op het bas-reliëf onder hem stond afgebeeld waarmee de houten bank van de rechters was gedecoreerd, had veel te grote handen. Ze had ze om het gevest van het grote zwaard geslagen, de weegschaal was nergens te vinden. Waarschijnlijk was de kunstenaar, zo te zien geen groot artiest, die gewoon vergeten.

Scalzi zag juryleden met afwezige blikken, er werden hier en daar ook grapjes gemaakt. Een vrouwelijk jurylid, de knapste van de drie dames, en de elegant geklede officier van justitie, wierpen elkaar een glimlach toe. Er ging een schok door Scalzi heen toen hij ontdekte, of dacht te ontdekken, dat er een vonk tussen deze twee was overgesprongen. Scalzi probeerde dat idee snel weer weg te stoppen. Hij werd namelijk wel vaker door een aanval van paranoia overvallen aan het begin van een zitting, als hij aan de hand van uiterst subtiele non-verbale communicatie probeerde uit te vissen wat er in de hoofden van de rechters en de juryleden omging. Het waren vermoeiende en vergeefse pogingen die tot niets anders dan concentratiegebrek leidden.

Professore Lanfranchi wachtte tot de herrie van de straaljager die laag over het gerechtsgebouw vloog, was verdwenen. Het pand was gebouwd toen het nabijgelegen vliegveld slechts over één landingsbaan voor roekeloze vliegliefhebbers beschikte. De dichter, militair en piloot Gabriele d'Annunzio maakte er bijvoorbeeld gebruik van als hij zijn zomervakantie in de Versilia doorbracht. De pauze bood Lanfranchi de gelegenheid demonstratief zijn verwondering over Scalzi's eerste vraag te tonen.

Barbarini had hem geadviseerd de wetenschapper direct bij zijn nekvel te grijpen. Niks geen fair play, het moest direct tot Lanfranchi doordringen dat de verdediging hem als een oude dwaas beschouwde. Scalzi moest zich in de kern van de zaak vastbijten. Als Lanfranchi kwaad werd, was de kans groot dat hij zou gaan stotteren en de grootst mogelijke onzin zou gaan verkondigen. Scalzi moest hem op de kast jagen.

Zijn eerste vraag luidde als volgt: 'Professore, klopt het dat het lijk al in zo'n vergevorderde staat van ontbinding was, de eerste keer dat u het aan een onderzoek hebt onderworpen, dat de huid van de bovenste ledematen al helemaal aangetast was?'

'Wel bij de handen, maar niet bij de armen.'

'Dus de armen waren nog helemaal intact?'

'Ach, ze bevonden zich in een redelijke staat.'

'Ik heb hier het rapport van de lijkschouwing voor me liggen. Wat moet ik me voorstellen bij de reeks van weefselbeschadigingen ter hoogte van de borstkas?'

'Dat staat erbij. Leest u maar verder.'

'Hier staat dat het dierenbeten betreft. Wat voor dieren moet ik me daarbij voorstellen?'

'Ik neem aan dat het om ratten gaat.'

'U hebt ze ook bij de onderste ledematen aangetroffen, klopt dat?'

'Dat klopt, ja.'

'En waar komen al die puntvormige vlekken vandaan?'

'Ik denk van insecten.'

'Bedoelt u van insectenbeten?'

'Nee, ik bedoel dat ze door insecten zijn achtergelaten. Toen we het lijk voor de eerste keer onderzochten, wemelde het al van de larven van de vleesvlieg. De larve tast het weefsel aan.'

'En hebt u de sporen van die larve over het hele lichaam teruggevonden?'

'Dat klopt, op een paar plekken na die niet blootlagen.'

'Zoals?'

'Zoals de binnenkant van de ellebogen, de armen waren namelijk gebogen. Op die plekken was de huid nog intact.'

'Wacht eens even, professore, wat bedoelt u met gebogen? Uit de foto en de verklaring van degene die het lijk heeft aangetroffen kan ik niet opmaken dat de armen van het lichaam zo duidelijk gebogen waren. Je zou ook kunnen zeggen dat ze half openstonden.'

Professor Lanfranchi opende het dossier dat hij op zijn knieën had liggen. Hij zette zijn bril op zijn voorhoofd en hield een foto vlak voor zijn ogen. 'Ik heb het lichaam pas in het Gerechtelijk Geneeskundig Laboratorium voor het eerst gezien. Ik heb destijds een assistent naar de plek van het misdrijf gestuurd. Ik heb de leeftijd niet meer om steile bergpaden te beklimmen. Hoe het ook zij, kijkt u hier eens naar advocaat…' Hij wees naar de foto. 'De rechterarm is misschien niet strak gebogen, de linkerarm zeker wel, ziet u? De binnenkant van de elleboog is afgesloten. En het gaatje van de injectienaald heb ik op de linkerarm aangetroffen.'

'Neemt u me niet kwalijk, professore, maar kan het zijn dat we niet dezelfde foto voor ons hebben? Op mijn foto staan de armen in een vrijwel identieke positie.'

'Wat wilt u daarmee insinueren? Dat ik na veertig jaar ervaring niet in staat zou zijn om de foto van een lijk te interpreteren?'

Het was zover, Lanfranchi begon zich op te winden. Hij had zijn ervaring en prestige in de strijd geworpen, nu was het het juiste moment om toe te slaan. 'Ik zou uw ervaring niet ter discussie durven stellen, professore, het gaat hier om uw ogen. Wilt u alstublieft nog eens naar die foto kijken?'

Trillend van opwinding probeerde Lanfranchi de foto terug in het dossier te stoppen, waarbij een aantal papieren op de grond vielen. Terwijl hij zich bukte om alles op te rapen, begon hij te stotteren. 'Als ik z-z-zeg dat het g-g-gaatje op die arm is ver-ver-veroorzaakt door een injectienaald, d-d-dan is dat ook zo. Ik mag toch ver-ver-veronderstellen dat ik z-z-zoiets kan on-on-onderscheiden van een rattenbeet.'

'Dat bestrijd ik ook niet, professore. Juist daarom vraag ik u de juryleden haarfijn uit te leggen waarom die plek op de linkerarm zich onderscheidt van al die andere over het hele lichaam die zijn aangetast door ratten en vleesvliegen.'

'Ik heb u net gezegd dat u dat kunt nalezen in mijn rapport.'

'Nee professore, het spijt me, maar ik vind in uw rapport geen aparte diagnose terug. Daarom vraag ik u heel beleefd dit punt alsnog toe te lichten.'

'De p-p-positie van de p-punctie, precies in de b-b-binnenkant van de elleb-boog is on-on-onweerlegbaar...'

'Professor Lanfranchi, vertelt u eens. Waarom sluit u het uit dat het lichaam op die ene plek niet door een insect kan zijn aangetast?'

'Ik d-d-doceer al fo-forensische geneesk-kunde aan de universiteit sinds negentien...' stotterde Lanfranchi, paars aangelopen.

Eindelijk stond de officier van justitie op om Lanfranchi te hulp te schieten. 'De verdediging krijgt wat mij betreft alle ruimte om vragen te stellen,' sprak hij met een kalme, diepe stem, 'maar nu probeert de advocaat de deskundige in diskrediet te brengen.'

Tot op dat moment had Scalzi de deskundige rustig en ontspannen vanuit zijn stoel ondervraagd. Maar nu sprong hij op. 'Dat is helemaal fraai. Krijg ik van u alle ruimte om vragen te stellen? Staat u mij toe mijn werk als advocaat te verrichten? Weet u, ik heb uw toestemming helemaal niet nodig. Die ruimte eigen ik mezelf toe, omdat de wet en niet de officier van justitie me die bevoegdheid geeft. De officier van justitie is net als ik partij in een rechtszaak, ik heb van niemand toestemming nodig...'

Nu verhief ook de officier van justitie zijn stem: 'Edelachtbare, dit is een poging tot...'

'Het is juist de deskundige die een aanslag op ons gezond verstand doet. Hij vindt dat we zijn hypothese maar kritiekloos moeten slikken. Het gaatje op de linkerarm zou volgens hem van een injectienaald zijn. En dat terwijl het lichaam door ratten en insecten was aangevreten en de huid in een erbarmelijke staat verkeerde en los had gelaten. Hij ontwijkt mijn vragen en weigert ze gewoon te beantwoorden. Hij beroept zich zelfs op zijn jarenlange ervaring om geen antwoord te hoeven geven. Het is echter niet het prestige van de professor dat op het spel staat, maar het leven van de verdachten die ik verdedig.'

De president nam zijn handen van zijn buik en legde ze op tafel. Het leek wel of hij even was ingedut. 'Wat is het probleem', vroeg hij op vriendelijke toon.

'Edelachtbare, het probleem is dat de deskundige mijn vragen niet beantwoordt, hij ontwijkt ze. Als hij een willekeurige getuige was geweest, in plaats van een expert op het gebied van de forensische geneeskunde, zou ik denken dat hij iets te verbergen heeft.'

'Laten we eens zien,' zei de president, 'op welke vraag zou de expert volgens u geen antwoord willen geven? Wat wilt u weten, advocaat Scalzi?'

Scalzi haalde diep adem, vervolgens blies hij die beheerst weer uit. Waar had dottor Bachisio Manca al die tijd met zijn hoofd gezeten? 'Ik wil graag weten aan de hand van welke objectieve gegevens de deskundige meent dat het gaatje op de arm afkomstig is van een injectienaald die hem is toegediend toen hij nog leefde.'

'Trekt u in twijfel dat het gaatje door een injectie is veroorzaakt?'

'Inderdaad. Ik wil graag aantonen hoe onbetrouwbaar die redenatie is.'

'Ik begrijp het', zuchtte de president. 'Vanaf nu stel ik de vragen, anders belanden we straks in een grote spraakverwarring. Goed, we hebben een dode man, nietwaar advocaat? En we zijn het toch allemaal met elkaar eens dat deze man geen natuurlijke dood is gestorven, hè? Anders konden we dit rechtszaakje net zo goed niet houden. Als hij vermoord is, moet dat op een bepaalde manier gebeurd zijn, nietwaar? En als het geen injectie met vergif was, hoe kan hij dan vermoord zijn? Professor, klopt het dat u op de arm van het lichaam een recent gaatje hebt gevonden afkomstig van een injectienaald?'

'Dat klopt, edelachtbare', antwoordde de professor, die weer een beetje tot bedaren was gekomen en ook niet meer stotterde.

'Mooi zo. En wat was volgens u de directe doodsoorzaak?'

'Asfyxie, edelachtbare, het slachtoffer is door verstikking om het leven gekomen.'

'Duidelijk. Kan de chemische verbinding suxamethoniumchloride, in Italië in de handel beter bekend onder de naam myotenlis, asfyxie veroorzaken?'

'Als het in enorme doses wordt toegediend wel. Het is een synthetisch curare, die een vergelijkbare uitwerking als natuurlijke curare heeft.'

'Juist. En wanneer wordt myotenlis toegediend?'

'Het wordt vooral intraveneus als narcosemiddel gebruikt.'

'En vindt zo'n injectie normaal gesproken in de ader van de arm plaats?'

'Inderdaad, edelachtbare.'

'Dank u wel, professor Lanfranchi. Ik heb verder geen vragen meer. Misschien een van u?'

Scalzi bestookte de deskundige de hele ochtend met vragen. Vragen die door de rechtbankpresident na het incident op zijn geheel eigen wijze werden geïnterpreteerd. Scalzi deed zijn uiterste best een woord uit hem te trekken om aan te tonen dat Baluardi ook wel eens op een andere manier vermoord had kunnen zijn, één woord was voldoende geweest. Maar Lanfranchi wist zich inmiddels gesteund door een president die zijn scepsis wel heel snel had laten varen, en nam alle obstakels

zonder problemen. Gold in de forensische literatuur een opgeblazen gezicht niet als symptoom voor *suffocation*, dat wil zeggen
de gewelddadige afsluiting van de ademhalingswegen? (Een
gevolg van het ontbindingsproces, verklaarde de professor.)
En de tandprothese dan die verschoven was? (Het lichaam
was aangetroffen met het hoofd naar beneden. Het was op de
grond gegooid, waarschijnlijk was de prothese toen los komen te
zitten.) En de ietwat scheve neus dan? (Idem.) Scalzi begon
langzaam te beseffen dat hij zijn kruid te vroeg verschoten
had. Het gaatje van de injectienaald was het axioma waarop
de hele tenlastelegging was gebaseerd. Hij wist goed hoe het
mechanisme functioneerde: het dogma is onaantastbaar en staat
niet ter discussie, net zomin als de onbevlekte ontvangenis ter
discussie staat.

Tijdens de middagzitting had het OM weer een verrassing in
petto. De officier van justitie verzocht een document te mogen
overleggen dat slechts een paar dagen in zijn bezit was. Een
vertrouwelijke informant had de politie erop geattendeerd dat er
in het huis van Baluardi iets lag wat wel eens relevant voor het
onderzoek kon zijn. De politie had het huis daarop voor de
zoveelste keer van boven tot onder doorzocht. In de la van
Gerbina's nachtkastje werd een bord aangetroffen dat was dub-
belgevouwen. Op het bord waren twee cirkels getekend met
daaromheen de letters van het alfabet en een aantal getallen. Op
de achterkant van het bord was een eenvoudig plattegrondje
geschetst, waarop de indicaties stonden om de Monte Merlato
en, eenmaal daarboven aanbeland, de feeënkuilen te bereiken.
De rechtbank besloot het document in de stukken op te nemen.
Scalzi, die geheel door de gebeurtenissen was overdonderd,
vroeg een schorsing aan om met zijn cliënten te kunnen overleggen. De zitting werd tot de volgende dag verdaagd.
    De smalle gang naar de cellen in het gerechtsgebouw had geen
ramen. Het was er donker en er hing een bedompte lucht.

Terwijl Scalzi Gerbina en Betty ondervroeg, bleven de carabinieri discreet op een afstandje staan kletsen. Als ze de twee verdachten het liefst zo snel mogelijk weer wilden opsluiten, lieten ze dat in ieder geval niet merken. In de vrijwel lege zittingszaal waren de poetsvrouwen al aan het werk.

'Dat plattegrondje heeft ze mij laten tekenen, na een sessie bij mij thuis', zei Gerbina beduusd.

'Wie is zij? Na welke sessie?'

'Het medium heeft een aantal spirituele sessies gehouden. Giuliano's ziel was de weg kwijt, ik moest hem helpen.'

Olimpia had dus gelijk, dacht Scalzi.

Als klap op de vuurpijl kreeg Scalzi 's avonds in huize Barbarini nog een dialectische aanval van Beatrice te verduren. Barbarini's vrouw had de zitting vanaf de publieke tribune gevolgd. Net als Olimpia en Suor Celeste had ze de zaak van de twee vrouwen omhelsd, met de hartstocht van iemand die net was toegetreden tot een nieuwe sekte.

'Je bent in de fout gegaan,' zei Beatrice, 'en ik kan je ook exact vertellen wanneer.'

Scalzi stond er deze keer alleen voor. Olimpia was in Florence gebleven en Barbarini zat in gedachten verzonken een sigaartje te roken. Alleen het beige hondje was nog enigszins solidair. Het dier had zijn kop op Scalzi's schoot gelegd en liet zich met zijn ogen dicht over de kop aaien.

'Het verhoor van de deskundige verliep op rolletjes, je had het mes al op de keel gezet van die oude viespeuk', ging de professoressa verder. 'Maar de eerste keer dat dottor Corbato iets zegt, over dat hij je op zich alle ruimte geeft om vragen te stellen, ga jij ineens op je achterste benen staan. En je was juist zo goed bezig, je slaagde er prima in de aanname, waarop de hele tenlastelegging is gebaseerd, stukje bij beetje af te breken. Volgens mij had niemand er oog voor. De rechtbankpresident al helemaal niet, die zat wat voor zich uit te dromen, en de anderen waren er waarschijnlijk pas later achter gekomen bij het nalezen van het proces-verbaal. Alleen de officier van justitie had het meteen in de gaten. En daarom kwam hij met die afleidingsmanoeuvre. Hij wilde je op de kast jagen en je bent er met twee voeten tegelijk ingetuind. Pas na jouw geagiteerde reactie, waarin je duidelijk wilde maken dat je op gelijke voet met de officier van justitie stond, schrok de president wakker en begon hij zich af te vragen wat jij allemaal in twijfel trok. Je hebt het hem verteld en toen is hij de deskundige te hulp geschoten. En zo heeft dottor Manca je de lepel uit handen genomen waarmee je in de pan kon roeren om het vet boven te laten drijven. Je hebt het zelf verpest, Corrado.'

'Bice heeft gelijk,' bromde Barbarini, 'ik had je toch gewaarschuwd voor die Corbato, het is een sluwe vos. Hij kan als geen ander een incident uitlokken als het er even slecht voor het OM uitziet. Je had gewoon je eigen lijn moeten volgen.'

Scalzi liet de kritiek zwijgzaam over zich heen komen. Weer moest hij boeten voor zijn impulsieve gedrag.

'Hoe verklaart Gerbina dat plattegrondje?'

'Emanuela Torrini, het medium, had het haar laten tekenen. Ze had Gerbina ervan overtuigd dat ze fakkels boven op de Monte Merlato moest plaatsen om de ziel van Baluardi de goede kant op te sturen. Dat verklaart meteen het kaarsvet dat Olimpia bij de ingang van de spelonk aantrof. Het medium is een vertrouwelijke informant van de politie. Ik durf te wedden dat zij ook achter de vondst van het lege flacon myotenlis zat. Maar ik vermoed dat ze niet alleen voor de politie werkt, maar ook voor iemand anders.'

'Dat denk ik ook', zei Barbarini instemmend. 'En daarom moeten we weten wie die bomaanslag in Marina heeft gepleegd. Je moet een aanleiding vinden om de rechtbank ervan te overtuigen dat de twee zaken gevoegd behandeld moeten worden. Er zit niks anders op.'

29

Marbelli's klok

Aangezien dottor Corbato op dinsdag andere verplichtingen had, was de zitting naar woensdag verdaagd. Scalzi had lekker uitgeslapen en om negen uur had Sara gebeld. Ze was bijna niet te verstaan door het gekwetter van de vogels en Tiburzi die als een dolle aan het blaffen was. Sara had Guido eindelijk weten op te trommelen. Het bleek dat Guido de analyse direct al had verricht, maar er verder ook niet meer aan gedacht had. Hij zou de resultaten, die veilig lagen opgeborgen, zo snel mogelijk naar haar opsturen. Scalzi maakte Sara duidelijk dat hij de uitslag zo snel mogelijk in zijn bezit moest krijgen, als de zwarte substantie inderdaad bloed was. Als het zomaar wat smurrie betrof, kon ze de brief ook verscheuren. 'Tot uw orders,' had Sara gezegd, 'als het nodig is kom ik de brief persoonlijk naar de rechtbank brengen.'

Scalzi zat net in het barretje van zijn hotel apathisch een caffèlungo en een droge brioche naar binnen te werken, toen Terzani de ruimte binnen kwam lopen. Scalzi had nog de hele dag voor zich. Zijn plichtsbesef vertelde hem dat hij naar zijn kamer moest gaan om de processtukken door te nemen, maar Scalzi liet zich overvallen door een aanval van onverschilligheid. Het gesprek met de Barbarini's was ook niet echt bemoedigend geweest. Het telefoontje eerder op de ochtend met Sara evenmin. Hij ging gebukt onder een dubbel schuldgevoel, een duiveltje met twee hoorntjes. Aan de ene kant baalde hij van zijn impulsieve reactie, en van het feit dat Beatrice hem alles nog eens onder zijn neus had gewreven. Aan de andere kant voelde hij zich schuldig omdat hij de verleiding niet had kunnen weerstaan. Dat hij zakelijk en privé weer door elkaar haalde, hoe aangenaam ook. Maar wel op een ongelukkig moment en vragend om problemen. Sara zat weer vol zinspelingen. Nadat ze het aanbod had gedaan om de brief naar hem te komen brengen, vroeg ze in welk hotel hij zich bevond en liet ze duidelijk doorschemeren dat de brief voor beiden een mooi excuus was voor weer een avondje uit eten. Scalzi had nog even op het kleine aantal niet-toeristische restaurantjes gewezen.

Om die redenen was Scalzi eigenlijk wel blij dat de student met zijn wereldvreemde uitstraling de bar was binnengestapt. Het was een mooie afleiding. Een uurtje naar Terzani's excentrieke afdwalingen luisteren en zijn hoofd zou weer helemaal leeg zijn.

Terzani nam plaats aan Scalzi's tafel, nam een slokje van zijn koffie en trok een grimas. 'Wat stoppen ze er toch in?'

'Ik heb geen idee.'

'In ieder geval geen koffie.'

'Waarschijnlijk niet.'

Terzani schoof het halflege kopje naar achteren. 'Het ging niet zo best gisteren, hè?'

'Nee, niet echt.'

'Als u zo doorgaat is Betty straks de klos.'

'En haar moeder ook.'

'Ja, haar moeder ook. Maar wie zegt me dat die twee vrouwen samenspanden?'

'De tenlastelegging suggereert dat vooral de dochter baat had bij de dood van haar vader. Zij zou abortus hebben gepleegd uit angst voor haar vaders reactie. Baluardi zou ziekelijk bezitterig ten opzichte van zijn dochter zijn geweest, niet ten opzichte van zijn vrouw. Begrijpt u wat het OM daarmee wil impliceren?'

'Dat Baluardi meer dan alleen vaderlijke genegenheid voor haar koesterde? Is dat het?'

'Inderdaad.'

'Die hypothese moet u toch kunnen weerleggen. Of zijn er soms bewijzen voorhanden?'

'Geen enkel, dat is nu net het probleem. Je kunt je beter verdedigen tegen een concrete aanklacht dan tegen dergelijke insinuaties.'

'Mag ik u een raad geven?'

'Dat ligt eraan.'

'U probeert het fundament onder de tenlastelegging uit te halen, en dat fundament is het corpus delicti. Dat is een goede zet, maar volgens mij zou u als advocaat van Betty ook op andere fronten een actievere rol moeten spelen.'

Scalzi had er nu al spijt van dat hij was blijven zitten. Hij had gehoopt even van die hinderlijke rechtszaak verlost te zijn. Hij was daarvoor zelfs bereid naar alle smeuïge details over zijn stomme actrice uit de jaren twintig te luisteren. Terzani had zich echter serieus op het proces geworpen. Een dag eerder had Scalzi hem nog tussen het publiek zien zitten.

'Zoals?'

'Bijvoorbeeld als het erom gaat dat de twee vrouwen gelogen zouden hebben over het uur waarop Baluardi het huis verliet. Is u opgevallen dat geen van beide vrouwen een horloge om heeft?'

'Nee, dat is me niet opgevallen.'

'Toch is het belangrijk. Misschien dragen ze er allebei geen, of hebben ze hun horloge verpand. Bij arme mensen is het heel gewoon om zoiets naar de bank van lening te brengen. Ik heb er in ieder geval op gelet en ze dragen geen van beiden een horloge. Hoogstwaarschijnlijk hadden ze die op de bewuste avond ook niet om.'

'Dat zou goed kunnen, want tijdens het vooronderzoek hebben ze verklaard dat ze op de klok aan de overkant hadden gekeken.'

'Hebben ze dat echt zo gezegd?' vroeg Terzani triomfantelijk. 'Ik wist het wel. En dan hebt u het natuurlijk over de klok recht tegenover hun huis, die aan de gevel van de horlogemaker hangt, of niet?'

'Inderdaad.'

'En vanuit welke positie keken ze op de klok? Vanuit het slaapkamerraam zeker?'

'Klopt.'

'Dan ben ik ervan overtuigd dat de twee vrouwen niet liegen als ze beweren dat Baluardi na tweeën de deur achter zich dichtgooide.'

'Dat kan wel zo zijn, maar in een strafzaak tellen alleen de bewijzen. De conclusie die Lanfranchi trekt, over het artisjokblaadje dat nog niet verteerd was, is steekhoudend. Andere gevolgtrekkingen, waaronder die over de injectienaald, zijn duidelijk op de hypothese van het OM afgestemd. Maar die over de artisjok daar is helaas weinig tegen in te brengen. Aan de hand van de spijsvertering kun je vrij exact bepalen wanneer iemand overleden is.'

'Ik heb ook niet beweerd dat Baluardi werkelijk om twee uur de deur uit is gegaan. Ik heb alleen gezegd dat moeder en dochter niet liegen. En het feit dat ze zouden liegen brengt ze in een lastig parket, nietwaar?'

'Ze zijn zelf over die klok begonnen.'

'Ik zeg ook niet dat ze niet op die klok hebben gekeken. Sterker nog, zonder iets van hun verklaring af te weten, had ik al zo'n vermoeden dat ze op de klok van de horlogemaker hadden gezien hoe laat het was.'

Terzani pakte een papieren servetje en tekende er met een potlood een cirkel op. 'Op de eerste zittingsdag heb ik tijdens de pauze een wandelingetje naar de Via della Madonnina gemaakt. Gewoon, voor de afleiding. Of misschien wilde ik even de sfeer van de plek opsnuiven. Net als Maigret, die doet dat toch ook altijd? Hij doolt wat door de straat waar de moord is gepleegd, eet wat in een bistrootje in de buurt en bestelt een calvados. Hij kijkt naar de klanten en de mensen die voorbijkomen. Als een spons neemt hij de geuren en de gesprekken op, met zijn overjas en zijn pijp. Maar in de Via della Madonnina valt er niet zoveel te dolen. Het is een smal, donker steegje waar de zon zich nauwelijks laat zien. Het pleisterwerk is van de muren afgebladderd en de luiken hangen half uit de hengsels. Het doet denken aan Napels, maar dan zonder de Napolitaanse vrolijkheid. Nee, de Via della Madonnina is een somber steegje. Geen barretjes, geen winkels. Er hangen maar twee uithangborden: die van Il Portichetto en die van de horlogemaker, met de klok erbovenop, die door een ijzeren staaf wordt vastgehouden. Goed, om het kort te houden...'

'Als dat zou kunnen', mopperde Scalzi.

'Verveel ik u soms?'

'Ga nu maar verder.'

Terzani tekende de wijzers van de klok op het servetje. 'Ik liep tot aan het huis van de familie Baluardi. De luiken waren dicht en ik dacht aan Betty en haar droevige bestaan. Hoe ze elke dag die dertig meter door dat donkere steegje moest lopen, van haar huis naar Il Portichetto.'

'Nu moet u niet overdrijven. Ze had natuurlijk geen luizenleventje, maar ik heb begrepen dat ze er heus wel voor zorgde dat ze niks tekortkwam. Ondanks het feit dat ze nog zo jong was.'

'Toen ik omhoog naar de klok keek en zag dat het tien over vier was, schrok ik me een hoedje. Hoe was het mogelijk? De president had de zitting om halftwee geschorst. Blijkbaar was ik de tijd helemaal vergeten. Maar toen ik op mijn horloge keek, zag ik dat het pas negen voor twee was. En toen zag ik het ineens. Een straal van de hoog aan de hemel staande zon wist het steegje binnen te dringen en viel op de wijzerplaat boven de winkel. U moet weten dat de beide uiteinden van de wijzers tot over het middelpunt van de wijzerplaat reiken. En dan krijg je dit effect...'

Terzani draaide het tekeningetje om en hield zijn hand over de linkerhelft van de wijzerplaat. 'Ik had geluk dat de zon net op de klok scheen. Door de weerspiegeling vielen de grote wijzer en het korte uitstekende gedeelte van de kleine wijzer weg, waardoor het in plaats van tien voor twee net tien over vier leek.'

'Dat klinkt allemaal heel logisch, maar het was wel 's nachts toen moeder en dochter uit het raam keken.'

'Dat weet ik ook wel. De wijzerplaat wordt echter 's nachts niet verlicht. Blijkbaar verspilt de kleine horlogemaker op de Via della Madonnina daar liever geen elektriciteit aan. Er is wel straatverlichting en die bevindt zich op dezelfde hoogte, hier.' Terzani tekende de lamp die in het midden van het straatje hing. 'Ik zou me zo kunnen voorstellen dat als je 's nachts vanuit het tegenovergelegen raam naar de klok kijkt, het felle licht van de lamp hetzelfde effect sorteert als het zonlicht overdag. Het zou kunnen, ik vermoed dat het zo gegaan is. Het is in ieder geval de moeite waard om de proef op de som te nemen, vindt u niet?'

Scalzi keek sceptisch naar het tekeningetje. 'Aan veronderstellingen heb je niet zoveel in een strafzaak. En al helemaal niet als de verdediging ermee aan komt zetten.'

'Dan hebben we helemaal een reden om erheen te gaan! Daarom vroeg ik laatst ook om de sleutels van het huis. Als we er 's nachts heen gaan en wat foto's van de klok maken, hebt u iets in handen om aan te tonen hoe inconsistent het belastend materiaal is…'

'Ik heb de sleutels niet.'

'Wie dan wel?'

'Ik denk Gerbina, aangenomen dat de politie ze na de huiszoeking netjes heeft teruggegeven. En dat zou betekenen dat de moeder-overste ze samen met haar andere persoonlijke bezittingen heeft opgeborgen.'

Scalzi had zo'n vermoeden dat Terzani enigst kind was en dat hij van kleins af aan gewend was zijn zin door te drijven. Hij was in de watten gelegd door de vrouwen van zijn familie. Van die vrouwen met een holle blik in hun ogen die hij laatst in zijn droom had gezien, in het huis boven op de berg. Nee, een type als Terzani zou zich niet zo snel uit het veld laten slaan. Daarnaast bekroop hem nog steeds dat schuldgevoel. Hij moest er gewoon aan geloven.

Gerbina vond het maar vreemd. De sleutels? Wat moest hij met de sleutels? Om wat te doen? Om uit het raam te kunnen kijken? Wat valt daar dan te zien? De klok? Marbelli's klok? Gerbina had het idee dat ze in een nachtmerrie was beland. Moest deze man haar uit de gevangenis helpen? Het leek wel of de advocaat zijn verstand had verloren. Gelukkig was Betty iets sneller van begrip, anders had hij alles nog een keer tot in detail kunnen uitleggen.

Het volgende probleem was de aanvraag. In een gevangenis werkt alles via aanvragen. Voor de gewoonste zaken, een extra stukje zeep, tandpasta, maandverband, moest al een aanvraag-formulier worden ingevuld... Laat staan wat er allemaal nodig was om de sleutelbos van het slachtoffer los te krijgen. Hij moest natuurlijk met het hoofd van de inrichting praten. Maar Scalzi wilde ook niet te veel vertellen omdat de muren in zo'n gebouw oren hebben en Scalzi bang was dat de officier van justitie al voor ze het huis zouden betreden van zijn voornemen op de hoogte was. Een onderzoek? Wat wilt u dan vaststellen? Vertrouwelijk? Noodzakelijk voor de verdediging? Dan moet de rechter aller-eerst...

Blijkbaar had Scalzi iets van Terzani's vasthoudendheid overgenomen, want uiteindelijk lukte het hem de sleutels mee te krijgen.

'Kijk,' zei Terzani opgewonden, 'kijk snel!'

De twee hadden het licht in de kamer uitgelaten om geen aandacht te trekken. Zij aan zij stonden ze als twee roddelaarsters langs de halfopen gordijnen te gluren. Het gesloten rolluik van de horlogemaker bevond zich pal tegenover het raam van de kamer. Boven het rolluik stond een bord met MARBELLI erop en naast het bord hing de klok aan de muur. De wijzerplaat, die zelf niet verlicht was, weerspiegelde het licht van de straatlantaarn waardoor het linker gedeelte van de grote wijzer wegviel. Zo op het eerste gezicht zou je zeggen dat het tien voor twee was. Pas als je het bedrieglijke effect van de lamp kende, en je heel goed keek, kon je zien dat het eigenlijk tien over halftwaalf was.

'Je hebt gelijk', zei Scalzi, die Terzani inmiddels tutoyeerde.

De student had een dure Nikon-camera met een lichtgevoelig filmpje bij zich.

De kamers van het huisje bevonden zich boven elkaar. De ouderlijke slaapkamer was op de eerste verdieping. Als je het huis via de voordeur was binnengekomen liep je direct tegen een smalle, steile trap aan.

De twee mannen verstijfden plotseling van schrik toen ze de voordeur hoorden opengaan en er iemand de trap op kwam lopen. De zijmuur werd bijna in zijn geheel ingenomen door een enorme, protserige klerenkast van licht, nep mahoniehout, met twee spiegels in de deuren. De spiegels en de messing versie-ringen weerkaatsten het licht van de straatlantaarn. Terzani pakte Scalzi bij zijn arm en trok hem in het ene hoekje tussen de kast en het raam dat nog vrij was. Terzani hield een vinger voor zijn mond: sstt! Ze hoorden iemand hijgen, de deur ging langzaam open. Er verscheen een donkere schim in de deurope-ning. Een felle lichtstraal van een zaklamp scheen de kamer in, van links naar rechts. De lichtbundel kaatste via de spiegels terug op het silhouet van een wat oudere, dikke vrouw met een enorme bos opgestoken haar. Scalzi herkende er direct Emanuela Torrini in.

De vrouw liep naar een van de nachtkastjes, trok het laatje eruit en kieperde de inhoud op het bed. Ze ging er met haar hand doorheen en scheen een paar keer met haar zaklamp op wat briefjes. Ze kwam dichterbij en opende de deurtjes van de grote kast. Een van de deurtjes sloot piepend de hoek af waar de twee zich verborgen hielden. Tussen de kier door zag Scalzi hoe de vrouw mannenkleren op het bed gooide. Ze was vrij snel klaar, want zoveel kleren had die arme Baluardi niet. Ze legde de zaklamp op een van de nachtkastjes om de hoop kleren bij te lichten. Ze pakte ze een voor een op, jasjes en broeken, en ging de zakken na. De zaklamp bescheen haar aandachtige gezicht terwijl ze een briefje bekeek dat ze uit een van de zakken had gepakt. Ze was het echt, het medium. Op straat scheurde er een scooter voorbij. Emanuela liep naar het raam en deed de gordijnen dicht. Ze was nu zo dichtbij dat hij haar kon ruiken, een mengeling van droog stro en eau de cologne. De vrouw pakte de zaklamp weer op en verliet de kamer. Scalzi en Terzani hoorden dat ze de trap naar de bovenste verdieping op liep.

'Zullen we gaan?' fluisterde Scalzi.

'Nee.' Terzani was opgewonden en leek zich nogal te amuseren. 'We moeten ons beter verstoppen.'

Terwijl hij zich op handen en voeten onder het bed aan het wringen was, draaide hij zich om. 'Kom maar. Plek zat.'

'Ik peins er niet over.' Scalzi ging op het bed naast de stapel kleren zitten en stak een sigaret op. 'Doe niet zo mal, alsjeblieft en kom daar eens onderuit.'

Boven liep de vrouw nerveus heen en weer, haar hakken klonken door het plafond heen. Scalzi hoorde dat ze laatjes openschoof en spullen op de grond gooide, er viel iets van aardewerk op de grond kapot, een deur sloeg dicht. Toen kwam ze de trap weer af. Terzani's hoofd verdween onder het bed. Deze keer liep ze behoedzaam naar de deuropening. Misschien had ze iets gehoord, ze liet haar zaklamp door de kamer gaan. De lichtbundel viel op Scalzi's schoenen, ging toen omhoog tot zijn hoofd zichtbaar werd. Scalzi blies zijn rook recht in de straal die prompt verdween. Het medium had zich omgedraaid en probeerde op de tast de trap te bereiken. De hakken klakten in hoog tempo op de stenen trap, de voordeur viel met een harde klap dicht. Scalzi liep naar het raam en leunde met zijn ellebogen op de vensterbank. Hij zag de vrouw naar het einde van het straatje trippelen. Ze keek nog een keer om en zag hem voor het raam staan.

Terzani kwam onder het bed vandaan. Zijn lange, dunne lichaam zat onder de stofnesten. Ook zijn brillenglazen zaten onder het stof.

'Een stok in een kippenhok', grapte Scalzi.

'Wie was die vrouw?' Terzani klopte met zijn linkerhand het stof af, in zijn rechterhand hield hij iets vast.

'Een medium. En alle informatie die haar bereikt, sluist ze door naar de politie. Ook in het huidige proces is ze een soort deus ex machina. Ik vraag me af wat ze aan het zoeken was.'

'Dit misschien?' Terzani overhandigde een dikke, versleten portefeuille aan Scalzi. 'Misschien is hij op de grond gevallen toen ze al die kleren op het bed gooide.'

Scalzi deed het licht aan en klapte de portefeuille open. Achter een doorzichtige plastic houder zat een grote foto met daarop twee jonge mensen. Een jongen en een meisje staan met de schouders tegen elkaar, de handen ineengestrengeld. De jongen is vel over been en heeft ingevallen wangen. Zij is wat jonger, een stuk kleiner en mollig. Ze zijn povertjes gekleed, zij draagt een grote trui en een lange rok met een grote ruit. Hij heeft een krap jasje aan, de boord van zijn overhemd over de revers van zijn jasje, een regenjas over zijn arm geslagen. Het is koud, dat kun je zien aan haar geforceerde glimlach en aan de manier waarop ze met haar schouders trekt. De achtergrond wordt gevormd door het zandstrand van Viareggio, de onstuimige zee, de lage gebouwen en de contouren van de Apuaanse Alpen. De jongen buigt zich voorover alsof hij zijn meisje tegen de harde wind wil beschermen op het winterse strand. Ze kijkt hem liefdevol aan.

'Dat is wat je noemt een verliefd stelletje,' zei Terzani, 'deze foto kan nog van pas komen.'

'Denk je dat de juryleden Gerbina vrijlaten als ze deze foto zien? De liefde straalt ervan af, dat wel. Maar dit is vlak na de oorlog en er is sindsdien heel wat water door de Arno gestroomd. Hoe dan ook, ik geloof niet dat het medium naar familiekiekjes op zoek was.'

Er bevond zich geen geld in de portefeuille, alleen maar rekeningen van het licht en de telefoon. Scalzi toverde ineens een in vieren gevouwen brief met een grote bruine vlek erop tevoorschijn.

'Wat is dat?' vroeg Terzani.

'Een vrachtbrief. Het document dat bij een vrachtwagenlading hoort. Twintig stuks vee, kalveren, afkomstig uit Zwitserland. Bestemming ergens in de provincie Livorno. Het adres van de boerderij staat erbij.'

'Wat moet Baluardi daar nou mee? Hij runde toch een trattoria en geen veebedrijf?'

30

Via della Madonnina

In de loop van de week verschenen er nog een aantal getuigen voor de rechtbank. Op één na getuigden ze allemaal tegen de verdachten.

Een vaste klant van Il Portichetto had Baluardi horen schreeuwen dat hij het huis in de fik zou steken als zijn vermoedens omtrent Betty bleken te kloppen. 'Sissignore, hij schreeuwde. De hele straat kon ervan meegenieten. Tegen wie hij schreeuwde? Tegen zijn vrouw, Gerbina. Ze stonden met zijn tweeën in de keuken. Hij zei dat hij de klootzak die er verantwoordelijk voor was, zou spietsen.'

'Hoezo spietsen?' informeerde de officier van justitie.

'Nou, iemand op een paal spietsen... Ik weet niet of ik het zeggen mag, maar volgens mij was het figuurlijk bedoeld.'

'En wie wou hij dan spietsen?'

'Ik vermoed dat hij een van de twee obers op het oog had.'

Een huisvrouw, die op de Via della Madonnina woonde, betrad het getuigenbankje. Ze had zich voor de gelegenheid opgedoft en ze droeg een ouderwets hoedje van chenillegaren met margrietjes en kersen erop. De president vroeg haar beleefd of ze het hoedje wilde afzetten. Terwijl de vrouw sprak keek ze de jury en de rechters geen moment aan en zat ze voortdurend aan het hoedje op haar schoot te friemelen. Ze vertelde dat iedereen er in de Via della Madonnina rekening mee had gehouden dat er vroeg of laat iets ergs zou gebeuren. Baluardi was op een ongezonde manier jaloers ten opzichte van zijn dochter. Hij kwam ook uit een familie van heethoofden. Mensen die niet zo moeilijk doen. Iedereen wist toch dat de familie Baluardi een eigen bloedverwant had omgelegd. Ja, werkelijk! Een oud vrouwtje dat bij hen inwoonde en dat een aardige erfenis achter zou laten. Ze schoten het familielid met een revolver in haar mond. Om het gat van de kogel in de nek te verbergen werd het haar van de vrouw in een knotje gestoken. Ze zeiden dat ze een hartstilstand had gehad. De vraag bleef natuurlijk wie haar had vermoord. Het was inmiddels langgeleden gebeurd, maar er werd nog altijd over gesproken. Nee, ook de mevrouw met het hoedje wist niet wie de barbaarse moord had gepleegd en zelfs al had ze een idee gehad zou ze niks zeggen. Ze was er tenslotte niet zelf bij geweest…

Scalzi stond op. 'Edelachtbare, hoelang moeten we dit geroddel nog aanhoren? Er doen zoveel verhalen de ronde in de Via della Madonnina.'

De rechtbankpresident stemde minzaam toe. 'U hebt gelijk, advocaat, we moeten het kaf van het koren scheiden. Laten we die oude moord even vergeten en terugkeren naar waar het om gaat. U vertelde dat de mensen in de Via della Madonnina er rekening mee hielden dat er iets ergs zou gebeuren. Waar waren ze dan zo bang voor?'

'Dat hij het huis zou opblazen. Net als die boer die zo jaloers op zijn vrouw was dat hij zijn stal in de fik zette. De vlammen sloegen over naar het huis. Allemaal dood. Allemaal. Ook ik vreesde voor mijn gezinnetje. Ons huisje staat vrijwel naast dat van de familie Baluardi. Het zijn oude huizen, het is een wonder dat ze überhaupt nog overeind staan. Als er dan iemand met dynamiet gaat spelen…'

'Dynamiet? Hadden ze dynamiet dan?'

'Nou en of. Weet u waar die anarchistenkliek het tot diep in de nacht over had in Il Portichetto als de luiken dicht waren?' De vrouw met het hoedje had het zelf gehoord als dat zootje ongeregeld het pand dronken verliet en schreeuwend en zingend de strijdkreet aanhief: *'Dinamite! Madre dinamite!'* Het was een door God en familie verlaten moordenaarsbende. En in die sferen moest dat arme jonge meisje opgroeien. Je kon het haar eigenlijk niet kwalijk nemen. Nee, ze nam het vooral degenen kwalijk die beter op haar hadden moeten passen. Als je de teugels laat vieren gaat het vroeg of laat een keer mis, daar kun je op wachten… De getuige hield haar handen voor haar buik en liet ze langzaam omhooggaan.

Op dat moment liet Betty weer van zich horen. 'Is er dan niemand die deze tuthola de mond kan snoeren?'

'Signorina, u beledigt de getuige', wond de president zich op.

'Die troela? Die neemt toch niemand serieus. Het is algemeen bekend dat ze niet goed bij haar hoofd is.'

Scalzi schoot Betty te hulp. 'Edelachtbare, u moet toch enig begrip voor de verdachte kunnen opbrengen? Wat zijn dit voor getuigen? De bewijslast bestaat voor het overgrote deel uit klets-praatjes en ik wil er wel op wijzen dat de verdachten moord ten laste is gelegd.'

Die uitspraak lokte weer een reactie bij dottor Corbato uit. 'De advocaat mag vragen stellen als het zijn beurt is. Het lijkt me daarnaast onverstandig als hij het vuurtje bij de verdachte nog eens aanwakkert.'

De president dreigde Betty weer uit de zaal te verwijderen. Het publiek nam het op voor de getuige, wat tot een hoop gekrakeel en beledigingen aan het adres van de verdachten leidde.

Er was een belangrijke getuige, die een cruciale rol speelde omdat hij tijdens het vooronderzoek een belangrijke verklaring tegen de verdachten had afgelegd. Scalzi hoopte eerlijk gezegd dat het een van die alcoholisten uit Il Portichetto was. Maar deze man maakte een serieuze indruk met zijn brilletje en zijn grijze haren. Hij zag er verzorgd uit met zijn colbertje en zijn stropdas. Hij antwoordde in alle rust op de vragen die hem gesteld werden en toonde zich een bedreven spreker.

Hoe wist hij zo zeker dat het 1 mei was? Omdat precies op die dag de vrouw van de getuige uit het ziekenhuis was ontslagen, waar ze twee maanden had gelegen. Dat soort dagen vergeet je niet. Twee maanden lang had hij buiten de deur gegeten in Il Portichetto, behalve dan natuurlijk op de wekelijkse rustdag. Het was hem in die tijd opgevallen dat de oudste van de twee obers Baluardi regelmatig een spuit kwam geven. Dat gebeurde ongeveer om de drie dagen.

'Bedoelt u de verdachte die nu helemaal rechts in de beklaagdenbank zit?'

'Sissignore, dat is hem. Teclo Scarselli.'

'Tot hoe laat bleef u gewoonlijk in het etablissement?'

'Meestal tot sluitingstijd. Ik ging niet graag naar mijn lege huisje terug. De avonden waren ook best vermakelijk, tenminste in het begin. Het meisje zong, of er werd samen gezongen. Er werd misschien wel wat te veel gedronken maar er hing altijd een sfeer van gezelligheid. Maar de laatste maand veranderde dat.'

'Hoe bedoelt u?'

'De eigenaar begon zich ineens anders te gedragen. Hij had er blijkbaar ineens de pest in. Het was uit met de nachtelijke braspartijen, om twaalf uur ging het rolluik naar beneden en kon iedereen naar huis.'

'Maakte Giuliano Baluardi veel ruzie?'

'Helaas wel, ja. Op een gegeven moment was het bijna elke dag raak. Vooral dus de laatste maand.'

'En met wie maakte hij ruzie?'

'Voornamelijk met zijn vrouw, met signora Gerbina. Maar ook wel met de jongste van de twee obers.'

'Bent u op de eerste mei ook tot sluitingstijd in Il Portichetto gebleven?'

'Nee, toevallig ben ik toen iets eerder vertrokken. Ik kan me nog wel herinneren dat signora Gerbina met een nog dampend pannetje binnenkwam en het met de spuit erin op een tafeltje klaarzette.'

'Was u wel de laatste klant toen u Il Portichetto verliet?' vroeg de officier van justitie.

'Ja. Toen ik vertrok waren alleen signora Gerbina, signorina Betty, de twee obers en Giuliano Baluardi er nog.'

'Weet u dat zeker?'

'Honderd procent.'

Scalzi deed een paar pogingen om zijn zekerheid op dit laatste punt wat af te zwakken. 'Had er niet nog iemand in de keuken kunnen staan?'

'Nee, ik kan me nog goed herinneren dat het licht in de keuken al uit was...'

Het was de beurt aan een oude arbeider om in de getuigenbank plaats te nemen, die had verklaard op de fatale avond samen met Giuliano Baluardi, Gerbina en Betty Il Portichetto te hebben verlaten. De president begon duidelijk articulerend de eedformule voor te lezen, en na iedere zin haalde hij zijn ogen even van het blad om de man met een vernietigende blik aan te kijken.

'Dica giuro.'

De getuige zei: 'Ja, dat zweer ik.'

'Goed, u hebt zojuist gezworen de gehele waarheid, en niets dan de waarheid te spreken. Bent u zich bewust van het belang van een getuigenis onder ede?'

'Jawel, edelachtbare.'

Toen signor Manfredi de zaal binnenkwam had hij geen zekere indruk gemaakt. Ook Scalzi had gezien hoe hij bijna twee keer was gestruikeld. Een carabiniere had hem de weg naar het getuigenbankje moeten wijzen. Deze getuige had wel alle kenmerken van een dronkelap. Rode wangen, waterige ogen en een blije grijns op zijn gezicht.

'U hebt eerder een verklaring afgegeven dat u op de bewuste avond omstreeks middernacht Il Portichetto hebt verlaten in het gezelschap van Giuliano en Gerbina Baluardi, hun dochter Betty en de twee obers. Klopt dat?'

'Dat klopt. Ik heb dat gezegd omdat het de waarheid is.'

'U zit hier inderdaad voor de rechtbank om de waarheid te

vertellen,' zei de president, 'weet u zeker dat uw verklaring juist is?'

En of de getuige het nog zeker wist. Hij had Gerbina nog geholpen bij het sluiten van het rolluik. Hij kon zich nog goed herinneren hoe Giuliano een arm om zijn dochter had geslagen. Alles leek koek en ei binnen dat gezinnetje. Toen vroeg de president hoe het kwam dat hij exact wist dat het die datum was. Signor Manfredi stond even met zijn mond vol tanden. Die datum? Je zag hem even diep nadenken, waarna er een grote glimlach om zijn lippen verscheen. 'Het was de avond dat Giuliano spoorloos verdween. We waren goede vrienden, dus zoiets vergeet je niet.'

Dat was het foute antwoord. Het werd moeder en dochter juist ten laste gelegd dat ze niet naar de politie waren gegaan toen hij werd vermist. Gerbina had verklaard dat ze wist dat Giuliano zich met louche zaakjes bezighield. Ze was bang dat ze hem zou verraden met een aangifte van vermissing. Hoe het ook zij: de mensen van de Via della Madonnina hoorden pas een week later dat hij nooit meer van die avond was thuisgekomen, pas nadat zijn lijk op de Monte Merlato was aangetroffen.

'Die idyllische scène die u daar zonet schetste van een vader die zijn dochter omarmde en zo,' kwam de officier van justitie tussenbeide, 'had dus net zo goed een andere avond kunnen plaatsvinden?'

'Nee.'

'Waarom niet?'

'Haal die lach van uw gezicht', kwam de president tussenbeide.

'Ik lach niet', zei Manfredi met een grote grijns.

'Wel waar. Haal die grijns van uw gezicht!'

'Waarom niet?' herhaalde de officier van justitie.

'Omdat het de avond voor de eerste mei was.'

'En wat was er zo speciaal aan die avond?'

'Wat denkt u? Het was de avond voor de viering van de dag van de arbeid.'

'Kunt u zich nog herinneren wat u het afgelopen jaar op de vooravond van de dag van de arbeid hebt gedaan?'

'Wat ik gedaan heb?'

'De avond voor 1 mei, het afgelopen jaar. Wat hebt u toen gedaan?'

'Ik? Sorry hoor, maar dat gaat u toch niks aan?' De grijns op zijn gezicht werd breder en breder, zijn mond ging langzaam open, hij hield zijn gezicht voor zijn hand in de hoop zijn lachen in te kunnen houden, maar er was geen houden aan.

'De injectie! Hebt u gezien dat de ober Baluardi een injectie gaf?' bulderde de president.

'Nee. Tenminste, ik geloof het niet.' Manfredi kon zich dat niet meer goed herinneren, hij wist daarentegen nog wel heel goed hoe Giuliano op eigen benen en opgewekt de zaak had verlaten, een arm om zijn dochter had geslagen en hoe hij zelf Gerbina nog had geholpen met het rolluik…'

'Ja, ja,' zei de president, 'dat stichtelijke schilderijtje hebt u al beschreven. Ik raad u aan op uw woorden te letten. U kunt uw verklaring nu nog veranderen, straks niet meer. Er bevindt zich een cel in dit gebouw…'

Signor Manfredi werd tijdens de pauze inderdaad even in een cel opgesloten. De president had bedacht dat hij dan even rustig over alles kon nadenken. Na de pauze was de grimas van zijn gezicht verdwenen, de muffe cellucht had zijn effect gehad. Ineens wist hij het allemaal niet meer zo goed, het was ook zo lang geleden…

'U kunt gaan,' sloot de president af, 'u bent voorlopig op vrije voeten. We zien vanzelf welke stappen de officier van justitie zal nemen.'

'Ik eis dat het proces-verbaal van deze getuigenverklaring zo snel mogelijk op mijn bureau komt te liggen', zei dottor Corbato streng.

Scalzi zag hoe de enige getuige die de tenlastelegging had weersproken de zaal verliet. Hij had ervan afgezien Manfredi vragen te stellen, omdat hij wist dat de juryleden deze getuige inmiddels als onbetrouwbaar en beïnvloedbaar hadden afgeserveerd. Voordat Manfredi de zaal verliet, keek hij even om naar Gerbina om haar vluchtig te groeten. Gerbina beantwoordde hem met een droevig lachje en stak haar hand op. Hij trok zijn schouders op en draaide zijn handen om in een gebaar van: ik heb mijn best gedaan... Ook Gerbina trok haar schouders op alsof ze wilde zeggen: niks aan te doen, het is niet jouw schuld. Ondertussen volgden de juryleden deze pantomime op de voet. Als er nog één jurylid was die twijfelde, bedacht Scalzi zwartgallig, dan was die bij deze ook om.

De horlogemaker Marbelli was een kleine, verlegen man die ietwat voorovergebogen liep. Een vreemde eend in de bijt tussen al die schreeuwerige typen van de Via della Madonnina. Het OM had hem alleen maar opgeroepen om te verklaren dat de klok die hij aan zijn gevel had hangen de juiste tijd voerde. Hij bevestigde dit met de opmerking dat een buitenklok die twee uur achterliep, niet echt een goede reclame voor een horlogemaker zou zijn.

Scalzi vroeg of hij een paar foto's aan de stukken mocht toevoegen. Toen hij vervolgens aangaf dat hij de horlogemaker wilde verhoren, zag hij het gezicht van de officier van justitie vertrekken. Dottor Corbato kon zich niet voorstellen wat dat voor nuttige informatie moest opleveren. De advocaat wist gewoon niet van ophouden.

Scalzi stelde zijn eerste vraag, er volgde een antwoord. De zaal luisterde ongeïnteresseerd mee.

'Geeft de wijzerplaat van uw klok zelf licht?'

'Nee.'

'Hoe wordt de klok dan 's avonds verlicht?'

'Door een straatlantaarn.'

Scalzi vroeg de bode of hij de foto's, die Terzani vanuit Baluardi's slaapkamer had geschoten, aan de horlogemaker wilde overhandigen. Marbelli bevestigde dat het zijn klok was en hij moest ook toegeven, uitgaande van de foto's, dat de weerspiegeling van het licht de tijd verdraaide. Het leek twee uur, terwijl het in werkelijkheid nog geen middernacht was. Scalzi bedankte de man.

De president zat alweer ergens anders met zijn gedachten, toen hij door de verontruste stem van dottor Corbato werd wakker geschud. 'Waar gaat dit in godsnaam over? Wat zijn dat voor foto's?'

'Het zijn de foto's die zojuist zijn overhandigd', legde Scalzi uit. 'Ze zijn rond middernacht genomen vanuit Baluardi's slaapkamerraam.'

De president bekeek de foto's. Hij had ze nog geen blik waardig gekeurd. Toen ze op zijn tafel werden gelegd had hij ze onverschillig naar achteren geschoven. De officier van justitie liep naar de juryleden om de foto's te bekijken die inmiddels van hand tot hand gingen. De president en dottor Corbato hadden even een onderonsje. De officier leek enigszins ongerust, maar de president schudde het hoofd en lachte met de bijdehante blik van iemand die zojuist de truc van een middelmatige goochelaar had doorzien.

'En wie heeft deze mooie foto's gemaakt.'

'Ik', zei Scalzi. Hij kon Terzani er beter niet bij betrekken. De rechtbank had het al zo zwaar met hem te stellen gehad.

'Zo, zo. En waar zijn ze genomen?'

'In Baluardi's slaapkamer. Dit is het uitzicht als je voor het raam staat.'

'Klopt dat, signor Marbelli? Ziet uw klok er 's avonds zo uit vanuit het huis van uw overburen?'

'Ik zou het niet weten,' zei de horlogemaker, 'ik ben daar nog nooit naar binnen geweest.'

'Hoort u dat, advocaat Scalzi?' De president grijnsde en knikte even in een blik van verstandhouding naar dottor Corbato. De gehaaide advocaat had het geprobeerd, maar om deze oude vos om de tuin te leiden, moest je van goeden huize komen.

'Goed, de foto's zullen aan de stukken worden toegevoegd. Maar volgens mijn bescheiden mening tonen ze niks aan. Wie zegt mij dat de weerspiegeling van de straatlamp is en niet van de flits van uw fototoestel?'

'Ik! Ik heb de foto's zonder flits genomen.' Scalzi probeerde zo verontwaardigd mogelijk te klinken, maar had er nu al spijt van dat hij deze doodlopende straat was ingeslagen. Het was nu onmogelijk om het bewijs aan te vullen met een getuigenis van Terzani. Hij had de student net nog teleurgesteld tussen het publiek zien zitten.

'Een advocaat kan moeilijk als getuige optreden, toch?' wreef de president nog wat zout in de wonde. 'Dat verbiedt het wetboek van strafvordering, nietwaar? Desalniettemin stelt de rechtbank uw inzet zeer op prijs. Te zijner tijd zullen we deze gegevens in ons oordeel meenemen. De getuige kan gaan.'

De laatste dagen van de week mocht de hele fine fleur van de Via della Madonnina, op uitnodiging van het OM, voor de rechter staan. In meerderheid vrouwen. Ze waren allemaal op leeftijd, gezet en ze hadden allemaal een koele blik in de ogen. En steeds klonk hetzelfde liedje: Giuliano gilde tegen Gerbina... Het gerucht ging dat Betty zwanger was... Je voelde dat de vlam elk moment in de pan kon slaan... Dat Giuliano een bloedbad ging aanrichten was zo klaar als een klontje, hij was bijna bezeten van jaloezie... Giuliano Baluardi was op een obsessieve manier jaloers ten opzichte van zijn dochter... Het was natuurlijk wel een beetje tegenstrijdig dat hij haar wel tot midden in de nacht liet optreden in die obscure tent vol zatlappen die voortdurend obscene liederen zongen... Toen het meisje zwanger raakte, veranderde de zaak... Van een losse vader veranderde hij plotsklaps in een strenge bewaker... Hij had haar liefst thuis opgesloten als een nonnetje... Het meisje kwam natuurlijk in opstand, neem het haar eens kwalijk... Toen kwamen de dreigementen, hij zou het huis opblazen... Een van de laatste getuigen herinnerde er nog eens fijntjes aan dat Baluardi vroeger in de mijnen had geleerd met explosieven te werken.

Scalzi had de wijk rond de Via della Madonnina goed in zich opgenomen, toen hij zijn nieuwe cliënten destijds in het trattoria was gaan opzoeken, en ook later tijdens zijn nachtelijke escapade met Terzani. Van het pittoreske wijkje van weleer was weinig meer over dan een blok vervallen gele huisjes, met veel vieze en vochtige plekken waar paddestoelen en schimmels prima gedijden. De bewoners leven er dicht op elkaar. Je hoort de geluiden door de steegjes tegen de muur op klimmen waar ze als gekko's blijven hangen: de stemmen van de mensen, het gekrijs van de jongelui, het geraas van de scooters, het gekwebbel van de vrouwen, het geschreeuw van de mannen, het gerochel van een verslaafde, het geboer van een dronkelap, de pasgeborenen, de gootstenen, de stortbakken. 's Nachts is het geluid van een brommertje voldoende om je uit je slaap te halen, sterker nog, een lepeltje dat op de vloer valt is al toereikend. De rivier stroomt op een paar meter afstand, maar je kunt hem niet zien omdat het straatje parallel aan de rivier loopt, de blokken staan met hun achterkant naar de stroom toe, kale muren zonder ramen. Als het water hoog staat stijgt er een ranzige lucht op van de leerlooierijen. In de zomer is er geen briesje om de pestlucht van de laagstaande rivier te verdrijven, zodat de hele was ermee doordrenkt raakt. De bewoners van de Via della Madonnina zijn als het ware gevangenen van hun eigen steegje. De afgunst zit diepgeworteld. Ze zijn arm als kerkratten, maar steken hun neus in de wind alsof ze van een oud adellijk geslacht stammen. In die rechtszaal, voor Vrouwe Justitia, konden ze eens goed hun hart luchten. Daar had Scalzi even niks tegen in te brengen. Scalzi had even niks te doen, hij had er immers van afgezien vragen aan de laatste getuige te stellen. Hij tikte met zijn nagels het ritme van de dodenmars op tafel.

Het was de bedoeling dat signora Emanuela Torrina in de

getuigenbank zou plaatsnemen, want ook zij stond op de lijst van het OM, maar ze lag thuis met koorts in bed. Er volgde nog een heel rijtje aan onbeduidende getuigen, zoals een aantal politiemannen die bij het onderzoek betrokken waren geweest en alleen maar kwamen bevestigen wat in het proces-verbaal stond. Het was inmiddels vrijdag, het weekend stond voor de deur, en de rechters en juryleden waren moe. De president verdaagde de zitting tot maandag.

31

Il Botro

Direct na de zitting vrijdag had Scalzi Terzani het een en ander verteld over de aanslag in Marina, de illegale slagerijen en de hypothese van Ivan Del Rio. De student was een en al oor en vroeg direct of Scalzi de vrachtbrief nog had die hij en Scalzi in de portefeuille van Baluardi hadden gevonden. Op het document stond namelijk het adres van een boerderij en Terzani wilde daar wel eens een kijkje gaan nemen. Scalzi had hem het adres na wat wikken en wegen overhandigd, onder de voorwaarde dat hij alleen maar een kijkje zou gaan nemen en niet meer dan dat.

Scalzi sliep nog toen hij zondagochtend om negen uur door de receptie van het hotel werd gebeld. Hij kreeg te horen dat er in de hal een jongeman op hem stond te wachten. Terzani, schoot het meteen door zijn hoofd. Het was inderdaad Terzani, hij droeg echter een zonnebril met donkere glazen en een zwarte borsalino op zijn hoofd. Dat laatste was op zich vreemd omdat het ernaar uitzag dat het een stralende dag zou worden. Hij zette die hoed zelfs niet af toen hij samen met Scalzi aan het ontbijttafeltje plaatsnam.

Nog vroeger die ochtend, toen hij nog diep lag te slapen, had Sara hem ook al gebeld. Op geheimzinnige toon verklaarde ze met haar lage, sensuele stem dat het resultaat van het onderzoek binnen was. Scalzi vroeg meteen of het bloed was. Het was inderdaad bloed maar Sara legde uit dat ze hem liever persoonlijk wilde spreken. Ze zou samen met Guido komen, de analist die ze bereid had gevonden zijn weekend op te offeren om haar te vergezellen. Ze hadden om acht uur 's avonds in het hotel afgesproken.

Terzani vertelde dat hij een dag eerder, na een hoop omzwervingen, eindelijk het adres dat op de vrachtbrief vermeld stond, gevonden had. Op de glooiingen van de Poggio Pelato, de kale berg die hoog boven de kust van Castiglioncello uittorent, lag een grote herenboerderij. Het landgoed, met een boerenhoeve en een oude villa, lag geïsoleerd aan een bergstroompje dat in de zomer droogstond. Aan beide zijden van de kronkelige kloof die de rivier had ingesneden, dwars door het vreemde heuvelachtige terrein dat wat van een hoed weg had, lagen de enige groene stroken van de hele berg. De gebouwen lagen achter een dichtbegroeid bosje van eikenbomen verscholen. Terzani had zijn auto een beetje verdekt achter een uitstekende rots geparkeerd en was bijna de hele dag in het bosje op de loer blijven liggen. Hij had een oude boer met een rode kar van de velden zien terugkomen die door Maremmaanse ossen werd voortgetrokken. Een tafereeltje uit lang vervlogen tijden, het leek wel of een schilderij van Giovanni Fattori tot leven was gekomen. De boer had zijn beesten naar de stal gebracht en was vervolgens de hoeve in gelopen.

's Middags was er een luxe wagen met geblindeerde ramen voor de villa gestopt. De student kon niet vertellen welk merk of model het was, hij wist alleen dat het een fonkelnieuwe auto was. Er waren drie mensen uitgestapt: een jongen en een meisje en een oudere man. Ze werden ontvangen door een dikke vrouw met een grote bos grijs haar. Misschien beeldde hij het zich in, maar het leek verdomd wel het medium. Terzani durfde het niet met honderd procent zekerheid te zeggen, daarvoor was de afstand te groot en stond ze ook nog eens in de schaduw van de voordeur, maar er was wel een schok door zijn lijf gegaan toen haar silhouet, net als in Baluardi's slaapkamer, in de deuropening was verschenen. De vrouw ontving het drietal met veel plichtplegingen, de oude man had haar een hand gegeven en haar op de wangen gekust. De vierkante villa had een voorname uitstraling die zo typisch was voor de Toscaanse herenboerderijen uit deze streek. De muren waren felgeel, de luiken groen, een pergola voor de ingang. Het gebouw had echter ook iets geheimzinnigs, aangezien alle ramen en deuren gesloten waren ondanks de hitte. Het leek wel of het gebouw niet bewoond was. Het was Terzani opgevallen dat er direct achter de villa nog een lange, lage schuur stond, een opslagplaats of een stal. Ook deze constructie was nog eens hermetisch afgesloten door een hoge omheining en een ijzeren hek.

Terzani was tot zonsondergang op zijn plek gebleven en al die tijd was er geen deur of raam opengegaan. Daarna was hij met de auto naar het gehuchtje gereden, drie, vier kilometer terug, waar hij op de heenweg ook al langs was gekomen. Daar was namelijk een kruidenierszaak waar hij een broodje kon eten, ongemerkt had hij flinke honger gekregen. Hij had zich aan de eigenares van de zaak voorgesteld als een makelaar in onroerende goederen en in die hoedanigheid had hij een paar vragen over de boerderij gesteld. De kruidenierster reageerde ongemakkelijk, alsof Scalzi iets heel onfatsoenlijks had gevraagd. De kavel, die ook nog eens twintig hectare grond besloeg, bleek eigendom van een steen-rijke buitenlander te zijn die zijn gezicht eigenlijk nooit liet zien. Een oude boer en zijn vrouw bekommerden zich om het land en de dieren. De rijke eigenaar stond erop dat het land louter op biologische wijze met traditionele middelen werd bewerkt. De boer gebruikte zelfs geen tractor, maar een ploeg die door ossen werd voortgetrokken. Er werd alleen dierlijke mest gebruikt en geen onkruidverdelgers. Het rendement van de grond was laag maar de oude man en zijn vrouw konden ervan leven. De man was ook aardig op leeftijd en een groot gedeelte van het bouw-land lag braak. Terzani deed of hij in de grond geïnteresseerd was. Hij vroeg of de luxe auto die hij 's middags had gezien toevallig van de eigenaar was. De eigenares had geantwoord dat ze geen auto had gezien, wat Terzani vreemd leek omdat de limousine wel over de weg langs de winkel moest zijn gekomen, het was de enige manier om de boerderij op de Poggio Pelato te bereiken. En zoveel auto's kwamen er nou ook weer niet op een dag langs. Met enige tegenzin had de eigenares eraan toegevoegd dat er altijd veel auto's bij 'Il Botro' kwamen, zoals de heren-boerderij genoemd werd. Zowel overdag als 's nachts, mensen uit de stad die soms lang bleven. Toen had Terzani gevraagd of er ook wel eens vrachtwagens kwamen. Daarop had de vrouw haar schouders opgetrokken en was ze naar achteren verdwenen, waar ze zogenaamd iets dringends te doen had. Terzani was rustig blijven wachten en at met lange tanden zijn broodje op. Toen ze terugkwam, had hij zijn vraag herhaald. Deze keer had ze be-vestigend geantwoord, maar aan haar toon kon hij duidelijk opmaken dat ze een einde aan het gesprek wilde maken. Terzani had gedaan alsof zijn neus bloedde en vroeg of de vrouw wist wat er dan in die vrachtwagens zat. Vee misschien? De kruideniersster had gezegd dat de vrachtwagens altijd goed dichtzaten en dat ze geen idee had. Daarna had Tirzani geen woord meer uit haar weten te krijgen.

Toen Terzani klaar was met zijn verhaal wees hij naar het plein tegenover het hotel. Het pleintje straalde een zondagse rust uit, er was geen kip te bekennen. De oude Fiat Campagnola, een stoffige roestbak, stond er als een oorlogsrestant bij op de par-keerplaats van het hotel. Terzani stelde voor een tripje te maken, het was tenslotte een perfecte dag om het platteland te bezichti-gen. Het achterland van Castiglioncello was betoverend met zijn zeezichten en de pijnbomen langs de weg. Als je de bochtige weg naar de top van de Poggio Pelato eenmaal had ingeslagen, was je het drukke verkeer met al zijn vakantiegangers in een slag kwijt. Het leek wel of de tijd daar in de negentiende eeuw was blijven stilstaan, toen die heuvels nog een geliefde bestemming vorm-den voor de Florentijnse macchiaioli die daar en plein-air hun landschappen kwamen schilderen. De eclecticus Terzani, die ervan uitging dat Scalzi zijn zondagse rust niet snel zou opgeven, was van plan nog uitgebreider op het landschap in te gaan en een beroep op zijn passie voor de macchiaioli-schilders te doen.

Maar Scalzi had helemaal geen zin om de hele dag binnen te zitten tussen de papieren van de rechtszaak, met als enige uitzicht het parallellepipeda van het verblindend witte gerechtsgebouw uit de tijd van het fascisme. Om een lang verhaal kort te maken, hij liep mee en stapte de Campagnola in.

Voor de villa stonden geen auto's, waardoor het gebouw er helemaal verlaten bij lag. De bezoekers waren blijkbaar alweer vertrokken. Scalzi besloot aan de bel te trekken.

'Wat zeggen we als er toch iemand is?' vroeg Terzani.

'Dat we de weg kwijt zijn. Dan vragen we gewoon hoe we weer op de Via Aurelia komen?'

'En als die dikke vrouw opendoet?'

'Als zij opendoet, vragen we gewoon wat ze hier te zoeken heeft. Reden genoeg om hier te komen.'

Scalzi liet de bel bij de poort een paar keer rinkelen en wachtte een paar minuten af. Terzani trok zijn overhemd uit en wierp het over de muur, om ervoor te zorgen dat hij zich niet zou bezeren aan de glazen scherven die glinsterden in de zon. Hij klauterde omhoog, kroop over de rand en liet zich aan de andere kant naar beneden vallen. Scalzi was een paar sigaretten verder toen Terzani's hoofd weer boven de muur uit kwam. Hij kroop weer over de rand en liet zich vallen, terwijl hij zijn hemd met zich meetrok. Toen hij het hemd wilde aantrekken ontdekte hij een grote winkelhaak.

'Dat was mijn overhemd', zei hij. De student bloedde aan zijn arm.

'Je hebt een kras', merkte Scalzi op.

'Het valt wel mee. Hij smeerde met zijn vinger een beetje spuug op de wond.'

'En?'

'Er is niemand. Het huis is beter vergrendeld dan een brandkast, daar komt nog geen muis naar binnen.'

'Zie je het zitten om een kijkje bij die schuur te nemen?' vroeg Scalzi.

'Tot uw orders', zei Terzani, terwijl hij de hoed op zijn hoofd aandrukte.

'Waarom draag je die hoed eigenlijk', zei Scalzi lachend.

'Dat is mijn vermomming,' antwoordde Terzani serieus, 'voor het geval we iemand tegen het lijf lopen.'

'Je valt wel een beetje op met een winterhoed in juli. Heb je dat soms uit een detective, dat van die zonnebril en die hoed?'

'Ik lees geen detectives.'

Het gesjirp van de krekels kraste als een krijtje over het hemelblauwe schoolbord. Aan de horizon begon de zeespiegel langzaam lichtpaars te kleuren.

Terzani klom over de muur die om de lage schuur stond. Scalzi zag hoe hij door een raampje naast de deur keek en weer terugkwam. 'Ik denk dat het beter is als u zelf even komt kijken.'

Scalzi keek zuchtend naar de tamelijk hoge muur. Terzani zat al schrijlings op de rand en stak zijn handen uit. Met hulp van de student klom Scalzi op de muur. Toen hij er aan de kant af sprong, ging hij door de knieën, waarna hij ineenkromp van de pijn en een tijdje op zijn hurken bleef zitten.

'Een beetje meer beweging kan geen kwaad', zei Terzani.

Voor het raampje bevonden zich een paar dikke tralies. Het glas was smerig, waardoor de grote, donkere ruimte in een bruine mist gehuld leek. Door de immense voordeur drong de weeë stank van geronnen bloed. Toen zijn ogen eenmaal aan de duisternis gewend waren, zag Scalzi dat het een slachterij was. De vleeshaken hingen aan het plafond, op de vloer lagen her en der zwarte, dikke plassen, aan het einde van een lage tafel stond een emaillen bak voor de helft gevuld met een zwarte substantie.

'Daar worden de koppen van de kalveren gesneden.'

'Hoe weet jij dat nou weer?'

'Dat heb ik eens in een documentaire gezien.'

De boerenhoeve lag een kilometer verderop aan het riviertje, op een veel zonnigere plek, buiten de schaduw van het bos. Een oude man zat naast de voordeur in de zon van een sigaartje te genieten, met zijn stoel achterover tegen de muur geleund.

'Hallo', zei Scalzi.

'Een goedendag, naar wie bent u op zoek?'

'Verkoopt u ook wijn of olie?'

'Hebt u hier ergens in de buurt wijnranken of een olijfgaard gezien?'

'Nee.'

'Nou dan?' De oude man schoot in de lach. 'Ik verbouw alleen graan, aardappels en ik heb een moestuintje. Wat moet ik anders? Ik ben de jongste niet meer. Dit is geen goede bodem voor druiven of olijven.'

'Hoe komen we van hieruit op de Via Aurelia?' vroeg Terzani.

'Hoe had u gedacht? Als je dezelfde weg terugrijdt kom je na een kilometer of twintig vanzelf weer op de Aurelia. Hoe kun je hier in godsnaam verdwalen? Er is maar één weg.' Zijn tandeloze mond schoot weer open van het lachen. Misschien geloofde hij helemaal niet dat ze de weg waren kwijtgeraakt.

De oude man kiepte zijn stoel naar voren en ging staan. De Campagnola stond op het smalle weggetje met de neus richting de Poggio Pelato.

'Ziet u daar die cipres? Daar kunt u gemakkelijk keren.'

'Bedankt', zei Terzani, zonder zijn blik van de stoel af te houden.

Scalzi wreef met zijn hand over de roestige metalen buizen van de terrasstoel die met felgeel plastic draad waren bespannen. Bij de armleuningen vertakten de buizen zich. Het plastic draad was op meerdere punten versleten en losgekomen, maar op de rugleuning was het bloemmotief nog duidelijk te zien.

'Vindt u hem mooi?' vroeg de oude man. 'Wilt u hem kopen in plaats van de wijn? Ik had ook nog een rode, daar zat mijn vrouw altijd op, maar die hebben ze gejat.'

'Gejat?'

'Tja, eerst was hij er nog, en nu niet meer. Maar dat is zeker al

twee jaar geleden. Die stadsmensen jatten alles wat los- en vast-
zit.'

'Nu is er geen twijfel meer mogelijk,' zei Terzani op de terugweg,
'zij hebben hem vermoord.'

'Het ziet ernaar uit.'

'Nu moet u er alleen nog voor zorgen dat onze ontdekking aan
de stukken wordt toegevoegd.'

'Makkelijker gezegd dan gedaan.'

'Maar we hebben nu toch bewijzen?'

'Welke bewijzen?'

'De stoel! En een nieuw motief dat niks met Betty en haar
romances te maken heeft.'

'Weet je nog hoe het met de klok van Marbelli is afgelopen?'
vroeg Scalzi. 'Het OM voerde de klok aan als belastend materiaal.
En ondanks onze ontdekking ben ik er niet in geslaagd hun
argumenten te weerleggen. De foto's werden wel aan de stukken
toegevoegd, maar daar was dan ook alles mee gezegd.'

'Maar met die stoel zit dat anders?'

'Nee, hoor.'

'Hoezo niet? Na mijn verklaring aan dottor Camilleri hebben
ze hem gevonden en in beslag genomen.'

'Maar hij wordt niet als relevant beschouwd.'

'Hoe bedoelt u?'

'De stoel wordt niet als een voorwerp beschouwd dat iets met
het misdrijf te maken heeft.'

'Maar morgen staat u op en zegt u: Zo en zo zit het.'

'Zo eenvoudig is het niet.'

'Waarom niet?'

'Omdat ze het niet willen begrijpen, ze willen straffen opleggen. En wie die straffen krijgt staat allang vast. Dit is geen proces
zoals in van die Amerikaanse speelfilms. En ook in Amerika zal
het er in werkelijkheid anders aan toegaan. Hoe dan ook, bij ons
in Italië noemen we dit een processueel ritueel. Het is een

ceremonie die dient om de straf aannemelijk te maken. Het is een hopeloze zaak om de zitting nu nog om te gooien. Je slaagt er gewoon niet in de rechters ervan te overtuigen dat we weer van voren af aan moeten beginnen, dat de moord op een geheel nieuw motief en andere daders terug te voeren is.'

Terzani schudde zijn hoofd, niet echt overtuigd. Hij keek in zijn achteruitkijkspiegel en gaf gas.

'Waarom ga je ineens zo hard rijden?'

'Vanwege die zenuwpees die achter me zit te toeteren. Hij zit al de hele tijd op mijn bumper, als ik zachter ga rijden en naar rechts ga, haalt hij me niet in.'

Scalzi hoorde het geclaxonneer van de auto achter hen nu ook. Terzani gaf plankgas.

'Rij maar iets zachter,' zei Scalzi, 'dit is een gevaarlijke weg.'

Terzani ging op zijn rem staan. Ze hoorden de banden van de Citroën DS achter hen piepen. De twee auto's kwamen vlak achter elkaar tot stilstand, er zat nog geen centimeter tussen.

'Nu is het genoeg geweest', zei Terzani pislink en hij gooide zijn portier open. De DS zakte met een gedempte fluittoon naar onderen, alsof de wagen een diepe zucht slaakte...

'Jullie gaan toch geen ruzie schoppen, hè?' Sara lachte, terwijl ze zich over de benen van de bestuurder heen boog.

Terzani veegde het zweet van zijn voorhoofd.

'Laten we even ergens iets gaan drinken', stelde Sara voor.

De bar van nachtclub Ciukeba, in het pijnboombos op de rotsige kust bij Castiglioncello, was zo goed als leeg. De obers waren de tafeltjes voor de avond aan het dekken. Een klant zat aan de tap een aperitiefje te drinken en wat met de barman te dobbelen. Het viertal nam achter in de zaal plaats. Door de open voordeur kon je de gouden lucht boven de zee langzaam rood zien worden.

Sara zei dat ze de Campagnola net voor Castiglioncello hadden zien rijden en dat ze meteen Scalzi's vierkante hoofd had herkend. Guido had vanaf Florence de weg richting Volterra genomen, omdat hij van de gelegenheid gebruik wilde maken een vriend in Cecina op te zoeken.

De analist zette de drankjes aan de kant en vouwde een brief op tafel die vol met cijfertjes en technische termen stond.

'Dus het is bloed?'

'Inderdaad, maar wel van runderen', antwoordde Guido.

'Als dit geen bewijs is!' Terzani wapperde triomfantelijk met het document.

32

Het medium

Op maandag werden allereerst de politiemannen gehoord die het lijk destijds op de Monte Merlato hadden geborgen. Scalzi was er met zijn gedachten niet bij. Zondagavond had Sara erop gestaan dat ze in een duur restaurant aan de rotskust van Calafuria zouden gaan eten. De advocaat had natuurlijk de rekening betaald, dat was wel het minste wat hij kon doen.

Scalzi had moeten aanzien hoe het meisje ineens de analist was gaan versieren, toen ze doorkreeg dat Scalzi er geen oren naar had. Sara leek te stralen, maar niet heus. Guido was duidelijk gevleid, maar werd er ook een beetje verlegen van. Vurige blikken, ondubbelzinnige knipoogjes. Dankzij zes flessen Vernaccia di San Gimignano met zijn vieren verdwenen de remmingen. Ze liepen hand in hand het restaurant uit en waren elkaar al aan het tongzoenen voordat ze de auto in stapten. In het hotel van Scalzi vroegen ze ten slotte om een tweepersoonskamer. Als klap op de vuurpijl had ze hem plagerig aangekeken toen hij om de sleutel van zijn eigen kamer vroeg, alsof ze wilde zeggen: nu trek je je haren zeker uit je hoofd, slome duikelaar, ik red me zonder jou ook wel.

Scalzi was tijdens de zitting nog helemaal van slag, ook al wist hij niet goed waarom. Hij had Sara zelf duidelijk gemaakt dat hun amourette geen vervolg zou krijgen. Waarom had hij dan toch een rotgevoel, alsof ze hem bedrogen had? Misschien omdat het allemaal zo vlak voor zijn neus was gebeurd? Maar wat wilde hij nou? Guido was een vlotte, sportieve jongeman, een tenniskampioen, die overal voor open stond en bemiddeld was. Het tegenovergestelde van Scalzi, die minder aantrekkelijk en van middelbare leeftijd was, en bij het kopen van kleren meer zijn portemonnee dan de mode in de gaten hield. Het was eigenlijk niet meer dan normaal dat Sara een voorkeur voor een type als Guido had. Tijdens het eten had Guido quasi-geïnteresseerd wat vragen over de rechtszaak gesteld. Scalzi had een ernstig beroepsmatig antwoord gegeven, om de kloof te benadrukken die er tussen de rijke levensgenieter en hemzelf bestond. Hij, die de kost met duistere, weerzinwekkende zaken moest verdienen. Uit het beleefde, ietwat ironische glimlachje van Guido viel op te maken dat hij begreep dat hij door Scalzi werd benijd. Scalzi wilde maar wat graag met hem ruilen. Omdat Scalzi met nogal veel lieden van de zelfkant der maatschappij te maken kreeg, moest hij voortdurend op zijn hoede zijn. Hij had altijd zijn tentakels uitstaan. Het was een wereld die aan de meeste geprivilegieerden, zoals ook Guido, voorbijging. Had hij maar een ander specialisme gekozen: merkenrecht, onderne-mingsrecht, belastingrecht, civiel recht... Dan had hij potver-domme dicht bij het grote geld gezeten. Dan had hij niet zo met de problemen van die arme sloebers opgescheept gezeten, die toch altijd aan het kortste eind trokken...

Misschien had hij dat gevoel van onbehagen ook wel gekre-gen, omdat Olimpia zich na dat akkefietje met Sara niet meer had laten zien. Olimpia was over het algemeen vrij nuchter in die dingen. Ze kon heel enthousiast zijn, maar ze kon ook over-dreven oppervlakkig doen als het om hun relatie ging of wanneer ze zag dat Scalzi veel zorgen aan zijn kop had. Scalzi had haar reactie wel een beetje overdreven gevonden en vroeg zich af of ze misschien op een breuk probeerde af te stevenen.

Waarom zou Olimpia ook bij hem blijven? Wat had hij zo'n leuke, intelligente en onafhankelijke vrouw, die ook nog eens veel jonger was, in godsnaam te bieden? Echt boeiend was hun relatie niet meer te noemen: ze gingen één keer in de week naar de bioscoop, ze hadden ook wel eens een etentje bij vrienden, maakten soms een uitstapje en wisselden elkaars boeken uit. De seks was ook niet meer wat het geweest was, de leeftijd begon te tellen. Het libido neemt door al die kwellende gedachten tijdens zo'n proces alleen maar af. *Chillo non vuole pensieri*, zeggen ze in Napels: hij, de jongeheer, moet niet al te veel aan z'n kop hebben. Die verdomde processen! Hele nachten zat hij aan zijn bureau over het oud papier gebogen. Het was nog slecht voor je ogen ook, al die verschoten kopieën met dat bureaucratische taalgebruik. Hoogdravende taal waarin koffie niet werd 'gedronken' maar 'genuttigd', en waarin mensen zich van a naar b 'begaven'. Onuitstaanbaar en soms alleen nog overtroffen door het vonnis. Als hij in de toekomst ooit een boek zou gaan schrijven, gebaseerd op zijn ellendige ervaringen, zou zijn stijl al bij voorbaat verpest zijn. Overigens een onzalig plan dat altijd weer op de lange baan werd geschoven, juist vanwege die scribenten die als bloedzuigers alle energie uit hem zogen.

Olimpia had tijdens dit proces enthousiast meegeleefd, ze leek door hetzelfde virus te zijn aangestoken. Maar was dat wel oprecht? Of had ze gewoon gedaan alsof? Misschien was dat gedoe om Sara gewoon een smoesje, of het was de druppel die de emmer had doen overlopen…

Het duurde even voordat Scalzi in de gaten kreeg dat het Emanuela Torrini was die in de getuigenbank had plaatsgenomen en antwoord gaf op de vragen van de officier van justitie. Iemand in het publiek had last van een hoestaanval. Scalzi draaide zich om en zag Terzani, die naar de getuige wees en daarbij driftig knikte om aan te geven dat zij het was, die vrouw die hij in de deuropening van Il Botro had zien staan.

De officier van justitie bracht de brief met de aanhef 'Lieve Eraldo' ter sprake. Ja, zij was feitelijk degene geweest die de brief aan de politie had overhandigd. Eigenlijk had Gerbina haar gevraagd of ze hem op de bus wilde doen, maar ze had hem geopend en gelezen. Nee, niet uit nieuwsgierigheid, maar omdat ze als vriendin van de overledene de waarheid omtrent zijn dood wilde achterhalen. Ja inderdaad, het klopte dat dottor Camilleri haar toen had gevraagd of ze haar medewerking wilde verlenen. Ja, ze had een gesprek met Gerbina opgenomen op een klein recordertje dat ze in haar handtasje verstopt had. En dat bandje dat de officier van justitie in zijn hand had, was inderdaad het bandje in kwestie.

Dottor Corbato diende opnieuw een verzoek in het bandje voor de jury te mogen afspelen. De president riep de hulp in van een bode. Stilte in de zaal. De boxen vulden de ruimte met het geruis van het cassettebandje, waar maar geen einde aan leek te komen. Bij de eerste woorden sloeg Gerbina haar hand voor de mond, haar gezicht werd vuurrood. Ze kon haar tranen nauwelijks bedwingen.

'De eerste stem', lichtte de officier van justitie toe, 'is die van verdachte Gerbina Baluardi, de tweede van Emanuela Torrini.'

Stem 1: 'Nee, ik begrijp echt niet waar jij bang voor zou moeten zijn.'

Stem 2: 'Luister dan toch. Iedereen weet van die abortus. Jolanda heeft alles verteld. En van wie heb jij haar adres? Juist, van mij. Snap je nu dat het voor mij ook link is?'

Stem 1: 'Ik geloof er niks van dat Jolanda iets gezegd heeft, want dan draait ze zelf ook de bak in.'

Stem 2: 'Ze hebben je telefoon afgeluisterd. En toen jullie met een taxi naar Jolanda gingen...'

Stem 1: 'Geen paniek. Jolanda is een prostituee, een hoertje, haar nemen ze toch niet serieus. Maak je daar maar geen zorgen over.'

Stem 2: 'Dat doe ik dus wel, en niet zo'n klein beetje ook. Jullie moeten snel op een lijn gaan zitten en samen met een advocaat...'

Stem 1: 'Ik heb Betta al naar de advocaat gestuurd.'

Stem 2: 'Barbarini?'

Stem 1: 'Ja.'

Stem 2: 'Die is goed.'

Stem 1: 'Betta heeft tegen de advocaat gezegd dat ze alles zelf heeft bedacht. Dat ze zelf het adres heeft achterhaald en zo. Jolanda deed vervolgens wat ze moest doen en heeft alles in de rivier gegooid... Dus wat er ook gebeurt: jij en ik hebben er niks mee te maken.'

Stem 2: 'Maar ze weten alles al.'

Stem 1: 'De advocaat heeft tegen Betta gezegd dat ze gewoon moet toegeven dat ze abortus heeft gepleegd, als de politie haar onder druk zet. Ze moet zeggen dat ze zwanger was van Stivi, en die komt dat dan bevestigen.'

Stem 2: 'Maar ze weten alles al! Ze hebben de bewijzen al in handen. Alles wat jullie tegen elkaar gezegd hebben, van a tot z. En als ze alles gaan onderzoeken...'

Stem 1: 'Wat dan?'

Stem 2: 'Ja, wat denk je...'

Stem 1: 'Maar ze was zwanger van Stivi. En trouwens, Betta kan ook zeggen dat ze helemaal niet naar Jolanda is geweest. Dat ze een spontane abortus heeft gehad na alle spanningen rondom de dood van haar vader.'

Stem 2: 'Als jullie me in de nesten werken, verzeker ik je dat Teclo zijn mond open zal doen. Ik beschouw Teclo als mijn eigen zoon. Dus als ik in de problemen raak, zorgt Teclo ervoor dat jullie allemaal de bak in draaien. Uit wraak.'

Stem 1: 'Nou, fijne jongen hoor, die Teclo van jou.'

Stem 2: 'Het is een zware last die als een steen op mijn maag ligt. Ik weet niet hoelang ik het nog volhoud...'

Stem 1: 'Stel je niet aan.'

Stem 2: 'Ik ga er kapot aan.'

Stem 1: 'Zeg dan gewoon tegen de politie dat jij haar het adres hebt gegeven. Wat kan mij het schelen?'

Stem 2: 'Ja, dat is mooi. Dan sluiten ze me meteen op. En reken maar dat ik dan alles vertel, hoor...'

Stem 1: 'Je doet maar, het zal me een worst wezen als wij de bak in draaien. Als ze Betta maar niet opsluiten, ze is nog zo jong, ze was nog minderjarig toen het gebeurde.'

Stem 2: 'Waarom wil je mij mee de afgrond in trekken?'

Stem 1: 'Luister, jij wilde het toch zo nodig?'

Stem 2: 'Maar met die moord wil ik niks te maken hebben, afgesproken?'

Stem 1: 'Wie heeft het over een moord?'

Stem 2: 'Ach kom nou. Jullie hebben altijd gezegd: als ze achter de abortus komen, draai jij ook voor die moord op.'

Stem 1: 'Wie heeft dat gezegd? Verdomme nog aan toe! Luister, Emanuela, je bent gewoon een klein kind. Als ik dat had geweten, had ik je nooit iets verteld.'

Stem 2: 'Je had me inderdaad beter niks kunnen vertellen.'

Stem 1: 'Zeg dat wel.'

(Een deur ging open, er klonken wat voetstappen en er werd iets onverstaanbaars gefluisterd, een voorwerp werd verschoven. Stilte. De opname werd afgebroken.)

'Waarop doelde signora Baluardi toen ze zei dat ze beter niks had kunnen vertellen?' De president stelde de vraag op zachte toon, alsof het om iets onbelangrijks ging.

'Edelachtbare, ze doelde op de moord van haar man', zei Emanuela Torrini.

'Had ze u daarover in vertrouwen genomen?'

'Dat klopt.'

'Over wat voor ontboezemingen gaat het dan?'

'Ze was feitelijk bang dat de ziel van haar man op haar neer zou kijken… Vanwege de manier waarop hij was gestorven.'

'En wist signora Baluardi dan hoe haar man was overleden?'

'Dat wist ze, ja.'

'En hoe dan? Signora, moet ik soms elk woord uit u trekken? Hoe is Baluardi overleden?'

'Hij is vergiftigd met een injectie.'

'Heeft Gerbina u dat toevertrouwd?'

'Ja.'

Gerbina sprong op. 'Liegbeest', schreeuwde ze. 'Vuil liegbeest dat je er bent. Het is niet waar. Het is allemaal gelogen. Zorg dat dat serpent haar kop houdt.'

Betty begon ook te schreeuwen. Het rumoer op de publieke tribune zwol aan. Twee carabinieri probeerden de vrouwen terug op hun plek te krijgen, maar ze rukten zich los en bleven krijsen. De president timmerde hard met zijn hamer op zijn tafel en gaf de carabinieri de opdracht de twee vrouwen uit de zaal te verwijderen. Terwijl moeder en dochter werden afgevoerd, bleef het publiek allerlei verwensingen naar hun hoofd slingeren. De president stond op en verliet de raadszaal. De juryleden volgden hem.

De zitting was nog niet hervat of Scalzi stond al op zijn achterste benen. 'Edelachtbare, op deze manier kunnen we niet verdergaan. Ik verzoek u de publieke tribune tot kalmte te manen. Dit is geen fair proces meer, maar een openbare terechtstelling.'

'Advocaat,' antwoordde de president koeltjes, 'u kunt in het wetboek nalezen dat de ordehandhaving tijdens de zitting tot mijn taken behoort.'

'En dat is ook precies wat ik u vraag, of u de orde wilt handhaven, of u het geschreeuw en de beledigingen in de kiem wilt smoren.'

'Als ik me niet vergis waren het uw cliënten die ermee begonnen zijn. En tegen een getuige nog wel! Als u signora Torrini nog aan een kruisverhoor wilt onderwerpen, kunt u daar nu mee beginnen. En anders dien ik een verzoek in vanwege vrees voor partijdigheid, dan zullen we wel zien wat de Hoge Raad beslist. U zegt het maar.'

Scalzi wist dat een eventueel verzoek om het proces naar een ander gerechtshof te verplaatsen, vanwege de verdenking dat de rechtbank vooringenomen was, vast en zeker door de Hoge Raad zou worden afgewezen. 'Ik zal beginnen met mijn kruisverhoor, maar als er nog een keer zo'n kabaal wordt gemaakt, verlaat ik deze zaal. Ik wens niet aan deze lynchpartij mee te werken.'

'Let op uw woorden, advocaat.'

'Ik weet wat ik zeg, edelachtbare, het is mijn vak mijn woorden goed af te wegen voordat ik ze uitspreek.'

'Ik neem aan dat u weet dat die gedurfde uitspraken in het proces-verbaal worden opgenomen? Nietwaar, dottor Corbato?'

Dottor Corbato knikte. 'Inderdaad, ja. Het OM zal zich erover buigen.'

'U doet maar wat u nodig acht,' zei Scalzi bars tegen de officier van justitie, 'ik neem mijn woorden niet terug.'

Vervolgens richtte hij zich tot het medium. 'Signora Torrini, het is geloof ik niet de eerste keer dat u als getuige bij een proces optreedt, klopt dat?'

Emanuela gaf geen antwoord. Ze keek de president perplex en met opengesperde ogen aan, alsof ze hem om raad vroeg op de vraag te antwoorden ja of nee.

'De advocaat is misschien iets te nieuwsgierig, maar beantwoordt u de vraag maar signora', zei de president.

De eerste klap bleek een daalder waard. Scalzi stelde tevreden vast dat zijn aanpak werkte. Als hij daarnet niet zo fel had uitgehaald, was de laatste vraag gegarandeerd niet toegelaten. Hij had Dicagiuro op het verkeerde been gezet. Het risico van een berisping wegens belediging van de rechtbank nam hij daarbij op de koop toe.

'Ik, uhm… Ik weet het eigenlijk niet meer zo goed', stotterde het medium.

'Denkt u eens goed na, signora. Zegt het proces van de "duivelse geliefden" u misschien iets, dat plaatsvond in de rechtbank van Lucca?'

'Het is in feite alweer zoveel jaren geleden…'

'Het is feitelijk slechts drie jaar geleden, signora. U hebt destijds verklaard dat de verdachte Tassini en zijn minnares, signora Serrati, uw hulp als medium hadden ingeroepen. Ze wilden zo een vloek over de echtgenoot van signora Serrati laten uitspreken die hem fataal moest worden. Dat hebt u onder ede verklaard, nietwaar?'

'Het lijkt me... Ik...'

'Vervolgens hebt u verklaard dat Tassini u kwam opzoeken om te vertellen dat de vloek niet meer nodig was, aangezien hij al iemand anders had ingehuurd om het klusje te klaren. Is ook dat waar?'

'Ik was getuige in dat proces, ja.'

'Dus het was niet de eerste keer dat iemand u vertrouwelijke mededelingen over een moord deed? In het ene geval zelfs nog voor er iets gebeurd was. Vindt u dat zelf ook niet een beetje merkwaardig, signora? U lijkt wel een vrouwelijke priester die overal de biecht afneemt.'

'Ach, weet u, met het beroep dat ik uitoefen...'

'O ja. Welk beroep oefent u eigenlijk uit, signora? Dat moet u me eens uitleggen. Ik ben namelijk geen expert op het gebied van sjamanisme. U spreekt vloeken over iemand uit en u bezorgt mensen het boze oog?'

'Nee, nooit. Ik hou me niet met zwarte magie bezig. Als het moet verlos ik mensen wel van een vloek, ik kan duistere machten ongedaan maken.'

'Is dat zo? En wat hadden die duivelse geliefden dan bij u te zoeken?

Goed, terug naar waar het om gaat. Signora, heeft Gerbina uw hulp als medium ingeroepen of hebt u zichzelf opgedrongen? Kunt u verklaren waarom iemand die een moord heeft gepleegd, of daartoe opdracht heeft gegeven, wat op hetzelfde neerkomt, uitgerekend bij u komt om zijn rol in die moord op te biechten? Ik stel me zo voor dat daar toch een reden voor moet zijn, er moet iets aan vooraf zijn gegaan. Maar wat?'

'Gerbina heeft me feitelijk verteld dat ze zich zorgen maakte omdat haar man zo onrustig was...'

'En waarom was hij zo onrustig?'

'Dat heb ik ook aan hem gevraagd.'

'Aan wie?'

'Aan Giuliano Baluardi.'

'Werkelijk? U hebt signor Baluardi gesproken? En wat was zijn antwoord?'

'Dat hij zo onrustig was omdat hij geen rust in zijn graf kon vinden.'

'Even voor de duidelijkheid, signora Torrini, wilt u daarmee beweren dat u met signor Baluardi zaliger gesproken hebt?'

'Ja, met zijn ziel.'

'Vindt u het erg als ik het even samenvat? Ik zei daarnet al dat ik niet erg thuis ben in deze materie. Na de dood van haar man heeft Gerbina bij u om, laten we zeggen, professionele bijstand gevraagd. Omdat haar man onrustig was. Is het zo gegaan?'

'Ja.'

'En wie heeft Gerbina verteld dat de ziel van haar man geen rust had? Hoe wist ze dat?'

'Dat heb ik haar verteld, wie anders?'

'Natuurlijk, want u kunt met de doden praten. Heel logisch. Dus u bent als eerste naar Gerbina gegaan en hebt haar verteld dat de ziel van haar man geen rust kon vinden, klopt dat?'

'Ja.'

'Mooi. En u hebt natuurlijk tegen haar gezegd dat ze iets moest ondernemen om die ziel tot rust te laten komen, is dat correct?'

'Wanneer iemand zo'n gewelddadige dood is gestorven, zit er feitelijk weinig anders op.'

'Uiteraard, zo'n ziel kan geen rust vinden, die moet je helpen. Dat snap ik nog wel. En wat hebt u haar concreet aangeraden?'

'Dat ze de ziel de weg moest wijzen.'

'Juist. Edelachtbare, wilt u de bode vragen of hij het bewijs-stuk met de plattegrond aan de getuige overhandigt? Dank u wel.'

De president bladerde een beetje verveeld door de stukken, tot hij het bord met de letters en cijfers met het plattegrondje van de Monte Merlato op de achterkant vond. Hij gaf het bord aan de bode die het weer naar Emanuela bracht.

'Mag ik even bij de getuige gaan staan?'

'Gaat uw gang.'

Scalzi vouwde het bord open met de kant van de cirkel en de letters en cijfers naar boven. 'Signora, is dit, laten we zeggen, het gereedschap van uw vak?'

'Dat klopt, op het bord komt een kopje te staan dat heen en weer schuift.'

'En die cijfers en letters hebt u erop gezet? Is dat uw handschrift?'

'Ja.'

'Juist. Dan draaien we het bord om en zien we een tekening met wat woorden als "Merlato" en "feeënkuil". Hebt u die tekst er ook bij geschreven?'

'Nee, dat heeft Gerbina gedaan.'

'Gerbina? Gerbina Baluardi?'

'Precies, ja.'

Er verscheen een boosaardige grijns op het slappe gezicht van Emanuela. Terwijl ze Scalzi met haar ronde oogjes aan bleef staren, stak ze tevreden haar enorme gok in de lucht, die zo nep leek als een clownsneus. Scalzi knikte en deed alsof hij ontstemd was. Hij draaide zich om en liep langzaam terug met het bord in zijn hand.

De krachtige stem van het medium galmde door de zaal. 'Gerbina heeft dat geschreven.'

'O ja?' Scalzi draaide zich om. 'En hoe weet u dat zo zeker?'

'Hoe ik dat weet?'

'Precies, hoe weet u zo zeker dat dit het handschrift van Gerbina is?'

'Omdat ik…'

'Misschien was u er wel bij toen Gerbina deze tekst op de

achterkant van het bord krabbelde?'

'Dat klopt, ja.'

'U was erbij. Oké, dus er werd een plattegrondje getekend om de ziel van haar man de juiste weg te wijzen, formuleer ik het zo goed?'

'Ja.'

'En wat staat er allemaal op het plattegrondje?'

'Hoe bedoelt u?'

'Kijkt u eens goed naar de tekening, signora. Ziet u die vijf kruisjes, daar?'

'Ik zie ze, ja.'

'Waar staan die kruisjes voor? Bij eentje staat geschreven "feeënkuil".'

'O, dat weet ik niet meer.'

'Dan zal ik uw geheugen wel even opfrissen.' Scalzi verhief zijn stem. 'Deze punten hebt u aangewezen en ze geven aan waar Gerbina fakkels moest plaatsen. De bedoeling was dat de ziel van de overledene langs deze fakkels naar een van de diepe spelonken op de Merlato geleid zou worden. Want daar had het lichaam eigenlijk naartoe gemoeten, hè? In zo'n spelonk, slechts een paar meter verwijderd van de plek waar het levenloze lichaam van Baluardi was aangetroffen. Maar de doden zijn blind in het donker en hebben licht nodig, nietwaar?'

'In feite is het zo dat...'

'Wie heeft het pad naar de top van de Merlato getekend?'

'Ik heb het plattegrondje getekend.'

'Juist. En waarom eigenlijk?'

'Om Gerbina de weg te wijzen.'

'Natuurlijk, u moest Gerbina de weg wijzen. Ze was niet bekend op de Monte Merlato, maar u wel, hè? U bent op deze berg opgegroeid, u hebt uw kinderjaren toch op deze berg doorgebracht, nietwaar? Op de grond van de Pool?'

'Wat heeft dat ermee te maken?'

'Hebt u uw kinderjaren op de Monte Merlato doorgebracht, ja of nee?'

'Ja.'

'En de tekst op de plattegrond, die van uw hand is, hebt u aan Gerbina gedicteerd.'

'Ik moest haar toch wijzen…'

'En toen hebt u het bord per ongeluk in het huis van Gerbina laten liggen…'

'In feite heb ik het achtergelaten, om…'

'En prompt tovert de politie het bord in een nachtkastje tevoorschijn. Nu moet u me eens vertellen, signora Torrini, en ik wil u er daarbij aan herinneren dat u onder ede staat… Het is vast niet de enige keer geweest dat u Gerbina iets gedicteerd hebt. Die brief aan Eraldo hebt u ook gedicteerd, nietwaar?'

Terwijl Emanuela probeerde iets van een ontkenning uit te stamelen, was Scalzi al met de volgende vraag bezig over de lege flacon myotenlis die in het magazijn van Il Portichetto was aangetroffen. Ze bevestigde dat ze de sleutels van het magazijn van Gerbina had gekregen, maar daarna sloeg ze helemaal dicht en antwoordde ze alleen nog maar ontkennend. Nee, zij had het flacon niet in een spleet van de muur verstopt. Nee, nee en nog eens nee. Toen Scalzi het rijtje juryleden afging zag hij desalniettemin een aantal verbluffte gezichten.

Het slappe gezicht van Torrini stond ineens een stuk strakker, alsof ze plotseling hoge koorts had gekregen, haar grijze bos haren leek minder stug. De ogen waren niet rond, maar eerder dreigend als de ogen van een everzwijn. Scalzi had het even helemaal met haar gehad. Als ze nog een keer 'feitelijk' zegt, dacht hij, ram ik haar kop eraf. Hij werd weer misselijk bij de gedachte aan de sterke eau de cologne-geur, vermengd met droog stro, die hij had geroken toen hij naast haar stond. Diezelfde geur die hij in Gerbina's slaapkamer had geroken. Zou ze soms echt een heks zijn? Zou ze straks plots in een kat veranderen en met een grote sprong de zaal verlaten?

Toen Scalzi klaar was met zijn kruisverhoor, stond het zweet op zijn voorhoofd. Dat de getuige een door de tegenpartij gestuurde provocateur was, dat zou een klein kind inmiddels begrepen hebben. Hij had geen spaan van haar heel gelaten: de brief aan Eraldo was gedicteerd door het medium, de ontboezemingen op het cassettebandje gingen over de abortus van Elisabetta en niet over de moord, en Torrini was degene die met het adres van een engeltjesmaakster was gekomen. Er bestond ook een sterk vermoeden dat zij degene was geweest die de flacon myotenlis in het magazijn had achtergelaten. Toen ten slotte ook nog eens duidelijk werd dat ze de Monte Merlato op haar duimpje kende, lag het er allemaal wel heel dik bovenop.

De zitting was verdaagd naar de volgende dag, rechters en juryleden hadden de zaal al verlaten, de journalisten en het publiek stroomden richting uitgang. Terwijl Scalzi met zijn toga aan nog steeds wat op zijn plek zat uit te puffen, stapte Terzani vol bewondering op hem af. 'Geweldig!'

'Wat?'

'Nu hebben we ze te pakken.'

Terzani moest een uitnodiging overbrengen van Barbarini, die net de zaal had verlaten. Avondeten bij hem thuis, geen zware kost, maar wel lekkere hapjes. Signora Barbarini wilde Scalzi feliciteren, en had ook de student uitgenodigd. Met dat laatste gegeven leek Terzani erg in zijn nopjes te zijn.

Toen Scalzi binnenkwam zag hij tot zijn grote verrassing Olimpia naast de oude Barbarini zitten. Het beige hondje had de kop op haar knieën gelegd en liet zich lekker vertroetelen.

'Jij hier?' zei Scalzi.

'Ik heb haar uitgenodigd', zei Beatrice, die in de keuken achter het fornuis stond.

'Je vindt het toch niet erg, hè?' Olimpia glimlachte dubbelzinnig, alsof ze niet echt welkom was.

'Ik? Waarom zou ik?'

'Ik weet niet... Misschien verblijf je liever in ander gezelschap?'

'Laten we er een punt achter zetten, oké?' fluisterde Scalzi.

Olimpia liep naar de keuken om Beatrice een handje te helpen. Scalzi hoorde de twee vrouwen als oude vriendinnen smoezen.

Aan tafel werd de overwinning van Scalzi op het medium gevierd. Om en om prezen Terzani en Beatrice de grote held die over het kwaad had gezegevierd. Olimpia keek Scalzi een beetje tersluiks aan met een ironisch glimlachje, maar het was wel duidelijk dat zij ook opgetogen was. De student en Beatrice dikten het wel een beetje aan en bewierookten hem zowat tot een mythe. Terzani was ervan overtuigd dat Torrini een heks was: de hypnotische ogen, de katachtige bewegingen, de duivelse sluwheid. Beatrice deed er nog een schepje bovenop vanuit een historisch en etnografisch perspectief. Een vrouw als Torrini wilde het sjamanisme uit donkere tijden, dat hier en daar in een paar uithoeken op het platteland van Italië nog altijd bestond, weer nieuw leven inblazen. Zelfs de Romeinen hadden deze oude gebruiken niet kunnen uitroeien. Scalzi had een vorm van exorcisme bedreven.

'Dat met die vrouwelijke priester was erg sterk', zei Terzani.

'En toen je met dat proces van de duivelse geliefden op de proppen kwam en duidelijk werd dat je alles van haar wist! Dat sloeg echt in als een bom', benadrukte Beatrice prijzend.

'Is ze werkelijk op de Monte Merlato opgegroeid', vroeg Terzani.

'Dat wist ik van Barbarini,' preciseerde Scalzi, 'ere wie ere toekomt.'

De oude Barbarini knikte toestemmend. 'En hoe reageerde de rechtbank?'

'Je had ze moeten zien', schaterde Beatrice. 'Verbazing alom, ze waren stuk voor stuk in verlegenheid gebracht. Alle houvast was in één klap de grond in geboord. Ik denk dat ze wel beseften dat dit voor hetzelfde geld tot een gerechtelijke dwaling had kunnen leiden.'

'Nou, ik ben nog niet zo optimistisch.' Scalzi was opgevallen dat de president en de andere rechter druk met elkaar aan het kletsen waren toen de getuige begon te wankelen. Geen van beide mannen leek erg onder de indruk van het debacle.

Toen ze zich in Scalzi's hotelkamer aan het uitkleden waren, vroeg hij aan Olimpia: 'Waarom ben je eigenlijk bij mij?'

Olimpia nam haar tijd alvorens te antwoorden. 'Waarschijnlijk omdat je zo uit zo'n oude Amerikaanse zwart-witfilm van na de oorlog zou kunnen stappen. *It's a Wonderful Life* van Frank Capra, dat soort films. Je naïviteit is meelijwekkend. Je droomt van het onmogelijke. Neem nou deze rechtszaak, je denkt werkelijk dat je die twee vrouwen vrij kunt krijgen. Als ik er niet zou zijn om je af en toe met een klap uit die droom te helpen…'

'Dus je bent niet meer boos?'

'Voor even.'

33

Spontane verklaring

Scalzi had wel op een onverwachte wending gerekend, en die kwam dus ook, punctueel. Eraldo Tofanotti ging een verklaring afleggen. De verklaring van de ober werd voorafgegaan door een korte toespraak van zijn toegevoegd advocaat.

Roberto Scarpati, een lange, magere man met een uitgemergeld gezicht en paardentanden, had nog geen enkele zitting gemist, hoewel hij daar niet voor betaald werd. Zo'n proces was een mooie kans om je naam in de kranten te krijgen, om aanzien op te bouwen. Hij zag bleek van de spanning, en zijn plechtige stem sloeg af en toe over. 'Edelachtbaren, leden van de jury, tijdens de zitting van gisteren is in bedekte termen geïnsinueerd...'

'In bedekte termen?' bromde Scalzi hardop, opdat iedereen het zou horen. 'Zelfs de stoelen in deze zaal zagen nog wel in dat signora Torrini een door het OM geïnstrueerde getuige was.'

'Ik wil vooropstellen dat ik me van dergelijke methoden distantieer,' ging Scarpati verder, 'het is niet mijn tactiek het justitieel apparaat in diskrediet te brengen, teneinde een sluier van verdenkingen over het bewijsmateriaal te leggen. Ook mijn cliënt is geschrokken van de felle toon tijdens de hoorzitting gisteren. Dat is de reden waarom hij mijn advies gewoon op vragen van de partijen te antwoorden, naast zich neer heeft gelegd. Omdat hij eenzelfde laaghartige aanval vreest, als die arme, weerloze vrouw van gisteren.'

'Weerloos?' onderbrak Scalzi hem weer. Het was Scalzi inmiddels duidelijk dat ze de toegevoegd advocaat naar voren hadden geschoven om de boel te lijmen. Als de officier van justitie in de aanval was gegaan, dacht Scalzi, had hij hem direct lik op stuk gegeven. Maar die hield zich al een paar dagen gedeisd. En daarom kwam er hulp uit onverwachte hoek in de gedaante van die hielenlikker. Het advocaatje dat zich in de rechtbank het vuur uit de sloffen liep om in ruil voor zijn diensten weer een treetje hoger op de ladder te kunnen klimmen.

'Desalniettemin is mijn cliënt Eraldo Tofanotti, die vooraf van zijn recht gebruik heeft gemaakt geen vragen te beantwoorden, van zins een verklaring af te leggen. Het is een spontane verklaring, waarvan de strekking mij geheel onbekend is.'

Die vuile marionet, dacht Scalzi, ik durf te wedden dat hij die imbeciel gisteren tot ver na de officiële bezoekuren van de gevangenis voor deze verklaring heeft klaargestoomd.

De president verzocht Eraldo plaats te nemen in de getuigenbank. Tofanotti ratelde zijn verhaal af, zonder één keer fatsoenlijk adem te halen.

Hij was die avond vroeg naar bed gegaan omdat hij afgepeigerd was. Hij huurde een kamer in een zijstraatje van de Via della Madonnina, niet ver van Il Portichetto. Hij deelde de kamer met de andere ober, Teclo Scarselli. Deze laatste had hem ergens tussen halftwaalf en middernacht wakker gemaakt. Teclo had gezegd dat hij zich zo snel mogelijk moest aankleden omdat er iets gebeurd was in Il Portichetto. In het voorste zaaltje van het trattoria lag Giuliano Baluardi languit op een ligstoel. Hij ademde niet, waarschijnlijk was hij al dood. Teclo overhandigde hem de sleutels van de oude Fiat 1100 van Baluardi. Eraldo moest de wagen, die langs de rivier geparkeerd stond, voor de deur van Il Portichetto zetten. Teclo had geen rijbewijs. Toen hij met de auto arriveerde moest hij Teclo helpen het lichaam op de achterbank te tillen. Hij deed wat Scarselli hem opdroeg omdat hij bang voor hem was. Ze reden de Monte Merlato op en parkeerden de auto op het nauwe stuk bij de boerderij van de Pool. Ze tilden het lichaam van Baluardi uit de auto en begonnen richting de feeënkuilen te lopen. Toen ze in de buurt van een spelonk kwamen, zagen ze het groot licht en hoorden ze het getoeter van de vlinderjager. Daarop gooiden ze het lichaam op de grond en renden ze terug naar de Fiat 1100. Teclo wilde in eerste instantie nog wachten tot de vlinderjager weer zou vertrekken, om alsnog het lijk in de spelonk te gooien. Omdat ze bang waren dat hij het lichaam zou ontdekken gingen ze ervandoor. Maar hoe Baluardi overleden was dat wist hij niet. Hij was er niet bij geweest. Hij had alleen moeten helpen het lichaam te verbergen, verder niks.

'Ahum', de toegevoegd advocaat schraapte luid zijn keel. Eraldo draaide zich om en keek hem aan.

'Was dat uw hele verklaring?' vroeg de advocaat.

'Ja', bevestigde Eraldo.

'Goed,' zei de president, 'u mag weer naar uw plek terug.'

Eraldo liep, begeleid door een carabiniere, terug naar de beklaagdenbank. Toen hij langs de tafel van de advocaten liep, keek Scarpati hem hoofdschuddend aan. Eraldo nam plaats en keek hem vragend aan. Scarpati spreidde nog steeds hoofdschuddend zijn armen.

Eraldo kwam weer overeind. Nu komt de genadeklap, dacht Scalzi, blijkbaar was hij hem vergeten.

'Sorry, maar…'

'Ja?'

'Ik ben nog iets vergeten te vertellen, ik weet niet of het zo belangrijk is…'

'U moet alles zeggen wat u weet,' berispte de president vaderlijk, 'wilt u weer naar voren komen?'

'Dat is niet nodig, het is zo gezegd. Toen ik met de auto bij Il Portichetto aankwam en ook daarna, toen we het lichaam op de achterbank tilden, zag ik de twee vrouwen door de luiken naar beneden kijken.'

'Welke twee vrouwen?'

'Betty en Gerbina: ze keken door het halfgeopende luik.'

Tofanotti kon het niet laten even opzij naar de twee vrouwelijke verdachten te kijken. De twee zaten als versteend op hun plek voor zich uit te staren. Het was doodstil in de zaal. Betty's smalende blik was van haar gezicht verdwenen. Ze zat met haar ellebogen op haar knieën, haar hoofd in de palmen van haar hand. Ze leek zo nog jonger dan ze was: een kind dat zomaar ineens een knauw had gekregen.

Eraldo zuchtte een keer diep, alsof hij zich van een last moest bevrijden, en keek heel even met een tartende blik zijn advocaat aan. Vervolgens begon hij weer te praten, zachtjes, zonder adem te halen. 'Dan is er nog iets vreemds, ook al heeft het er misschien niks mee te maken. Toen ik bij de rivier aankwam om de auto op te halen, zag ik plotseling een enorme limousine wegstuiven. Ik geloof dat er drie mensen in zaten.'

34

Overplaatsing

De volgende dag hoorde Scalzi een politieman met de bedoeling om twee zaken op de voorgrond te plaatsen. De agent bevestigde dat er op de zitplaats van de bestuurder van de Fiat 1100 sporen van een organische materie waren aangetroffen. Op de grond, ook voorin, was het sigarettenpijpje van Baluardi gevonden dat hij altijd gebruikte.

Ook de assistent van Lanfranchi, die de sporen op de bestuurdersstoel had onderzocht, was gehoord. De forensisch arts was er zeker van dat het braaksel betrof, vermengd met een chemische substantie die echter zo gering was dat een goede diagnose onmogelijk was en de samenstelling dus onduidelijk bleef. De assistent wilde nog wel aangeven dat het bij het organische gedeelte waarschijnlijk om *vomitus agonicus* ging, wat inhield dat het slachtoffer toen hij overgaf op het punt stond dood te gaan, maar nog wel in leven was. Als het sigarettenpijpje uit Baluardi's jas was gevallen toen hij in de auto werd getild, had het op de mat achter in de auto moeten liggen, want in dat type auto zijn de voor- en achterkant duidelijk van elkaar gescheiden.

Deze twee feiten wezen er volgens Scalzi op dat Baluardi nog levend voor in de auto had gezeten. Misschien had hij een sigaret gerookt en was hij in slaap gedut, waardoor het sigarettenpijpje op de grond terecht was gekomen. Betty bevestigde deze hypothese met een spontane verklaring: haar vader had namelijk de gewoonte in zijn auto te gaan zitten als hij te opgefokt was om in slaap te vallen. Terwijl ze deze verklaring deed, keken de leden van de jury haar verveeld en sceptisch aan, alsof het meisje weer met een afleidingsmanoeuvre bezig was.

Toen de zitting was afgelopen, liep Barbarini op Scalzi af. 'Seminara is naar een speciale gevangenis op het eiland P. overgebracht. Hij heeft via een zekere Diotallevi, die zowat alle vaderlandse gevangenissen vanbinnen heeft gezien en een oude cliënt van me is, laten weten dat hij jou als zijn raadsman heeft aangewezen. Hij wil dat je zo snel mogelijk naar hem toe komt.'

'Met Seminara ben ik klaar, hij kan de pot op', zei Scalzi.

'Als ik jou was zou ik toch maar met hem gaan praten.'

Barbarini ging naast hem zitten en liet hem een paar krantenkoppen zien. De schrijvende pers besteedde veel aandacht aan Eraldo's verklaring. Een krant typeerde de getuigenis als volgt: 'Genadeklap voor de twee vrouwen.'

'Het is hopeloos, er zit momenteel niks anders op dan het hoofdstuk van de bomaanslag in Marina weer te openen. Als je wilt ga ik met je mee naar het eiland. Morgen is er geen zitting omdat een van de juryleden zich ziek heeft gemeld. Dan ga ik eerst met mijn oude cliënt Diotallevi praten om te kijken uit welke hoek de wind waait. Seminara heeft hem het een en ander toevertrouwd, niet zozeer over de aanslag in Marina, maar juist over de moord op Baluardi. Ik kan na dat gesprek mooi inschatten of het voor jou de moeite waard is om met Seminara te praten. Wat zeg je ervan?'

Het eiland herbergde een van de beruchtste gevangenissen uit de 'ring der gemzen'. Die uitdrukking was afkomstig uit het fantasierijke taalgebruik van de gedetineerden en had betrekking op een circuit van speciale gevangenissen die geïsoleerd in de natuur lagen, en waarin vooral mensen uit de hoek van de georganiseerde criminaliteit opgesloten zaten. De meesten waren al veroordeeld, maar een steeds groter groeiende groep was nog in afwachting van een uitspraak. Het ging bergafwaarts met de wereld en de accommodatie van het gevangeniswezen was daar duidelijk niet op ingesteld. Een Duitse filosoof zei ooit dat de mate van beschaving van een land aan de staat van zijn gevangenissen is af te lezen. De verhalen die over deze gevangenis de ronde deden, waren vanuit dat oogpunt beschamend te noemen. Gedetineerden en bewakers gedroegen zich als wilde beesten. Gevangenen zaten met zijn zessen in kleine cellen die bedoeld waren voor hooguit twee man. Ze hadden te weinig water om te drinken, laat staan om zich te wassen. De cipiers, die voornamelijk uit barbaarse Sardijnen bestonden, leefden in dezelfde sfeer van promiscuïteit en ontberingen als de gevangenen. Uiteindelijk voelden ze zich meer opgesloten dan de gevangenen. Dit leidde tot een hardvochtig regime, juist om de verschillen met de andere groep te benadrukken. Het eiland werd niet bijzonder zwaar bewaakt, maar er werd wel beestachtig gestraft. Het systeem bracht het ergste sadisme bij de cipiers naar boven. Op de kleinste overtreding stond minimaal drie dagen isoleercel. Deze cel werd ook wel 'de kruitkamer' genoemd omdat op die plek vroeger, toen het gebouw als fort diende, het kruit lag opgeslagen. De ruimte bevond zich onder de zeespiegel. In een tijd van koperen kanonnen en het lont verminderde de vochtige kamer het risico op ongelukjes. Heel wat gevangenen, die langer in de cel verbleven, liepen door de vochtigheid en het zuurstoftekort gezichtsverlamming op.

Scalzi zat in een donkere gang, naast de bewaker die Barbarini en zijn cliënt in de gaten hield, op zijn beurt te wachten. Ook Scalzi kon de twee door het raampje in de deur zien, ze rookten een sigaartje en kletsten wat met elkaar. Nadat Barbarini naar binnen was gegaan, had hij meteen een Toscaans sigaartje tevoorschijn getoverd en in tweeën gebroken. Hij had Diotallevi de andere helft aangeboden. De oude Barbarini draaide zich om en kneep tevergeefs zijn ogen samen om Scalzi's gezicht op te zoeken, de gang was te donker en het raampje te stoffig. Na een tweede sigaartje, de mannen waren al zeker een halfuur in gesprek, stond de kamer blauw van de rook zodat Scalzi niet meer kon zien hoe Barbarini keek. De twee silhouetten stonden eindelijk op en schudden elkaar de hand. Er ontsnapte een hele walm rook toen de bewaker de deur opende.

'Bedankt, Diotallevi,' zei Barbarini, 'ook namens mijn collega.'

'Tot uw dienst.'

'Goed, tot snel dan. Uw zaak komt de volgende keer aan de beurt.'

'Ik ben een hopeloos geval…' grinnikte Diotallevi als een boer met kiespijn.

Terwijl de gedetineerde en de bewaker voor de ingang van de volgende afdeling stonden te wachten tot iemand aan de andere kant het hek zou opendoen, trok Barbarini Scalzi naar zich toe. Seminara wist meer over de moord op Baluardi en was in principe bereid zijn hart te luchten. De berichtgeving in de kranten omtrent het proces met de twee vrouwen hadden hem geërgerd. Maar de verklaring van Tofanotti had hem pas echt woest gemaakt. Ofwel uit een ontwakend gevoel van burgerzin, ofwel uit angst voor iets anders. Diotallevi had voor die laatste hypothese geopteerd.

'Nu is het jouw beurt,' besloot Barbarini, 'als je hem op de juiste manier aanpakt, wil hij misschien wel een schriftelijke verklaring afleggen.'

Scalzi zag Seminara door de gang schuifelen. De bewaker voor hem spoorde hem nerveus aan een beetje vaart te maken. In de vorige gevangenis had de revolutionair zich prima weten te handhaven. Maar hier was hij ziek en kaal geworden, zijn ogen stonden bol als een uil aan het eind van zijn krachten in een kooi vol vinken. Met zijn onverzorgde lange baard leek hij wel tien jaar ouder geworden. Zijn broek viel bijna van zijn kont af en door zijn afgesleten sloffen staken vieze voeten met zwarte nagels. Je kon duidelijk zien dat hij met zijn gedachten heel ergens anders zat.

Hij had nog geen plaatsgenomen of hij graaide met trillende handen een sigaret uit het pakje dat Scalzi op tafel had laten liggen. Hij stak hem aan en probeerde zich te concentreren. 'Ik wil weten of u me met onmiddellijke ingang overgeplaatst kunt krijgen.'

'Ik kan een poging wagen.'

'Nee,' schreeuwde hij verbolgen, 'u moet het me garanderen. Ik wil eerst een garantie hebben. Anders zeg ik niks.'

Scalzi's maag was nog steeds van streek, omdat de zee nogal ruw was geweest tijdens de oversteek. 'Hebt u me hierheen gestuurd omdat u wilt worden overgeplaatst?'

'Ik moet hier weg uit deze hel en wel zo snel mogelijk. Begrijpt u? Ik ben mijn leven hier niet veilig.'

Tot dat moment had Scalzi de onaangename geur die er in de kamer hing aan de gevangenis toegeschreven, maar toen Seminara zich over de tafel boog om zijn verzoek kracht bij te zetten, werd de zurige stank ineens veel heviger. Het was Seminara die zo stonk. Scalzi week naar achteren van walging, het ontbrak er nog maar aan dat hij hier een partij zou gaan staan kotsen. Seminara probeerde nog iets dichterbij te komen en fluisterde: 'Hun armen reiken overal. Ze kunnen alles kopen. Ik vormde een gevaar, op straat. Maar ook hierbinnen ben ik mijn leven niet zeker.'

'Dan weet u wat u te doen staat.'

'Wat dan?'

'Ik zeg dit niet als uw raadsman, maar in uw eigen belang. Er is geen andere uitweg. In dit soort gevallen is het zaak direct open kaart te spelen. Hoe eerder, hoe beter.'

'Maar eerst moet u me die overplaatsing garanderen.'

'Misschien kan ik dat na ons gesprek doen.'

'Nee, nu!'

'Ik zal kijken wat ik kan doen. Eerlijk, meer kan ik niet beloven.'

Seminara slaakte een diepe zucht en liet zijn kin op de borst zakken. Het was vreemd stil in het gebouw. Het enige geluid kwam van buiten, een helikopter vloog ergens hoog in de lucht, de rotors klonken als de vleugels van een groot insect die tegen het raam slaan. Je kon het je daarbinnen bijna niet voorstellen dat er buiten een straffe wind stond, dat de hemel blauw was en de zee bedekt met witte schuimkoppen. De oude sigarenlucht rook ranzig. Scalzi kreeg zin om te roken, maar was bang dat hij het broodje dat hij op de boot naar binnen had gewerkt er weer uit zou gooien.

Op het dek van de veerboot die hen weer naar het vasteland bracht, konden ze eindelijk even ongestoord praten. Vanaf het moment dat ze op het eiland waren aangekomen, waren ze geen moment alleen geweest. Of het nu bewakers waren of familie van andere gedetineerden, er stond altijd wel iemand op gehoorsafstand.

'En?' vroeg Barbarini.

'Om te beginnen heb ik dit gekregen.' Scalzi pakte een brief uit zijn jaszak, die in vieren was gevouwen en die hij voortdurend in zijn hand had gehouden, ook tijdens zijn fouillering. Hij las hardop voor: 'Aan de hooggeachte president van de rechtbank bla, bla, bla... Ondergetekende, bla, bla, bla... vraagt gehoord te worden, aangezien hij enkele belangrijke verklaringen wenst af te leggen omtrent de moord op Giuliano Baluardi. Hoogachtend, bla, bla, bla...'

'Is dat alles?'

'Hij heeft me nog meer verteld.'

'Laat me niet zo in spanning zitten, vertel op. Wat heb je toch? Ben je soms ontevreden?'

Of het nu van de woelige zee kwam of van Barbarini's slechte gewoonte, de vuurrode as van zijn sigaar waaide met de wind mee, Scalzi's maag was nog steeds van streek. Maar nee, hij was niet zeeziek. Het was veel meer het gesprek met Seminara dat hem een onbestemd gevoel had gegeven.

Seminara had wel het een en ander losgelaten, bijvoorbeeld over de stoel zonder poten. Weer die stoel, dat beschadigde voorwerp. Het leek wel of het raadsel niet zonder dit surrealistische element kon worden opgelost. Seminara had verteld dat hij in Il Portichetto getuige was geweest van een ruzie tussen de twee obers en een dichter. Inderdaad, Manetto Azzi. Die Azzi was binnen komen rennen en enorm tegen de obers tekeergegaan. Hij schold ze hun huid vol omdat die twee flikkers boven op de berg een stoel zonder poten hadden laten liggen. Met een grote grijns op zijn gezicht had Seminara uitgelegd dat de twee obers homo waren. Dat ze samen sliepen en dat Eraldo onder de duim zat bij de veel gehaaidere Teclo. Seminara probeerde zich die twee nichten voor te stellen met het verstijfde lichaam in de armen, naast de kapotte stoel. En dan tot overmaat van ramp die vlinderjager die naderde. Maar tijdens die ruzie wist niemand wie hij was, niemand kon bevroeden dat het om een student ging die 's nachts altijd op de Monte Merlato vlinders kwam vangen, een wereldvreemde mierenneuker die ook nog eens over een ijzeren geheugen bleek te beschikken. Seminara had aan Scalzi gevraagd of hij die woordspelletjes van de beroemde surrealisten kende. Want daar deed dit scenario hem nog het meest aan denken.

Het was een beetje een zielige vertoning geweest: Seminara die zijn best deed een beetje waardig en intellectueel over te komen, terwijl de stank die uit zijn richting kwam steeds penetranter werd. De surrealistische-schrijversgroep wisselde briefjes uit met daarop zomaar wat woorden, iedere schrijver kon dan een bijvoeglijk naamwoord of een werkwoord toevoegen en vervolgens werd alles tot een mooie volzin samengevoegd. Dan kreeg je zoiets als: de vlinderjager heeft een zwak voor de stoel zonder poten, door de flikkers achtergelaten heeft het lijk er niks aan...

Scalzi had gevraagd of hij de woordspelletjes achterwege wilde laten en wat meer over Azzi kon vertellen. Seminara had geen hoge pet van deze flutdichter. Op een dag was hij in Il Porti-chetto verschenen om zogenaamd wat leven in de brouwerij te brengen: wijn en gezang, wijn en anarchie, wijn en revolutie, wijn en gewapende strijd... Met de komst van Manetto waren de avonden er wel een stuk serieuzer en concreter op geworden.

Ivan del Rio had dus gelijk, de freelance journalist had de situatie goed ingeschat. De subversieve groepering verdiende zijn geld met illegale slachterijen. Dat was de kern van Semi-nara's betoog. Het doel dat de middelen heiligt... Maar in dit geval waren de middelen het werkelijke doel en was de rest alleen bedoeld om domkoppen als Seminara te lokken, die dan ook een paar keer was uitgenodigd in hun uitvalsbasis. Het was niet zomaar een optrekje, hier kwamen mensen uit hogere kringen. Zo had de gemeenteambtenaar een beroemde voortvluchtige herkend die zich daar schuilhield. Toen Seminara omschreef hoe je op de plek van de villa en de slachterij moest komen, begreep Scalzi direct dat hij het over de herenboerderij Il Botro had op de Poggio Pelato. Er waren trouwens nog meer illegale slagers, de meeste in Marina. Aan het hoofd van de bende zou een man uit Noord-Italië staan, naar wiens naam je maar beter niet kon vragen. Maar in Toscane was Azzi de baas, de bard van de Versilia. Toen Seminara daarna over de moord op Baluardi begon te vertellen, had Scalzi even een aarzeling gezien.

Barbarini luisterde met ingehouden adem naar het verhaal. Scalzi dacht even na over de vraag waarom de gemeenteambte-naar ineens was gaan praten. Waarschijnlijk omdat hij erachter was gekomen dat ze zijn idealen hadden verkwanseld. Hij was door mensen misbruikt die onder het mom van politieke be-vlogenheid een smerig handeltje dreven. Seminara had uitein-delijk na lang aandringen van Scalzi zijn vermoedens omtrent de moord op Baluardi geuit. Scalzi vond dat Seminara wel erg veel details wist, voor iemand die alles van horen zeggen had. En toen was hem dat laatste stuk van Tofanotti's verklaring te binnen geschoten over de limousine die met hoge snelheid wegstoof langs de geparkeerde Fiat 1100. Misschien had Seminara ook wel in die auto gezeten. Misschien was hij wel gaan praten omdat hij vreesde bij die moord betrokken te worden en probeerde hij die klap voor te zijn.

'Waarom stop je ineens?' vroeg Barbarini.

'Ik vertrouw Seminara voor geen cent.'

'Wat heeft hij je over de moord op Baluardi verteld?'

'Die bende van die nepdichter zou erachter zitten. De moord zou tot in de kleinste details door Manetto Azzi zijn uitgewerkt.'

De eerste actie van de Portichetto-bende was de bomaanslag op een slagerij in Marina. Seminara maakte daar natuurlijk geen deel van uit, hij bericht alleen maar uit de tweede hand. De eigenaar van de zaak had een aanzienlijke schuld. De aanslag had een waarschuwing moeten zijn, zonder bloedvergieten. Maar de dood van Malsito had niemand kunnen voorzien, het was een ongeluk. Toch was het de aanleiding tot de moord op Baluardi.

Volgens Seminara zou de waard zijn geëlimineerd vanwege een combinatie van louter toevalligheden. Ook het liefdesleven van dochterlief had een rol gespeeld. Baluardi wist dat zijn dochter zwanger was. Hij mocht dan voortdurend dronken zijn geweest, hij was niet op zijn achterhoofd gevallen. De vader, die overigens een veel betere band met zijn sterretje had dan haar moeder, had zijn dochter onder druk gezet en Betty was gezwicht. 'Drie keer raden wie het was', had Seminara geglunderd. 'De casanova was Manetto Azzi. Betty viel voor de charmes van de literatuur, terwijl de dichter het nuttige met het aangename verenigde.' Baluardi werd natuurlijk woest en dreigde naar de politie te zullen stappen en alles te vertellen wat hij wist. En dat was heel wat, omdat hij al lang in het milieu zat, hij was tenslotte als hulpje bij een slachthuis begonnen. Hij wist niet alleen wie de bom in Marina had geplaatst, hij kon ook een boekje opendoen over het netwerk van illegale slagerijen, over waar de dieren vandaan kwamen en wie ze vervoerde, volgespoten met hormonen en lijdend aan brucellose, rundertuberculose, totaal verzwakt door een of andere vreemde hersenziekte. Baluardi wist dat er papieren en stempels vervalst werden en dat er op grote schaal smeergeld werd gebruikt om douaniers om te kopen.

Scalzi had gevraagd wat de rol van de obers in dat alles was geweest. Seminara zei dat Azzi zich de grote strateeg voelde, die er prat op ging dat hij alles altijd tot in de kleinste details uitwerkte. Hij had een aantal artikeltjes gelezen over de methoden van de Israëlische geheime dienst. Om geen sporen achter te laten was het van het grootste belang dat elk individu binnen een groep zorgvuldig zijn nauw omschreven taak uitvoerde, zonder het doel van het grote plan te kennen. Een spinnenweb van schijnbaar losse handelingen leidde zo tot een harmonieuze operatie die nooit meer ontrafeld kon worden. Een paar handlangers zorgden ervoor dat het benodigde materiaal op het juiste moment op de plek van bestemming stond. Iemand regelde een schone, niet gestolen, auto, iemand anders zette hem op de juiste plek, enzovoort.

Seminara had begrepen dat alles volgens draaiboek was verlopen, tot ze bij de berg waren aangekomen. Blijkbaar had Teclo Scarselli een paar dagen op het moment zitten wachten dat Baluardi in zijn auto ging slapen. Toen het zover was, schakelde hij vanuit een telefooncel de andere groep in. 'Team A' komt in actie: de schone auto gaat naast de Fiat 1100 staan, de specialist, een onbekende beer van een kerel, stapt uit. De man werkt nog met zijn blote handen. Hij verdooft Baluardi met chloroform en knijpt hem vervolgens zijn keel dicht.

Tenminste, zo kon Seminara zich voorstellen dat het gegaan was, hij was er natuurlijk zelf niet bij geweest… Hij had na die ruzie in het trattoria nog het een en ander opgevangen van de twee obers.

De auto met de beul stuift weg. Nu is het de beurt aan 'Team B': de twee obers. Eraldo heeft de taak de auto met het lijk te besturen. Maar op de berg, niet ver van de spelonken, gaat het mis. Fout een: de keuze van Tofanotti. De nerveuze stuntel mist de afslag die naar de top van de Monte Merlato leidt, en rijdt twee uur lang rondjes. Het probleem is dat bij Baluardi lijkstijfheid intreedt. Dat leidt tot fout twee: de twee verliezen heel veel tijd omdat ze het stijve lijk, dat zo recht als een plank is, niet op de stoel zonder poten krijgen vastgebonden. Daar had de perfectionist even niet aan gedacht.

Waarom was Manetto zo tegen de obers uitgevallen, toen hij hoorde dat de stoel nog op de berg lag? Tja, daar kon Seminara alleen maar naar raden. Maar Scalzi voelde wel aan dat zijn hypothesen dicht bij de waarheid lagen. De stoel die ze van de boerderij op de Poggio Pelato hadden meegenomen, was een heel oude en dus ook herkenbare stoel. En erger nog: bij het eraf halen van de poten in het slachthuis, was er bloed op de stoel gekomen.

Aan de derde hinderpaal die nacht had niemand schuld, het was een speling van het lot. Precies op het moment dat de twee obers de slinger, bestaande uit Baluardi en de stoel, aan elkaar proberen te bevestigen, verscheen die vermaledijde student op zoek naar vlinders. Op dat moment viel het Zwitsers uurwerk uit elkaar.

Toen het lijk eenmaal werd aangetroffen, liepen er nog dagenlang politiemannen op de Monte Merlato rond. Niemand die het waagde om de stoel te gaan halen. Torrini, het medium dat deel uitmaakte van de bende en over de oude villa op de Poggio Pelato waakte, leidde Gerbina om de tuin en stuurde haar de berg op om dat lastige voorwerp mee te nemen.

Maar hoe was het mogelijk dat de anarchisten van Il Portichetto zich achter het karretje van die rechtse kliek, die fascisten, hadden laten spannen? Het antwoord van Seminara was niet echt overtuigend geweest. Het zou aan de grote retorische overtuigingskracht van Azzi gelegen hebben, en het feit dat beide stromingen een revolutionair ideaal hadden. Allemaal flauwekul. Waarschijnlijk draaide het gewoon om de poen en was ook onze gemeenteambtenaar niet vies van een extraatje geweest. En wat die twee obers betrof, Teclo Scarselli was al langer lid van de club en Eraldo volgde hem in zijn kielzog. Baluardi, de explosievenexpert die als geen ander *il noccatoio* hanteerde, had zich maar wat graag laten strikken door het grote geld waarover Azzi's groep beschikte. Hij wist dat hij niet lang meer te leven had en het was zijn droom genoeg geld voor zijn gezinnetje achter te laten, zodat ze die achterstandswijk die de Via della Madonnina was, een keer konden verlaten.

'Het zit verdorie ingewikkeld in elkaar', zuchtte Barbarini.

'Zeker. Seminara zal heel erg zijn best moeten doen om de juryleden van zijn gelijk te overtuigen. Maar ik geloof dat hij de waarheid vertelt. Alles past in elkaar. Ik was met Olimpia en Terzani ook al zover gekomen. Wat dat betreft was Seminara's verklaring voor mij meer een bevestiging. Betty zou de puzzel helemaal voor me kunnen oplossen, maar ik vrees dat het meisje ergens nog steeds van die dichter houdt. Het zangeresje is echt niet dom, ze moet begrijpen dat dit ook voor haar het beste is. En toch stelt ze zich zo gereserveerd op. Waarom? Er kan maar één verklaring zijn: liefde. Het is soms net een keukenmeidenroman...'

De volgende dag opende de president de zitting om hem vervolgens naar de volgende week te verdagen, het zieke jurylid lag nog steeds met koorts in bed.

Weer twee dagen later hoorde Scalzi in zijn kantoor te Florence dat er in de speciale gevangenis op het eiland een oproer was uitgebroken. De rebellerende gedetineerden hadden zich in een vleugel van het gebouw verschanst, waar ze een paar bewakers gegijzeld hielden, en eisten sluiting van de beruchte gevangenis. De opstand werd geleid door de politieke gevangenen, met instemming van de enkele belangrijke maffia-exponenten.

35

Het oproer

'Tien tegen een dat u ook deze keer niet over mijn zaak bij de Hoge Raad komt praten', zei Diotallevi, terwijl hij de andere helft van het Toscaanse sigaartje aanpakte.

Barbarini maakte een excuserend gebaar.

'Trouwens, er valt toch niks over de Hoge Raad te zeggen. Ze doen daar in Rome toch waar ze zin in hebben, waar of niet?'

'Zo is het.'

Barbarini had de overtocht naar zijn oude cliënt nog een keer gewaagd voor een belangrijke opdracht. Scalzi had namelijk een gesprek met Seminara aangevraagd, maar die was na het oproer overgebracht naar de psychiatrische afdeling van een andere gevangenis waar hij de meeste tijd in een isoleercel doorbracht. De gevangenisdirecteur wilde aan de telefoon zelfs niet vertellen in welk deel van Italië hij verbleef. Zodoende had Scalzi Barbarini ingeschakeld. 'Alsjeblieft Giovanni, ik wil dat je Diotallevi nog een keer gaat opzoeken. Hij weet misschien wat er met Seminara is gebeurd. Het zit me niet lekker...'

In de gevangenis waren de sporen van de verwoesting goed zichtbaar. De gang stond vol met kapot meubilair, de resten van een barricade. Glasscherven op het tapijt, een traliedeur lag uit zijn hengsels gerukt op de vloer. De bewaker die Scalzi begeleidde zag er verwilderd uit met zijn lange baard en bezeten oogopslag. Op de plek waar een traangasgranaat was ontploft, van de speciale eenheid die opdracht had gekregen het oproer neer te slaan, zat zwart roet op de muur. Aangezien dit het presentabele deel van de gevangenis was, kon Barbarini zich wel een voorstelling maken van hoe de andere secties erbij lagen.

Afgezien van een blauwe plek op zijn linkerjukbeen, en het veel te grote trainingspak waar hij in verzoop, was er eigenlijk niks vreemds aan Diotallevi te zien. Hij keek even luchthartig als altijd. Hij was natuurlijk jonger dan Barbarini, maar ze scheelden niet eens zoveel. De weinige haren die hij nog had waren meer wit dan grijs. Zijn huid was sponsachtig, wat niet zo gek was voor iemand die zijn halve leven 'met vakantie was geweest', oftewel in de bak zat, en voor de rest ook liever lui dan moe was. Deze door de wol geverfde Florentijn, die uit een oude criminele familie stamde, had al direct toen hij meerderjarig werd een abonnement op de gevangenis genomen. In feite was hij een gokker van beroep maar als het even tegenzat was hij van alle markten thuis. Deze keer zat hij voor een grote zaak, namelijk voor roofmoord. Hij kon op minimaal tien jaar rekenen. Hoe dan ook voldoende om vrij te komen als hij de pensioengerechtigde leeftijd had bereikt. Hij was in de speciale gevangenis beland omdat hij, als bedrijfsleider van de goktent waar de roofmoord had plaatsgevonden, contact had gehad met bepaalde in Noord-Italië gedetacheerde peetvaders van de maffia. Diotallevi zwoer dat die contacten met die *terroni*, die verdomde zuiderlingen, puur toevallig tot stand waren gekomen. Wat kon hij er aan doen dat die Sicilianen net als de Florentijnen een enorme passie voor het spelletje hadden? Wat kon hij eraan doen dat die mensen, die niet de indruk wekten dat ze waren gekomen om rotzooi te trappen, zijn gokhal hadden uitgezocht om bepaalde rekeningen te vereffenen, wat kon hij daar aan doen? Had hij er dan tussen moeten springen, met gevaar voor eigen leven?

'U wilt weten hoe het met onze schone slaper is, nietwaar advocaat? Het is zijn eigen schuld, had hij maar niet overal zijn neus in moeten steken. Dacht u nu werkelijk dat zo'n eitje tegen een gevangenis als deze bestand zou zijn? Die postbode…'

'Gemeenteambtenaar…'

'Ook goed. Dus je bent een gemeenteambtenaar en je bent nog ontevreden ook met het salaris dat je elke maand met niks doen verdient. Dan ben je een nog grotere dief dan ik, met dat verschil dat je geen vuile handen maakt. Wat zou je dan met TNT gaan rommelen? Wat zou je je dan inlaten met figuren waarbij ik vergeleken Sneeuwwitje ben. Ik wist dat het verkeerd zou aflopen...'

'Wat is er met hem gebeurd?'

'Weet u, zoiets heb ik nog nooit meegemaakt, en ik heb al heel wat gezien in mijn loopbaan... Vanaf de aftrap verliep alles heel normaal. Het team van de bewakers aan de ene kant en die van de gedetineerden aan de andere. Er werd hier wat geslagen, er was daar wat tumult, knallen van kneedbommetjes, een paar celdeuren werden opgeblazen, het licht viel uit, een paar slome bewakers werden in gijzeling genomen, kortom, de gebruikelijke toestanden.'

Diotallevi had tijdens zijn respectabele gevangeniscarrière al een half dozijn van dergelijke akkefietjes meegemaakt. 'Weet u advocaat, over het algemeen keert de rust wel weer terug als de wedstrijd erop zit. Zolang de speciale eenheid van de carabinieri op zich laat wachten, houden de gedetineerden normaal een beetje vakantie. Het kan gerust een paar dagen duren voor de wouten ingrijpen. In de tussentijd proberen de gevangenen het een beetje naar hun zin te maken. Als ze er bijvoorbeeld in slagen de kelder met alle levensmiddelen te bereiken, vloeit de goedkope wijn alsof het een levenselixer is. Dan maken de arme gedetineerden er een zuipfestijn van en wordt een deel van de gevangenis tot vrije zone uitgeroepen. De radio gonst op vol volume door de boxen, de pan gaat op het vuur, de voorraadkamer wordt letterlijk leeggeplunderd, uit de verstopplekjes wordt wat te roken tevoorschijn gehaald... Het is kortom feest, en geef ons eens ongelijk.

Maar deze keer niks van dat alles. Er hing een begrafenissfeer, de spanning was om te snijden. De linkse gevangenen verzamelden zich in de kamer van de carabiniere. Chagrijnige koppen als priesters in vastentijd. Het "strijdcomité" stelde een takenlijst op, ze schreven en schreven tot ze een ons wogen: proclamaties, strijdprogramma's, de communiqués voor de pers… Alsof de pers het iets kan schelen hoe de omstandigheden in de gevangenis zijn. Terwijl de "kameraden" over al die flauwekul zaten te prakkiseren, kreeg ik in de gaten dat een groepje van de "handenkussers" iets in hun schild voerden. Ze trokken kussenslopen om hun hoofd. Ik kon nog net zien dat een van hen de specialist is die door de Cosa Nostra is afgevaardigd. Overal waar hij in een gevangenis verschijnt vallen er doden. Neemt u me niet kwalijk dat ik geen namen noem, maar ik moet ook aan mijn eigen hachje denken.'

'Ik hoef zijn naam niet te weten', zei Barbarini.

'Ook u bent een oude rot en weet hoe het gaat. Enfin, het gemaskerde groepje gaat gezamenlijk richting de cel van Compariello. Die kent u wel, toch? Hebt u de krant gelezen?'

'Ik heb gelezen dat de beroemde Compariello tijdens het oproer door een onbekende is omgelegd.'

'Toen ik zag dat ze Compariello naar beneden, naar de kruitkamer brachten, begreep ik ineens wat de werkelijke reden van het oproer was en waarom je een speld kon horen vallen terwijl er op de hele afdeling geen bewaker te vinden was. Tijdens het luchten deed het gerucht al een paar dagen de ronde dat Compariello van plan was om te fluisteren. Weet u wat dat betekent, advocaat?'

'Dat hij wilde gaan praten, als spijtoptant. Ik ben niet achterlijk.'

'Heel goed. Dus ik ben toen onmiddellijk naar Seminara gerend. Als je, zoals ik, lange tijd in van die vakantiecomplexen verblijft, ontgaat je niks meer. Ik wist dat Seminara iets dergelijks van plan was. Wat had u anders op het eiland te zoeken, met die andere advocaat… Hoe heet hij ook alweer?'

'Scalzi. Luister eens, Diotallevi, jij bent degene die mij geschreven heeft.'

'Ik? Heb ik u geschreven? Dat kan ik me niet herinneren, echt niet. Als ik u had laten komen, dan was het wel voor mezelf geweest. Ik heb nog een procesje lopen bij de Hoge Raad, weet u nog?'

'Ik begrijp het, Diotallevi. Ga verder.'

'Dus we zijn het erover eens dat ik niemand geschreven heb, oké?'

'Oké.'

'Ik heb hem vertrouwelijk toegesproken. Ik had eerlijk gezegd een beetje met hem te doen. Sinds hij op het eiland was deed hij het al in zijn broek van angst. Ik probeerde hem duidelijk te maken dat hij beter even zijn snor kon drukken. Ik wist een plekje waar hij zich kon verschuilen tot de storm weer geluwd zou zijn. Hij trilde helemaal en keek me met angstige ogen aan. Zelfs mij vertrouwde hij niet. Hij begon te jammeren en zei dat hij tegen die andere advocaat had gezegd dat hij overgeplaatst wilde worden. Wat was zijn naam ook alweer?'

'Scalzi.'

'Ik maakte hem duidelijk dat advocaten niet konden toveren, dat sommige dingen tijd nodig hadden, dat hij nu aan zichzelf moest denken. Er is hier namelijk een afdeling met een wc die niet meer gebruikt wordt en die niemand weet te vinden. Ik wilde best uitleggen hoe hij er kon komen en als hij zich daar dan heel stil hield… Maar hij bleef stokstijf op zijn stretcher zitten en luisterde niet goed naar mijn aanwijzingen. Hij verloor kostbare tijd, die sukkel. En ja hoor, toen kwamen er vier gemaskerde mannen met ijzeren stangen de cel binnenvallen. We werden hardhandig meegenomen naar de kruitkamer, waar we Compariello zagen, vastgebonden aan een stoel. "Kijk maar eens goed wat we met gasten doen die fluisteren", zei een van de mannen.'

Diotallevi nam een trek van zijn sigaar. 'U kunt er zich waarschijnlijk wel een voorstelling van maken wat dat voor een tafereel opleverde?'

'Ik vrees het ook, maar ga verder.'

'Goed... Compariello werd gewurgd met een kabel om zijn nek. Hij hapte naar lucht, een van de mannen pieste in zijn mond. Vervolgens hebben ze hem gekniel voor het hurkcloset gezet. Een van de mannen probeerde hem met het deksel van een conservenblikje levend de keel door te snijden. Een zware operatie. Het duurde nog verdomd lang voordat het hoofd van de romp was. Het koste veel kracht om het met bloed besmeurde blik te hanteren, zodat een van de andere mannen het karwei moest afmaken. Toen hebben ze Seminara gepakt en knielend boven het gat van de plee gehangen. "Oplikken", schreeuwden ze. Hij moest de plee met zijn tong schoonlikken. Ze hebben hem bij zijn haren gepakt en met zijn gezicht door de rode smurrie gewreven. Toen hebben ze hem met zijn tweeën afgerammeld. Omdat ik het vriendje van de potentiële verrader was, hebben ze mij ook geschopt en geslagen, maar hij heeft er echt flink van langs gehad.'

Diotallevi wreef met zijn vingertop over de blauwe plek onder zijn linkeroog. 'Dit is niks, u had het gezicht van Seminara moeten zien. Daarnaast heeft hij geestelijk een enorme knauw gehad. De gevangenisarts die hem heeft behandeld sprak van een totale shocktoestand. Hij was natuurlijk al aardig getraumatiseerd, maar als u hem nu zou zien...'

36

...met de nodige behoedzaamheid...

'Op het verkeersbord staat dat je behoedzaam moet rijden. Doe dat dan ook!' zei Scalzi.

'Rustig nou maar, ik heb alles onder controle.' Olimpia reed op volle snelheid de donkere tunnel in. Ze waren laat.

Bij de hervatting van de zitting, twee dagen eerder, had Scalzi het document van Seminara met het verzoek gehoord te worden voorgelegd en benadrukt dat Seminara als verdachte bij een zaak was betrokken die met deze zaak in verband stond en als zodanig gehoord kon worden. De rechtbank had het verzoek na lang beraad ingewilligd en bepaald dat Seminara over twee dagen van het ziekenhuis naar de rechtszaal zou worden overgebracht. De escorte vergde natuurlijk enige voorbereiding. Scalzi had ook nog gevraagd of de stoel zonder poten tijdens de zitting als bewijsmateriaal getoond mocht worden. De president wierp tegen dat er vooralsnog geen enkel verband tussen het misdrijf en het op de berg aangetroffen voorwerp was aangetoond. Scalzi lichtte toe dat hij van plan was Seminara juist op dat punt te ondervragen, waarop ook dit tweede verzoek ingewilligd werd.

'En als Seminara nou eens alles weer inslikt?' zei Olimpia.

'Ik heb een paar troeven in handen', antwoordde Scalzi. 'Allereerst de beroemde stoel. Ik zal meteen vragen of hij wel eens iemand in Il Portichetto over de stoel heeft horen praten. Daarnaast zal ik de analyse van het Specola-museum ter sprake brengen.'

'En als hij nou gewoon weigert te antwoorden? Als verdachte

in een gevoegde zaak is dat zijn goed recht.'

'Dat is zijn goed recht, ik zal er echter voor zorgen dat mijn vragen in het proces-verbaal worden opgenomen. Dat geeft me de ingang om de illegale veetransporten, Manetto Azzi en de hele mikmak erbij te betrekken. Als mijn vragen onbeantwoord blijven, acht ik mezelf bevoegd andere getuigen op te roepen. Ik heb de lijst al klaar: Terzani, Bonturo Buti, de analist, die boer van Il Botro, en dan nog Ivan Del Rio, en een zekere Olimpia Landolfi…'

'Ik?'

'Precies. Wie heeft de stoel eigenlijk gevonden? En wie heeft het kaarsvet op de keien gevonden op de Monte Merlato? Ik heb je nodig om alle aandacht weer op het medium te richten. De stoel is de rode draad. Ik hoop dat ik dankzij Seminara's aanwezigheid de zaken aan het rollen krijg. Gerbina zal een verklaring afgeven en vertellen waarom Emanuela haar eigenlijk de Merlato op stuurde.'

'Ik wens je veel succes…'

Op de tafel van de griffier stond een in krantenpapier gewikkeld pakket, dat zo groot was dat het hoofd van de griffier erachter verdween. 'Wat is dat nou weer?' informeerde dottor Manca.

Op het pakketje zat een briefje geplakt. De griffier begon het met overdreven plechtige stem voor te lezen. 'In slechte staat verkerende verroeste terrasstoel, metalen frame bespannen met rood draad met lichte bloemmotieven, type roos. Vindplaats: Monte Merlato. Datum: 7 oktober, 1973. Gevonden op aanwijzingen van Terzani, Francesco. Poten ontbreken.'

'Pak maar eens uit,' zei de president, 'dan kunnen we het voorwerp eens bekijken. Ik ben benieuwd wie er nu eigenlijk geen poot heeft om op te staan, de stoel of de getuige.'

De juryleden lachten beleefd, een paar mensen tussen het publiek gniffelden, maar het was duidelijk dat de president allang niet meer zoveel mensen op zijn hand kreeg als bij de eerste zittingen. Scalzi fronste zijn voorhoofd. Hij vond dat schertsende toontje absoluut ongepast aan het begin van de voor hem zo belangrijke zitting.

De griffier vroeg de bode om een zakmesje. De functionaris die het bewijsmateriaal had ingepakt was een Pietje Precies, het was nog een heel gedoe om de stoel uit te pakken. Na het krantenpapier kwam er een laag inpakpapier tevoorschijn, ook weer met bindtouw vastgemaakt, en vervolgens een laag plastic, alsof het om iets breekbaars ging. Toen de stoel eindelijk was uitgepakt, liep Scalzi naar de griffier om hem van dichtbij te kunnen bekijken. Natuurlijk was het dezelfde stoel die hij uit de struiken had gehaald, maar het viel hem op dat het zitvlak was schoongemaakt. Iemand had de bruine materie weggepoetst. Scalzi liep hoofdschuddend terug naar zijn plek.

'Advocaat, kunnen we in het proces-verbaal opnemen dat het voorwerp verzegeld en intact in de rechtszaal is aangekomen?' vroeg de president.

'Nee!' gilde Scalzi kokend van woede. 'Ik wil dat wordt opgenomen dat er met het voorwerp geknoeid is.'

'Advocaat Scalzi!' De president leunde achterover in zijn stoel, met zijn handen over elkaar op zijn buik, 'het zou niet de eerste keer zijn dat u te snel uw conclusies trekt. Wat zou er dan aan deze stoel geknoeid zijn? We zijn het er toch over eens dat de poten er al af waren?'

'De stoel is grondig gewassen.'

'Als ik me niet vergis heeft de stoel ik weet niet hoelang buiten gelegen. Dan is het ook niet zo verwonderlijk dat de regen het zitvlak heeft schoongespoeld.'

'Ik weet zeker dat deze stoel nog niet zo lang geleden is schoongemaakt. Er zat namelijk een donkere substantie aan het vlechtwerk van de plastic draden vastgekoekt, die onmogelijk door de regen weggespoeld kan zijn. Toen ik de stoel op de berg aantrof, en hij er dus al een jaar of twee lag, zaten er namelijk nog flinke klodders op. Ik weet nog hoeveel moeite het me kostte om er met een zakmes een stukje af te schrapen. En nu is de stoel blinkend schoon.'

'Zo, zo... Dus advocaat Scalzi heeft zelf met de stoel zitten knoeien. Mag ik misschien weten wanneer dat gebeurd is en met welk oogmerk?'

'Toen ik de stoel vond, op een paar meter vanwaar het slachtoffer was achtergelaten, heb ik er een minieme hoeveelheid afgeschraapt om te laten analyseren.'

'Advocaat Scalzi, u hebt dit proces al een aantal malen getraineerd met die briljante vondsten van u. En nu komt u weer met een analyse aanzetten. Wat overigens betekent dat u de ontdekking van het bewijsmateriaal voor u hebt gehouden. Ik kan me tenminste niet herinneren dat u de rechter-commissaris daarover geïnformeerd hebt.'

'Toen ik op het punt stond om dat te doen, kwam Terzani ineens met zijn verklaring en werd de stoel in beslag genomen. Op dat moment leek het me een beetje overbodig er alsnog melding van te maken. Hoe het ook zij, ik was niet alleen toen ik mijn ontdekking deed, ik heb gelukkig een neutrale getuige.'

'Is dit soms een verzoek een nieuwe getuige te mogen oproepen?'

Dottor Corbato had de gebeurtenissen stilzwijgend gevolgd, hij had zelfs niet gereageerd op Scalzi's aantijging van manipulatie. Maar nu probeerde hij zo beheerst mogelijk te reageren. 'Bezwaar. De rechtbank heeft het verlate verzoek van advocaat Scalzi om Seminara te mogen horen al ingewilligd. Ik ben de eerste die toe zal geven dat er tijdens deze zittingen nog wat vragen onbelicht zijn gebleven, dat kan ook niet anders. Ik pas er dan ook voor in het oneindige nieuwe getuigen te blijven horen die advocaat Scalzi achter elkaar uit zijn hoge hoed tevoorschijn goochelt.'

'Ik goochel niet en ik draag ook geen hoed, niet op straat, laat staan voor de rechtbank. Uw bezwaren zijn overigens ietwat voorbarig, ik heb nog geen enkel verzoek ingediend. Als de noodzaak zich straks voordoet, zal ik dat overigens niet nalaten.'

Een carabiniere kwam de president waarschuwen dat er enige problemen met de escorte van de gedetineerde waren. Ze zouden niet voor drie uur 's middags arriveren. De president verdaagde de zitting vervolgens tot drie uur in de namiddag.

37

Psychose

Het eerste wat Scalzi opviel toen hij de rechtszaal weer betrad, was dat de getuigenbank een nieuwe bezetting kende. Betty en Eraldo waren aan de beide uiteinden gaan staan omdat het middelste gedeelte werd ingenomen door een man die languit op zijn zij lag met zijn hoofd naar de rugleuning toe. Hij droeg een wit-groen gestreepte pyjama en rode sokken. Naast de man, die leek te slapen, zat een verpleger met een wit overhemd aan. Toen de man moest hoesten en zich schokschouderend omdraaide zag Scalzi pas dat het Seminara was. Scalzi herkende hem vooral aan zijn baard. Zijn gezicht zag er zwaar gehavend uit. Seminara rochelde, stak zijn gezicht iets omhoog om op de grond te spugen en liet zich weer zakken.

Scalzi zag dat Olimpia en Terzani met elkaar stonden te kletsen, en liep op hen af. 'Jullie mogen hier helemaal niet zijn. Als ik jullie straks als getuigen wil oproepen, mogen jullie Seminara's verklaring niet horen.'

'Seminara is toch niet toevallig dat figuur dat daar languit op die bank ligt, hè?' zei Olimpia.

'Het is helaas niet anders.'

'Nou, succes ermee...' Olimpia en Terzani liepen naar de uitgang.

De bel klonk. 'De rechtbank!' schreeuwde de bode.

De president richtte zich direct tot de griffier, zonder naar de beklaagdenbank te kijken. 'Is signor Andrea Seminara al gearriveerd?'

'Daar', zei de griffier, die naar het midden van de bank wees.

'En waar is signor Seminara mee bezig? Slaapt hij soms? En wie bent u?'

'Edelachtbare, ik ben een verpleger, ik begeleid de patiënt.'

'Wilt u zo vriendelijk zijn hem wakker te maken en naar voren te sturen?'

De man begon wat aan Seminara's schouder te trekken, die even omkeek, wat bromde en zich weer tegen de rugleuning liet zakken. Hierop boog de verpleger zich voorover om hem aan te sporen. Hij trok nog harder aan zijn schouder, maar Seminara reageerde als een zak aardappels.

'Edelachtbare, de patiënt reageert niet. Hij is in catatonische toestand, ik ken hem niet anders.'

'Breng hem naar voren', zei dottor Manca geïrriteerd. 'Carabinieri, wilt u de verpleger helpen de man in deze stoel te krijgen? Allemachtig, hij zal toch niet dood zijn.'

De twee carabinieri hielpen de verpleger Seminara op te tillen naar de stoel tegenover de president. Seminara kiepte voorover, zodat de verpleger hem tegen de rugleuning moest drukken.

'Juist...' zei de president terwijl hij het dossier raadpleegde. 'U bent Andrea Seminara, eenendertig jaar oud... Een ogenblikje. De ondervraagde behoort zelf zijn personalia op te geven. Allora, signor Seminara, wilt u wakker worden! Wilt u zo vriendelijk zijn uw personalia aan de griffier op te geven? Seminara, ik heb het tegen u.'

Plotseling kwam Seminara wankelend overeind, de verpleger moest hem nog steeds ondersteunen, en leek naar de president te willen lopen.

'Laat hem maar', beval de president.

De verpleger liet Seminara los, die waggelend op de rechterbank afstevende. Zijn hand was druk in de weer onder zijn pyjamajasje, ter hoogte van zijn riem. Scalzi was naast zijn tafel gaan staan om de scène beter te kunnen gadeslaan. Hij keek Seminara onderzoekend aan. Toen viel zijn pyjamabroek op zijn rode sokken. Het jasje was van voren te kort om zijn bovenbenen te bedekken en van achteren was het jasje nog korter. Zijn lange, magere benen waren behaard, en ook de knokige billen werden door een donkerblonde haardos bedekt. Seminara begon met zijn ogen dicht tegen de rechterbank te pissen. Hij hield zijn geval met zijn rechterhand vast en stuurde de straal richting het houten bas-reliëf van Vrouwe Justitia. Hij stond met zijn sokken midden in een plas urine, maar dat leek hem niet te deren.

'Hé!' schreeuwde de president. 'Wat denkt hij wel niet? Haal hem weg daar. Neem die viespeuk mee.'

De rechters stonden vol afkeer op en verlieten net als de juryleden de rechtszaal. De verpleger en de carabinieri waren Seminara aan het optillen, die even wat had rondgezwalkt en toen op de grond in elkaar was gezakt. Ze sleepten hem de zaal uit. Toen ze voorbij de verdediging liepen, had Scalzi even het idee gekregen dat Seminara hem grijnzend aankeek. Iemand van de schoonmaakploeg veegde de sporen van het vergrijp met een dweil weg.

De president had een psychiater ontboden, en hem de opdracht gegeven Seminara kortstondig te onderzoeken en direct verslag uit te brengen. De psychiater had niet veel tijd nodig gehad voor zijn diagnose. De patiënt verkeerde in een catatonische toestand en was als zodanig totaal ontoerekeningsvatbaar. Scalzi had zijn briefje, met daarop de vragen die hij voor de ex-gemeenteambtenaar had voorbereid, inmiddels alweer tussen het dossier geschoven. De president schorste de zitting. Na de schorsing kwam Teclo Scarselli met een spontane verklaring.

Die werd echter voorafgegaan door een woordje van zijn advocaat. Het was de eerste keer dat de oude advocaat het woord nam. Hij had een spraakgebrek: hij perste de lettergrepen er nasaal uit, en af en toe haperde hij bij een woord, waardoor de klanken tot een soort gebrom verstomden. Scalzi dacht even een onaangenaam déjà vu te beleven. Ook de toegevoegd advocaat van de andere ober benadrukte dat het een spontane verklaring was en dat hij geen idee had van wat zijn cliënt ging vertellen. Ook deze ober had van zijn recht gebruikgemaakt om geen vragen te beantwoorden.

Let op, nu gaan ze me weer een loer draaien, dacht Scalzi.

Het was waarschijnlijk ook de eerste keer dat de monotone stem van Scarselli door de rechtszaal galmde. Hij zei dat hij zo lang met een verklaring had gewacht omdat hij alles goed had willen overdenken. Zoals zo vaak had hij Baluardi ook die bewuste avond een injectie gegeven. Normaal gesproken zat er altijd talofen in de spuit, een pijnstiller. Signora Gerbina had hem uit de keuken geroepen, waar hij druk in de weer was, en de reeds geprepareerde spuit aan hem overhandigd. Toen hij merkte dat Baluardi zijn bewustzijn verloor, dacht hij eerst dat hij zelf een fout had gemaakt. Misschien had hij de lucht niet uit de spuit gedrukt, en was er een bloedvat verstopt geraakt. Hij had natuurlijk geprobeerd de waard te reanimeren maar zag al direct dat het geen zin meer had. Toen Gerbina en Betty hem aanspoorden het lichaam in een spelonk op de Monte Merlato te laten verdwijnen, dacht hij nog steeds dat Baluardi door zijn schuld was overleden. Daarom had hij Eraldo ook wakker gemaakt en hadden ze het lichaam in de auto getild. Vanaf dat moment correspondeerde zijn verhaal geheel met dat van Eraldo Tofanotti: de aankomst op de Merlato, het gedoe met de student. Pas later was hem te binnen geschoten dat de spuit die Gerbina hem had gegeven een beetje gelig van kleur was, terwijl talofen zo doorzichtig als water was. Meer had hij er niet aan toe te voegen.

'Waar diende die stoel zonder poten voor?' vroeg Scalzi, 'en waar komt hij vandaan?'

'Welke stoel?' gromde Scarselli, terwijl hij zich tot Scalzi wendde.

'Wacht eens even.' De toegevoegd advocaat stak zijn hand in de lucht om zijn cliënt tot stilte te manen. 'De verdachte heeft van het begin af aan gezegd geen vragen te zullen beantwoorden. Dat is zijn goed recht.'

'Nee hoor, hij heeft helemaal niks gezegd', reageerde Scalzi. 'U hebt dat verklaard, waarde collega, niet de verdachte Scarselli.'

'De advocaat heeft gelijk,' kwam de president tussenbeide, 'de verdachte heeft zich daarover niet uitgesproken. We zullen eens zien. Signor Scarselli, bent u van zins vragen te beantwoorden?'

'Nee, edelachtbare.'

De ober keek Scalzi aan en lachte zijn rotte paardentanden bloot. Scalzi dacht even een bedorven vislucht te ruiken. Hij keek naar de twee dames: Betty trok zuchtend haar schouders omhoog, terwijl Gerbina aan het huilen was en een zakdoek onder haar neus hield.

38

Requisitoir, pleidooi en vonnis

Tegen alle verwachtingen in waren de kansen van Betty en Gerbina toch weer iets gestegen, opvallend genoeg dankzij het requisitoir van de officier van justitie. Dottor Corbato had natuurlijk vier keer gevangenisstraf geëist, levenslang voor de twee obers en Gerbina, en twintig jaar cel voor Betty. Maar de officier van justitie had zich in voorzichtige bewoordingen uitgelaten. De officier had zelfs ietwat bedremmeld laten doorschemeren dat hij de twee vrouwen zou vrijspreken als hij een van de juryleden was. Hij was vooral verontwaardigd over het gedrag van de twee obers vanwege hun valse aanval op de twee vrouwen. Er heerste nog steeds onduidelijkheid over het motief van de moord. De abortus van Betty en het bloedbad dat Baluardi zou hebben willen aanrichten, vond hij niet overtuigend genoeg. Het onderzoek had wat dat betreft niks opgeleverd. De feiten die het motief onderbouwden waren niet bewezen, of je moest op de roddels van de Via della Madonnina afgaan. En zelfs al waren ze bewezen dan zouden ze nog niet verklaren waarom de twee dames de moord hadden gepleegd. De Hoge Raad had echter meer dan één keer benadrukt dat onthulling van het motief geen essentiële voorwaarde is om tot een veroordeling te komen, mits er andere geldige bewijzen naar voren worden gebracht. En die waren er: de lege flacon waarin myotenlis had gezeten, de beschuldiging van medeplichtigheid aan het adres van de twee vrouwen. Die twee obers hadden een bekentenis afgelegd, tenminste voor misdrijven minder ernstig dan moord met voorbedachten rade, en zware verdenkingen jegens de twee vrouwen geuit. Bij het bespreken van de twee obers moest dottor Corbato oppassen niet te zeer een subjectief oordeel te geven. Daarom sprak hij in retorische bewoordingen over Scarselli en Tofanotti, en haalde hij er zelfs Dante bij. De obers hadden een meer dan dubbelzinnige indruk op hem gemaakt. 'Het lijkt wel of ik Dantes hel kan ruiken: *Toen zagen wij vanboven wie er zaten, verzonken in een drab die nog het meest op dunne mest leek uit aardse privaten.*' Toch moest de rechtspraak boven zijn morele oordeel prevaleren en twee eensluidende beschuldigingen van medeplichtigheid golden ook als bewijs, formeel gezien was er ook geen reden om de verklaringen in twijfel te trekken... 'Tenminste niet zoals de zaken er nu voor staan.'

Toen de officier van justitie klaar was, stond Scalzi op om hem de hand te schudden. Een nogal opmerkelijk gebaar aangezien Scalzi tot voor kort nog zijn felste tegenstander was. Hij had ermee willen onderstrepen hoe bijzonder het requisitoir van dottor Corbato was geweest, vergeleken bij wat er zich normaal in de rechtszaal afspeelde. De officier van justitie, die bekendstond om zijn sterke debatten, had de onwelriekende geur die aan het proces hing geroken en hij had die ontdekking niet willen verbergen omdat hij een eerlijk man was. Met zijn slotzin had hij duidelijk te verstaan gegeven dat dit proces aan alle kanten rammelde en dat om de waarheid te achterhalen een nog veel diepgravender onderzoek nodig was.

Scalzi kon in zijn pleidooi mooi op de punten van de officier van justitie voortborduren. Naast het feit dat een duidelijk motief ontbrak, zat het onderzoek naar de doodsoorzaak vol hiaten. Scalzi was met allerlei citaten gekomen die benadrukten dat myotenlis niet dezelfde uitwerking als curare had en dat er nog nooit iemand van myotenlis was gestorven.

Baluardi was in zijn auto overvallen, dat bewezen de sporen van de organische materie en het sigarettenpijpje die voor in de Fiat 1100 waren aangetroffen. 'Wie niet goed begrijpt hoe het pijpje op de grond van de auto terecht is gekomen,' zei Scalzi, 'moet tijdens een van de pauzes de officier van justitie maar eens een tijdje in de gaten houden, want ook hij heeft de gewoonte met een sigarettenpijpje te roken.' Dottor Corbato strekte lachend zijn gebalde vuist naar voren en opende zijn hand waarin het mondstukje verborgen zat. 'Ziet u! Dank u wel, dottor Corbato, ik had stiekem al op uw medewerking gerekend.' De officier van justitie stopte net als Baluardi zijn mondstukje na het roken niet direct terug in zijn zak, maar hield het in zijn rechterhand, om nog even na te genieten. Als iemand Corbato bewusteloos zou slaan, terwijl hij lag te dutten, zou ook hij zijn vuist openen. Zo was het met Baluardi gegaan. Iemand had hem in zijn slaap overvallen. De obers logen: er was geen lichaam naar de Fiat gesleept, Baluardi bevond zich er al in. De moordenaar had hem in zijn slaap laten stikken door de ademhalingswegen af te sluiten. Klassieke suffocation, dat was de Engelse vakterm. Niks geen injectie myotenlis.

Over de ontdekking van het lege flacon in het magazijn van Il Portichetto was Scalzi duidelijk: hij omschreef het als een scène uit een slechte detectiveserie. Het medium was ingeschakeld om de tenlastelegging tegen de twee vrouwen enig gewicht te geven, en om de onderzoekers op het verkeerde been te zetten. Iedereen had kunnen zien dat het medium een bedriegster was die voortdurend valse beschuldigingen jegens Gerbina en Betty had geuit. Ze was duidelijk in verlegenheid gebracht toen Scalzi had gesuggereerd dat zij het lege flaconnetje myotenlis in het magazijn had verstopt, met de sleutels die Gerbina haar gegeven had. Bleef nog de vraag wat Emanuela Torrini had gedreven moeder en dochter er op deze manier in te luizen. Scalzi gaf aan dat Seminara daar opheldering over had kunnen verschaffen. Hij was degene die de complexe verhoudingen had kunnen ontrafelen die tot de moord op Baluardi hadden geleid. En dan had Scalzi zich nu niet tot veronderstellingen hoeven te beperken. 'U hebt met eigen ogen kunnen zien', bulderde Scalzi, 'waartoe de duistere machten, die achter de schermen actief zijn, in staat zijn. Ze

hebben de gemeenteambtenaar helemaal kapotgemaakt, geestelijk.'

Vervolgens beschreef Scalzi nog enige taferelen van het oproer, de meeste hadden in de krant gestaan. Ook vertelde hij dat
Seminara verplicht had moeten toezien hoe Compariello's kop
er werd afgesneden en dat hij daardoor in shocktoestand verkeerde. 'De rechtbank heeft mijns inziens een fout gemaakt toen
het mijn verzoek afwees de twee zaken gevoegd te behandelen. Er
is wel degelijk een verband tussen de aanslag op de slagerij in
Marina en de moord op Baluardi. Het was een kans geweest om
achter het ware motief van de moord te komen. En die kans hebt
u laten liggen. Er is echter een manier om die vergissing te
herstellen. U kunt de verdachten die ik verdedig vrijspreken,
en zo een signaal afgeven aan degenen die zich met het onderzoek van de aanslag bezighouden. Als de daders van de aanslag in
Marina eenmaal bekend zijn, ligt er misschien een nieuwe opening om de moord op Baluardi op te lossen.'

Toen de bel weer klonk om aan te kondigen dat de zitting werd
hervat was het vijf uur 's nachts, Scalzi had zijn laatste woorden
om drie uur 's middags gesproken. Het licht dat door de smalle
hoge ramen scheen (rechtszalen hebben altijd hoge ramen, misschien om ervoor te zorgen dat de rechters niet te snel afgeleid
worden) was veel helderder dan het kunstlicht.

Scalzi bekeek de juryleden die houterig naar hun plek liepen,
de vermoeidheid was van hun gezichten af te lezen. Ze bleven
staan, wat betekende dat ze tot een oordeel waren gekomen. Als
ze daarentegen waren gaan zitten zou dat een bevel zijn geweest
om het proces te heropenen en om met nieuw bewijsmateriaal te
komen. Het had geen zin de gezichten van de juryleden te
bestuderen om in te schatten hoe de uitspraak zou luiden,
misschien bracht het ook wel ongeluk. Hij kon er nu toch niks
meer aan veranderen. Maar Scalzi kon niet anders, hij moest de
jury wel aankijken. Het knappe vrouwelijke jurylid, dat naar de

officier van justitie had geglimlacht, had gehuild, haar ogen waren nog opgezwollen, haar wangen rood. De president vouwde de brief open en zette zijn bril op, het leek wel een eeuwigheid te duren. De vrouw leek zo weer in huilen uit te kunnen barsten. Na de getuigenis van het medium was bij haar de twijfel toegeslagen, het was Scalzi opgevallen dat ze steeds vaker naar Gerbina en Betty zat te staren. De juryleden die achter een veroordeling stonden, keken de verdachten niet of nauwelijks aan. De knappe vrouw begon inderdaad te huilen. Ze snoot haar neus en droogde haar ogen. De rechter die het vonnis had geschreven, de bolleboos, was in zijn nopjes. Ook hij zag er vermoeid uit, met zijn haren klef van het zweet, maar er verscheen een kleine glimlach om zijn mond toen hij zijn brillenglazen aan het schoonwrijven was. Hij heeft waarschijnlijk moeten praten als Brugman, dacht Scalzi, om de twijfelaars over de streep te trekken.

De president keek nog eens op om zich ervan te vergewissen dat alle juryleden op hun plek stonden en begon vervolgens de uitspraak voor te lezen. De twee vrouwen werden beide schuldig bevonden aan moord met voorbedachten rade. Gerbina kreeg zesentwintig jaar cel met strafvermindering, omdat de strafverminderingsgronden de strafverzwaringsgronden in aantal en gewicht overtroffen. Het was alsof Scalzi de woorden van de rechter-commissaris door de zaal hoorde echoën: ze hebben hem een zachte dood willen geven… Betty kreeg elf jaar, met dezelfde aftrek als haar moeder, en dan nog eens strafvermindering in verband met haar minderjarigheid, en omdat ze niet als de hoofddader was aangewezen. Vijf jaar voor Scarselli, wegens schuld aan moord. Drie jaar voor Tofanotti, alleen vanwege het verbergen van een lijk.

Terwijl ze de trappen van het gerechtsgebouw af liepen, wilde Olimpia Scalzi's zware aktetas overnemen. Maar Scalzi trok de tas met een ruk naar zich toe. 'Je bent mijn boodschappenjongen niet', zei hij geprikkeld, maar tegelijkertijd had hij al spijt van zijn opmerking. Voor de eerste keer na de uitspraak keek hij haar aan. Olimpia zag er pips uit in het vale buitenlicht. 'Sorry, maar ik ben niet moe. Na een bepaald moment raak je over je vermoeidheid heen.'

Onder aan de trap op het plein stond Terzani met dichtgeknepen ogen naar de lucht te turen. De hemel was bewolkt en vaalgeel, de kleine huisjes rondom het plein flets.

Scalzi was het liefst meteen terug naar Florence gegaan, maar Barbarini en Beatrice hadden hem ervan overtuigd dat het gevaarlijk was om zo vroeg de weg op te gaan, na zo'n slapeloze nacht die in een deceptie was geëindigd. Het oudere echtpaar had hun slaapkamer ter beschikking gesteld. Scalzi en Olimpia hadden tot in de middag geslapen, waarna ze natuurlijk moesten blijven eten.

Terzani was met een begrafenisgezicht aangeschoven.

Tijdens het eten was het doodstil. Terzani zat aardig door te tetteren, hij was al aan zijn vijfde glas bezig. Plotseling legde hij zijn vork op zijn bord. 'Hij deed net alsof, die vuile lafaard.'

'Wie?' vroeg Barbarini.

'Die Seminara. Hij heeft zich eruit weten te redden door net te doen alsof hij niet goed bij zijn hoofd was. Ik weet het zeker want ik heb hem geen moment uit het oog verloren. Toen hij nog languit op die bank lag, had een carabiniere wat gloeiende as op zijn hand laten vallen. Hij schrok en trok meteen zijn hand in. Iemand die werkelijk in catatonische toestand verkeert reageert niet op zo'n manier, die is gevoelloos als een steen. En dat hij precies over Vrouwe Justitia heen pieste! Ik heb gezien dat hij zijn geval die kant op richtte. Hij heeft ons allemaal mooi bij de neus genomen. Toen hij zich op de vloer liet vallen, controleerde hij eerst of er niks in de weg lag. Wat een acteur!'

'Ik had je toch gezegd dat ik hem niet vertrouwde', zei Scalzi tegen Barbarini. 'Ik heb precies dezelfde indruk gekregen. Toen

Seminara langs me liep, wierp hij me heel even een blik toe…'

'Arme, arme Betty!' het klonk alsof Terzani elk moment in tranen kon uitbarsten. 'Wat een ramp voor haar. Maar wat een karakter, zeg, ze was zo moedig…'

Gerbina was na de uitspraak van het vonnis flauwgevallen, Betty was daarentegen opgestaan en had de rechters en juryleden van alles naar hun hoofd geslingerd. Scalzi hoorde haar nog schreeuwen in de halfvolle rechtszaal: 'Stelletje hufters, vuile schoften.' Terwijl de carabinieri probeerden haar de mond te snoeren, deed de president net alsof hij het niet hoorde, hij draaide zich om en verliet de zaal.

'Dat is waar het in dit land aan ontbreekt', schreeuwde Terzani verhit door de wijn. 'Aan lef. Niemand heeft meer de moed om… om…'

'Om wat te doen, liefje', zei Beatrice kalm, om de ijzige stilte te doorbreken. Maar Terzani kneep met beide handen in het tafelkleed, waardoor zijn glas op de grond viel, gelukkig niet zo'n glas dat de eeuwen in de glazen kast van de groothertog had doorstaan.

'Wacht maar af. Ik heb veel te lang met mijn neus in de boeken gezeten en achter vlinders aan gerend.'

39

...om ongelukken te voorkomen

Scalzi en Olimpia reden na een bezoekje aan Barbarini weer naar huis. Ze hadden de oude man persoonlijk willen vertellen dat het proces dat tegen hem liep eindelijk, na meer dan vijf jaar, was geseponeerd. Barbarini hoefde zich niet langer tegen die valse beschuldigingen te verdedigen. Scalzi zat achter het stuur van de auto die hij had aangeschaft omdat het zonder bijna ondoenlijk was geworden, met al die gevangenisbezoekjes en rechtszaken door het hele land.

De dossiers van 'Het Vliegenproces' zaten alweer twee jaar in het archief opgeborgen. De Hoge Raad had het vonnis in hoger beroep bekrachtigd. Desalniettemin zou Betty al snel vrijkomen, in de gevangenis had ze zich voorbeeldig gedragen. Suor Maria Celeste had goede redenen om aan te nemen dat de rechter, die belast was met het toezicht op de uitvoering van de straffen, haar zeer binnenkort voorwaardelijk in vrijheid zou stellen.

Gerbina had het eigenlijk ook best goed voor elkaar. Dankzij bemiddeling van de moeder-overste, had ze een baan buiten de gevangenis gekregen als kokkin in een bejaardenwoning. 's Avonds keerde ze dan weer terug naar haar cel die, hoewel ze hem met Betty deelde, was ingericht als het kamertje van een oude alleenstaande dame. Gordijnen voor het raam om de tralies achter te verbergen, vloerbedekking, televisie, potten met cactussen, boekenplankjes met geborduurde sierkleedjes. 'Als je het goed bekijkt', had ze tegen Scalzi gezegd, 'heb ik het beter dan toen. Ik ben nog steeds kokkin, alleen verdien ik nu meer en hoef ik me geen zorgen te maken over een faillissement.'

'Ik vroeg of je niet zo hard wilde rijden!' zei Olimpia bits.

Maar Scalzi was trots op zijn sportieve rijstijl. 'Als ik jouw tempo moet aanhouden, kwamen we nooit ergens op tijd. Ik heb gisteren de provinciale weg van Bologna naar Florence dwars door de Apennijnen genomen en er drie uur over gedaan, inclusief een pauze van een halfuur in Marradi.'

'Ben je in Marradi geweest? Ben je die arme oude vrouw gaan opzoeken? Je vertelt mij ook nooit wat.'

Scalzi had inderdaad een bezoekje gebracht aan 'de arme, oude vrouw', die te oud was om de reis naar Scalzi's kantoor aan te kunnen. Hij had haar de laatste informatie over haar zoon en het proces gegeven, het gebruikelijke praatje. En de gebruikelijke troostende woorden: met zijn gezondheid ging het uitstekend en het einde van de lijdensweg was in zicht. Zo op het eerste gezicht had Francesco Terzani het helemaal zo slecht nog niet, in de zwaarbewaakte gevangenis in Noord-Italië omringd door besneeuwde Alpentoppen. De ex-vlinderjager leek vitaler dan ooit. Hij was ook minder pedant en praatziek, sterker nog, hij was zwijgzaam, volwassener geworden. Zijn gezicht was gebruind door de zon, zijn haren gemillimeterd, en hij zei dat hij ook veel aan zijn conditie werkte. Terzani had zijn dichtbundels en de Don Quichot-achtige romans, zoals hij ze nu noemde, maar thuis gelaten. Hij las nu serieuzere werken over economie, politiek, geschiedenis, antropologie. En hij was helemaal in de ban van het romantische gevangenisleven, ook dat waren zijn eigen woorden. Hij schreef minstens twee brieven in de week aan Betty. Als je Terzani moest geloven, was ook Betty enorm veranderd. Ze las meer en was niet alleen nog maar in haar eigen kleine wereldje geïnteresseerd. Waarschijnlijk moest hij nog een paar jaar langer zitten dan zij, dat hing nog een beetje van de omstandigheden af en van Scalzi's vakmanschap. Terzani zat inmiddels twee jaar vast. Ze hadden hem op heterdaad betrapt, met een gestolen wapenvergunning en een chequeboek in de hand, toen hij voor de achtste keer een wapenhandelaar probeerde op te lichten. Terwijl hij nog wat stond te kletsen met de wapenhandelaar over de tekortkomingen van het Walter-pistool, stond de vrouw van de handelaar al in de ruimte achter de winkel naar de politie te bellen. De vrouw was achterdochtig geworden toen ze de handtekeningen op de vergunning en de cheque met elkaar had vergeleken. Toen de politie de zaak was binnengevallen, had Terzani zijn Walter .38 getrokken. De drie agenten hadden hem direct overmeesterd. De binnenlandse veiligheidsdienst was hem al langer op het spoor, omdat Terzani met zijn zwendel de gewapende bende waarvan hij zelf deel uitmaakte inmiddels van een enorm wapenarsenaal had voorzien.

Ze hadden een tijdje met het idee rondgelopen in de gevangenis te trouwen. Maar daar waren ze op teruggekomen. Huwelijken die in gevangenissen waren voltrokken hielden over het algemeen niet lang stand. En met een beetje geluk kon ook hij binnenkort vrijkomen, dankzij een nieuwe wet die mensen die tot inkeer waren gekomen voor hun goede wil beloonde. En hij was een van de eersten geweest die zijn fouten had toegegeven en afstand van zijn revolutionaire aspiraties had genomen.

Maar Scalzi was niet alleen naar Marradi gegaan om Terzani's moeder te informeren. Eigenlijk was hij gewoon nieuwsgierig naar de omgeving waarin Terzani was opgegroeid, hij wilde verifiëren of de beelden die hij in zijn hoofd had met de werkelijkheid overeenkwamen. En dat was het geval, merkwaardig genoeg. Het was bijna een bovennatuurlijke, profetische ervaring. Het huis boven op de berg, het weidse dal, de platanen, de muffe, donkere kamers met oude meubels, en het portret van de overleden vader in zijn officierspak van de carabinieri. De twee jonge zussen met hun trieste, holle blik in de ogen, waren al over hun hoogtepunt heen. De zorgzame vrouwen hadden de bagageruimte van Scalzi's auto volgestouwd met ingemaakte jam van bramen, pruimen en kweeappels, artisjokken in olie, paprika's in olie, olijven…

'Let op,' zei Olimpia, 'hier moet je de autobaanborden volgen, anders zitten we straks weer in die verdomde rottunnel op
de provinciale weg.'

Scalzi reed gewoon rechtdoor. 'Ik wil nog even iets bekijken.'

Hij parkeerde de auto voor het verkeersbord, naast de ingang
van de tunnel, en stapte uit. Om de laatste regel van het bord te
lezen moest Scalzi een struik opzijschuiven. Scalzi keerde om en
stapte gillend van het lachen weer in de auto. Ook Olimpia
schoot in de lach.

Tijdens de verdere terugreis raakte ze niet uitgepraat over het
bord. 'Het is weer zo'n typisch voorbeeld van een pedant pro-
vinciaals stadsbestuur', zei Scalzi.

'Paternalistisch gezwam waarmee die nepbestuurders steeds
weer denken de problemen aan te moeten pakken', deed Olimpia een duit in het zakje. 'Dat ze die verlichting in die tunnel
gewoon eens een keer in orde maken…'

'Het heeft een paar ritten gekost,' zei Scalzi, 'maar nu ken ik
hem uit mijn hoofd: ALS IN GEVAL VAN OVERMACHT DE
TUNNEL NIET VERLICHT IS, VERVOLG UW WEG DAN ALSTU-
BLIEFT MET DE NODIGE BEHOEDZAAMHEID OM ONGELUK-
KEN TE VOORKOMEN.'

Florence/Groix, april-augustus 2000

Nawoord

Na het verschijnen van *La Tana dell'Oste* (Mondadori, 1985) had ik een kortstondige en niet bepaald hartelijke briefwisseling met de weduwe van een oude vriend van me, eveneens advocaat en inmiddels al zo'n twintig jaar dood. De onvergetelijke Giovanni Sorbi verstond zijn vak zoals artsen van de oude stempel hun vak verstonden: in beide gevallen ging het om een – soms pijnlijke – vorm van bijstand aan de patiënt. (Volgens mijn vriend was iemand die een dagvaarding had ontvangen ernstig ziek, ondanks de aanname van onschuld, of misschien wel juist daardoor.)

De weduwe had het boek niet zo geweldig gevonden. Ten eerste omdat het een *giallo* betrof. Mevrouw, taalonderwijzeres aan een gymnasium, verafschuwde detectives, net als al die schreeuwende critici die de misdaadroman in een bepaalde hoek wensten te stoppen. Uit haar brieven begreep ik dat ze dit literaire genre net als veel grote Italiaanse geesten, klassiek of modern, twee dingen verweet:

– Allereerst het onpoëtische taalgebruik, volgens de autoritaire scheidslijn van Benedetto Croce;
– Ten tweede de verplichte vertelprincipes die het plot bij een giallo vereist. Beperkingen die een bepaalde verantwoordelijkheid van de auteur eisen ten aanzien van de geloofwaardigheid.

Kortom, de vrijheid van expressie wordt beknot. De obstakels, die ook onder de schrijvers van het zogenaamde klassieke proza alom bekend zijn, worden bij detectives alleen maar hoger en dwingender. Dat komt doordat de schrijver van dit genre, dat in brede zin toch als populaire literatuur omschreven mag worden, schrijft voor een veel breder en onverschilliger publiek dan bijvoorbeeld Proust vroeger (al vermoed ik dat de zaken tegenwoordig niet veel anders liggen, afgezien van enkele grote bestsellers). Volgens De Benedetti vormden de romanlezers een kleine staalkaart van de mensheid die boven de kleine burgerij en de middenklasse uitstak.

Vergeleken met de 'normale' romans, zou de detectiveschrijver zich dus verlagen door zich aan te passen aan de ordinaire eisen van een groot publiek. En daarom kon hij, volgens de mevrouw die in Florence nog onder De Robertis was afgestudeerd, nooit als een 'waar kunstenaar' beschouwd worden; zelfs de term 'kunstenaar' op zich ging al te ver. Nee, je zou hem beter kunnen omschrijven als een producent van consumptiegoederen, net als iedere andere landbouwer of textielarbeider. Hij zou op zijn hoogst, alles welbeschouwd, een ambachtsman genoemd mogen worden, eventueel met de toevoeging 'vaardig'.

De schooljuf had in het hoofdpersonage wijlen haar echtgenoot herkend, en meende ook te weten op welke zaak ik mijn roman had gebaseerd.

Mevrouw, die oorspronkelijk niet afkomstig was uit Toscane, was verontwaardigd vanwege het feit dat de hoofdpersoon 'ouwe sigarenroker' werd genoemd, *vecchiaccio col sigaro*. Dat vond ze beledigend. Blijkbaar wist ze niet dat het achtervoegsel -*accio*, dat in het algemeen een pejoratieve betekenis heeft, in het Toscaans tegelijkertijd iets hartelijks heeft. (De officier van justitie die Roberto Benigni in 1980 aanklaagde vanwege belediging van de leider van de katholieke kerk was waarschijnlijk even onwetend. Benigni had de paus namelijk tijdens een televisie-uitzending *onze Woytilaccio* genoemd.)

Daarnaast was het boek haar om een andere, veel serieuzere reden niet bevallen. Door de romantisering van de werkelijke gang van zaken kwam de historische context, begin jaren zeventig, niet goed uit de verf. In het verhaal zou het ware motief voor de twee misdrijven die in het boek voorkomen onduidelijk zijn gebleven. Volgens de signora werd aan de hoofdoorzaak van de gebeurtenissen voorbijgegaan, en had ik het misdrijf met een politieke achtergrond getransformeerd tot een naargeestig verhaal over claustrofobische familiaire omstandigheden, waarvoor de twee arme vrouwen, zonder beschermengelen, het gelag betaalden. De personen die het onderzoek hadden geleid waren erin geslaagd een stofwolk op te werpen, sommigen te goeder trouw, anderen doelbewust, waardoor alles werd verdraaid. In zekere zin werd de verwarring door het boek alleen maar groter.

Ik heb vaak gedacht dat de vrouw op dat laatste punt gelijk had, aangenomen, maar niet toegegeven, dat het boek inderdaad op een werkelijke gebeurtenis gebaseerd was.

Ik wil allereerst naar voren brengen dat de term 'giallo' mij ook niet aanstaat. En aan het woord *giallista* (detectiveschrijver) heb ik al helemaal een hekel: het lijkt wel een enge leverziekte. Het zijn vooral de Amerikaanse detectiveschrijvers die het genre populair hebben gemaakt, en je hoort de Italiaanse imitatoren van het genre vaak tussen de regels door denken: was ik maar in Los Angeles geboren!

Om terug te komen op de mevrouw: volgens haar zou de schrijver van het verzonnen verhaal de historische achtergrond te slecht hebben aangevoeld. Ik moest vooral niet vergeten dat de weduwe van mijn vriend de gebeurtenissen naast haar man aan den lijve had ondervonden.

De mevrouw sprak zichzelf wel een beetje tegen. Aan de ene kant was zij een groot liefhebber van het poëtische en idyllische 'fragmentarisme' van de Italiaanse literatuur aan het begin van de achttiende eeuw, waarin verhalen zo min mogelijk in de werkelijkheid verankerd moesten zijn, terwijl ze mij juist verweet dat mijn verhaal niet realistisch genoeg was.

Het was in ieder geval waar dat de schrijver van *Il Tana dell'Oste*, in plaats van de inhoud te dramatiseren, de achtergrond van het verhaal een beetje had afgevlakt tot een provinciaalse schets.

Ik heb *Overmacht* vooral geschreven omdat ik mezelf wilde vrijwaren van een tekortkoming die je vaak in de Italiaanse literatuur tegenkomt, ook bij genres die niks met de giallo van doen hebben. Alberto Savinio omschreef de zonde van onze literatuur als 'iets te gekunsteld'. We zouden namelijk de neiging hebben om, als een soort zelfcensuur, de werkelijkheid met een rijkelijke hoeveelheid lyrisme te verzachten.

Ik wil nog even opmerken dat ik me enige vrijheden heb veroorloofd. De rechtszaak in het verhaal speelt zich af in het begin van de jaren zeventig. Er wordt veelvuldig gebruikgemaakt van het kruisverhoor, een methode die inmiddels veel gebruikt wordt in Italië maar destijds nog onbekend was. Zonder dit anachronisme zou het verhaal een stuk omslachtiger zijn geworden. De lezer is in elk geval gewaarschuwd.

Het zal duidelijk zijn dat mijn verhaal voor negentig procent verzonnen is. Veel mensen menen dat dergelijke praktijken in Italië voorgoed tot een ver verleden behoren, maar ik durf niet te zeggen of dat een juiste constatering is of dat hier de wens de vader van de gedachte is.

Nino Filastò
Île de Groix, augustus 2000

Nino Filastò bij Uitgeverij De Geus

Nachtmerrie met dame

De Florentijnse kunstwereld wordt opgeschrikt door een reeks moorden. Advocaat Corrado Scalzi wordt bij het onderzoek betrokken als een jeugdvriendin van een van de moorden wordt verdacht. Hij komt op het spoor van een grootschalige handel in vervalste schilderijen.

De nacht van de zwarte rozen

De louche zakenman Carruba wordt bedreigd en roept de hulp in van advocaat Scalzi. Ook Carol Ellroy meldt zich bij Scalzi. Haar vriend, een Amerikaanse kunsthistoricus, is dood aangetroffen in de haven van Livorno. Volgens Ellroy is er geen sprake van een ongeluk. Net als Carruba was de Amerikaan geïnteresseerd in de aankoop van een sculptuur van Modigliani.